Der vorliegende Roman ist fiktiv.
Daher sind Ähnlichkeiten mit lebenden oder toten Personen rein zufällig und unbeabsichtigt.

Der Autor

Was haben Eltern-Kind-Beziehungen und die Suche nach dem Glück mit zwei Frauenmorden zu tun?

Alles.

1

LEBEN

„Uns vergiftet das nicht Aufgebrauchte“
(Bert Brecht: Baal)

Statt unschuldigem Weiß überall nur Nässe und Dreck.

Innsbruck, drei Tage nach Beginn des neuen Jahrs.

Ein letzter Hauch von Schnee taut am Goldenen Dachl. Selbst die Nordkette verliert Stunde um Stunde mehr von ihrem prachtvollen Winterschmuck.

Zwischen dem Häusergewirr und dem Fluss unerwartet spärlicher Verkehr und alle Ampeln auf grün. Vorbei an der Innbrücke geht es schnurgerade stadtauswärts. Der Fahrer des schwarzen Geländewagens prügelt sein Fahrzeug über die Straße, als sei er auf der Flucht. Dem Jeep ist anzusehen, dass er längere Zeit hindurch auf morastigen Wegen unterwegs gewesen war, weit abseits jeglicher Zivilisation. Verdreckter Lack, schmutzige Radkästen, verschmierte Kennzeichentafeln. Schade um das gute Stück.

Ruhig liegen die Hände des Lenkers am Steuer. Wohlgeratene, gepflegte Hände. Auf dem Beifahrersitz ein lachsfarbener Damenschlüpfer. Zerknüllt. Das Ding zu klauen war diesmal riskanter gewesen als gewohnt, gesteht er sich ein. Es erregt ihn, wenn er an das dünne Stück Stoff denkt. Am liebsten würde er immerzu daran schnuppern. Von Minute zu Minute wird seine Unruhe größer.

Zur Autobahn in Richtung Salzburg geht es nach rechts. Der in blauem Grundton gehaltene Wegweiser A12 ist nicht zu übersehen. Aus dem Radio guter, erdiger Rock'n'Roll.

Als der Fahrer den schweren Wagen in eine langgezogene Kurve zwingt, bricht das Heck aus. Routiniert fängt er das Fahrzeug ab und stellt die Musik so laut, dass sie das Quietschen der Reifen übertönt. Eine fünfstündige Fahrt vor Augen, hat er nicht vor, sich oder dem Auto etwas zu schenken.

Plötzlich, wie aus dem Boden gewachsen, eine schlanke Gestalt an der Leitplanke. Lange, schwarze Locken. Sie hält mit einer Hand ein Schild vor der Brust. Mit der anderen winkt sie ihm zu.

Bremsen!

Das schwarze Monstrum hinterlässt dicke Gummispuren auf dem nassen Asphalt, als es mit blockierenden Rädern anhält. Flink greift der Fahrer nach dem Höschen und lässt es im Handschuhfach verschwinden. Das intime Wäschestück liegt jetzt neben den Handschellen und dem Lieblingsmesser, das er vorwiegend zum Ausnehmen von Fischen verwendet.

Die Autostopperin ist jung, hat rehbraune Augen. Der lange, dunkelbraune Mantel kann ihre sanften Rundungen kaum verbergen. Sie sollte besser von ihm wegbleiben. Weit weg, schießt es dem Mann im Jeep durch den Kopf, aber die Kleine ahnt nichts von seinen Gedanken und kommt rasch näher.

Ob er sie nach Salzburg mitnehmen könne, fragt sie.

Der Lenker nickt. Ein netter Zufall. So wird aus Träumen Wirklichkeit.

Dankbar klettert das Mädel auf den Beifahrersitz, zieht den Mantel aus, streicht sich durchs Haar und mustert ihn mit unsicherem Lächeln. Zufrieden umfasst seine Hand den Schalthebel, streichelt ihn, er schaut der jungen Frau ganz tief in die Augen und grinst.

Auf jeden Fall muss er jetzt erst einmal weg hier. Ein herrischer Druck aufs Gaspedal. Mit triumphierendem Heulen nimmt der Wagen Fahrt auf. Noch ein paar kurze, hektische Signale mit dem linken Blinker, ein hastiges Einordnen auf der Richtungsfahrbahn, und los geht's.

Einen Moment lang hört man nur noch das Motorengeräusch. Dann setzt ein Föhnsturm ein und heult und orgelt durchs enge Inntal. Gegen das Gebirge des Wilden Kaisers stauen sich dichte Wolken.

Als der Jeep die bayrische Grenze erreicht, beginnt es stark zu regnen.

***

Deutschland. Alte Heimat.

Ist man von einem Ort erst einmal mit dem Vorsatz weggegangen, nicht mehr zurückzukehren, ergeht es einem wie mit einer alten Liebe. Man erinnert sich bloß noch an das Positive, wünscht sich das

Verlorene zurück und ist doch nur leise enttäuscht, wenn man dem Verflossenen unverhofft wieder gegenübersteht.

Trauerweiden als Anhaltspunkte. Dort, wo sie ihren Platz behaupten, endet der Friedhof, weiß Bezirksinspektorin Magistra Ulla Spärlich. Im Sommer bilden die Bäume an dieser Stelle eine dichte natürliche Barriere, welche die Toten sehr effektiv gegen das Leben da draußen abschirmt. Nicht so im Winter. Da sind die sonst so struppigen, grünblättrigen Gesellen bloß noch eine Reihe schwarzer Balken mit kahlem Geäst, die mühelos die Sicht auf die angrenzenden Straßen freigibt. Breite, dunkle Bänder fräsen sich dann in den Horizont, wie Mäander eines Flussdeltas, ohne Konturen ineinanderfließend im unwirklich fahlen Gegenlicht.

Hagen, unweit von Dortmund. Für Ulla war das einmal eine lebenswerte Stadt.

Ist schon ganz schön lange her.

Schneereste auf dem Boden. Dieser Jänner ist wärmer als der im letzten Jahr. Trotzdem frieren die meisten Trauergäste. Vor allem die älteren unter ihnen können ein Bibbern nicht unterdrücken. Zitternde Hände. Rote Gesichter. Tropfende Nasen.

Traurig ist das alles, denkt sich die langbeinige, sportliche Polizistin mit dem nackenlangen, dunklen Schopf. Sie strafft ihre hängenden Schultern, holt das Taschentuch aus der rechten Außentasche ihres schwarzen Mantels und trocknet zum wiederholten Mal ihre Tränen. Vater hat langes Haar gemocht. Deshalb hat sie es sich vor der Beerdigung auch noch rasch kürzen lassen. Sie will nicht den Anschein erwecken, ihm etwas nachzusehen, bloß weil er gestorben ist. Für einen, der wegen seiner Sekretärin Frau und Kind im Stich gelassen hat, gibt es kein Pardon. Nicht einmal posthum.

Trotzdem wäre ihr wohler, wenn sie ihm beim letzten Telefonat länger zugehört hätte. Auch wenn sie sich keiner Schuld bewusst ist. Seinen Schlaganfall konnte sie nicht vorausahnen. Schließlich ist sie ja keine Hellseherin.

Der Werksleiter spricht immer noch. In einem Tonfall, als wolle er einer Gruppe von Gastronomen eine neue Biersorte schmackhaft machen. Je länger er mit seinem Gefasel ihre Nerven traktiert, desto mehr Unmut macht sich in Ulla breit.

Die Kriminalbeamtin hält sich ein wenig abseits. In Schlagdistanz zu ihr stehen nur Tante, Onkel und die beiden Neffen. Auf dem Platz, der eigentlich ihrer Mutter zustünde, heult Vaters zweite Frau, den kleinen Lukas an der Hand. Daneben stehen ihre Verwandten. Für Ulla sind das fremde Leute.

Links vom offenen Grab eine Abordnung ehemaliger Arbeitskollegen des Verstorbenen. Davor der Pfarrer, die Ministranten und das Kreuz. Der Direktor hat jetzt seine Rede durch, und die Werksmusik spielt. Dann, endlich, Ruhe.

Am seltsam verkrümmten Boden der Sarg mit einem Bukett aus roten Rosen. Still tritt Ulla vor, hält einen Moment inne und legt ihre weißen Rosen dazu. Auf der Schleife ein Satz, den sie zu seinen Lebzeiten nicht über die Lippen gebracht hätte.

'In Liebe. Deine Tochter.'

Schnell noch ein Gebet. Es hat entfernte Ähnlichkeit mit einem Kinderreim. Kaum ist Ulla fertig, treten die blassen Herren der Bestattung vor und bringen den Sarg unter die Erde.

Gemessenen Schritts stolziert der Brauereidirektor zur Witwe und kondoliert. Dann reicht er der Tochter des Verstorbenen die Hand. Vater habe oft von ihr gesprochen, behauptet er. Am liebsten würde ihm Ulla eine knallen für diese Lüge. Nach und nach bekunden ihr jetzt alle der fast 200 Trauergäste ihr Beileid. Das ist so üblich im Ruhrpott.

„Du bleibst doch zum Essen?"

Carola, die Zweitfrau.

Offenbar ist sie der Meinung, es gehöre sich, ihr das anzubieten. Sie ist so viel jünger als Mutter, fällt Ulla schmerzlich auf. Zerbrechlicher. Und viel hübscher. Diese warmen, nun ziemlich verweinten dunklen Augen. Das fein geschnittene, ebenmäßige Gesicht mit Stupsnase, umrahmt von honigfarbenen, schulterlangen, duftenden Locken. Kein Wunder, dass Vater da schwach geworden war. Männer sind eben triebgesteuert. Das ist ja hinlänglich bekannt.

„Mein Zug fährt in einer Stunde", wehrt Ulla brüsk ab.

Lukas wirft ihr einen erschrockenen Blick zu. Er ist erst sechs, aber er begreift schon, was da zwischen der Halbschwester und seiner Mama abläuft.

Dass sie am gemeinsamen Mahl mit der Verwandtschaft nicht teilnimmt, ist ein Affront, raunt ihr die einzige Schwester des Vaters beim

Verlassen des Friedhofs zu. Ein Fressen für die Tratschmäuler. Und eine Undankbarkeit. Wo sie doch ein Drittel des Nachlasses erbt. Immerhin.

Ullas erster Gedanke: Zunge rausstrecken. Hat sie ja früher auch oft gemacht. Aber jetzt? Als Erwachsene? Mit finsterem Blick ruft sie sich selbst zur Ordnung. Immerhin ist sie Polizistin. Von Angehörigen dieses Berufstands wird Benehmen erwartet. Anstand. Sie wird hier nicht aus der Rolle fallen.

Vor dem Friedhof das übliche hektische Treiben. Nervös winkt die Kriminalbeamtin ein Taxi herbei und hält den Blick gesenkt, bis sie in den Mercedes steigt.

Durch die Scheibe sieht sie Carola und Lukas mit versteinerten Gesichtern am Straßenrand stehen, bis ihr Wagen an der nächste Kreuzung abbiegt.

Schon wieder flieht Ulla aus der Stadt ihrer Kindheit.

Diesmal vielleicht für immer.

***

Eine Woche später im Bundesland Steiermark, einer der südlich gelegenen Gegenden Österreichs.

Ein Waldstück am Nordrand der kleinen, ruhigen Montanuniversitätsstadt Leoben. Ein nur noch an der Oberfläche gefrorener Waldboden und ein paar unbedeutende Schneeflecken. Es ist einsam hier und nasskalt. Dazu noch dieser Nieselregen. Ein dichter Buschgürtel und einige aufgelockerte

Tannenreihen trennen den Mann von der Kurve, an deren Außenrand er das Auto abgestellt hat.

Das Ausheben der Grube war eine ziemliche Anstrengung, aber das stört ihn nicht. Er hat kein Problem damit, Dinge zu tun, die getan werden müssen. Um jeden Preis.

Natürlich darf so etwas nie wieder passieren, sinniert er, stützt sich auf den Spaten und wirft einen bedauernden Blick auf die in den alten Schlafsack gepackte tote Anhalterin zu seinen Füßen. An gestohlener Unterwäsche zu riechen ist schon verwerflich. Aber Mord? Um Gottes willen.

Gott. Ob es so etwas gibt?

Gedankenverloren nimmt er eine der Rosen aus Hartplastik, die er auf der letzten Kirmes beim Luftgewehrschießen gewonnen hat, legt sie auf die blutverschmierte Brust der Leiche, streicht der Toten die schwarzen Locken aus der Stirn und zieht den Reißverschluss des Sacks so weit wie möglich hoch. Die angenähte Kapuze klappt er auch noch zur Gänze übers Gesicht der Frau. Rasch umwickelt er den riesigen Beutel mit einer Wäscheleine, die er am unteren Ende verknüpft. Fertig. Mit skeptischem Blick überlegt er.

Zeugen?

Sind nicht vorhanden.

Spuren?

Hat er vermieden.

Beruhigt zerrt er den Schlafsack in die angrenzende Grube und schaufelt das Grab zügig zu. Das dauert länger als geplant, und am Ende ist er ganz schön geschafft. Noch rasch mit dem Ärmel den Schweiß vom Gesicht gewischt. Dann stampft er das lokkere Erdreich fest und tarnt das Versteck noch mit Tannenreisig.

Der Mörder blickt sich nicht mehr um, als er den kleinen Pfad zurück zur Straße eilt. Bedächtig verstaut er den Spaten im Wagen und setzt sich hinters Steuer. Ruhig Blut. Alles bestens.

Es ist, als sei gar nichts passiert. Im Handumdrehen wird es jetzt dunkel. Nachdenklich startet er den Motor und schaltet das Abblendlicht ein.

Bald kommen die ersten Jäger ins Revier.

Zeit, hier ganz schnell abzuhauen.

***

Unterdessen wird es auch in Graz langsam Nacht.

Regen trommelt gegen das Fenster, als gelte es, geheimnisvolle Morsezeichen abzusetzen.

Als gelernte Historikerin hat es Ulla mit der Vergangenheit. Wahrscheinlich, weil sie im letzten Monat eines besonderen Jahrs, des sogenannten Dreipäpstejahrs, geboren wurde. 1978. Paul VI. und Johannes Paul I. sterben, ehe Johannes Paul II. den Stuhl Petri besteigt. Der Pontifex der Leiden, der später maßgeblicher als die meisten anderen Päpste die Weltgeschichte beeinflusst. Und sonst? In Italien entführen die Roten Brigaden Aldo Moro und töten ihn. In London wird das erste Retortenbaby geboren. Bei der Fußballweltmeisterschaft in Cordoba schlägt Zwerg Österreich den Riesen Deutschland. Ab und zu führt die Österreicherin, die fast ihre gesamte Jugend in Deutschland verbrachte, ihr angeborenes Faible für Benachteiligte auf dieses Ereignis zurück.

Die Heizung im Wohnzimmer macht Ärger. Die Radiatoren laufen auf Volldampf, lassen sich aber nicht zurückdrehen. Möglicherweise sind die Ventile im Eimer. Das nervt.

Schwarze Trainingshose und schwarzes Kurzarmshirt. Mitten im Winter. Mürrisch kauert Ulla Spärlich auf dem Sofa, liest und denkt dabei an Schokolade. In der mittleren Küchenlade liegt eine ganze Tafel davon, weiß sie. Selbstverständlich widersteht sie der Versuchung, sie an sich zu nehmen und auf der Stelle aufzuessen. Wenn man Kriminalbeamtin ist, muss man auf sein Gewicht achten. Obgleich es im Augenblick nicht allzuweit her ist mit einer Arbeit im kriminalpolizeilichen Bereich.

Vor die Wahl gestellt, eine Planstelle in Wien zu akzeptieren oder sich damit abzufinden, nicht zur Leitenden Kriminalbeamtin ernannt zu werden, versagten ihre Nerven. Zum zweiten Mal innerhalb von vier Jahren. Seit einer Woche Schweißausbrüche, Juckreiz und Brechdurchfall. Und die Ärzte? Die verschreiben einem kiloweise Medikamente und verlangen, dass man alles nicht so ernst nimmt. Quacksalber.

Wenngleich diesem Rat ein Körnchen Wahrheit innewohnt. Mit Wehleidigkeit bekommt sie ihr Dasein natürlich nicht in den Griff. Normalerweise würde sie jetzt das Joggingzeug überziehen, den

Arsch zusammenkneifen und einfach drauf loslaufen, aber der Polizeiarzt hat ihr ja Bettruhe verordnet. Dabei tut ihr das Herumlungern und Nachdenken gar nicht gut. Da grübelt sie, bis der Schädel glüht.

Das Leben umkrempeln.

Darauf käme es jetzt an.

Aber wie soll sie das anfangen?

Phlegmatisch betrachtet sie die Krankenstandbestätigung auf dem Glastisch. Was ist jetzt also mit Schokolade? Sie ist unglücklich. Sie bräuchte etwas.

In so einer Situation hilft nur ein Appetitzügler. Seufzend rappelt sie sich hoch und holt die Pillenschachtel aus dem Apothekerschrank. Längst schon Routine. Ohne Hungerbremse ginge seit Tagen nichts mehr.

Und Männer? Ach, Gott. Von denen hat sie momentan die Schnauze voll. Zugegeben, das Alleinsein ist nicht gerade ideal. Es quält sie jeden Tag ein bisschen mehr. Andererseits ist sie noch nicht einmal Mitte 30. Kein Alter zum Verzweifeln.

Sie blickt in den Spiegel. An diesem Gesicht, beherrscht von hohen Jochbeinen, dichten Augenbrauen, gletscherblauen Augen, einer kleinen Nase und einem sehr sinnlichen Mund ist doch nichts auszusetzen. Auch nicht mit ungewaschenem Haar. Und solange sie Kleidergröße 38 trägt, ist sowieso alles in Ordnung.

Freilich ist ein gewisser Aufwand nötig, um nicht so mollig zu werden wie ihre Mutter. Hätte die vor 18 Jahren auch so viel in ihre Figur investiert, wäre

Papa vielleicht nicht fremdgegangen. Im Grunde hat sie ihr den Verlust des Vaters nicht verziehen. Und ihm? Ihn hat sie ignoriert. Jahrelang. Und jetzt ist nur noch Mama übrig.

Ulla haust in einer der schöneren Gegenden von Graz. Das vierstöckige Haus ist außen wie innen sehr gepflegt. Eine Dreizimmerwohnung mit hellen Räumen und Aussicht auf einen kleinen Park. Trotzdem ist es nicht sonderlich gemütlich bei ihr. Die liebevollen Details fehlen, die eine Bleibe erst zur Wohnung machen. Irgendwie riecht da alles nach Aufbruch. Nach Provisorium. Wenngleich sie schon seit vier Jahren hier lebt.

Wenigstens muss sie nicht mehr Strafrecht büffeln, freut sie sich, während sie die Tablette mit einem Schluck Wasser hinunterspült und das Gruppenfoto betrachtet, das weiß gerahmt auf der Kommode steht. Der letztjährige Offiziersjahrgang. Vorne die Uniformierten, hinten die Kriminalisten. Ulla steht in der vorletzten Reihe ganz links außen und scheint irgendwie nicht so recht dazuzugehören.

Nach ihrem erfolgreichen Einspruch gegen eine Versetzung nach Wien darf sie also in Graz bleiben, kann mit dem an der Polizeifachhochschule erworbenen Bakkalaureat derzeit aber genauso wenig anfangen, wie mit ihrem abgeschlossenen Geschichtsstudium.

Oft ist sie so deprimiert, dass sie am liebsten alles hinschmeißen würde. Was sie dann immer wieder rettet, ist die Freude an historischen Büchern. Während der letzten zwei Jahre hat sie wenig Zeit dafür gefunden, aber jetzt schmökert sie endlich wieder. Lächelnd greift sie nach dem dicken Wälzer, der sich mit dem Frieden von Hubertusburg befasst. Der Preußenkönig Friedrich II. gewann Schlesien und stieg mit seinem Königreich zur europäischen Großmacht auf. Dem außenpolitischen Triumph folgten bedeutende innenpolitische Reformen. Damit war aus einem vielfach unterschätzten Kronprinzen einer der bedeutendsten Preußenkönige geworden.

Oft schaffen gerade die, denen man gar nichts zutraut, etwas ganz Besonderes, konstatiert Ulla.

Eine Erkenntnis, die ihr Mut macht.

***

Fünf Tage später in Leoben.

Ein kalter Donnerstag, an dem es gerade genug schneit, um auf den Straßen für Chaos zu sorgen.

Akademische Damenverbindungen sind eine Rarität. Immer noch. Gerade deshalb trachten die jungen Damen des Corps *Glut* danach, es in Allem ihren männlichen Vorbildern, die in der *Bergstadt*, den *Hammerherren*, *Ferrio* und dergleichen organisiert sind, möglichst gleichzutun.

Das zeigt ihr Dresscode. Die meisten Damen tragen die schwarze Bergmannsuniform oder die Kleidung der Chargierten mit schwarzer Jacke, weißen Hosen und hohen Stiefeln. Nicht zu vergessen die Schärpen in den Farben der Verbindung. Dem Ritus gemäß diagonal von der Schulter bis zur Hüfte.

Und sie trinken Bier. Manche von ihnen nicht zu knapp. Bei den Treffen in ihrem Vereinslokal oder ihrem Stammwirtshaus sind auch die Kameraden der männlichen Verbindungen willkommen. Deshalb ist die Hütte meist gerammelt voll. So auch heute.

Gleich nach der Eröffnungsrede der Obfrau hält ein Gastreferent einen kurzen Vortrag über Jugend und Brauchtumspflege. Das war es dann aber auch schon mit dem offiziellen Teil des Abends. Begeistert singen sie die alten Lieder und wetteifern mit den Burschen beim Trinken. Diese mitten unter ihnen, schweißbedeckt, mit glasigen Augen, die Mäuler weit offen. Einige kommen von einer Geburtstagsfeier und sind schon ziemlich dicht. Das kann ja heiter werden, orakelt Franziska Laska. Hoffentlich kotzen die bloß auf dem Klo und nicht hier im Saal. Den sauren Gestank von Erbrochenem kann sie nicht ertragen.

Mit undurchdringlicher Miene thront sie mit Freund Gottfried Tesslar am Kopfende des ersten der acht zusammengerückten Tische. Am Fußende der Tafel fallen ihr zwei Studenten der *Bergstadt* auf, die anscheinend besonders stark angetrunken sind. Ihr Grölen ist bereits mehr ein Krächzen, ihre Gestik nur noch hilflos und lächerlich. Zudem fallen ihnen fast schon die Augen zu, während hinter ihnen eine blonde Schönheit neben einem Jungen steht und die Blicke aller übrigen Männer auf sich zieht. Das Mädchen trägt ein raffiniert geschnittenes grünes Cocktailkleid und hat die Schärpe der Verbindung lässig um die Taille geknüpft. Ein offensiver Stilbruch. Ganz bewusst gesetzt. Franziska weiß natürlich, wie gern das Luder provoziert.

Sofort kocht sie vor Wut. Seit ihre Freundschaft mit Elke Röhm zerbrach, trennt die beiden Frauen mehr als Fragen des Stils. Ja doch, zeig schon, was du hast, du blödes Weib, ärgert sich die Studentenführerin. Am liebsten würde sie Elke an die Gurgel fahren, sie würgen, ihr ins Gesicht schlagen, aber das geht ja nicht.

Ihr Freund spürt das.

„Gräm dich nicht, mein Schatz", lächelt er und verpasst ihr einen schmatzenden Kuss auf die Wange. „Wer auf dem hohen Ross sitzt, fällt tief."

„Und bricht sich dabei das Genick", vollendet die Obfrau den Satz düster. „Hoffe ich jedenfalls. Ich verachte die Schlampe. Ich könnte sie umbringen."

„Contenance", mahnt er leise. „Du fällst auf."

„Ihr mustert euch, als wolltet ihr euch fressen", grinst unterdessen Elke Röhms junger Kavalier.

„Die kann mich mal, die dumme Kuh", meint die süße Blondine gelassen, nippt an ihrem Bier und streicht dem Jungen das Haar aus der Stirn. „Dein Vater hat eine Sportartikelfirma, sagst du? Interessant."

Die Kellnerin bringt eine neue Runde Bier. Derweil schrauben sich die zwei Chargierten schräg vor ihr schnaubend von der Tafel hoch, grinsen Elke blöde an und wanken Hand in Hand aufs Herrenklo.

Zum selben Zeitpunkt spielt ein smarter dunkler Typ in Jeans und Sakko an der Bar mit dem

Zoom seiner Filmkamera. Porträt, Brustbild, Übersichtsaufnahme. Bedächtig schwenkt er zu Elke. Dort verharrt die Kamera. So lange, bis es dem Mädchen zu bunt wird. Erst lacht sie bloß. Dann wird sie böse.

„Mach die Kamera aus, Max", herrscht sie ihn an. „Und schnauf nicht so, wenn du mich anstarrst. Das hört sich an, als müsstest du ersaufen."

Max Paulik stutzt. Sekunden danach ein knappes Nicken. Mit teilnahmsloser Miene steckt er das Bildaufnahmegerät in eine kleine Ledertasche, nimmt seinen Bierkrug hoch, zieht den Kopf zwischen die Schultern und trinkt.

An diesem Abend wird Elke nicht mehr gefilmt. Erst Tage später.

Von einem Experten der Spurensicherung.

Aber das ist eine andere Geschichte.

***

Graz, am nächsten Morgen.

Bezirksinspektorin Magistra Ulla Spärlich sitzt in ihrem kleinen Büro und blättert in einem Magazin.

Nach dem Ende ihres Krankenstands immer noch dasselbe Lied. Sie soll weg aus Graz. Wegen des Vorfalls vor vier Jahren. Ein Wunder, dass man ihr danach die Ausbildung an der Fachhochschule nicht verwehrt hat, aber eine Magistra trotz bestandener Auswahlprüfung abzulehnen, war den Herrschaften wohl doch zu riskant, mutmaßt die Kriminalbeamtin und spielt mit ihrem Kugelschreiber. Da war das

Geschichtsstudium also doch einmal ganz nützlich. Pech gehabt, ihr Lieben, grinst sie. Künstlerpech.

Wie auch immer: Sie ist zurück. Zum Leidwesen ihrer Vorgesetzten. Und mit welchem Resultat? Eine Tür ohne Namensschild und ein Rattenloch als Büro. Schreibtisch, Computer, zwei Sessel und jede Menge Zeitungen. Dazu noch ein Stapel ausgefüllter Bestellformulare für Funkgeräte, Waffen und Toilettenpapier, die sie überprüfen und weiterleiten soll. Eigentlich müsste sie vor Langeweile aus dem Fenster springen. Oder vor Zorn. Egal.

Man muss erst nachdenken, wo man sie optimal einsetzen kann, sagt man ihr. Wäre sie ein Mann, wäre Alkohol eine Option, aber als intelligente Frau hält sie sich besser ans Lesen. Das verursacht keine Nebenwirkungen und hält die Ganglien auf Trab.

Den Band über Friedrich II. hat sie schon durchgearbeitet. Jetzt freut sie sich auf das Buch über Preußens Bündnis mit dem napoleonischen Frankreich im Jahr 1805. Die Geschichte eines Irrtums. Eines Desasters, das die Hohenzollern teuer zu stehen kam. Falsche Entscheidungen, sinniert Ulla, falsche Entscheidungen haben meist bittere Konsequenzen. Für Staaten. Für den Einzelnen. Da ist man gut beraten, vorher alle Für und Wider gut abzuwägen. Nichts zu überhasten. Eine der gefährlichsten Fehlerquellen ist diese verdammte Eile.

Das Telefon klingelt. Ihre Mutter.

„Wie geht es dir?"

„Beschissen."

„Weil man dir die Beförderung verwehrt? Dich

erpresst?"

„Genau."

„Lass dir das nur nicht bieten", rät ihr die Mama. „Für Fälle dieser Art gibt es die Personalvertretung. Die ist dazu da, einer ungerecht behandelten Beamtin an die Hand zu gehen."

„Ich hab es nicht so mit der Politik", wehrt Ulla ab. „Personalvertreter sind nun einmal politisch. Im Grunde vertreten die sich ja bloß selbst. Zumindest vorrangig. Also kann ich mir diesen Schritt gut und gern ersparen."

Ihre Mutter ist anderer Ansicht.

„Ich kann zwar immer noch nicht verstehen, was du bei der Polizei zu suchen hast, aber wenn dir Unrecht geschieht, musst du dich wehren", sagt sie. „Mit einer Vorsprache bei der Innenministerin zum Beispiel. Die soll dir einen Job besorgen. Eine Aufgabe in der Steiermark. Schließlich lebst du ja hier!"

„Alles klar, Mama", lenkt Ulla ein. „Ich muss jetzt aufhören. Tut mir leid."

Genervt legt sie auf. Sich aktiv um eine Planstelle bemühen. Intervenieren. Das hat etwas von einem Bittgang. Das schmeckt ihr nicht. Man soll ihr etwas anbieten, zum Teufel. Sie hat es sich verdient. Mehr als viele andere, die an den Schalthebeln des Kriminaldienstes sitzen und von der Praxis keine Ahnung haben.

„Die Ministerin", blafft Ulla und legt ihre schlanken Beine auf den Schreibtisch. „Pah. Die kann mich mal." Störrisch vertieft sie sich ins neue Buch, aber es gelingt ihr nicht, sich auf den Text zu konzentrieren. Das Telefonat mit ihrer Mutter geht ihr nicht mehr aus dem Sinn. Eigentlich hasst sie deren gute Ratschläge, aber je länger sie darüber nachdenkt, umso mehr reizt sie plötzlich der Gedanke, etwas zu unternehmen, auszubrechen aus dieser verhassten Lethargie.

Sie war doch so gern Kriminalbeamtin. Und eine gute dazu.

Wenn das so weitergeht, versumpft sie. Dann verbummelt sie ihr Leben.

Verbittert ruft sie den Stadtpolizeikommandanten an, ersucht um einen Gesprächstermin und bekommt ihn auch.

Die Möglichkeiten, die ihr der Mann eine Stunde später aufzeigt, sind nicht gerade berauschend. Will sie in diesem Bundesland bleiben, ist es mit einem Job als Leitende Beamtin Essig, stellt er noch einmal klar. Das Ministerium will es so. Angeblich.

Bliebe nur noch die Stadt Leoben. Dort wäre sie zwar weg vom Schuss, aber das sei ja kein Fehler. Zugegeben, die Kripo in der Obersteiermark sei noch ein reiner Männerverein und die Position der stellvertretenden Kripochefin an diesem Standort berge Risiken, aber mehr könne er im Augenblick nicht für sie tun. Falls sie das Angebot akzeptiere, dürfe sie mit der Beförderung zur Chefinspektorin rechnen, dem höchsten Dienstgrad der mittleren Führungsebene. Immerhin.

Ulla überlegt. Der Job brächte etwa 400 Kröten

mehr im Monat. Könnte sie gut gebrauchen.

Und die Nachteile?

Sie will nicht weg aus Graz. Zudem wäre das hierarchische Gefüge dieser Abteilung zerstört. Aus ihrer Schuld. Das hieße Widerstand, jede Menge Neid und Missgunst. Soll sie sich das antun?

Aber hat sie denn die Wahl?

Er erwarte ihre Entscheidung, drängt der Brigadier, um gleich darauf eine Warnung abzufeuern. In der zweitgrößten Stadt der Steiermark sei die Beamtenschaft schwierig. Es könne durchaus sein, dass sie ihren angegriffenen Nerven dort zu viel zumute.

„Ich denke darüber nach", erwidert sie und tritt den geordneten Rückzug an.

Kaum in ihrem Büro angekommen, ist sie aber so unruhig, dass sie nicht mehr ruhig sitzen kann. Was tun? Dableiben und abwarten, rät eine Stimme in ihr, gefolgt von einer zweiten, die meint, es sei höchste Zeit, Graz zu verlassen. Endlich loszuziehen. Weg aus der Reichweite ihrer Mutter. Ginge sie jetzt fort, wäre das ein erster Schritt. So etwas wie eine Abnabelung. Eine unumkehrbare Aktion. Hat sie die Kraft, das durchzuziehen? Ulla schluckt. Die Knie werden ihr weich. An Veränderungen zu denken ist halt doch einfacher, als sie umzusetzen.

„Wer kämpft, kann verlieren", schnauft sie aber dann endlich und ringt sich ein verkrampftes Lächeln ab. „Wer nicht kämpft, hat schon verloren."

Entschlossen greift sie zum Telefon.

Sie wird sich um diesen Job bemühen. Auf der

Stelle.

Die Würfel sind gefallen.

***

Eigentlich hätte er ein guter Mensch werden wollen. Bis zu einem bestimmten Punkt war er das auch. Jahrelang.

Das ist jetzt vorbei.

Tag für Tag Gewissensbisse und der ewige Kampf gegen das Verlangen. Genug damit. Er ist ein Mann, braucht eine Frau und holt sich eine. Was ist schon dabei?

Dass er die Handschellen in die Finger bekam, war eine Fügung. Mit diesem Fesselzeug kann er seine Fantasien ausleben. Und er kann eine alte Rechnung begleichen. Da hat er schon einen Plan.

Nachdenklich betrachtet der Typ in Schwarz sein Spiegelbild in der Heckscheibe des schwarzen Geländewagens, öffnet die Ladeklappe und legt die Handfesseln zum Schlafsack und zu den rostigen Ketten, die neben einem neu gekauften Satz Felgen liegen.

Er braucht Ballast. Mit den Ketten allein schafft er es nicht. Der Steinbruch fällt ihm ein. Dort liegen jede Menge Steine und nachts arbeitet bloß ein Viertel der üblichen Mannschaft. Da wird sich keiner um ein Auto kümmern, das abseits der beiden Abbaustellen anhält und nach fünf Minuten wieder verschwindet.

Ganz allgemein wird die Aufmerksamkeit des

Menschen ja in geradezu lächerlichem Ausmaß überschätzt, konstatiert der breitschultrige Kerl und setzt eine schwarze Wollmütze auf. Der Bürger schert sich ja nur um Dinge, die ihn persönlich betreffen. Ein fremder Wagen im Firmengelände? Uninteressant. Beim Haus des Nachbarn jault die Alarmanlage? Das gibt sich schon wieder. Eine Frau schreit? Na und? Wir denken ausschließlich an uns selbst. Das ist unsere Natur. Deshalb boomt ja das Verbrechen.

Lächelnd schlägt der Schwarzhaarige die Heckklappe des Jeeps zu. Alles paletti. Was jetzt noch fehlt, ist die günstige Gelegenheit.

Sobald die da ist, kann er loslegen.

***

Leoben im Schnee.

Das ist sie also, die alte, geschichtsträchtige 30.000-Seelen-Stadt in der Obersteiermark. Erbaut in alter Zeit, in den Schlingen der Mur, über deren Ufer sie sich rasch ausbreitete. Seither bedeckt der Ort den gesamten Talkessel, der von begrünten Hügeln und bewaldeten Bergen gesäumt wird.

Früher war die zweitgrößte Stadt des Bundeslands eine bedeutende Bergbaumetropole, heute ist sie ein Industriestandort mit Strukturproblemen. Außer dem Stahlwerk der Voest-Alpine gibt es hier nicht mehr viel. Keine besonders gute Perspektive für die Jugend. Obwohl in letzter Zeit wieder Hoffnung aufkeimt, dass die geistige und fachliche Potenz des Raums zu neuen Firmenansiedlungen führen wird.

Der Abschied von Graz fällt Ulla schwer, aber dass ihr dafür, Dank der Kontakte eines Kollegen in ihrem neuen Umfeld, ein ganzes Haus in den Schoß fällt, tröstet sie. Das ungefähr 50 Jahre alte Gebäude steht parallel zur Mur, zwischen Fluss und Südbahnstraße. Davor ein Parkplatz, dahinter fällt die Böschung sofort steil zum Ufer der Mur hin ab. Der vor der Schmalseite gegen Süden zu angelegte Garten liegt ein paar Meter unter dem Straßenniveau und wird von massiven Steinmauern gestützt.

Ullas neues Zuhause hat eine renovierte Fassade, einen modernen Zubau, und befindet sich, alles in allem gesehen, in recht gutem Zustand. Auf 120 Quadratmetern stehen im Erdgeschoss ein Wohnzimmer, ein Schlafzimmer, eine Küche und ein Bad zur Verfügung, während das Obergeschoss einem Arbeitszimmer und einem Fremdenzimmer vorbehalten ist. Zwar ist die Ölheizung schon bedenklich in die Jahre gekommen, aber mit dem Schwedenofen im Erdgeschoss könnte sie im Notfall wenigstens das Wohnzimmer beheizen. Ulla besitzt einen zweijährigen Mietvertrag. Die Besitzerin jobbt in New York und ist froh, wenn sich jemand um ihr Haus kümmert.

Ein wahrer Glücksfall.

Der Antrittsbesuch bei ihrem neuen Chef verläuft weit weniger günstig. Er habe Himmel und Hölle in Bewegung gesetzt, um sie zu verhindern, gesteht ihr der gestresste Kriminaloffizier nach einem kühlen Händedruck. Es folgen eine kurze Führung durchs Haus, die Zuweisung eines kleinen Büros und die

Aushändigung des Dienstplans.

Es sei alles gesagt, knurrt der Major danach und bringt sie an die Tür. Er erwarte ihren Dienstantritt morgen, pünktlich um acht. Falls sie es sich nicht doch noch anders überlege und nach Graz zurückkehre.

Was er ihr wärmstens empfehlen würde.

***

Schneereiche Winter?

Die gab es einmal.

Schade einerseits, wenn man bedenkt, wie schön die Stadt ist, wenn die Flocken fallen. Dann schmücken sich Hausdächer mit dicken weißen Hauben, Bäume und Sträucher werden zu bizarren Fabelwesen, und Wiesen, Gehwege und Fahrbahnen sind wie in Watte gepackt. Zauberwelt. Noch dazu gratis. Fort das hoffnungslose Grau. Geräusche, klar und deutlich, wie niemals sonst. Die Luft rein, als hätte Gott sie in der Waschmaschine gewaschen. Alles ist so schön, so unbefleckt, so friedlich.

Aber wie gesagt: Das gibt es kaum mehr. Heuer hat sich die weiße Pracht schon Ende Februar aus dem Staub gemacht und ist nicht wiedergekehrt. Seither ist alles grau in grau. Tiefhängende Wolken, Sturm und ganz viel Regen. Schlechte Zeiten für Tourismusmanager, Seilbahnbesitzer und Schifahrer. Katastrophale Tage für Menschen, die viel Licht brauchen, um mit sich selbst halbwegs im Gleichgewicht zu leben.

Ihnen scheinen diese dunklen Tage endlos.

***

Freitag, 8. März 2013, 21.50 Uhr.

Wochenende.

Für die einen heiß ersehnte Entspannung nach arbeitsreichen Tagen, für die anderen irritierende Unterbrechung eines Takts, der ihrem Leben Halt gibt.

Permanente, exzessive Arbeit. Ist das noch engagierter Broterwerb oder bereits krankhaftes Fluchtverhalten?

Ja, es stimmt, Ulla hat schon ihren Ehrgeiz, aber den haben andere auch, ohne es deshalb so auf die Spitze zu treiben, wie sie das gerade tut. Für einen Platz in dieser durch und durch männlichen Hackordnung. Einen guten Platz.

Nachdenklich sitzt Ulla Spärlich in ihrem abgewetzten braunen Lesesessel am Fenster, starrt in den Garten und auf den Fluss. Sie denkt nach. Draußen ist es düster. In Italien wäre es jetzt schön. Am Meer.

Seufzend verlässt die Kriminalbeamtin ihr Grübelplätzchen und wechselt aufs Sofa. Sie hat ein paar Akten mit nach Hause genommen, die bereits sauber geordnet auf dem Wohnzimmertisch liegen. Ganz oben ein geklärter Fall. Die Anzeige gegen zwei 16-Jährige aus gutem Haus. Betrügereien, Diebstähle und Erpressung. Trotz einer erfreulich klaren Beweislage leugnen die Burschen immer noch, und Ulla prüft nach, ob der Abschlussbericht an den Staatsanwalt so glasklar formuliert und vollständig ist, wie das sein soll. Eine Diebstahlanzeige liegt etwas abseits. Aus einem Kleiderkästchen des Asia Spa wurde ein Damenslip entwendet. Der Fall interessiert sie, weil nur das eine Kästchen aufgebrochen wurde und außer dem Schlüpfer nichts fehlt. Das ist seltsam. Gleich neben dieser Akte stapeln sich Anzeigen wegen Körperverletzung. Man fahndet nach einer Bande von fünf Jungs, die nachts durch die Stadt zieht und wahllos Passanten verprügelt. Es gibt schon insgesamt siebzehn Opfer und alle sind männlich. Eine unangenehme Sache. Die Presse ist schon unruhig und der Oberbürgermeister macht Druck. Er will keine amerikanischen Verhältnisse in der Stadt.

Ulla will das auch nicht. Sie wird vorschlagen, die Fußstreifen im Zentrum zu verstärken und einen eigenen Kriminalbeamten für diese Serie abzustellen.

Über das neue Quartier freut sie sich immer noch. Seit dem letzten Wochenende hat sie ihrem Heim durch ein paar persönliche Sachen bereits eine eigene Note verpasst. Oft entscheiden ja gerade Kleinigkeiten über den Charme eines Hauses. Und es ist so wichtig, dass sie sich in ihren eigenen vier Wänden wohl fühlt. Sonst gerät sie am Ende wieder aus der Spur.

„Gott, bin ich müde“, klagt sie und betrachtet die gerahmten Jugendfotos an der Wand. Ulla im Kindergarten, Ulla in der Schule, Ulla beim Laufen. Auf den Aufnahmen ist sie immer allein. Ein Einzelkind, das stets auch eine Einzelgängerin war. Ungewollt, wie sie heute sagt. Überhaupt gibt es bloß fünf Fotografien, aufgeteilt auf Wohnzimmer und Flur. Im Schlafzimmer hängt die sechste. Die Freiheitsstraße im deutschen Hagen. Das Haus, in dem sie ihre Kindheit verbracht hat. Frontalaufnahme in schwarz-weiß. Ein spitzgiebeliger Fachwerkbau im Winter 1978.

In ihrer Jugend war sie ja eher spröde gewesen. Ein unsicheres, introvertiertes Ding. Mit 15 Jahren im Gymnasium leistungsmäßig stets vorne mit dabei, galt sie allen doch nur als das verträumte Mädchen mit den traurigen Augen. Schon damals also diese eigenartige Zerrissenheit zwischen Job und Privatleben. Die ist ihr geblieben.

Ebenso das ständige Schlafdefizit. Seit 16 Jahren erwacht Ulla gegen drei und schläft danach nur noch phasenweise.

Wieso?

Panikattacken. Angst.

Dass einen die Scheidung der Eltern so hart trifft, ist beinahe lächerlich. Ein Leben voller Furcht, alleingelassen zu werden. Nichts hasst sie so wie Einsamkeit. Sogar heute noch flieht sie nachts verstört aus dem Bett, wenn sie die Stille nicht mehr aushält, und spricht sich dann selber lautstark Mut zu. Selbstgespräche führt sie manchmal auch tagsüber. Wie jetzt zum Beispiel.

„Das Alleinsein stört mich nicht", sagt sie laut und deutlich und glaubt es sogar, zumindest für den Augenblick.

Nach der Sache mit Bernd ging sie den Männern

lange aus dem Weg. Macht zwei Jahre und acht Monate ohne Sex, und die drei Typen vor Bernd will sie sowieso vergessen.

Bernd. Das tut immer noch weh. Diese Überlegung führt ihre Gedanken zwangsläufig zu Frank. Der ist natürlich jünger als sie, und ein viel zu oberflächlicher Typ, aber seit sie zusammen sind, ist wenigstens wieder einer da, der sie in die Arme nimmt. Ab und zu.

Ein Blick auf ihre schicke Uhr Marke *Rado*. 22.10 Uhr. Draußen ist es schon finster.

„Frank mag mich", flüstert sie trotzig und spürt ihrer Stimme nach. Sie klingt ein wenig verloren. Wie die eines verlaufenen Kindes. Dabei fixiert sie den Brief, der seit vorgestern auf ihrem Wohnzimmertisch liegt. Ein Brief ohne Absender, aber einem Poststempel aus Hagen. Das Kuvert noch ungeöffnet. Wer weiß, was da drin steht. Weg. Fort mit den trüben Gedanken. Nachdenklich wirft sie einen Blick aufs Fernsehgerät und nimmt die Fernbedienung zur Hand. Sie wird sich eine Sportsendung angucken. Möglicherweise fallen ihr dabei die Augen zu, und wenn sie Glück hat, träumt sie diesmal nicht von ihrem Vater oder von Edith, ihrer ehemaligen Nachbarin und Vertrauten. Von ihr und Bernd. Alles wäre anders gelaufen, wäre sie damals nicht überraschend nach Hause gekommen.

Dieses Miststück.

Dieser Hurenbock.

Das Ausmaß des Verrats schnürt ihr immer noch das Herz ab. Noch mehr, wenn sie daran denkt, was dieses Ereignis schließlich auslöste.

Nach der Sportberichterstattung wird sie sofort ihre Baldriantropfen schlucken, zu Bett gehen und endlich wieder einmal beten, nimmt sie sich vor.

Vielleicht schenkt ihr dann der Herrgott etwas Schlaf.

Und bewahrt sie vor bösen Träumen.

***

Etwa drei Stunden später.

Vorm Hauptbahnhof ist es still.

Der Mann, der aus dem Warteraum heraus in die kühle Nacht tritt, ist schlank, hat breite Schultern, trägt eine dick gefütterte schwarze Lederjacke, schwarze Jeans, halbhohe Schuhe und bewegt sich mit der Grazie eines Panthers.

Immer noch ist die Luft sehr feucht, und am pechschwarzen Firmament klebt ein undeutlich sichtbares, kilometerbreites Wolkenband. Im kalten Licht der Straßenlaternen glänzen die Pfützen auf der Fahrbahn wie gefroren. Mit wachen Sinnen und selbstsicherem Schritt weicht ihnen der einsame Spaziergänger aus.

Ein Blick nach links.

Nach rechts.

Weit und breit niemand zu sehen.

An der Bahnhofsbrücke wechselt der Nachtschwärmer auf den Gehsteig, geht noch ein paar Meter in Richtung Stadtzentrum, streicht dabei mit seiner Linken über das Brückengeländer und ertastet sofort wieder die kreuzförmige Ausnehmung, die er dort eigenhändig ins Metall gefeilt hat. Vor endlos vielen Jahren.

Geistesabwesend hält er an, dreht sich zum Fluss und sieht sich um. Rechter Hand die evangelische Kirche. Dahinter die Universität. Unter ihm die Murpromenade, die jene mit dichtem Buschwerk bestandene Böschung ersetzt, auf die er seinerzeit als Kind geklettert war, um in ihrem Schutz zu fischen. Verbotenerweise.

Süßer Vogel Jugend. Süß? Er stutzt.

Seine Jugend war hart gewesen. Sehr hart. Gleichmütig hebt er den Kopf und blickt zu den Wehranlagen des neuen Kraftwerks, die den Fluss zähmen, ihn in eine neue Form drängen, um seine Wasser ein Stück weiter flussabwärts durch Turbinen zu pressen und ihm Elektrizität abzugewinnen. Tag und Nacht.

In anmutigem Bogen überspannt die neue Fußgängerbrücke den angeschwollenen Fluss. Ein Übergang von der Südbahnstraße in die sogenannte Au, wo das preisgünstige Freibad durch ein mondänes Asia Spa samt Hotel ersetzt wurde. Mit Eintrittspreisen, die sich kaum jemand leisten kann.

Nordwind. In kurzen, strammen Stößen. Wild verwirbelt sich sein Haar. Scheißwetter! Fröstelnd stellt der Mann auf der Brücke den Kragen seiner Jacke auf, lauscht in sich hinein und starrt bewegungslos in die Fluten.

Warum er gerade jetzt unterwegs ist?

Traditionsbedingt.

Von Freitag auf Samstag und von Samstag auf Sonntag hält es ihn selten daheim. Da reizt ihn die fast alleinige Gesellschaft der Dinge, die ihm nachts begegnen. Es ist, als nähme er Besitz von ihnen, indem er sie mit den Augen auffrisst, mit den Fingern betastet, sie beschnuppert und den Geräuschen nachsinnt, die ihnen entfliehen. In diesen Momenten sind sie alle sein.

Schon als Jugendlicher war er nachts aus dem Fenster geklettert, um loszuziehen. Unruhig. Orientierungslos. Erst später hatte er gelernt, sich zielgerichtet zu bewegen, hatte seinen charakteristischen Gang entwickelt, den selbstbewussten Schritten seiner Mutter gleich. Jenen ruhigen Tritt, mit dem sie stets auf ihn zugekommen war, um ihn blutig zu schlagen. Ohne besonderen Hass, mehr mit geschäftsmäßiger Routine. Wie lange das her ist? Tausend Ewigkeiten. Aber der Wundschmerz brennt noch. Unentwegt.

Erst eine beschissene Kindheit, dann der Verlust der Liebsten. So etwas drückt einem schon das Herz ab. Es nagt am Selbstvertrauen. Ekelhaft.

„Scheißdreck."

Voller Bitterkeit spuckt der Spaziergänger in den Fluss, wendet sich ab und setzt seinen Weg fort. Beobachtet ihn jemand? Ein Blick über die Schulter. Niemand da. Die Nerven. Zeichen von Überlastung. Kein Wunder.

Endlich steht er vor der Montanuniversität. So gern hätte er hier studiert, damals. Wehmütig betrachtet er das ehrwürdige Hauptgebäude mit seinem trapezförmigen, rot gedeckten Dach, den herrlich spitzen Giebeln, den dicken Mauern und dem hohen, respekteinflößenden Portal. Daneben der niedrigere Neubau, der architektonisch gut in den Altbestand eingebunden ist und dessen moderne Fassade er so bewundert. Im gesamten Komplex brennt kein Licht. Passt so.

Ein dumpfes Geräusch.

„Ist da jemand?“

Immer stärkerer Wind. Achselzuckend dreht sich Chefinspektor Joe Maringer um und eilt mit weit ausladenden Schritten und gesenktem Kopf zurück zum Bahnhof.

Im Stadtzentrum jault schrill ein Martinshorn, wird laut und wieder leiser, entfernt sich schließlich ganz.

Gleich danach fällt erneut schwerer Regen.

***

Schummrige Beleuchtung.

Lichtblitze im Minutentakt.

Dazu bassbetonter, stampfender Beat.

Der Chef des Moonlight ist ganz und gar der Musik der 1960er Jahre verfallen. Trotzdem. An den Wochenenden ist es randvoll. Da tanzt sich hier fast die ganze Jugend der Stadt die Seele aus dem Leib.

Mit wippenden Hüften steht Elke Röhm am Tresen, trinkt einen Cocktail und gibt dem Jungen, der sie zum Tanz auffordert, einen Korb.

Derweil schiebt sich der Grazer Kriminalbeamte

Bernd Koschinsky durch die dichte Menschenmenge, mustert Frau um Frau und kann sich nicht entscheiden, welche Braut er als erste anbaggern soll.

Unterdessen sitzt 20 Meter weiter links der ganz in Schwarz gekleidete Rauschgiftfahnder Joe Maringer an einem der vielen kleinen Tische am Rand der Tanzfläche, nippt an einem Glas Bier und unterhält sich mit einer Blondine.

An der Theke drängt sich das männliche Publikum. Elke Röhm sieht niemanden darunter, der sie reizen würde. Seufzend telefoniert sie nach einem Taxi, gibt der Kellnerin einen Wink, bezahlt ihre drei Drinks, holt ihren Mantel von der Garderobe und macht sich davon.

Als sie auf dem Parkplatz hinter der Diskothek auftaucht, ist es kurz nach halb drei. Der Boden glänzt und die Luft ist noch feucht, doch es regnet nicht mehr. Grübelnd spaziert die junge Blondine durch die Reihen der abgestellten Fahrzeuge.

Ob der Sohn dieses Sportartikelhändlers einer ist, mit dem sich etwas Ernsthafteres anfangen ließe? Der Junge kommt aus einer großzügigen, vermögenden Familie. Nie wieder jeden Cent zweimal umdrehen müssen. Das wäre doch schon einmal eine ganz gute Basis für eine längere Gemeinschaft von Mann und Frau.

Über Elke prangt ein blasser Mond. Wenn hier bloß nicht so viele Leuchten ausgefallen wären. Man sieht ja fast nichts. Ein Automotor tuckert in der Dunkelheit. Hört sich nicht nach ihrem Taxi an. Wo bleibt es denn? Vor Elke eine riesige Pfütze, der sie mit gerümpfter Nase ausweicht. Leere Pappbecher liegen zu ihren Füßen. Es stinkt nach Bier. Langsam wird ihr doch ein wenig unbehaglich zumute.

Da, aus der Finsternis heraus, eine blitzartige Bewegung. Dazu ein Geräusch, als platze ein Luftballon. Der Faustschlag trifft die junge Frau präzise am Kinn und reißt sie von den Beinen. Sekunden später liegt sie auf dem nassen Asphalt. Eisige Kälte zuckt vom Rücken über die Hüften bis in ihre Beine. Ein dichtes, dumpfes Grollen dröhnt durch ihren Kopf. Dann ist da nichts mehr.

Als sie aus der kurzen Bewusstlosigkeit erwacht, schleift sie jemand an den Beinen über den Boden. Ihre Arme pendeln oberhalb des Kopfs, Mantel und Rock sind weit hochgeschoben, und ihr Kinn ist seltsam taub. Unwillkürlich stiehlt sich ein Stöhnen aus ihrem Mund. Sofort lässt der Entführer ihre Beine los, beugt sich über sie und presst ihr einen Wattebausch auf die Nase. Sogleich wird ihr wieder schwarz vor Augen.

Sie erwacht in einem unverputzten, kalten Kellerraum, auf einem Bett liegend, die Hände mit Handschellen auf dem Rücken gefesselt. Grelles Licht sticht ihr in die Augen und zwingt sie zum Blinzeln. Als sie den Kopf dreht, sieht sie ein Stück eines Aquariums. Davor ein Mann, der sich gerade die Hosen auszieht.

Instinktiv will sie schreien.

Aber sie kann nicht.

***

Am darauffolgenden Tag.

Es ist zwei Uhr früh.

Das Mädchen vor dem italienischen Restaurant ist Mitte 20 und attraktiv. Sie hat ein helles Gesicht mit hoher Stirn, umrahmt von fülligem Haar. Blond, vor Nässe ganz schwer. Dazu gerade Schultern und ein durchgedrücktes Rückgrat. Sie trägt den Kopf stolzer als andere Mädchen dieses Alters.

„Hallo", lächelt Ulla, spannt den Regenschirm auf, neigt den Kopf und spürt dem vielen Wein nach, der jetzt langsam seine Wirkung entfaltet.

Die Kleine schweigt und senkt den Blick.

„Auch genug getanzt?" Mitten im Sprechen registriert Ulla die Plattheit ihrer Frage und rettet sich in einen spöttischen Unterton.

„Oh ja."

Ulla ist ungefähr gleich groß wie das Mädchen vor ihr, aber nicht so feingliedrig, so elfenhaft.

„Es ist spät."

Die Blondine hat den Kragen ihres schwarzen Mantels aufgestellt und wirft einen skeptischen Blick zum Himmel, aus dem es immer noch tropft, als wäre da oben eine Leitung leck.

„Sie warten auf ein Taxi?"

„Seit zehn Minuten. Es kommt nicht. Sie sind die Polizistin, nicht wahr?"

„Sieht man das?"

„Nicht unbedingt."

„Stimmt. Ich arbeite bei der Kripo", bestätigt Ulla mit rauer Stimme. „Und ich werde abgeholt."

„Sie Glückliche. Können Sie mich mitnehmen?"

„Warum nicht? Mein Freund erledigt das."

Lautes Hupen. Es dauert ein paar Augenblicke, bis sie Franks Flitzer ausmacht.

„Da drüben."

„Der Sportwagen?"

„Ein Studentenfahrzeug", relativiert Ulla. „Japanisches Erzeugnis mit einem etwas seltsamen Motor. Günstig gekauft." Missmutig denkt sie an das Geld, das sie diesem Windhund für den Autokauf vorgestreckt hat. Ob sie das jemals zurückkriegt?

Wie auf Kommando laufen die beiden Frauen los. Ulla öffnet ihrer Bekanntschaft den Wagenschlag, und die lässt sich auf die Rückbank fallen. Inzwischen beugt sich Frank über den Beifahrersitz und öffnet Ulla von innen die Tür.

„Hallo, Süße."

„Servus. Wir haben einen Gast. Bitte bring das Mädel nach Hause."

„Mit Vergnügen."

„Marekkai 16. Sie wissen, wo das ist?"

Frank nickt so heftig, dass seine halblangen, blonden Haare fliegen. Seine grauen Augen blitzen, als er das Mädchen im Innenspiegel betrachtet. Die beiden Damen sind nass und frieren. Routiniert schaltet der Junge die Heizung auf Volllast und lässt den Wagen im zweiten Gang an die Kreuzung rollen.

„Ist das Gebläse zu stark? Die Scheiben laufen sonst an." Franks Blick klebt am Innenspiegel.

„Passt schon. Nur keine Umstände." Das Mädchen lacht. Glockenhell.

„Hör auf zu flirten", zischt Ulla böse und boxt ihrem Freund in die Seite. „Und kein Wort mehr zu ihr, sonst bring ich dich um."

Er schweigt dann auch.

„Wie hat Ihnen die Hochzeit gefallen?"

„Nicht so besonders. Die Rollenspiele fand ich bescheuert und der Sohn des Innenarchitekten Paulik hat sich an mich herangemacht. Eigenartiger Typ. Spricht kein Wort und ist so lästig."

„Ach, der. Ich weiß schon", meint Ulla. „Mir ging er auch ganz schön auf die Nerven."

Der Kerl studiere mit ihm, sagt Frank. Er stottert.

Eine Viertelstunde später steigt die Blondine aus. Frank fährt jetzt schneller als zuvor, und es ist bedenklich still im Auto.

„Du lieferst mich ab und das war es dann für heute", knurrt sie beleidigt.

„Wie du willst."

Keine fünf Minuten später startet Frank den zu erwartenden Angriff. „Diese Kopfschmerzen. Eine Tasse Tee wäre jetzt gut. Mit viel Zitrone."

Ulla reagiert nicht.

Beharrlich hängt der Fuß des Studenten auf dem Gas. Am Ende der endlos langen, sanften Rechtskurve beginnt die nächste Gerade. 100 Meter weiter taucht bereits Ullas Unterkunft auf. Vorsichtig tastet Franks Hand nach ihrem Knie. Ihr Haar duftet nach Akazien und ihre Lippen glänzen.

„Weg da. Und schau mich nicht so an", protestiert sie.

„Warum nicht?"

„Du bist ein Filou."

„Schön, wie du das sagst."

„Idiot."

Genau in diesem Moment bremst Frank den Wagen sanft ab, zieht den Mazda nach rechts in die Einfahrt, fährt auf den leeren Parkplatz und stellt den Motor ab.

„Nimm mich mit rein. Komm schon."

„Ich will nicht."

Was wieder einmal alles entscheidet, ist sein Lächeln. Scheu und auf eine ganz eigenartige Art verloren, müde und voller Melancholie.

Du machst es ihm zu leicht, verdammt noch einmal, lästert die altbekannte Stimme in ihrem Kopf, aber sie spürt schon, wie sie nickt. Dummes Mädchen. Wieso machst du das?

Mittlerweile gießt es in Strömen, und bis sie den Parkplatz überquert haben, sind sie beide tropfnass.

„Herrgott, ist das ein März." Zitternd vor Aufregung und Kälte schließt Ulla die Eingangstür auf, zieht ihr dunkelrotes Cape aus und hängt es an die Garderobe.

„Ach ja. Dein Tee. Verzeih."

„Lass das. Du weißt, worauf ich aus bin."

Lächelnd lässt sie sich von ihm ins Schlafzimmer drängen. Mit zittrigen Knien.

„Diese gedämpfte Beleuchtung ist einfach geil", murmelt der neun Jahre jüngere Student und öffnet den Reißverschluss ihres Kleids.

„Warum ich?", fragt Ulla später, als sie beide nackt nebeneinander liegen.

„Es ist, weil du strahlst", flüstert er, nimmt ihre

Hand und legt sie auf seine Brust. „Ich kann nicht aufhören, dich zu betrachten, wenn du neben mir liegst."

„Das sagst du bloß so."

„Ich sag es, weil es die Wahrheit ist", versichert er ihr und denkt dabei an die süße Blondine von vorhin.

Die ist genau seine Kragenweite. Die wird er sich holen.

Und die Affäre mit seiner Bullenmaus? Die läuft wahrscheinlich auch nebenbei.

Und wenn nicht? Dann eben nicht.

Zufrieden schließt Frank die Augen.

Das Leben kann schön sein.

So schön.

***

Kurz vor der Morgendämmerung.

Die Brücke am anderen Ende der Stadt liegt da wie eine schlafende Geliebte.

Der Regen lässt nach, als der massive Geländewagen in die dunkle Einfahrt des Baumarkts rollt und die Scheinwerfer verlöschen. Dafür brettern Sturmböen dem Jeep entgegen, als wollten sie ihn vom Asphalt fegen. Aufmerksam mustert der schwarzgekleidete Typ am Steuer die Umgebung. Kein Schwein zu sehen. Das dankt er diesem Hundewetter.

Fröstelnd steigt er aus, zieht seine Mütze tiefer in die Stirn und nestelt in den Außentaschen seiner schwarzen Jacke. Die konzentrierte Ernsthaftigkeit, mit der er seine Finger in die dünnen Einweghandschuhe zwängt, gleicht den Vorbereitungen eines Arztes im Operationssaal. Prüfend streckt er die Arme ins Mondlicht und betrachtet seine Hände. Der Gummi wird keine Spuren hinterlassen. Gut so.

Entschlossen steigt er wieder in den Wagen und lenkt ihn aus der Einfahrt zurück auf die Straße. Die 300 Meter bis zur Flussbrücke, welche die zwei westlichen Ortsteile miteinander verbindet, verzichtet er aufs Abblendlicht und hält exakt dort, wo er die tiefste Stelle des hochwasserführenden Flusses vermutet. Ein letzter Blick in den Rückspiegel. Es kann losgehen.

Nervös springt er aus dem Wagen, geht nach hinten und öffnet die Heckklappe. Die junge Frau, die in einen dicken Schlafsack gebettet im Laderaum liegt, blinzelt angstvoll ins Licht der Taschenlampe, das ihr Gesicht abtastet. Sie schreit, aber durch das vom Kinn bis knapp unter die Nase mehrfach über den Mund geklebte Hansaplast dringt nur ein ersticktes Stöhnen. Verzweifelt windet sie sich und stößt mit dem Kopf nach ihm, aber ihre Hände sind mit Handschellen auf den Rücken gefesselt. Sie hat keine Chance.

Vorsichtig zieht der Entführer seine Gefangene bis an die Ladekante und öffnet den Reißverschluss des Schlafsacks so weit, dass die nackten Brüste des Opfers zum Vorschein kommen.

Klassetitten, überlegt er. War schön mit ihr. Im Grunde ist es ja wirklich schade um sie. Mit leisem Bedauern stopft er scharfkantiges, schweres Kalkgestein in den Schlafsack und wirft eine Plastikrose dazu. Er sieht dem Mädchen an, dass es ahnt, was ihm blüht. Es bäumt sich auf und versucht, die auf dem Rücken fixierten Hände nach unten zu ziehen, um mit den Beinen über die Fesseln zu steigen und die Arme vor die Brust zu bekommen. Angstschweiß steht der jungen Frau auf der Stirn, und ihre Pupillen weiten sich.

Unbarmherzig zieht der Mann den Reißverschluss des Schlafsacks bis an ihren Hals zu und umwickelt ihre Hüften mit zwei Eisenketten. Schließlich verbindet er die Kettenglieder mit einem Vorhängeschloss, holt einen Jutesack vom Beifahrersitz, zerrt ihn von den Beinen bis zur Brust des Opfers hoch und füllt ihn ebenfalls mit Steinen. Dabei will ihm Elke Röhm noch einmal die Stirn ins Gesicht rammen. Erfolglos. Mit einem schadenfrohen Grinsen zieht er das Jutegeflecht weiter bis über den Kopf der Ärmsten und verschnürt den Riesenbeutel mit einer Nylonschnur.

Der Wind kommt in scharfen Böen von rechts. Der Mann schwitzt tüchtig, als er sich das schwere Paket über die Schulter legt und schwankend ans Geländer tritt. Ein kräftiger Wurf, gefolgt von einem satten Platschen. Der Sack geht sofort unter und taucht auch nicht mehr auf, solange der Mörder die Wasseroberfläche beobachtet.

Als es so kalt wird, dass ihm die Zähne klappern, schlendert er zurück zum Wagen, schließt die Heckklappe, setzt sich ans Steuer, startet den Motor und dreht das Abblendlicht an. Das alles geschieht ohne große Eile. Heute ist es hier so einsam, wie er es sich nur wünschen kann. Endlich legt der Mann einen Gang ein und tritt aufs Gaspedal.

Mit sonorem Schnurren setzt sich der Jeep in Bewegung.

Verschreckt versteckt sich der Mond hinter den Wolken.

Es ist, als würde er sich schämen.

***

Ihr sehnlichster Wunsch?

Weiterpennen.

Ulla schläft stets tief und traumlos, wenn Frank bei ihr ist, aber dieser Scheißwecker hört nicht auf zu schrillen, und sie tastet eine Weile blind herum, bis sie ihn auf dem Nachtkästchen findet und das Läutwerk abstellt.

Mit noch geschlossenen Augen schnuppert sie und registriert einen herben Männerduft. Lagerfeld Jako. So frisch wie gerade aufgesprüht. Vorsichtig öffnet Ulla ihre Augen. Durch das breite Fenster flutet Sonnenlicht den Raum und lässt sie die zerwühlten Kissen neben ihr gut erkennen.

„Frank?"

Keine Antwort.

„Hörst du nicht?"

Alles still. Also raus aus dem Bett und eine Kontrollrunde gedreht. Der Kerl ist weg. Schon wieder.

„So ein verdammter Mist." Verzweifelt hebt Ulla

ihren BH vom Boden auf und schleudert ihn gegen die Wand.

Zurück in den Flur und in die Küche. Auf dem Tisch liegt eine Passionsfrucht. Atemlos löffelt sie das Fruchtfleisch mit den vielen sauren Kernen. Ohne jeden Appetit.

Diesen Sonntagmorgen hat sie sich anders vorgestellt. Ganz anders. Verbittert läuft sie ins Badezimmer. Körperpflege. Anziehen. Sie wählt die blaue Trainingshose, ein weißes Langarmshirt und die orange Sportjacke. Noch ein Shirt zum Wechseln und einen Pullover in ihren Lieblingsrucksack gesteckt. Fertig.

An Tagen wie diesen gibt es nur eins: Ab ins Fitnessstudio und ordentlich schwitzen. Den Schmerz aus den Poren jagen. Sich niedermachen. In den Boden stampfen. Bis zum Anschlag.

Die Stadt schläft noch, als sie lostrabt. Nur wenige Autos begegnen ihr, und einen Fußgänger kann sie überhaupt nicht entdecken.

Der im Volksmund Alte Turnhalle genannte Gebäudekomplex unweit der Ausläufer eines Mischwaldgürtels, der den Stadtteil nach Norden hin abgrenzt, steht unter Denkmalschutz. Wahrscheinlich wäre er sonst schon vor Jahrzehnten abgerissen worden. Seinerzeit feierten die Bergleute darin rauschende Feste, später kamen auch andere Tanzveranstaltungen dazu, aber mit dem Ende des Bergbaus war es auch mit der Alten Turnhalle vorbei. Jetzt verbirgt sich hinter den dicken Mauern mit der renovierten Jugendstilfassade ein Fitnesscenter.

Eines der modernsten weit und breit.

Vor dem Haupteingang parken schon mehrere Wagen. Einige stehen ganz dick im Halteverbot. Polizei verirrt sich ja nur selten hierher. Diese Lenker haben also nichts zu befürchten. Das ärgert Ulla.

Innerhalb von fünf Minuten hat sie sich umgezogen und legt los. Die Chefinspektorin ist ganz gern hier. Sie mag die Gemeinschaft. In der Halle riecht es nach abgestandener Luft und saurem Schweiß. Starke Männer trainieren an den Geräten. Zwei Frauen reagieren sich am Stepper ab, eine Brünette tut etwas für ihre Bauchmuskulatur und eine Rothaarige plagt sich auf dem Laufband. Ehemalige Lehrerin. Gute Figur.

Ulla trainiert mit großer Ernsthaftigkeit. Eine Stunde später ist sie fertig. Sie duscht heute länger als sonst und spürt beim Anziehen ein unangenehmes Frösteln. Auch später, als sie mit dem Rucksack auf dem Rücken wieder nach Hause läuft.

Hoffentlich hat sie sich nicht verkühlt. Für solche Dinge ist sie anfällig.

Die Wolken hängen jetzt ganz tief. Dazu frischt auch noch der Wind auf. In Hagen war es im März auch immer so windig.

„Mein Gott, der Ruhrpott. Ist das lange her.“ Sie seufzt. Für spontane Heimwehpflege hat sie immer ein Foto im Außenfach des Rucksacks mit dabei. Es zeigt eines ihrer Lieblingsmotive. Die Lenne mit der Stennertbrücke, darüber den Schlossberg und das Schloss Hohenlimburg, mit seinem wundervollen Schmiedeeisenbrunnen und den zierlichen Erkern.

Am meisten vermisst Ulla die langen Spaziergänge auf dem Raffenberg. An zweiter Stelle der Sehnsuchtsskala liegt die Sankt Bonifatiuskirche, gefolgt von Kirmes, Sauerbraten und dem sogenannten Heringstipp, ihrer ehemaligen Leibspeise, bestehend aus Fisch, Gemüse, Ananas, Mayonnaise und kleinen gekochten Kartoffeln. Die Heimat ist ihr immer präsent. Zumindest im Kopf.

Und sonst? Ab und zu ein Besuch via Internet. Virtuelles Glücksgefühl. Stimmt schon, Papa lud sie mehrmals ein. Es waren Briefe, die sie nie beantwortet hat. Hagen besuchte sie 1996 zur Beerdigung ihres Brieffreunds und kürzlich, um den Vater zu begraben. Das war's.

Mein Gott, die Familie. Natürlich gibt es Dinge, die sie dem Vater immer noch nachträgt, aber im Grunde steht er ihr innerlich näher als Mama. Die weiß ja wirklich gar nichts von ihr. Die nervt bloß. „Warum dieser abartige Beruf, Kind?", fragt sie immer wieder. „Wieso gerade die Polizei?"

„Wegen der Kohle, Mama", erwidert Ulla dann für gewöhnlich. Ist natürlich gelogen. In Wahrheit wurde sie Polizistin, weil sie als Historikerin keinen Job bekam.

Inzwischen ist Ulla wieder daheim.

Menschenleere Räume haben etwas Deprimierendes. Also was tun? Waschen, umziehen und die Topfpflanzen gießen. Kaum ist sie fertig, läutet es an der Haustür.

„Du? Mein Gott."

„Ich. Jawohl."

„Wieso bist du einfach abgehauen?“

„Hab mir ein paar Skripte geholt. Physik.“

Ein seltsamer Laut löst sich aus Ullas Kehle. Irgendetwas zwischen Weinen und Lachen.

Selig lässt sie sich von Frank küssen.

Der beginnt auch sofort, sie auszuziehen.

Der nächste Morgen. Ein böser Traum.

„Judith Amras, 23 Jahre alt, wohnhaft am Marekkai 16“, murmelt Ulla Spärlich gedankenverloren und versucht, zu verarbeiten, was ihr das Mädchen vor einer Stunde am Telefon erzählt hat. Demnach haute Frank gestern nicht bloß wegen seiner Skripte ab, sondern versuchte, bei dieser Judith zu landen. Die Kleine war so anständig gewesen, ihm eine Abfuhr zu erteilen. Gott sei Dank. Ja, Frank ist ein Weiberheld, und nach dem Studium wird er weggehen. Die meisten Abgänger der Montanuniversität tun das. Die bekommen exzellente Stellenangebote. Denen steht die Welt offen. Auf zu neuen Ufern. Ulla schnäuzt sich.

Sitzengelassen werden?

Damit hat sie kein Problem. Das kennt sie schon.

Und Entwurzelung.

Nach der Scheidung der Eltern und der fluchtartigen Abreise aus Hagen lebte sie in Dortmund, Passau und Linz, ehe sie in der Steiermark landete. In Graz, der Geburtsstadt ihrer Mutter. Das wurde ihr zur zweiten Heimat. Deshalb ihr Zaudern, die Wohnung dort aufzugeben und in die nächste fremde Stadt zu ziehen.

Obwohl: Ein Leben fernab der Verwandtschaft hat auch seinen Reiz. Man wird selbstständiger, unter Umständen sogar toleranter. Sie braucht ja Toleranz. Spätestens, wenn Mama sie mit ihren unsäglichen Anrufen quält. „Du musst ordentlich essen, Kind. Schau, dass du einen Mann findest, der dich heiratet, Ulla."

Da ist sie dann immer noch nahe dran, durchzudrehen.

Apropos Mann. Was macht sie mit Frank? Ihn zum Teufel jagen? Ullas Magen vibriert und wird steinhart, als sie daran denkt.

„Anscheinend schlafen Sie heute noch, Frau Kollegin. Das ist bedauerlich." Ihr Chef.

Ach du grüne Neune. Das fehlt noch.

Mit gut gespielter Zerknirschung entschuldigt sie sich.

Der knapp 51-jährige Konrad Nüssler nickt bloß, strafft seinen Rundrücken und hüstelt nervös. Der schlaksige, schnauzbärtige Major, der dem fast vergessenen Stummfilmstar Buster Keaton wie aus dem Gesicht geschnitten ist, kann seine Stellvertreterin immer noch nicht leiden. „Sie sollten Ihren Job ernster nehmen", motzt er, knöpft sein braunes Jackett auf, lockert seinen Schlips und schiebt der Chefinspektorin eine Mappe über den Tisch.

„Der Dienstbericht vom Wochenende?"

„Was sonst?" Ullas Vorgesetzter klingt gereizt, er fährt sich durchs schüttere Haar, erhebt sich und geht ans Fenster. Dann steckt er sich eine Zigarette an und wirft einen Blick in den Innenhof, in dem die Dienstfahrzeuge parken.

Ulla blättert hektisch in den Unterlagen.

„Das war vielleicht wieder eine Scheißnacht“, brummt Nüssler zwischen zwei Lungenzügen. „Neun Einbrüche, vier Raufereien unter Ehepartnern, zwei schwer verprügelte Jugendliche, beschädigte Autos in der Judendorfer Straße, Diebstahl einer Geldbörse im Restaurant Arkadenhof und eine Abgängigkeitsanzeige. Ein verschwundenes Mädchen.“

„Ach. Weiß man schon Näheres?“

„Sie haben die Mutter befragt. Die kann uns gar nichts sagen. Typisch.“

„Wie teilen wir die Arbeit auf?“

„Um die Sachbeschädigungen, die Ehestreitigkeiten, Schlägereien und den Diebstahl kümmern sich Fuchs und Weiprecht. Die hatten gestern Nacht Journaldienst. Die Einbrüche bearbeiten Gratzer und seine Mitarbeiter.“

„Dann übernehme ich die Sache mit dem Mädchen“, ergänzt die Chefinspektorin die Worte ihres Herrn und Meisters, nimmt die Mappe und federt hoch.

„Das hat Zeit.“ Gedankenverloren befiehlt ihr Nüssler, ihn bei der Morgenbesprechung mit dem Polizeidirektor zu vertreten. Ihre schriftliche Stellungnahme zur Strafprozessreform sei auch noch ausständig.

Ulla entkommt ein tiefes Seufzen. Sie weiß, Nüssler ist sauer, weil er zum Oberbürgermeister muss. Unglücklicherweise sind die fünf Schläger, welche nachts das Stadtzentrum unsicher machen, immer noch nicht gefasst, und was der oberste Politiker der Stadt dazu zu sagen hat, kann sie sich lebhaft vorstellen. Daneben ist ja auch noch diese Podiumsdiskussion zum zunehmenden Vandalismus vorzubereiten. Ein unangenehmes Thema. Luftpuderei, wie der Major zu sagen pflegt. Viel Wind und wenig Resultate.

Ob man wegen dieser Abgängigen doch nicht besser sofortige Erhebungen einleiten solle, fragt sie dennoch keck.

Unwillkürlich verzieht Nüssler das Gesicht. „Weiprecht kann ja schon einmal in den umliegenden Krankenhäusern nachfragen", meint er verdrossen. „Das schadet nicht. Vielleicht hängt sie ja wirklich dort herum. Mit einer Alkoholvergiftung", schließt er.

Wie ungerecht dieser Mensch ist, ärgert sich Ulla. Und wie dumm. Camus hat schon Recht, wenn er sagt: *Grausamkeit empört, Dummheit entmutigt.*

„Wie Sie meinen", erwidert sie gleichgültig.

„Meine Antwort passt Ihnen nicht, oder?"

„Wieso? Gibt es sonst noch etwas?"

„Klar doch. Den Spruch des Tages." Zielsicher zieht der cholerische Kripochef ein schmales Büchlein aus seiner Sakkotasche und schlägt es auf.

„Es gibt nichts Gutes, außer man tut es", zitiert er im Brustton der Überzeugung. Ulla nimmt es hin. Gottergeben.

„Na dann mal los."

Aufatmend verlässt die Chefinspektorin Nüsslers Büro, verzieht sich in ihre Kanzlei und studiert noch einmal die Tagesberichte.

Elke Röhm. Abgängigkeitsanzeige, erstattet am Samstag, 12.30 Uhr. Röhm. Hat sie den Namen nicht schon einmal gehört? Wo denn? Sie kann sich nicht erinnern.

***

Während sie nachdenkt, zieht Ullas Chef eine Etage tiefer gerade das Telefon an der Strippe über den Tisch und wählt eine Nummer.

„Joe? Nüssler spricht. Wie war dein Wochenende? Gut? Das freut mich. Ich? Schlecht gelaunt? Ach wo. Die Spärlich war gerade bei mir. Jetzt ist die schon wochenlang bei uns und es läuft immer noch nicht."

Maringer sagt erst einmal gar nichts. Ist auch nicht nötig. Nüssler quasselt ja sowieso gleich weiter. „Die Frau Magistra nervt mich", jammert er. „Wenn ich ihre Stimme höre, bekomme ich Schweißausbrüche."

„Sie ist eine gute Kriminalistin", antwortet Maringer. „Fleißig, zäh und gar nicht dumm."

„Ich spreche nicht vom Arbeitspensum, ich rede von ihrem Führungsverhalten", faucht der Major. „Schließlich ist sie meine Nummer zwei. Obwohl ich dich als Stellvertreter vorgeschlagen habe. Nicht zuletzt wegen ihrer bekannten Mängel. Die Spärlich haben wir den Ignoranten im Ministerium zu verdanken. Die Frau ist doch ungeeignet. Jemand, der die Nerven verliert, ist auf einer Führungsposition fehl am Platz."

„Die Sache in Graz ist lange her", wendet Maringer ein. „Da denkt kein Mensch mehr dran."

Darauf würde er nicht wetten, unterbricht ihn Nüssler. Außerdem können ihm Weiber sowieso gestohlen bleiben.

„Ach Gott. Die Spärlich kann doch nichts dafür, dass dir Beate davongelaufen ist", entgegnet Maringer. „Sie erinnert dich an sie. Deshalb ist sie dir so unsympathisch. Gibt es sonst noch etwas?"

„Und ob. Die Drogenproblematik. Der Oberbürgermeister drängt. Im Herbst stehen Wahlen an, und da ist Sicherheit wieder das große Thema. Du musst mich mit den aktuellen Zahlen versorgen und dir über Prävention Gedanken machen. Ein neues Projekt gehört her. Etwas Spektakuläres. Etwas Medienwirksames."

„Ein Showprogramm meinst du", grinst der Drogenfahnder freudlos.

„Ich sehe, du hast mich verstanden", freut sich der Major und legt nachdenklich auf.

Kein Zweifel. Joe hat ein Auge auf die Spärlich geworfen, resümiert er und kratzt sich am Hals. So ein Idiot. Aber wie auch immer: Das ist ein Umstand, auf den er ab sofort Rücksicht zu nehmen hat.

***

Ullas Besprechung mit dem Polizeidirektor dauert bis Mittag.

Die Kriminalstatistik ist das Thema.

Die Zahlen des Bundeslands Steiermark sind

tiefrot, und in der Stadt läuft es auch nicht rund. Eine wahre Lawine an Einbrüchen und Kaufhausdiebstählen schwappt übers Land, und das Innenministerium weiß nicht mehr, wo ihm der Kopf steht. Allgemeines Nachdenken ist angeordnet, weshalb sich jetzt sogar die örtlichen Führungskader nach Kräften anstrengen müssen, um geeignete Gegenstrategien zu finden. Bisher vergeblich.

Mittagessen? Vergiss es. Der neue Küchenchef kocht unter jeder Sau. Wenn einer nicht einmal mehr Spaghetti ordentlich hinkriegt, ist Hopfen und Malz verloren. Also kauft Ulla eine Cola, Pfefferminzbonbons, zwei Wurstsemmeln, und das Thema ist durch.

Kurz nach zwölf.

Kaltes elektrisches Licht in Ullas viel zu kleinem Büro. Ein Schreibtisch mit PC, zwei Sessel, ein Bücherregal, ein Kleiderkasten und eine Garderobe. Die Zimmerlinde, trostlos dahinsiechend auf einem alten Blumentisch. Und das gekippte Innenfenster mit seiner verschmierten Scheibe? Viel zu schmal, um den Raum zu lüften.

Lustlos tippt die stellvertretende Kripochefin die verlangte Stellungnahme in den Computer. Dazwischen ruft sie immer wieder Weiprecht an, erreicht ihn aber nicht. Der Kollege ruft auch nicht zurück, aber das ist bei den Herren anscheinend generell nicht üblich. Die Leute gehen ihr auf die Nerven. Sie fühlt sich gar nicht wohl hier.

Kurz vor Dienstende feilt Ulla noch schnell an einem Vortrag für die nächste Mitarbeiterschulung, und ab die Post. Raus aus diesem unfreundlichen Bau.

Der Weg zu Fuß durch die Innenstadt nach Hause ist eine Wohltat. Bedeckter Himmel und leichter Wind, aber die Luft riecht ganz rein und klar, und das tut Ullas Seele gut. Den in Augenhöhe an die Wohnungstür geklebten Zettel bemerkt sie erst, als sie eintritt, so sehr ist sie im Gedanken. Eine Nachricht. Von Frank.

'*Kann erst morgen wieder kommen. Tut mir leid!*' Der Punkt unterm senkrechten Strich des Rufzeichens hat die Form eines Herzens, und der Zettel duftet nach Lagerfeld.

Dieser verdammte kleine Scheißer. Ulla kommen die Tränen hoch. Sie wird mit ihm Tacheles reden, schwört sie sich. So geht das nicht.

Verdrossen schält sie sich aus den Kleidern, lässt die Wäsche auf dem Boden liegen, streift das Joggingzeug über und rennt sich am Fluss entlang den Frust aus dem Leib. Auf dem Rückweg begegnet ihr auch noch der dicke Friseur Goraschek. Ein grauhaariger Lebemann im Ausgedinge. Der lobt ihr volles, glänzendes Haar und will sie unbedingt zum Kaffeetrinken in seiner Wohnung überreden. Natürlich erfolglos.

„So ein lächerlicher Annäherungsversuch. Und diese platten Komplimente." Grinsend schüttelt Ulla den Kopf, doch es geht ihr plötzlich besser.

Also jetzt endlich den Schlüssel rausgeholt und aufgesperrt. Weg mit dem nassen Sportzeug und unter die Dusche. Danach die neue Unterwäsche, den Bademantel angezogen und eine Flasche Wein entkorkt.

Die Blumen auf dem Küchentisch brauchen dringend frisches Wasser. Also gibt sie ihnen welches. Danach will sie etwas Süßes. Auf der Stelle. Den Heißhunger auf Schokolade hat ihr die Mama vererbt. Wie so viele andere unangenehmen Dinge. Ein Appetitzügler mit viel Wasser behebt das Problem.

Der Brief auf dem Wohnzimmertisch. Wer schreibt ihr da aus Hagen? Gedankenverloren reißt sie das Kuvert nun doch endlich auf. Ein Karton fällt ihr entgegen. Etwa fünf Zentimeter lang und vier Zentimeter breit. In seiner Mitte ein Loch, aus dem ein Bündel Bindfaden quillt. An der Unterseite des Kartons sind die bunten Fädchen kunstvoll verknotet, sodass das Ganze eine gewisse Ähnlichkeit mit einem kleinen Blumenstrauß aufweist. Auf dem Karton mit ungelenker Kinderschrift ein Wort, mit Buntstiften hingemalt: GLÜCK.

Beigelegt ein kleines Billet. Lukas hat ihr einen Talisman gebastelt. Er meint, Ulla könne ihn einmal gebrauchen. In der Hoffnung, dass sie sich durch das kleine Geschenk nicht allzu sehr belästigt fühle, schicken ihr ganz liebe Grüße: Carola und Lukas.

Ach Gott. Ist ja wirklich lieb, aber was soll sie damit?

Unwillig stopft Ulla den Glücksbringer zurück ins Kuvert und legt den Briefumschlag zur Seite. Sie will jetzt nicht an Hagen denken. Auf gar keinen Fall.

Was nun? Zum Lesen ist sie schon zu müde. Fernsehen geht noch. Kurz nach den Nachrichten pennt sie ein, erwacht, als gerade eine Sendung über verschwundene Kinder läuft und denkt dabei an das vermisste Mädchen. Dabei wird ihr so übel, dass es ihr beinahe den Magen umdreht.

Was ist denn los? Hat sie zu wenig gegessen? Verstört läuft sie in die Küche. Ein Glas Wasser. Erfahrungsgemäß hilft das über das Ärgste hinweg. Dazu noch ein Schluck Wein. Na eben. Geht ja.

Als sie den Fernseher abdreht und zu Bett geht, wird ihr klar, dass sie beunruhigt ist. Ein unbestimmtes Gefühl des Argwohns schwingt in ihr. Eine dunkle Ahnung.

Harte Zeiten kommen auf sie zu.

***

Am selben Abend sitzt Ullas Chef in seiner Vierzimmerwohnung in der Steigtalstraße und schlägt die Zeit vorm Computer tot.

Stundenlang zieht er sich Fotos rein. Urlaub 1997 in Italien, Ostern 1998 in Portugal, Aufenthalte in Spanien, Frankreich, Schweden. Beate schwanger. Robert, der einzige Sohn, wird geboren. Kindergarten, Schule, Schulschikurs. Robert beim Fußballspielen, Beate beim Kekse backen. Er und die Seinen unterm Christbaum. Lachend. Sich umarmend. Schön.

Manche bezeichneten sie als Vorzeigefamilie, und das waren sie wohl auch. Jetzt sind sie es nicht mehr, aber das ist nicht seine Schuld.

Schwerfällig kommt Nüssler hoch, holt seine

Lieblingsflasche aus dem Wohnzimmerschrank, gießt ordentlich Whiskey ins Glas, gibt Eis dazu, stellt sich ans Fenster und trinkt. Eigentlich sollte Robert für die Matura lernen, statt sich mit seinen Freunden herumzutreiben, doch der Junge ist vollkommen von der Rolle. Frech, bockig, aggressiv. Wenigstens nimmt er keine Drogen. Zumindest weiß Nüssler nichts davon.

Es ist ein Elend, sinniert der Major. Dass Beate ihren Sohn einmal in der Woche trifft und ihn zum Essen einlädt, ist halt nicht genug. Und mit ihm kann Robert plötzlich nicht mehr so gut wie noch vor einem Jahr.

Mürrisch hockt sich der Kripochef vor den Computer. Neue Datenblätter der Partnervermittlung sind eingetroffen. Aufmerksam studiert er Blatt für Blatt, sieht sich Bilder an und liest sich durch Hobbys, Gewohnheiten und Wünsche. Da ist keine dabei, die ihn auf den ersten Blick anspricht. Da hat keine Beates Niveau. Nicht einmal ansatzweise.

Enttäuscht schaltet er das Gerät ab, leert sein Glas in einem Zug und verschwindet im Badezimmer.

Haarwäsche und Vollbad. Danach Jeans, weißes Hemd, sein sportlichstes Sakko und teures Eau de Cologne. Wenn das nicht hilft, hilft gar nichts. Er wird es wieder einmal nach der althergebrachten Methode versuchen. In der Disco. Auch, wenn ihm das schwerfällt.

Die Fahrt mit dem Taxi langweilt ihn, und je näher er dem Tanztempel kommt, desto mehr verspannt er sich. Drinnen ist schon massig Betrieb. Hoffentlich ist Robert nicht da. Wäre ganz schön peinlich, hier auf den Junior zu treffen. Nervös stellt sich Nüssler an die Bar, ordert Bier und trinkt. Sofort rückt eine etwas fülligere Brünette näher und ermuntert ihn zum Gespräch. „Ich heiße Yvonne", lispelt sie. Die Dame ist absolut nicht sein Typ, aber in der Not frisst der Teufel Fliegen. Neben Yvonne steht ein Typ mit einer Handycam. Der Kerl filmt eine Blondine. Auf ziemlich aufdringliche, unverfrorene Art.

„Das ist Max", strahlt Yvonne. „Toller Typ. Spricht kein Wort, aber filmt wie besessen. Mich hat er auch schon aufgenommen. Willst du tanzen?"

Oh Gott. Mit Todesverachtung folgt er ihr auf die Tanzfläche, hopst orientierungslos herum und schwitzt wie ein Schwein. Ihrem Gesichtsausdruck nach geht es dieser Yvonne nicht viel anders.

***

Unterdessen trainiert Chefinspektor Joe Maringer mit seiner Dienstwaffe auf dem Schießparcours eines privaten Schießklubs. Mit gewohnt gutem Erfolg. Zufrieden reinigt er die Pistole, steckt Holster und Waffe in seinen Aktenkoffer, versperrt ihn und trägt ihn zu seinem schwarzen Jeep Wrangler Rubicon. Zwei Stunden hat er hinter sich gebracht. Was macht er jetzt mit dem Rest der Nacht?

Auf der Heimfahrt fällt ihm Ulla Spärlich ein. Eine schöne Frau. Ruhig durchquert er den Ortsteil Seegraben und fährt vor der Hauptschule eine sanft ansteigende, kurvenreiche Straße zu einer anmutigen Siedlung hoch. Auf der Bergkuppe ist der ganze Talkessel gut zu überblicken. Wenig später ist er daheim.

Bedächtig stellt Maringer sein Auto ab, betritt das Haus, verstaut Pistole und Holster im Wandtresor, holt einen Martini aus der Bar und mischt ihn mit etwas Mineralwasser und viel Eis, ehe er zu Laras Foto geht, das auf der Kommode steht. Was er kann, was er hat und was er ist, verdankt er ihr und ihren an Krebs verstorbenen Eltern, weiß er. Im Guten wie im Bösen. Ein trauriger Blick, ein kurzes Zuprosten und ein herzhafter Schluck.

Jetzt gilt es erst einmal, die Tiere zu füttern. Aufgeteilt in mehrere Aquarien sind seine Fische ja die einzigen Wesen, die noch auf ihn angewiesen sind.

Hätte er sie nicht, wüsste er womöglich gar nicht, wozu es sich noch zu leben lohnte.

***

In allen Werbeprospekten dieselben Zeilen.

Bodenfunde aus der jüngeren Steinzeit beweisen die uralten Wurzeln der Ansiedlung. Die erste urkundliche Erwähnung stammt aus dem Jahre 904. Es folgte ein glanzvolles Mittelalter. Auch danach nahm die Bedeutung der Stadt stetig zu. Besondere Erwähnung findet ein Erdbeben, das den Turm an der Waasenbrücke das Dach kostete. Man ersetzte es durch eine Kuppel und bekam damit ein neues Wahrzeichen, den Schwammerlturm. Eine Zeit lang war die Stadt ja sogar Bischofssitz, und die Kirche des Stifts Göss ist immer noch ein Juwel. Dann der Verweis auf den nahen Erzberg, der den wirtschaftlichen Aufschwung der Region vorantrieb. Hammerwerke. Eisenproduktion. Jahrhundertelang. Seit dem 19. Jahrhundert ist die Montanuniversität der ganze Stolz der Stadt. Erwähnenswert auch noch die Kirche Sankt Xaver, sowie das Stahlwerk im Stadtteil Donawitz. Heute ist die Stadt überschaubar, mit überschaubaren Problemen. Ein lebenswerter Ort mit guten Einkaufsmöglichkeiten, viel Kultur und einem breiten Freizeitangebot. Behauptet zumindest der Tourismusverband.

Nachdenklich faltet Ulla Prospekt und Stadtplan zusammen, steckt sie zurück in ihre Handtasche, überquert die Fahrbahn, stellt sich vor den Eingang des Polizeikommissariats und blickt sich um.

Leitendorf. Der Stadtteil existiert seit 1900. Gemeindebauten, ein dem Abriss überlassenes ehemaliges Hallenbad und die Oberlandhalle. Zwei besonders hässliche Komplexe in einer ansonsten eher nichtssagenden Gegend. Und mittendrin das dreigeschossige Polizeizentrum mit einer in altrosa gehaltenen Fassade. Ulla verkneift sich jedes Mal nur mühsam ein Grinsen, wenn sie das Gebäude sieht.

Es ist Dienstag, kurz vor acht, als sie ihre Arbeitsstelle betritt. Im Journaldienstraum ein Geruch nach Mief und Langeweile.

„Guten Morgen." Der Kollege antwortet nicht. Er schweigt auch, während sie die Berichte der Nachtstreife liest. Ein trotziges, aggressives Schweigen.

Die ominöse Schlägertruppe war wieder aktiv. Zwei Verletzte. Dazu drei Einbrüche, ein Wohnungsbrand und 16 verhaftete Drogenkonsumenten. Maringers Leute waren wieder sehr aktiv gewesen. Gut gemacht. Zerstreut schließt sie die Mappe und nimmt sie unter den Arm. „Gibt es sonst noch etwas?", fragt sie.

Wortlos schiebt ihr der Kollege einen Zettel übers Pult und nippt an seiner Kaffeetasse. Die Notiz ist kurz, aber aussagekräftig. Elke Röhm ist noch nicht nach Hause zurückgekehrt.

Die Nachricht geht ihr ziemlich an die Nieren. Wieso? Sie weiß es nicht. Tief einatmen. Der Versuch zu lächeln missglückt. Na, wenn schon. Weiter.

In Ullas Büro stinkt es nach Rauch. Die Putzfrau ist ein Nikotinjunkie. Seufzend verzichtet die Chefinspektorin darauf, die Tür zu schließen, gießt ihre armselige Zimmerlinde, setzt sich und blättert in den Tagesberichten. Dabei fällt ihr plötzlich der letzte Anruf ihres Vaters ein. Ihre Weigerung, mit ihm zu sprechen. Ein paar Stunden später war er tot. Und wie fremd er ihr war, als er im Sarg lag. Mehr Puppe als Mensch. Sie betrachtete ihn mit einer dermaßen eigenartigen Scheu, dass sie beinahe unfähig war, zu trauern. Diese Scheu ist immer noch präsent in ihr. Immer, wenn sie sich seiner erinnert.

Hunger. Sie hat noch nicht gefrühstückt. Mit finsterer Miene schluckt die Chefinspektorin einen Appetitzügler und wendet sich wieder ihren

Unterlagen zu. Die wichtigsten Fakten notiert sie sich stichwortartig auf einen Zettel. Routiniert und genau. Eine Viertelstunde später ist sie fertig. Jetzt legt sie ihre wohlgeformten Beine auf die Tischplatte, nimmt den Telefonhörer zur Hand, fährt mit dem Zeigefinger durch die Windungen des Kabels und wählt. Dabei kneift sie gequält die Augen zusammen und presst die linke Faust gegen die Stirn. Kopfschmerzen. Sie sind ganz schön arg.

„Spärlich. Guten Morgen."

„Ebenfalls." Ist das Fuchs? Scheint so.

„Haben Sie eine Ahnung, wo Weiprecht ist?"

„Steht neben mir. Moment."

„Guten Morgen."

„Was liegt an?"

„Das abgängige Mädchen. Sie erinnern sich?"

„Elke Röhm?"

„Ja. Sie liegt nicht im Krankenhaus, oder?"

Weiprecht verneint. Auf unbekannte Patientinnen im Alter der Vermissten ist er bei seinen Anfragen bisher ebenfalls noch nicht gestoßen.

„Gibt es Anzeichen für Selbstmord?"

„Negativ."

„Was sagt die Mutter?"

„Die schließt das aus. Nette Frau. Ein wenig hysterisch, aber wenn einem das einzige Kind auf und davon geht, ist das ja nicht weiter verwunderlich."

„Sie glauben, die Kleine ist bloß ausgerissen?"

„Das wäre mein Tipp. Aus einem Gefühl heraus. Die kleine Röhm studiert Metallurgie. Im Augenblick nicht gerade erfolgreich. Da ist man schon einmal frustriert. Verdrossen. Womöglich hat sie jemanden kennengelernt, der ihr die Welt zeigt. Viele junge Leute gehen weg von hier."

„Interessante Theorie. Gibt es dafür konkrete Anzeichen?"

„Wieso?"

„Weil man als Kriminalbeamter bekanntlich Fakten ermittelt und Geschehnisse anhand dieser Fakten analysiert. Sie scheinen noch nicht viel Brauchbares herausbekommen zu haben."

„Kann sein. Aber soviel ich weiß, glaubt ja auch der Chef daran, dass die Kleine früher oder später von selbst wieder auftaucht."

„Alles klar", murmelt die Chefinspektorin, beißt sich auf die Lippen und legt auf. Sturer Ignorant. Aber sich aufregen bringt nichts. Noch einen laschen Kaffee in der Kantine. Dann eilt sie zu Fuß ins Zentrum.

Es ist kühl und ganz schön dunstig.

Keine anderen Bäume der Stadt haben so weit ausladende und dichte Kronen, wie die Pappeln und Kastanien in der Erzherzog Johann-Straße. Ihre Riesenstämme sind wahre Fluchtpunkte im geschäftigen Treiben. Äste ragen wie Finger mahnend in den Himmel, Krähen tummeln sich zwischen den Blättern, und es riecht nach feuchtem Holz.

Als sie an die Kreuzung mit der Peter Tunner-Straße kommt, kitzelt ein Sonnenstrahl ihre Nase. Herrlich. Möglicherweise wird es ja doch endlich wärmer. Unwillkürlich legt sich ein Lächeln auf

Ullas Gesicht. Urlaub wäre jetzt schön. Einfach wegfliegen. Das wird sie sich auf jeden Fall gönnen, sobald sie im neuen Umfeld besser integriert ist.

Das Haus, nach dem sie sucht, findet sie auf der nördlichen Straßenseite, ungefähr 50 Meter vorm Finanzamt. Ein gepflegtes Bauwerk aus dem 19. Jahrhundert mit fünf Etagen. Im Erdgeschoss hat sich ein Rechtsanwalt eingemietet. Rechts neben dem Eingang ein kleines Café, links eine Versicherung. Ulla passiert das hohe Tor aus dunklem Holz und huscht durch den schmalen Innenhof. Linker Hand geht es zur Kanzlei des Strafverteidigers, ein paar Meter weiter führt eine Treppe nach oben. Das Geländer besteht aus Schmiedeeisen, hat einen weiße Anstrich und einen Handlauf aus abgegriffenem, hellem Holz. Aufzug ist hier keiner zu entdecken. Entschlossen macht sich Ulla auf den Weg. Eine knappe Minute später steht sie vor der Wohnung der Röhms in der fünften Etage und läutet.

„Frau Röhm?"

„Wer ist da?"

„Mein Name ist Spärlich. Ich bin Kriminalbeamtin."

Gleich darauf schwingt die Tür auf.

Eine kühle Begrüßung. Ulla nimmt es gelassen.

Die Frau ist Mitte 50. Eine blasse, eher kleine, fast hager zu nennende Person. Das Gesicht unter den grauen Haaren etwas zu lang geraten und die Lippen schmal, aber da sind diese lebendigen, ausdrucksvollen Augen. Ein Gesicht, das man nicht so schnell vergisst.

„Spärlich heißen Sie? Ich habe Sie nicht erwartet." Eine Stimme von unheimlicher Klarheit. Frau Röhm bittet Ulla ins Wohnzimmer. Sie war gerade beim Hausputz. Der Boden ist noch ganz nass.

„Ihre Tochter hat noch nicht angerufen?", fragt Ulla sanft, als sie einander gegenüber sitzen.

Anna-Maria Röhm schüttelt den Kopf. „Da stimmt etwas nicht", antwortet sie nervös. „Glauben Sie mir. Ich spüre das. Es ist wie damals. Wie bei ihrem Vater."

„Sie sind Witwe?"

„Mein Mann hatte einen Autounfall. Vor zehn Jahren. Er war sofort tot."

„Und Elke ist ein Einzelkind?"

Die Frau nickt. Ansatzlos übernimmt die Historikerin in Ulla das Kommando. Elke Röhm, geboren im Jänner 1991. In diesem Jahr wurde Kuwait besetzt, der Irak bombardiert und von den Amerikanern erobert. In Moskau putschten die Generäle, Gorbatschow trat zurück, und die Sowjetunion zerbrach. Im Kroatienkrieg tobte die Schlacht um Dubrovnik, in Texas brachte ein Amokläufer 20 Menschen um, und auf den Philippinen brach ein Vulkan aus. Ein Erdbeben in Indien kostete 2.000 Menschen das Leben, in Ägypten ertranken nach einem Schiffsunglück 700 Passagiere, und eine Flutwelle traf Bangladesch. Mehr als 200.000 Tote und über eine halbe Million Obdachlose. Nahe Bangkok stürzte eine Maschine der Lauda-Air ab. Dabei starben 223 Fluggäste.

Kann einem Menschen, der in solche Ereignisse hineingeboren wird, jemals das Glück winken?

Die erste Auskunft, die Ulla gern hätte, betreffe den Studienerfolg der Vermissten, sagt sie.

Der sei gut, erfährt sie von der Mutter. Von Weiprecht hat die Chefinspektorin das genaue Gegenteil gehört. Dem muss sie nachgehen.

Ulla erkundigt sich nach dem Reisepass.

„Der liegt in der Schreibtischlade", bekommt sie zur Antwort. „Koffer, Reisetaschen und die gesamte Kleidung sind ebenfalls dort, wo sie hingehören. Es fehlt bloß das, was Elke am Leibe getragen hat."

„Und das wäre?"

„Schwarzer Rock, schwarzes Top, brauner Pullover und schwarze Stiefel. Dazu noch ein blauer Stoffmantel."

„In welcher Stimmung war sie, als sie wegging?"

„Sie war fröhlich. Zumindest hatte es den Anschein."

„Und es gab keinen Streit?"

„Zwischen Elke und mir? Wie kommen Sie darauf?"

„Routine. Ihre Tochter mag Sie?"

„Was für eine Frage. Wir hatten Probleme miteinander, als sie 14 war. Die Pubertät. Sie wissen schon. Seither ist alles bestens."

„Verstehe. Geht sie gern aus?"

„Sie ist jung."

„Und wohin?"

„Ins Moonlight. Sie kennen die Diskothek?"

Ulla nickt. „Geht sie allein aus, oder mit Freunden?"

„In letzter Zeit eher allein. Ihr Freund hat sie verlassen. Vor einer Woche. Der Junge hat eine andere. Er gestand es Elke, als sie miteinander tanzten."

Jetzt kann sich Ulla ein Kopfschütteln nicht verkneifen. Trotzdem. Nichts ist unmöglich. Könnte sie bei ihm sein?

Für Anna-Maria Röhm ist das ganz ausgeschlossen.

„Und ein anderer Mann?"

Wieder ein Nein.

So geht Ulla nach und nach alle Möglichkeiten durch, die ihr in den Sinn kommen. Ausspannen bei einer Freundin? Bei Verwandten? Elkes Mutter hat überall längst angerufen. Sogar bei dieser studentischen Verbindung, der ihre Tochter angehört. Alles vergeblich.

„Hat Ihre Tochter einen Führerschein?"

„Ja, aber kein Auto."

„Könnte es sein, dass sie irgendwo Urlaub macht? Lernpause?"

„Elke ist die Verlässlichkeit in Person. Die läuft nicht weg."

„Und Liebekummer?"

„Auf gar keinen Fall."

„Hat sie ihr Mobiltelefon dabei?"

Elkes Mutter nickt. „Nicht nur, dass sie nicht anruft. Sie hebt auch nicht ab. Das ist ja das Problem."

Für die Chefinspektorin ist es völlig verständlich, dass sich diese Mutter sorgt. Nervös besichtigt sie das Zimmer der Vermissten. Ein sonniger Raum mit zwei großen Fenstern und hellen Möbeln. Keine Bilder, keine Poster, keine Blumen, bloß ein Laptop auf einem penibel aufgeräumten Schreibtisch. Alles in diesem Zimmer scheint seinen festen Platz zu haben.

„Elke ist aber wirklich ordnungsliebend."

„Ja. Sehr. Und eine gläubige Katholikin."

„Vielleicht meldet sie sich ja doch noch bis morgen früh", meint Ulla beschwichtigend, ohne selbst zu glauben, was sie da sagt.

Sie bittet um eine Liste mit den Namen aller Personen, die mit Elke zu tun haben und um ein aktuelles Foto. Eine Portraitaufnahme.

Eine Viertelstunde später hat sie, was sie braucht.

Vom Himmel lacht eine kraftlose Sonne.

Nachdenklich überquert Ulla die Straße, liest den ersten Namen und die Telefonnummer von der Liste ab und ruft an.

„Stadtgemeinde Leoben, Kulturamt. Thomas Groll."

In kurzen Worten stellt sich Ulla vor und erklärt, worum es geht.

Ein Treffen? Groll hat nichts dagegen. Aber nicht an seinem Arbeitsplatz und auch nicht in dessen Sichtweite. Von wegen schlechter Eindruck und so.

Ulla hat Verständnis, aber sie will ihn sehen. Sofort. Und sie sagt ihm auch, wo.

Es folgt ein Anruf beim Meldeamt. Im Weitergehen. Der Bursche ist bloß zwei Wochen älter als Elke, erfährt sie. Die beiden besuchten sogar dieselbe Schule. Ab September 1997. Vier Jahre lang.

1997? Ein katastrophales Jahr, zumindest was Ulla

betrifft. Sie hatte ihren ersten Freund und die Sache hielt nicht lange. Und sonst?

Ach ja, in Großbritannien wurde Tony Blair Ministerpräsident, in Kairo und Luxor forderten Anschläge auf Touristen Todesopfer, und in Hongkong brach die Vogelgrippe aus. Im japanischen Kyoto ging die Klimaschutzkonferenz zur Eindämmung der Treibhaus-Emissionen über die Bühne, und das geklonte Schaf Dolly wurde der Öffentlichkeit präsentiert. Der Modedesigner Gianni Versace wurde erschossen, und der Tod von Diana, Princess of Wales, führte zu weltweiter Trauer und Massenhysterie. Im Dezember traf sich Ulla mit ihrem Erzeuger am Wiener Christkindlmarkt. Heimlich. Zu Weihnachten flog die Sache auf und Mama machte ein Riesendrama draus. Danach hat Ulla den Vater nie wiedergesehen.

Aber zurück zu Groll. Ulla erwartet ihn vor dem Kinderspielplatz gegenüber der Hauptschule Leoben-Stadt. Aufgrund ihres gedanklichen Ausflugs in die Vergangenheit ist sie überaus gereizt, als er endlich auftaucht. Kein Wunder, dass er sofort nervös wird. Der schlaksige junge Mann spricht kein Wort und steht da wie frisch angemalt.

Wieso er vor einer Woche seine Beziehung mit Elke Röhm beendet habe, will die Kriminalbeamtin wissen und drückt den Burschen damit sofort in die Defensive.

Er? „Elke war es doch, die mir den Laufpass gab", erklärt er und blinzelt verstört.

Die Kriminalbeamtin stutzt. „Gibt es jemanden,

der diese Version der Geschichte bezeugen kann?“

„Das weiß ich nicht.“ Mit hochrotem Gesicht zieht Groll ein Taschentuch hervor und schnäuzt sich. „Wieso sind dafür eigentlich Zeugen nötig? Das ist doch Privatsache. Welcher Mann hat es schon gern, wenn die ganze Welt mitkriegt, wie unfein ihn sein Mädel abserviert? So etwas ist nicht so einfach. So etwas verkraftet man nicht so schnell.“

„Das heißt, Sie sind jetzt solo?“

Groll schüttelt den Kopf.

„Na eben. Wie heißt sie? Wo wohnt sie? Was ist sie von Beruf?“

Eingeschüchtert gibt der Bursche Auskunft. Die Chefinspektorin notiert.

Am vergangenen Wochenende war er bereits mit seiner neuen Flamme weg. Die könne das natürlich bezeugen. Und nicht nur sie.

Da ist Ulla aber gespannt. Nacheinander ruft sie seine Zeugen an. Danach ist alles klar. Groll hat ein Alibi. Es ist Zeit, das Feld zu räumen.

„Als ihr von Freitag auf Samstag ausgegangen seid“, fragt Ulla, „habt ihr Elke da irgendwo gesehen?“

Bekümmert schüttelt er den Kopf.

„Und wo könnte sie jetzt stecken?“

Groll antwortet mit einem Achselzucken. „Dass Elke freiwillig einfach sang- und klanglos verschwindet, ist völlig ausgeschlossen“, sagt er. „Dazu steht sie zu gern im Mittelpunkt. Hätte sie geplant, Leoben zu verlassen, wüsste die halbe Stadt davon. Der Umstand, dass sie plötzlich unauffindbar ist, verheißt nichts Gutes.“

Das weiß Ulla inzwischen auch. „Na schön. Sie kommen mit Ihrem neuen Mädchen und den übrigen Zeugen zu mir ins Kommissariat. Zur Protokollaufnahme“, befiehlt sie barsch. „Zweite Etage, Zimmer 201, 16 Uhr. Seid pünktlich.“

Mit diesen Worten rauscht sie ab. Grußlos.

Nachdenklich sieht ihr Groll nach, ehe er sein Mobiltelefon aus der Jackentasche holt und jemanden anruft.

„So eine Schnalle von der Kripo hat mich gerade gepiesackt“, berichtet er und deckt dabei mit der zweiten Hand das Telefon ab. „Es ging um Elke.“

***

Jetzt wird es sogar ein wenig wärmer. Kommt da gar ein Hauch von Frühling auf sie zu?

Beschwingt marschiert Chefinspektorin Spärlich am Rathaus vorbei und durch die Turmgasse bis zum Schwammerlturm. Dort eilt sie nach links in Richtung Hauptplatz. Die Sonnenstrahlen streicheln ihr Gesicht, und der bloß sporadisch einfallende Wind ist gar nicht unangenehm. Kurz vor Mittag sind die Straßen voller Menschen. Die meisten kaufen gerade ein oder suchen ein Restaurant.

Mittagszeit. Hunger. Ulla hat kaum Bargeld dabei, nur ein paar Münzen, aber für eine Tasse Kaffee langt es schon. Ihr Vater trank leidenschaftlich gern Kaffee, fällt ihr ein. Der war ja geradezu süchtig danach. Nach italienischem Espresso, genau genommen. Dass jemand, der im Management einer bekannten deutschen Brauerei tätig war, eine derartige Liebe zu Kaffee entwickelt, findet sie sogar heute noch kurios.

Das Café Segafredo am Hauptplatz ist fast menschenleer. Ulla schlürft einen schnellen Cappuccino und macht sich gleich wieder auf die Socken. Sie muss sich mit Elke Röhms Umfeld auseinandersetzen. Es pressiert.

Während der folgenden drei Stunden arbeitet sie die nächsten zwei Namen auf der Liste ab. Eine Schulfreundin und Elkes Cousin. Ihre Gesprächspartner wissen von nichts, oder wollen von nichts wissen. Elkes Verschwinden versetzt sie zwar in Erstaunen, entsetzt sind sie nicht darüber. Das gibt Ulla zu denken. Zwischendurch ruft Frank an, und sie vereinbaren ein Treffen für den frühen Abend.

Kurz nach 15 Uhr geht sie zurück ins Kommissariat. Im Büro wartet eine Menge Schreibkram. Es folgen die Protokollaufnahmen mit Herrn Groll und Gefolge. Dann ruft Nüssler an und will ein Konzept, wie man dieser verdammten nächtlichen Schlägertruppe habhaft werden könne. Ulla verspricht, ein Strategiepapier zu entwerfen und ihrem Chef zu präsentieren. Gleich darauf meldet sich ihre Mutter und will mit ihr plaudern. Ulla fasst sich kurz. Sie hat heute überhaupt keinen Bock mehr auf längere Gespräche. Ein Blick auf die Uhr. Ihr Schießtermin. Auch das noch. Zerstreut sucht sie ihren Gehörschutz, findet ihn in der untersten

Schreibtischlade und fährt mit dem Aufzug in den Keller.

Drei Kollegen schießen bereits. Der Stand neben Maringer ist frei. Sie winkt ihm kurz zu, ehe sie sich fertig macht und ihr Programm absolviert. Sie schießt konzentriert, ohne besondere Freude.

Aus den Augenwinkeln beobachtet sie Maringer. Der scheint Spaß an der Knallerei zu haben. Jedenfalls gönnt er sich eine weitere Serie. Als sie geht, unterbricht er aber seine Übung und blickt ihr lange nach. Das gefällt ihr.

Im Büro schließt Ulla noch ein paar Akten ab und gibt der halbverdorrten Zimmerlinde noch etwas Wasser. Dann löscht sie das Licht.

20 Uhr. Die Nacht zieht heran.

Frank wartet im Wagen vor dem Kommissariat. Entschlossen zieht Ulla ihre schwarze Jacke aus und wirft sie auf den Rücksitz. Sie wird ihn fragen, was er zu seinem Besuch bei Judith Amras zu sagen hat, nimmt sie sich vor. Auf der Stelle. Aber Frank küsst sie und lächelt sie an. Da erkundigt sie sich erst einmal, was er den ganzen Tag lang so getrieben hat.

Na, was wohl? Er sei auf der Uni gewesen. Mathe und Physik. Später noch eine Sitzung der Hochschülerschaft.

„Aber du freust dich auf mich. Den ganzen Tag schon, oder?"

„Genau." Eine Geste. Eine kleine Bewegung. Aufs Geratewohl. „Weißt du was? Lass es uns hier im Auto treiben."

„Im Ernst?"

„Und ob. Ich will das jetzt."
„Kommt nicht in Frage."
„Feigling."
„Du spinnst wohl."

Gleich darauf ein zweiter Anlauf. Es gäbe da diesen Parkplatz zwischen Eishalle und Landwirtschaftskammer, meint er, biegt auch schon rechts auf die Bahnhofbrücke ab und steuert auf die evangelische Kirche zu. Dahinter geht es links in die Badgasse.

„Hör auf mit dem Blödsinn", piepst Ulla nervös.

Er grinst nur und fährt weiter und sie lässt es zu, dass er ihr mit der Rechten schon einmal die Bluse aufknöpft. Verlegen gräbt sie die Zähne in die Unterlippe, registriert ihr spontanes Verlangen und hasst sich dafür. Was für schöne Hände er hat, überlegt sie, während ihr das Blut ins Gesicht schießt. Vor lauter Verstörtheit übersieht sie fast, dass sie ihrem Fahrtziel schon ganz nah sind.

Rechter Hand das ehemalige Festkörperphysik-Institut der Universität. Ein Klinkerbau. Unbeleuchtet. Frank bremst und zieht den Mazda nach links. Fünfzig Meter voraus kommt die Bezirkskammer für Land- und Forstwirtschaft in den Blick. Ihr gegenüber die Parkschranke mit dem Geldautomaten.

Eine Euromünze in den Schlitz des Automaten gesteckt, und schon wippt der Absperrbalken hoch. Sacht bewegt Frank das Lenkrad nach links. Dann parkt er den Mazda frontal zum Fluss vor einer Steinmauer, stellt den Motor ab und löscht das Licht.

Ungeduldig legt er den Beifahrersitz um. Ein unruhiger Wind weht Papierschnipsel und Plastiktüten von der Eishalle zum Wagen und eine einsame Krähe zieht kreischend über den Fluss.

„Bleib ganz locker, Liebes“, keucht Frank erregt, hakt Ulla den BH auf, streift ihr die Jeans ab und küsst sie.

Nicht auszudenken, was passiert, wenn jemand kommt und sie ertappt, überlegt sie, aber dann saugen sich ihre Lippen an seinen Mund und sie beweist ihm, dass sie auch gut küssen kann.

„Du tust mir so gut, Süßer“, seufzt sie zuletzt wie alle diese blöden Weiber aus den ihr so verhassten amerikanischen Fernsehserien und hebt das Becken an, damit er ihr den Schlüpfer über die Knie ziehen kann.

„So unendlich gut.“

***

Am nächsten Tag im Chefbüro.

Nüssler ist selten gut gelaunt, aber so geladen hat ihn Ulla noch nicht erlebt. Der Mann scheint hochgradig unbefriedigt zu sein.

Mit kühlem Interesse beobachtet sie den gestressten Major, der wie ein gereizter Stier zwischen Schreibtisch und Fenster hin und her rast, hochrot im Gesicht, die Hände am Arsch. Verzweifelt versucht sie, ein schadenfrohes Grinsen zu unterdrükken. Mit mäßigem Erfolg.

„Ich ersuche um ein schriftliches Konzept, Sie liefern es nicht und finden das auch noch lustig“, brüllt er.

„Sie haben doch auch keines“, wehrt sie sich. „Und Sie sind schließlich der Chef hier.“

Darauf hat er sekundenlang keine Antwort. „Eine Impertinenz“, blafft er endlich hilflos. „Das kann ich nicht dulden.“

„Ich bin ein friedfertiger Mensch, solange Sie nicht grundlos auf mir herumhacken“, lässt die Stellvertreterin ihren Boss wissen. „Jedenfalls kümmere ich mich jetzt um dieses verschwundene Mädchen. Da gibt es Anzeichen für ein Verbrechen. Alles andere steht in meinem Bericht.“ Mit diesen Worten legt sie ihm die vorbereitete Mappe auf den Tisch und erhebt sich.

„Wenn Sie Ihre Zeit unbedingt mit derart sinnlosen Dingen vertrödeln wollen, werde ich Sie nicht daran hindern“, meint Nüssler. „Dazu bin ich zu sehr Gentleman.“

Der und Gentleman, schießt es ihr durch den Kopf, als sie die Bürotür hinter sich schließt. Wahrscheinlich weiß Nüssler nicht einmal, wie man das Wort schreibt.

Mittwoch, halb neun. Die Gruppenführerbesprechung liegt an. Im Besprechungszimmer wird sie bereits erwartet.

Händeschütteln, unsicheres Grinsen, belanglose Worte. Heuchlerisches Begrüßungsritual. Mit einer Ausnahme haben die doch alle einen Händedruck, als wären sie schon gestorben.

Bokovsky und Meiss fixieren permanent den Boden, während sie über die Ermittlungsstände ihrer Kriminalfälle berichten, und Ecker fallen vor Desinteresse die Augen zu.

Dafür grinst sie der Chef der Rauschgiftgruppe an. Unverschämt. Also erwidert Ulla den Blick und versucht, Maringer mit spöttischen Bemerkungen aus der Ruhe zu bringen, während er über die Arbeit seiner Mitarbeiter referiert. Kleine, feine Wortgeplänkel. Florett, nicht Säbel.

Chefinspektor Josef Maringer, knapp 45 Jahre alt, mit angenehm tiefer Stimme, breitschultrig, mit schwarzem, dichtem Haar. Ein klares, scharfkantiges Gesicht mit leicht eingedellter Nase. Muss ihm einmal gebrochen worden sein. Dazu große dunkle Augen, ein Mund mit vollen Lippen, ein Brustkorb wie ein Schrank und eine schlanke Taille. Mit einem Wort: Ein Bild von einem Kerl, intelligent und erfahren. Er war etwas distanziert während der ersten paar Wochen. Jetzt nicht mehr. Das freut sie. Der Typ scheint in Ordnung zu sein, aber Ulla kennt ja die beunruhigende Unzuverlässigkeit ihres Urteils im Hinblick auf Männer.

„Ich habe nichts gegen Sie“, wehrt Maringer sich, nachdem sie ihn schon wieder anpflaumt.

„Wirklich?“ Ein befreites Lachen. „Dann finden wir ja am Ende doch noch zueinander. Dienstlich, meine ich.“

Er nickt.

Jedenfalls hat sie den Fall mit diesem verschwundenen Mädchen übernommen, erzählt die

Chefinspektorin. Das Mädel ist seit Samstag früh abgängig. Sie studiert, lebt in geordneten Verhältnissen und gilt als verlässlich. Suizidgründe sind allem Anschein nach nicht vorhanden, und irgendwie hat sie bei der Sache ein ganz ungutes Gefühl.

Das Schweigen der Kriminalbeamten ist ein verstocktes Schweigen.

„Es ist so still hier", zischt Ulla und zieht gereizt die Augenbrauen hoch. „Hat es euch die Rede verschlagen?"

„Ein Unfall?", prescht Ecker vor.

„Eine Möglichkeit. Die Krankenhäuser wurden abgefragt. Dort weiß man nichts von ihr."

„Eine Handypeilung", regt Maringer an. „Wenn ihr Mobiltelefon eingeschaltet ist, eruieren wir ihren Standort."

„Ausgezeichnete Idee", gesteht Ulla. „Wer kann mir da bitte behilflich sein?"

Betretene Gesichter. Bokovsky und Meiss blättern wie aufgedreht synchron in ihren Mappen. Ecker schaut zum Fenster hinaus.

„Moment", knurrt die stellvertretende Kripochefin. „Zur Klarstellung: Es geht um das Mädel. Nicht um mich."

„Ich mache das", meldet sich Maringer.

„Danke. Was schlagen Sie vor?"

„Polizeiliche Fahndung. Sofort, aber vorerst diskret. Wenn sich die Kleine bis morgen früh nicht meldet, schalten wir die Medien ein."

Was er ihr darüber hinaus noch bieten könne, will Ulla wissen.

„Ich übernehme die Handypeilung und all den Schreibkram rund um die Fahndung. Mehr geht im Augenblick nicht", stellt er klar. „Wir stecken mitten in einem großen Rauschgiftfall. Heroin und Kokain. Große Mengen, und Dealer mit Verbindungen bis nach Südosteuropa. Sobald es geht, übergebe ich die Sache an einen Kollegen, aber das kann noch dauern."

„Weitere Angebote?"

Keine Antwort. Auch gut. Ulla erhebt sich und geht. Stumm.

Vor dem Besprechungsraum steht Nüssler mit zwei Herren. Die Chefinspektorin ist so in Gedanken, dass sie den Jüngeren der beiden frontal rammt und aus dem Gleichgewicht bringt.

Der Heizkörper gibt einen glockenhellen Ton von sich, als Max Paulik sich das Knie an ihm anschlägt. Linkisch stottert er eine Entschuldigung. Ulla ist ganz verdattert und beachtet ihn nicht.

„Da ist mir aber peinlich. Darf ich vorstellen? Ulla Spärlich, meine Stellvertreterin", knurrt der Major ungehalten. „Sie kennen Herrn Architekten Paulik mit Sohn? Die Herren statten unsere Büros mit neuen Möbeln aus. Ende des Jahres."

Ulla nickt verlegen, richtet sich die Kleidung und ihr Haar. Zieht Leine.

Kaum sitzt sie hinterm Schreibtisch, ruft Frank an.

„Ich denke die ganze Zeit an dich", gluckst sie. „Du kommst doch heute Abend? 18 Uhr?"

„Kann nicht", antwortet er knapp. „Hab schon

was vor."

Ulla kostet es ganz schön viel Mühe, die Abfuhr zu verdauen. Steckt da vielleicht diese Judith dahinter? Sie hätte gute Lust, ihn ganz offen danach zu fragen.

„Und wann sehen wir uns wieder?", erkundigt sie sich stattdessen.

„Ich ruf dich an."

„Das kann doch nicht dein ernst sein. Komm, sag was, Liebster."

Das Freizeichen. Frank hat aufgelegt.

„Verlass mich nicht", flüstert Ulla hilflos und steckt das Telefon in die Außentasche ihrer Jacke. „Ich hab doch nur dich auf der Welt. Geht das denn gar nicht in deinen verdammten Kopf?"

***

Anna-Maria Röhm sitzt am Bett ihrer Tochter. Seit Langem schon. Mit geschlossenen Augen streicht sie über die Kissen. Ein lautes Klingeln. Telefon. Wo ist es denn? Ach ja, in der Küche.

Abgespannt erhebt sich die Frau und schlurft aus dem Zimmer. Das Gespräch ist kurz. Sie sagt zwei Mal „Ja". Das war's dann schon. Nervös eilt sie ins Bad, wäscht und schminkt sich, zieht sich um. Ein älteres Kleid, interessant geschnitten, dazu etwas höhere Schuhe und ihren besten Mantel. Licht aus. Weg.

Ihr erster Weg führt in die Kirche.

Am Portal die Fingerspitzen ins Weihwasser getaucht, das Kreuzzeichen auf Stirn, Mund und Brust gemalt und mit gesenktem Kopf nach vorne gehastet, in die erste Bankreihe. Dort kniet sie eine ganze Weile und betet, ehe sie die Kirche wieder verlässt.

Bis zum Taxistand am Hauptplatz sind es wenige Minuten. Wie es ihre Angewohnheit ist, feilscht sie mit dem Taxichauffeur, ehe sie sich in den Fond des Wagens setzt und nach Donawitz fahren lässt.

Das Hochhaus mit Sicht auf den Friedhof hat auch schon bessere Zeiten gesehen. Etwa um 1970 wohnten hier noch Beamte und gut verdienende Werksarbeiter. Heute leben da vorwiegend Ausländer und jene Einheimische, die es nicht schafften, wegzugehen.

Der Aufzug funktioniert schon wieder nicht. Die Frau ist ganz schön außer Atem, als sie im vierten Stockwerk ankommt.

Willi öffnet sofort.

Ein stattlicher Mann, der sie um Kopflänge überragt. Stämmig, ohne fett zu sein. Graues, gewelltes Haar, olivgrüne Jeans und ein blütenweißes Hemd. Ein gepflegter Witwer. Kinderlos.

Sofort umarmt er sie und streichelt ihr Haar. Sie hat sich schön gemacht für ihn, gesteht sie, als er sie loslässt. Dann geht sie voraus und öffnet wie selbstverständlich die Schlafzimmertür. Er folgt. Schweigend.

Eine Stunde später sitzen sie in flauschige Bademäntel gehüllt auf dem Sofa. Auf dem Glastisch stehen Kuchen und eine Flasche Wein.

„Weiß die Kripo schon Bescheid über uns?“, fragt er.

Sie schüttelt den Kopf und wischt sich verschämt ein paar Tränen aus den Augen.

Da stellt er sein Glas weg, nimmt sie in die Arme und wiegt sie darin wie ein Kind.

„Es wird alles gut", sagt er und küsst sie auf beide Wangen. „Vertrau mir."

***

Mitternacht.

Die Temperaturen sinken unter null. Aus der warmen Stube hinaus ins Freie zu gehen, ist jetzt eine Überwindung.

Ein Riesenparkplatz, umringt von geduckten, lang gestreckten Gebäuden. Vögele, Drogeriemarkt, New Yorker, Lidl, Cineplexx.

Das Transparent mit dem Hinweis auf das Moonlight über der Niedermeyer-Filiale ist ein unnötiger Wegweiser. Die Chefinspektorin braucht bloß den vielen Stammgästen zu folgen.

Ulla weiß, wie gut ihr schwarzes Leder steht, und ihr Gang ist entsprechend diesem Wissen. Der Wind peitscht ihr das Haar ins Gesicht, als sie um die Ecke biegt. Vor dem beliebtesten Tanztempel der Stadt lungert eine Gruppe Burschen mit zwei Mädchen.

„Bist du sicher, dass du da hineinwillst, Alte?", grinst ein schwarzhaariger Junge in Lederkluft und rempelt Ulla an. Ein Tritt gegen sein Standbein, verbunden mit einem Schulterwurf, und schon liegt er am Boden.

„Ich habe dich nicht verstanden, Kleiner", ätzt die

Polizistin und berührt mit ihrer Stiefelspitze seinen Hals. „Wahrscheinlich ist das Hörgerät wieder mal im Eimer. Was sagtest du?"

„Nichts", murmelt der Bursche verschreckt. „Gar nichts."

„Na, dann ist ja alles bestens."

Im Lokal ist es höllisch laut. Im allgemeinen Geschiebe und Gedränge lässt sich Ulla bis an die Theke spülen. Dahinter endlich einmal ein interessantes Gesicht. Natürlich weiblich.

„Hast du einen Drink für mich?", fragt die Chefinspektorin.

„Aber ja", lächelt die rothaarige Barfrau, mustert Ullas Lederhose, ihre enggeschnittene Lederjacke mit Gürtel und das rote Sweatshirt. Sie zieht einen dicken Schmollmund. „Geile Kluft. Ein Outfit wie von einem anderen Stern. Da steh ich drauf. Was willst du haben?"

„Einen Mojito."

„Augenblick."

Keine drei Minuten später hat sie den Drink. „Kennst du das Mädchen?", erkundigt sie sich bei der Rothaarigen und hält ihr Elkes Bild unter die Nase. Die Barfrau stutzt.

„Ist mir jetzt nicht direkt ein Begriff. Aber ich bin noch nicht so lange hier."

„Die Kleine verkehrt in eurem Schuppen. Ist spurlos verschwunden."

„Ach, du meine Scheiße. Theo!"

Ein italienisch aussehender Typ in Jeans und grünem Hemd wieselt aus einem kleinen Nebenraum.

„Kennst du die? Soll öfter hier sein."

„Moment." Sorgfältig betrachtet der Kellner das Foto und überlegt. „Elke heißt die", gibt er bereitwillig Auskunft. „Sehr begehrte Frau."

„Und ist dir in diesem Zusammenhang etwas aufgefallen?"

„Außer, dass alle hinter ihr her sind? Nein."

„War sie in der Nacht von Freitag auf Samstag auch da?"

„Letztes Wochenende? Doch. Ich glaube schon."

„In Begleitung?"

Er überlegt. „Solo. Ein paar Jungs tanzten mit ihr, aber soweit ich mich erinnern kann, stand sie am Ende ganz allein an der Theke. Ungefähr da, wo du jetzt stehst."

„Kannst du mir sagen, wann sie ging?"

„Nach zwei, denke ich. Sie telefonierte. Dann war sie plötzlich weg."

„Ist ihr jemand gefolgt?"

„Keine Ahnung. Aufgefallen ist mir jedenfalls nichts."

Ulla bedankt sich. Dann streift sie durch die Disco und zeigt jedem Elkes Konterfei. Zwei Mädchen behaupten, die Verschollene flüchtig zu kennen. Ein paar Typen erzählen, sie hätten schon einmal mit ihr getanzt. Mehr ist aus ihnen aber nicht herauszuholen.

Ulla nippt gerade an ihrem zweiten Mojito, als der Strohblonde in ihr Blickfeld gerät. Ungefähr 30. Seine Ohren sind möglicherweise etwas groß geraten und die Nase ist um eine Spur zu weit nach oben gebogen, aber der schmale Kinnbart steht ihm ganz gut und seine hellen Hosen, das hellgraue Hemd und das blaue Sakko verleihen ihm einen Anflug sportlicher Eleganz.

„Was guckst du so?", fährt sie ihn an.

„Ich? Wieso?"

„Du glotzt mich an", beharrt Ulla. „Die ganze Zeit schon. Hat das was zu bedeuten?"

„Du spinnst ja", bellt der Blonde. Dann haut er ab, als sei der Teufel hinter ihm her.

Fluchend wirft Ulla eine Zehneuronote auf die Theke und saust ihm nach. Eine Zeit lang schafft sie es sogar, den Kerl nicht aus den Augen zu verlieren, aber dann rennen sie zwei Blödmänner über den Haufen. Bis sie vom Boden wieder hochkommt und ins Freie gelaufen ist, ist der Blondschopf über alle Berge.

„Scheiße." Mürrisch klopft sich die Kriminalbeamtin den Schmutz vom Leder und sucht den ganzen Parkplatz ab. An der Hauswand steht ein weißer Mercedes mit einem unbeleuchteten Taxischild. Offensichtlich unbesetzt. Vom Blonden fehlt jede Spur. Enttäuscht macht Ulla kehrt.

„Weißt du, wie der Kerl heißt, der da eben abgehauen ist?", fragt sie die Kellnerin an der Theke.

„Keine Ahnung", bedauert die Rothaarige und schiebt ihr einen Cuba Libre zu. „Aber hier hab ich was für dich. Von Theo. So wie es aussieht, will der was von dir."

Kopfschüttelnd übernimmt Ulla den Drink, lächelt und prostet dem sympathischen Barmixer zu.

Derweil rollt sich draußen auf dem Parkplatz der

Strohblonde unter dem weißen Mercedestaxi hervor und peilt erst einmal die Lage.

Dann springt er in den Wagen und braust davon.

***

Donnerstag, 14. März.

Ein Tag jenseits aller Jahreszeiten.

Zwar hat Ulla schon wieder von ihrem Vater geträumt, aber die Details des Traums sind ihr nicht mehr präsent. Das ist ein Fortschritt, findet sie.

Frank ist telefonisch nicht zu erreichen. Ulla grübelt über den Grund nach, will sich dann aber doch nicht mit miesen Gedanken den Tag verderben. Ruhig, sagt sie sich. Tief durchatmen.

Während sie die Hand auf das Geländer der Winkelfeldbrücke legt, spürt sie die wohltuende Kraft der Sonne, die über die Haut bis in ihr Herz strahlt und von dort aus durch den ganzen Körper. So wird es in ihr Frühling. Zumindest ein paar Augenblicke lang. Der Fluss ist ganz schön angeschwollen. Verdammt viel Wasser. Gedankenverloren setzt die Chefinspektorin ihre Sonnenbrille auf, verlässt die Brücke und stapft durch die stark ansteigende Dominikanergasse in Richtung Innenstadt. Elke Röhm fällt ihr ein. Immer noch hat sie keine exakte Vorstellung von dem Mädchen. Das muss sich schnell ändern. Bedächtig nimmt sie ihr Mobiltelefon aus der Jackentasche und wählt.

„Hallo. Maringer? Guten Morgen. Was gibt es Neues? Null Lebenszeichen von der Kleinen? Mist.

Wie steht es mit der Handypeilung? Gerät ausgeschaltet. Bisher keinerlei Gespräche. Das ist übel. Ja, Nüssler glaubt, die kommt von selber wieder. Ich nicht. Wir werden mit der Presse reden. Bis später."

Anna-Maria Röhm wäscht gerade den Boden auf, als Ulla hereinschneit. Ein sehr unpassender Moment für einen Besuch, murrt sie. Ulla hätte wenigstens anrufen können. Überhaupt habe sie den Eindruck, dass sich die Polizei für ihre vermisste Tochter nicht wirklich interessiere.

Gegenüber nörgelnden Geschlechtsgenossinnen hat die Chefinspektorin eine tiefverwurzelte Abneigung, sie beherrscht sich aber und schweigt so lange, bis die Frau ihr Putzzeug weggestellt hat und sie in die Küche bittet.

Es folgt ein stakkatohaftes Verhör. Erkundigungen über Verwandte und Bekannte, über ehemalige Lehrer, Mitschüler, Professoren, Studenten, Ferienbekanntschaften, kurz gesagt über jeden, der für Elke irgendwann einmal von Bedeutung war. Um mehr Gefühl für das Wesen der Vermissten zu bekommen, legt die Kriminalbeamtin dabei Elkes Bild auf den Tisch. Ein auffallend hübsches Mädchen. Blondes, glattes, schulterlanges Haar, eine kleine Nase und große, dunkle, akzentuiert geschminkte Augen. Die Figur? Makellos. Und dann dieses sinnliche Lächeln. Diese Judith Amras sieht ihr übrigens ganz schön ähnlich, findet Ulla.

Frank. Das verdammte Schlitzohr.

„Sie schauen auf einmal so böse", wundert sich ihre Gastgeberin. „Ist etwas?"

„Nein, nein. Ihre Tochter ist in einer studentischen Verbindung?"

„Elke gehört zur Akademischen Damenverbindung Glut", antwortet die Röhm stolz und deutet auf ein weiteres Foto.

Das Bild ist wenige Monate alt. Es zeigt Elke in schwarzer Bergmannstracht mit grünweißer Schärpe, auf dem Kopf die Bergmannsmütze. Vor ihr steht ein Krug Bier und im Hintergrund lümmeln Studenten. Chargierte, mit knallroten Gesichtern.

„Die Verbindung ist ihr sehr wichtig", behauptet Elkes Mutter. „Und mir auch."

„Wieso eigentlich?"

„Das ist die Elite", antwortet Frau Röhm erstaunt. „Die Besten der Besten. Die Leute helfen einander ein Leben lang. Auch später, wenn sie im Beruf stehen."

„Woher wissen Sie das?"

„Das weiß jeder in dieser Stadt."

„Ach so."

„Ich habe nachgedacht", sagt Frau Röhm stokkend. „Falls meine Tochter entführt wurde, hole ich sie mir wieder. Ich bin nicht reich, aber da ist schon etwas Geld. Das gebe ich gerne her, damit alles wieder so wird, wie früher."

Es kommt nicht oft vor, dass Chefinspektorin Magistra Ulla Spärlich einem Menschen nicht in die Augen blicken kann, aber jetzt ist ein solcher Moment.

„Es gibt Fälle, in denen es von Bedeutung ist, ob jemand Geld hat, oder nicht", erklärt sie sanft. „Für diese Geschichte hier scheint das aber eher nicht der Fall zu sein."

„Und wieso nicht?"

„Wenn Ihre Tochter entführt worden wäre, um Geld zu erpressen, hätte sich bereits jemand gemeldet. Gab es in letzter Zeit irgendein ungewöhnliches Ereignis? Etwas, das ich wissen sollte?"

„Eine Unterhose wurde ihr gestohlen. Champagnerfarben. Seide. Im Asia Spa. Das war Anfang voriger Woche."

Ulla stutzt. Warum hat ihr Frau Röhm das nicht schon bei ihrem ersten Gespräch erzählt?

„Weil ich einfach nicht mehr daran dachte", erklärt ihr Elkes Mutter. „So wichtig war die Sache ja auch wirklich nicht. Elke fand es sogar eher spaßig. Trotzdem hat sie natürlich Anzeige erstattet."

Diese Anzeige. Jetzt weiß Ulla endlich, woher sie Elkes Namen kennt.

„Kann ich etwas tun?", fragt Frau Röhm.

Warten und hoffen, denkt sich Ulla und schüttelt den Kopf. „Die Fahndung nach Elke läuft ja schon", sagt sie. „Wir schalten natürlich auch die Medien ein. Gibt es jemanden, bei dem Sie eine Weile untertauchen können? Einen Verwandten vielleicht? Für mich und meine Kollegen müssen Sie aber natürlich weiterhin erreichbar sein."

Nervös nickt die Frau und gibt Ulla ihre Handynummer.

Sie hätte nicht auf Nüssler hören sollen, ärgert sich die Chefinspektorin, als sie später durch das hohe Tor auf die Erzherzog Johann-Straße tritt. Hätte sie mit den Ermittlungen gleich intensiver losgelegt, stünde sie jetzt vielleicht schon besser da.

Das Sonnenlicht trifft sie wie ein Blitz. Seufzend setzt sie ihre Sonnenbrille auf. Die Sache mit der Unterhose ist ein klarer Hinweis auf ein Sexualdelikt. Womöglich wird das Mädel irgendwo gefangen gehalten. Bleibt nur zu hoffen, dass sie noch lebt.

Der dunkel gekleidete Kerl auf der anderen Straßenseite, der sie, halb hinter dem Stamm einer Kastanie verborgen, beobachtet, zieht seine Mütze tiefer ins Gesicht, wartet einen Moment und folgt ihr dann in unverdächtigem Abstand.

Wind weht aus Norden, und über den Dächern kreischen Krähen.

Es ist, als krächzten sie Ulla eine Warnung zu.

***

Eine Stunde später in der Universität.

Frank Heilig wartet am Eingang zur Mensa. Sein Lachen macht ihn unwiderstehlich, das weiß er, also grinst er. Dass sein Feixen auch bei Judith Amras Wirkung zeigt, bleibt ihm dabei nicht verborgen.

Sofort nützt er die Chance. Vor allen anderen küsst er sie mit der größten Selbstverständlichkeit, ergreift ihre Hand und zieht sie mit sich. Sie leistet keinen Widerstand. Noch ein Kuss. Hart und leidenschaftlich. Sie habe Hunger, sagt sie ganz außer Atem, und sie möchte nicht im Stehen essen.

An den Tischen ist alles voll, aber Frank schafft Platz. Er holt auch das Essen. Für beide. Ein Kavalier der alten Schule eben. Während das junge Paar Lasagne in sich hineinschaufelt, plaudert Judith über ihre Vorlesungen. Derweil testet Frank, was sich seine linke Hand unter dem Tisch bei ihr so alles herausnehmen kann. Dem Mädchen wird es relativ rasch zu bunt. Empört klopft sie ihm auf die Finger und faucht ihn böse an.

Er will mit ihr heute Abend ausgehen, bettelt er daraufhin und rückt ihr ganz nah.

„Und deine Freundin? Diese Kriminalbeamtin?"

„Mit der ist es aus und vorbei", versichert er.

Wirklich?

Ein treuherziges Nicken.

„Was sagt sie dazu?"

„Sie wünscht mir alles Gute."

„Dann kannst du mich um 21 Uhr abholen. Du weißt ja, wo ich zu Hause bin."

Na eben. Läuft ja. Mit leisem Bedauern schaut Frank auf die Uhr. Die nächste Vorlesung startet in einer Viertelstunde. Schluss mit Anbaggern. Zeit zu gehen.

„Servus", sagt er leise und sie nickt. Ein schneller Kuss noch, ein paar geflüsterte Komplimente, und schon macht sich der Junge aus dem Staub.

Judith bleibt noch ein wenig sitzen und denkt nach. Frank ist ein netter Kerl. Attraktiv und gar nicht dumm. Genau der Typ Mann, vor dem ihre Großmutter sie immer warnte.

Ob sie sich tatsächlich mit ihm einlässt, ist aber noch nicht so ganz entschieden.

Falls nicht, darf sie halt den Zeitpunkt nicht verpassen, an dem es gilt, die Stopptaste zu drücken. Ein paar Kunststofftechniker stehen beisammen, unterhalten sich und lachen. Max Paulik ist auch dabei. Er wirft ihr einen langen Blick zu, aber sie ist mit ihren Gedanken schon bei der nächsten Vorlesung, hält den Blick zu Boden gerichtet, nimmt ihre Tasche und geht.

Mathematik steht jetzt an.

Eines von Judiths schwächeren Fächern.

***

Der zweite Versuch, Frank an die Strippe zu kriegen, scheitert. Mit finsterem Gesicht schiebt Ulla das Mobiltelefon zur Seite.

Die Kantine im Tiefparterre ist halbleer, das Mittagessen lauwarm und der Salat versalzen. Die Chefinspektorin stellt die beiden Teller halbvoll zurück. Der Kuchen aus der Glasvitrine neben der Kasse ist zu süß und von der Konsistenz her zu pappig, um die Sache noch zu retten. Den Tee, oder was immer das da in ihrer Tasse sein soll, trinkt sie als Durstlöscher, wenn auch mit kaum unterdrücktem Ekel.

Wie immer brütet sie allein an einem Ecktisch und spielt mit ihrem dunklen Haar, als plötzlich Maringer vor ihr steht und sie anspricht.

„So in Gedanken?"

„Wie? Ach, Sie sind es. Hallo."

„Darf ich Platz nehmen?" Der Kollege setzt sich, ohne ihre Antwort abzuwarten. „Ein Supertag heute, nicht wahr? Wie läuft es?“

Lass die Quatscherei. Küss mich, kommt es ihr in den Sinn. Hier. Vor allen Leuten. Absurde Idee. Ja, aber was wäre eigentlich dagegen einzuwenden? Dass sie keine große Erfahrung mit Männern hat? Dass man in einer Betriebskantine vor den Kollegen nicht herumschmust? Stimmt. Aber wenn einem das so richtig scheißegal wäre?

„Lausig“, antwortet sie auf seine Frage und spielt mit ihrer leeren Tasse. „Lausig läuft es. Ich suche nach der Stecknadel im Heuhaufen, und das ist kein besonders angenehmes Geschäft.“

„Die meisten Vermissten tauchen ja tatsächlich von selbst wieder auf.“

Sie erzählt ihm ihre beunruhigenden Neuigkeiten. Die Sache mit dem Unterhosendiebstahl und ihr Verdacht auf ein Sexualdelikt. Er denkt kurz nach, bevor er ihr zwei Fragen stellt.

„Wo wurde sie zuletzt gesehen?“

„Im Moonlight.

„Und wie kam sie von dort weg?“

Mein Gott, ein Taxi. Endlich fällt der Groschen.

Maringer nickt. Er muss zu Nüssler und macht sich auf die Socken.

Ullas Telefon läutet. Mama ruft an und fragt nach dem Befinden. „Isst du auch brav? Und dann dieser ewige Sport, den du da machst. Da darfst du nicht übertreiben. Das ist nicht gesund. Was machst du am Freitag? Morgen. Ich hätte Theaterkarten für uns. Ein Stück von Canetti.“

Theater, überlegt Ulla. Natürlich schwärmt sie

fürs Theater. Auch für Canetti. Bloß möchte sie ein solches Stück nicht mit ihrer Mutter sehen, die sich ständig als Kulturexpertin aufspielt. Kunst will stumm genossen werden. Ohne begleitende Kommentare zur Inszenierung oder Vergleiche mit Schauspielerinnen und Schauspielern von anno dazumal. „Nein, Mutter“, sagt sie. „Ich kann da leider nicht.“

Langsam registriert Ulla, wie amüsiert die Kollegen an den Nebentischen ihr Telefonat verfolgen. Hier die Witzfigur abzugeben, fehlte ihr gerade noch. Wütend verlässt sie die Kantine.

Diese Leute hier nützen doch wirklich jede Möglichkeit, ihr auf den Keks zu gehen, geht es ihr durch den Sinn, als sie ins Parterre stapft.

Ulla muss jetzt raus hier.

Wenn sie nicht aufpasst, wird sie in diesem Dunst aus Missgunst und Schadenfreude noch ersticken.

Wenn man einer Ulla Spärlich einmal die Laune verdirbt, hält das lange an.

Mürrisch betritt die Chefinspektorin die städtische Taxileitstelle. „Werden alle Wagen im Bezirk von euch betreut?“, erkundigt sie sich beim stämmigen älteren Herrn am Funkgerät.

„Korrekt. Wenn auswärtige Taxis bei uns verkehren, melden sie sich auch bei uns an. Das ist so üblich.“

„Und wenn jemand nach einem Taxi telefoniert, läuft dieses Gespräch verlässlich über Ihre Zentrale, nicht wahr?“

„Genau. Unsere Apparate sind in Serie geschaltet, und die Zuteilung der Wagen erfolgt nach der Reihenfolge der eingetroffenen Anrufe. Die Gespräche werden gespeichert. Wir bewahren die Tondokumente einen Monat lang auf."

Die Chefinspektorin interessiert sich für einen Anruf vom 21. März, zwischen zwei und drei Uhr früh.

Nach ein paar Minuten finden sie den Anruf. Um fünf Minuten nach halb drei ersucht eine Frau mit heller Mädchenstimme darum, am Parkplatz vor dem Moonlight abgeholt zu werden. Ulla Spärlich kopiert den Anruf auf einen USB-Stick und kündigt den Besuch eines Experten an, der die Festplatte sicherstellen wird. Dann will sie wissen, welcher Chauffeur das Mädchen abholte.

„Walter Möslacher. Wagen 13."

Ein kurzer Anruf. Es dauert bloß eine Viertelstunde, bis der Zeuge in der Zentrale auftaucht. Möslachers Taxi ist ein Volvo, weiß lackiert, und der Fahrer ist klein, dick und hat beinahe keine Haare mehr auf dem Kopf.

Er erinnert sich an die Sache. Eine von zwei telefonischen Anforderungen, bei denen er vergeblich auf seinen Fahrgast wartete. Beide Male war das Moonlight im Spiel. Einmal kurz nach zwei, danach etwa eine halbe Stunde später. Zuerst kam der Anruf von einem Mann, dann von einer Frau.

Ob ihm etwas aufgefallen sei? Am Parkplatz? Auf den Zufahrtstraßen?

Beim Zufahren zur Disco wäre ihm fast ein

schwarzer Geländewagen ins Auto geknallt, erzählt er. Das war's.

Sie wolle mit ihm ein Protokoll aufnehmen?, wiederholt er Ullas Bitte. Na, dann fahre er sie eben ins Kommissariat. Gratis.

Eine Stunde später geht sie zu Nüssler.

Der raucht wie ein Schlot, nimmt ihren Bericht stumm zur Kenntnis und nickt nur, als sie sagt, dass sie mit dem Fall an die Öffentlichkeit gehe. Sie solle sich aber auch in die Fahndung nach den fünf Schlägern einschalten, verlangt er, und belästigt sie noch mit seinem Spruch des Tages. Stefan Zweig: *Wer früh seine Seele weit auszuspannen gelernt, vermag später die ganze Welt in sich zu erfassen.* Eine Weisheit, auf die sie gern verzichten kann. So ein Trottel.

In Ullas Büro stinkt es leicht modrig. Feuchte Wände? Schimmel? Bisher hat sie noch nichts dergleichen entdeckt, aber das will nichts besagen. Schimmelpilze schaden der Gesundheit, und Nüssler will sie loswerden. Am Ende versucht er es gar mit Baubiologie? Misstrauisch kontrolliert sie die Wände, findet aber nichts.

Danach versorgt sie die Zeitungsredaktionen und das Fernsehen mit Informationen zur polizeilichen Fahndung nach Elke Röhm und erledigt ein paar Schreibarbeiten. Es folgt ein Gespräch mit dem Chef der uniformierten Kollegen. Die Chefinspektorin lässt sich dazu breitschlagen, für die nächsten Schwerpunktaktionen zwei Autos der Kripo zur Verfügung zu stellen.

Gegen 19 Uhr ruft Frank zurück, faselt von viel

zu viel Stress und verspricht, sich morgen wieder zu melden.

Ein Patrouillenwagen bringt sie nach Hause. Über dem Fluss hängen Wolken, und sie beeilt sich, während sie die Haustür aufsperrt.

Als sie eintritt, trifft sie die Stille in ihren vier Wänden wie eine Ohrfeige. Außerdem ist es saukalt hier. Hektisch öffnet sie die Ventile aller Radiatoren bis zum Anschlag, doch eine alte Heizung reagiert eben sehr träge. Es wird eine Weile dauern, bis sie den Erfolg spürt.

Ullas Abendprogramm? Umziehen. Fitnesstraining. Laufen. Wie immer mit Volldampf. Als sie zurückkehrt, ist es 22 Uhr, sie ist erschöpft, und die Heizkörper sind immer noch lauwarm. Hat sie einen Appetit auf Schokolade! Und wenn sie sich ein Stückchen gönnt? Seufzend schluckt sie stattdessen einen Appetitzügler und trinkt ein Glas Wasser. Danach hockt sie sich auf ihren abgewetzten Lesesessel, holt den neuesten Historienwälzer hervor, hüllt sich in eine Decke und macht es sich gemütlich.

Am Himmel ein fernes Grollen.

Vor dem Fenster dunkle Schatten.

Langsam werden Ulla die Lider schwer.

Die Nacht ist da.

Am Freitagmorgen fällt Kälte ein. Es schneit.

Als Ulla nach einem schnellen Kaffee das Haus verlässt, sind ihre Hände in kürzester Zeit ganz klamm.

Auf der Winkelfeldbrücke begeg
ge Menschen. Es herrscht eine ei
aber irgendwie antriebslose Stille

Diese quälenden Träume. D
Horrorfilm. Zuerst lief die Sache n
die Szene mit Bernd und Edith im Be
Programm, inklusive Schreiduell, Weinkramp
und Weglaufen. Selbstverständlich auch die Nachlese mit Nachtdienst, Fahrt zu dieser angeblichen Vergewaltigung und dem verhängnisvollen Einbruch. Stimmt schon, der Tatort lag auf der Route zum Stützpunkt, aber sie hätte den Funkspruch auch ignorieren können, ja, ihn ignorieren müssen. Im Nachhinein betrachtet.

Frank fällt ihr ein. Der kommt und geht, ganz wie er will. Außerdem ist er hinter anderen Weibern her. Wie lange will sie sich das noch gefallen lassen?

Ob er mit dieser Studentin schon etwas hat? Spontan nimmt sie ihr Mobiltelefon aus der Handtasche, ruft Judith Amras an und lädt sie zum Abendessen ein. Dabei wird sie die Kleine ausquetschen, nimmt sie sich vor. Diskret.

Es folgt ein Telefonat mit dem Journalbeamten. Ohne große Illusionen fragt sie nach Elke Röhm. Da gebe es nichts Neues, heißt es. Die Zeitungsschmierer riefen laufend an und störten den Betrieb. Nüssler ließe ausrichten, sie solle sich um die Presse kümmern.

Das schiebt er also auch noch auf sie ab. Missmutig legt die Chefinspektorin auf und erreicht jetzt die Kärntnerstraße. Von den Bettlern und Streunern, die sich in der Nähe des Hauptplatzes herumtreiben, zu etwas zu erfahren. Da steht schon einer …gt, ob sie ein wenig Kleingeld parat hätte.

…tmütig drückt Ulla dem alten Mann im abgetra…en grauen Anzug und der schwarzen Wollmütze …n paar Münzen in die Hand. Sie suche nach einem Mädchen, sagt sie. Jung, schlank und blond.

Er weiß natürlich nichts, verspricht aber, sich umzuhören.

Ulla hat zwar keine Ahnung, warum, aber diese Antwort gibt ihr Hoffnung. Entspannt trinkt sie noch eine Tasse Tee im Theatercafé mit Blick auf die wunderbar renovierte Fassade von Sankt Xaver, der größten Jesuitenkirche Österreichs. Anschließend absolviert sie die Ochsentour durch alle Gasthäuser, Kaffeehäuser und Geschäfte der Stadt. Überall zeigt sie Elkes Foto herum und stellt die immer gleichen Fragen. „Kennen Sie dieses Mädchen? Haben Sie diese junge Frau gesehen? Nein? Danke."

Gegen 12.30 Uhr ein Sandwich an einem Kiosk am Hauptplatz. Frank ruft an. Er lernt für eine Prüfung, sagt er. Kurzum: Er hat heute Abend keine Zeit für sie.

Ulla legt einfach auf.

Grimmig rauscht sie durch die Fußgängerzone. Ran an die Passanten. Konkrete Hinweise bekommt sie ja nicht, aber ab und zu meint jemand, Elke Röhm heute schon einmal gesehen zu haben.

Um 13 Uhr trifft Ulla vorm Kommissariat ein, wird von Journalisten umringt und gibt ein paar Interviews. Eine Stunde später ruft Nüssler an und bestellt sie zu sich ins Büro. Maringer sitzt schon da.

Lächelnd steht er auf und schiebt einen freien Stuhl an seine Seite.

Ulla nimmt Platz. Wo sie sich den ganzen Vormittag hindurch herumgetrieben habe, fragt ihr Boss.

„Ich kümmere mich um die Fahndung nach diesen beschissenen fünf Schlägern", lügt sie bedenkenlos.

„Brav." Nüssler nickt zufrieden. „Übrigens: Da war ein etwas unglücklicher Beitrag im Radio", seufzt er dann und zündet sich umständlich eine Zigarette an. „Diese Frau Röhm. Sie sagt, wir tun nichts, um ihre Tochter zu finden. Der Herr Oberbürgermeister ist ganz aus dem Häuschen, und der Landeskriminaldirektor will einen Bericht."

Siehste, denkt sich die Chefinspektorin. Das haste nun davon.

„Ich ermittle ja bereits seit Tagen", beruhigt sie ihren Chef. „Es gibt auch erste Erkenntnisse. Das Mädel orderte Samstag früh ein Taxi zum Parkplatz vor dem Moonlight, erschien dort aber nicht. Ihre Wäsche hängt zu Hause im Schrank, der Reisepass ist vorhanden, auf Girokonto und Sparkonto gibt es keinerlei Bewegungen, und ihr Mobiltelefon ist tot. Außerdem wurde ihr ein paar Tage zuvor ein Stück Unterwäsche gestohlen."

„Das macht das Kraut nicht wirklich fett", bedauert der Major. Er hätte sich mehr erwartet.

Derzeit befrage sie das Umfeld der Vermissten, erklärt Ulla beleidigt. Bisher ohne besonderen Erfolg.

„Das bessert sich", prophezeit Maringer optimistisch. „Dank Presse und Fernsehen bekommen wir einen Tipp. Das ist nur eine Frage der Zeit."

„Oder sie meldet sich endlich", brummt der Major. „Was tun wir sonst noch?"

Da fällt Ulla nicht viel ein. „Ich glaube an ein sexuelles Motiv", sagt sie. „Dort will ich ansetzen."

„Du hilfst ihr", knurrt der Kripochef und stößt seinen ausgestreckten Zeigefinger wie ein Messer in Maringers Richtung. „Zieh dir unsere einschlägigen Dateien rein. Wir haben genug irre Typen, die für Sexualattentate infrage kommen."

Maringer nickt. „Das erledige ich am Wochenende. Da hab ich Journaldienst."

„Und deine Drogengeschichte?"

„Die kann ich vorher noch abschließen. Aller Voraussicht nach."

Ullas Telefon klingelt. Frank ist dran. „Nicht jetzt", wehrt sie unwirsch ab. „Ich rufe zurück."

„Ihr Freund?", fragt Nüssler neugierig.

„Wir wollen es nicht hoffen", grinst Maringer. „Das war ja ganz schön ruppig."

„Vielleicht konzentrieren wir uns wieder auf Elke Röhm", schlägt Ulla humorlos vor.

Nüssler hat nichts dagegen. Spärlich und Maringer sollen ihm zeigen, was sie drauf haben. Er zähle auf sie.

Bedächtig holt er sein Büchlein aus der Schreibtischlade und liest ihnen den Spruch des Tages vor.

Mit unbewegten Mienen lassen die zwei Kriminalbeamten das Gesülze ihres Chefs über sich ergehen. Die Chefinspektorin atmet hörbar auf, als sie Nüsslers Tür hinter sich schließen.

Maringer hat sein Büro in der dritten Etage, Ulla ihres im ersten Stock. Er nimmt den Fahrstuhl, sie die Treppe. Dabei malt sie sich aus, was ein Mann wie Maringer im Lift alles mit ihr anstellen könnte und bekommt knallrote Ohren.

In ihrem Zimmerchen angekommen, gießt sie die Zimmerlinde und zündet ein Duftlämpchen an. Vanille. Das hebt ihre Stimmung. Konzentriert tippt die Chefinspektorin ihren vorläufigen Erhebungsbericht. Kaum ist sie damit fertig, schrillt das Telefon.

„Hallo?"

Erst atmet jemand ziemlich laut. Es folgt ein Geräusch, als würde jemand seufzen. Dann ist die Leitung tot.

So ein idiotischer Anruf. Verärgert widmet sich Ulla wieder ihrem ewig präsenten Schreibkram.

Bis Dienstende hat sie noch eine Menge abzuarbeiten.

18 Uhr. Ulla Spärlich und Judith Amras speisen in einem gut besuchten italienischen Restaurant unweit der Uni.

Zwar sind sie über eine Gruppe lärmender junger Gäste nicht besonders glücklich, aber dafür bietet der Fensterplatz einen ausgezeichneten Blick auf den Park. Das wiegt den Radau fast wieder auf.

Der Kellner kommt und fragt nach ihren Wünschen.

Picatta Milanese und Salat.

Judith wählt dasselbe. Dazu einen Vino Nobile mit relativ viel Alkoholgehalt.

Ob sie gerne Italienisch esse, fragt die Studentin. Ulla nickt. Eine Marotte, meint sie. Aus einer Zeit, in der sie sich ausschließlich vegetarisch ernährte. Die Italiener haben hervorragende fleischlose Gerichte. Schmackhafte, gesunde Speisen.

Aber jetzt sei sie wieder Fleischfresserin?

Ja. Gewissermaßen. Auf Innereien oder Wild verzichte sie allerdings immer noch. Wild weniger des Geschmacks wegen. Es sei ihr bloß unerklärlich, wie jemand auf ein Reh schießen könne.

Dann reden sie über Judiths Studium, das Klima an der Universität und über Elke Röhm, die Judith angeblich nur vom Sehen her kennt.

„Was für ein Mensch ist das?", fragt sie.

Ehe Judith Amras antworten kann, ruft Ullas Mutter an. Sie will jetzt partout etwas mit ihrer Tochter bereden. Etwas Wichtiges.

Ulla wehrt ab. Sie sei beim Essen. In Begleitung.

„In Begleitung?", trompetet Hannelore Spärlich. „Ach, wie schön. Wie alt ist er denn?" Es folgen Fragen nach Beruf, Wohnort und Vermögensverhältnissen. Dann noch der Ratschlag, nur ja nichts mit einem Geschiedenen anzufangen. Oder mit einem Filou.

„Ich bin mit einer Studentin zusammen", antwortet Ulla in provokantem Tonfall. „Sehr jung. Sehr klug."

Ratlose Stille, gefolgt von nervösem Hüsteln. Dann verlangt Mama von ihrer Tochter, sie möge morgen nach Graz kommen. Verlässlich. Treffpunkt in ihrer Wohnung. Um zwölf.

Ulla winkt ab. Sie will nicht.

Sofort spielt Mama die Kranke. Kreislaufprobleme, Kopfschmerzen und Schwindel. Das übliche Palaver, das sie abzieht, wenn einmal etwas nicht nach ihrem Willen läuft.

Was bleibt Ulla da übrig, als klein beizugeben? Wütend schaltet sie das Telefon aus und steckt es weg.

„Mutti pfeift, und das brave Mädchen springt", grinst die Studentin spitzbübisch und zwinkert ihr zu. „Ist mir als Kind auch oft passiert."

Der Chefinspektorin steigt das Blut zu Kopf. Jetzt macht Mama sie auch noch lächerlich. In aller Öffentlichkeit.

„Läuft etwas zwischen Frank und dir?", fragt sie dann.

„Wir gehen miteinander aus."

„Und was will er von dir?", hakt Ulla nach.

„Na, was wohl", kriegt sie zur Antwort. „Es ist doch aus zwischen euch zwei, oder?" Ein zweifelnder Blick. „Ist es? Ist es nicht?"

„Kellner? Zahlen!" Ulla schießt das Wasser aus den Augen. Wie unangenehm. Sie will hier keine Szene machen, aber das mit Frank muss sie erst einmal verdauen.

„Ihr habt euch doch als Freunde getrennt", murmelt Judith perplex. „Er ist dir zu unreif, behauptet er. Jahrgang 1988. Bloß zwei Jahre älter als ich."

Ulla schüttelt den Kopf. Raus hier. Weg.

1988, überlegt die geschichtsbewusste

Chefinspektorin: Bei den olympischen Spielen von Seoul sorgen der Schwimmer Matt Biondi mit fünf und die Leichtathletin Florence Griffith-Joyner mit drei Goldmedaillen für neue Rekorde. Die irakische Luftwaffe fliegt einen Giftgasangriff auf ein kurdisches Dorf und bringt mehr als 5000 Leute um. Bush wird Präsident der USA, und die Russen ziehen aus Afghanistan ab. Im persischen Golf tobt eine Seeschlacht zwischen dem Iran und den USA, und die Amerikaner schießen irrtümlich eine iranische Verkehrsmaschine ab. Über dem schottischen Ort Lockerbie explodiert eine Bombe in einer vollbesetzten Boeing. 259 Fluggäste kommen ums Leben, und im deutschen Nordhessen fordert ein Grubenunglück mehr als 50 Tote. Genau acht Jahre später stürzt übrigens ein Flugzeug der Birgenair in der Dominikanischen Republik ab. 164 Deutsche finden den Tod, darunter auch Holger, ihr Brieffreund. Letzte Grüße bei der Beerdigung in Hagen. Er war so ein ruhiger, romantischer Typ. Sie war verknallt in ihn.

Ausgespielt, beschließt Ulla. Es ist zu Ende. Frank hat sie gedemütigt. Sie will ihn nicht mehr.

Als sie vorm Restaurant steht, geht der Schneefall in Regen über. Weit und breit kein Taxi zu sehen, der Akku des Mobiltelefons im Eimer, und weil an diesem Tag aber auch alles daneben geht, hat sie natürlich keinen Regenschirm dabei.

Als Ulla patschnass den Fluss entlang nach Hause marschiert, will sie nur noch sterben. Was soll sie denn noch auf dieser Welt, wenn sie ja sowieso nur

Scheiße baut?

Zu Hause dreht sie sofort die Stereoanlage an. Spielt Rockmusik. Laut. Zum Abreagieren. Dann gönnt sie sich eine warme Dusche und verspeist eine ganze Tafel feinster Schokolade. Damit ist die Gefahr, in eine dauerhafte Depression zu verfallen, erst einmal gebannt.

Als es dunkel wird, kann sie wieder klar denken.

Sie entwickelt kühl und gelassen einen Plan.

Der nächste Morgen.

Straßen und Gehwege sind mit Eis bedeckt. Ullas Heizung läuft auf vollen Touren.

Wie schön es ist, von der Kindheit zu träumen. Rodeln. Weihnachten feiern. Die Eltern, die lächelnd unterm Christbaum stehen. Bloß das Erwachen ist dann schmerzvoll. Heute will sie sich nicht in Erinnerungen verlieren. Dazu bleibt auch keine Zeit. Also los.

Ulla lässt das Frühstück ausfallen, telefoniert mit Frank und erinnert ihn an den schriftlichen Leihvertrag, den sie vor zwei Monaten abgeschlossen haben. Eine jederzeit kündbare Vereinbarung, wonach er im Falle einer solchen Kündigung 20.000 Euro zu retournieren hat. Auf der Stelle. Sie gibt ihm drei Tage Zeit, ihr das Geld anzuweisen. Das diesbezügliche Schreiben bekomme er noch heute. Zahle er nicht, übergebe sie die Angelegenheit einem Anwalt.

Er ist so verblüfft, dass er aus dem Stottern gar nicht mehr herauskommt. Also schnell aufgelegt.

„Damit hast du nicht gerechnet. Mistkerl!“

Ulla duscht ausgiebig und fühlt sich danach besser. Für die Garderobe investiert sie nicht viel Zeit. Jeans, weiße Bluse, grauer Pullover und eine dicke Jacke. Was ihr beim Öffnen des Kleiderkastens halt gerade so in die Hände fällt.

Um zehn fährt sie mit dem Zug nach Graz und nimmt sich am Bahnhof ein Taxi. Die Fahrt durch die Stadt ist relativ kurzweilig. Einerseits ist ihr Gehirn damit beschäftigt, jede Straße und jeden Platz auf der Route mit bestimmten Menschen oder Ereignissen zu verknüpfen, und das erheitert sie. Andererseits bemerkt sie, wie viele Flecken sie noch nicht kennt, und das stimmt sie nachdenklich.

Der Fahrer ist nett und ausgesprochen geistreich. Ein junger Lehrer ohne Anstellung. Da duldet man heillos überfüllte Schulklassen und lässt junge Pädagogen als Taxifahrer ihr Leben fristen, ärgert sich die Chefinspektorin. Dabei schwören doch alle politischen Parteien, in Bildung zu investieren. Und in Jobs. Vor den Wahlen, wohlgemerkt. Aber wie sagt Camus? Jede Gesellschaft hat die Schurken, die sie verdient.

Als der verhinderte Lehrer von seinen zwei Kindern erzählt, fällt Ulla ein, dass sie eigentlich auch schon lange Nachwuchs haben sollte. Der ist leider nicht in Sicht. Bedrückend.

Vor dem fünfstöckigen Mehrparteienhaus in der Plüddemanngasse steigt sie aus, gibt dem Fahrer ein ordentliches Trinkgeld und telefoniert mit dem Journalbeamten. In der Sache Elke Röhm gibt es nichts Neues. Lustlos steckt sie einen Kaugummi in den Mund, betritt das Gebäude und fährt mit dem Lift in die dritte Etage.

„Hallo, Liebes. Schön, dass du da bist." Ein Kuss auf die Wange. Noch einer. Das übliche Getue. Ein prüfender Blick. Mama hat zugenommen. Oder doch nicht? Papa mochte schlanke Frauen. Sportliche, dynamische Wesen. Immer schon. Da hätte Mutter wissen müssen, was zu tun ist.

Lächelnd hilft ihr die Mutter aus dem Mantel. Im Flur riecht es nach gerösteten Zwiebeln. Ein angenehmer, vertrauter Geruch. Außer in der modernen Küche sind alle Räume hier mit Stilmöbeln bestückt. An der Wand hängen Ölgemälde in schweren Goldrahmen. Der Perserteppich am Boden müsste endlich einmal in die Reinigung. Die Flecken sind schon peinlich.

Im Speisezimmer auf einem Beistelltischchen ein großer Strauß Blumen. Weiße Lilien? Eigenartig. Der massive Esstisch ist weiß gedeckt. Stoffservietten und das teure Porzellan. Das wird sonst nur an Festtagen verwendet. Sie setzen sich.

Ulla hält sich kerzengerade und isst aufreizend gemächlich. Das Gegenstück zu ihrer Mutter, die hastig die Tomatensuppe schlürft, um gleich danach den Fisch aufzutragen und buchstäblich in sich hineinzustopfen. Dass sie nur noch mit Kräutern anstatt mit Salz würze, erzählt sie mit vollem Mund, ohne dabei auch nur eine Sekunde lang vom Essen abzulassen. Ob ihre Tochter denn zu schätzen wisse, wie ausgezeichnet sie noch koche? In ihrem Alter.

Ulla nickt bloß, kaut langsam und methodisch und lässt keinen Bissen übrig.

Beim Dessert beginnt das übliche Spiel. Fragen über Fragen. Wie es ihr gehe? Privat? Beruflich? „Ich habe dein Bild in der Zeitung gesehen. Was ist denn jetzt mit dieser vermissten jungen Frau? Ist sie noch am Leben?"

Ulla fehlt jegliche Lust, über ihren Job zu reden.

Also Themenwechsel. Sie reden über Mamas Abmagerungskur. Mit ärztlicher Beratung, Körperfettmessung, Vitaminshakes und so. Eine brillante Idee, meint Ulla. Daraufhin gehemmtes Schweigen. Eine eigenartig schmerzvolle Stille.

„Also, was willst du von mir?", prescht Ulla endlich vor. „Los. Rede."

„Was würdest du sagen, wenn ich die Wohnung hier aufgebe?"

„Wie bitte?"

„Du weißt, wie einsam ich bin, seit du so weit weg bist. Aber das ist jetzt vorbei."

„Tatsächlich?"

„Ich habe einen Mann kennengelernt."

„Einen Kerl? Du bist Baujahr 1949."

„Und damit im besten Alter. In letzter Zeit war ich viel auf Reisen. Dabei lernte ich Paul kennen. Einen Professor. Er unterrichtet an einer Fachhochschule. Ein reizender Mensch, du wirst sehen."

„Lass mich da raus, Mutter."

„Es läge mir so viel daran, dass du ihn magst."

„Ich kenne ihn doch gar nicht."

„Das will ich eben ändern."

„Kein Bedarf. Das ist dein Ding, nicht meines."

„Ach, gönn mir doch mein Glück. Es ist mir so wichtig, dass du mich verstehst. Ich weiß, du bist ein gutes Kind."

„Bin ich nicht, Mutter", behauptet Ulla trotzig und schiebt den Nachtisch zur Seite.

„Aber Ulla! Das ist dein Lieblingsdessert. Panna cotta."

Ulla ist der Appetit vergangen. Gründlich.

„Und ich habe mir solche Mühe gegeben", schluchzt die etwas mollige pensionierte Krankenschwester theatralisch, schraubt sich hoch, schlurft zu ihrer Tochter, bückt sich und streicht ihr durchs Haar. „Du wirst deine arme, alte Mutter doch nicht dafür hassen, dass sie noch etwas fordert von diesem Leben? Also iss."

„Jetzt hör endlich auf mit dieser Scheiße", zischt Ulla unwirsch, stößt die Hand ihrer Mama zur Seite und steht auf.

„Was machst du? Du willst doch nicht etwa abhauen?"

„Und ob."

„Das tust du mir nicht an."

„Du kennst deine Tochter", seufzt Ulla genervt. „Also gib das Dessert in den Kühlschrank, hol den Cognac aus dem Schrank und erzähl mir mehr von deinem Prinzen. Ich warte im Wohnzimmer. Auf der Couch."

***

Fünf Stunden später in Leoben, Lerchenfeld.

Das mehrstöckige Gebäude ist eines von fünf baugleichen Riesenkästen mit Aussicht auf die Bundesheerkaserne. An der Fassade bröckelt der Verputz. Das Stiegenhaus gehört dringend einmal ausgemalt.

Mit angehaltenem Atem hockt Chefinspektor Joe Maringer vor einer Haustür in der vierten Etage. Zwei Kriminalbeamte lehnen mit gezogenen Waffen links und rechts an der Wand. Derweil knackt Maringer lautlos das Türschloss. Kaum hat er sein Werkzeug weggepackt, erhebt er sich, zieht ebenfalls seine Knarre und gibt den beiden ein Zeichen. Tür auf und hinein ins Vergnügen.

Der vor dem Fernseher lümmelnde Nigerianer kommt gar nicht mehr dazu, nach seinem Revolver zu greifen. „Fuck you", brüllt er und schlägt wild um sich, als ihn Maringer niederringt und fesselt.

Pro forma beginnen sie mit der Hausdurchsuchung. Ein gut geplantes Showprogramm. Das Heroin ist schließlich genau dort, wo es laut Auskunft ihres Informanten sein muss. In der Kleidertruhe, verborgen unter einem Berg übelriechender Schmutzwäsche.

So ein Ferkel. Mit gerümpfter Nase betrachtet Maringers jüngster Assistent die kotbefleckte Unterhose auf dem Gipfel des Wäschebergs, stülpt sich Einweghandschuhe über die Hände, dreht angewidert den Kopf zur Seite, greift zwischen die Textilien und birgt, was zu bergen ist.

„Na, was haben wir denn da?", fragt der

Chefinspektor, als ihm der Kollege zwölf plastikverschweißte Päckchen vor die Füße legt. „Was ist das?", herrscht er den Dealer an.

„Keine Ahnung", erwidert der Schwarze.

War nicht anders zu erwarten.

„Hoffentlich lehren sie den Burschen im Knast wenigstens etwas Hygiene", brummt der Chef der Rauschgiftfahndung und lässt den Dealer abführen.

Ein verstohlener Blick auf die Uhr. Der nächste Zugriff soll in einer Stunde erfolgen. Joe hat noch nichts im Magen, und das wird sich bis zum Abend auch nicht ändern. Der Rest des Tages geht dann wahrscheinlich mit Verhören drauf.

Klappt alles wie geplant, ist die koordinierte Aktion bis morgen früh abgeschlossen, freut sich der Chefinspektor. Noch ein kurzer Rundgang. Da ist nichts Verdächtiges mehr zu bemerken. Beruhigt schließt er die Wohnung des Dealers ab und steckt den Schlüssel in die Hosentasche.

Während er über die Treppe ins Parterre läuft, kommt ihm Ulla Spärlich in den Sinn, und er trachtet danach, den Gedanken gleich wieder zu verdrängen. Vergeblich. Warum reizt die ihn so? Er hat keinen Schimmer. Jedenfalls vergeht kein Tag mehr, an dem er nicht an sie denkt. Seltsam.

Nachdenklich verlässt der Chefinspektor das Gebäude, springt ins wartende Auto und gibt das Zeichen zum Aufbruch.

2

GEGEN DEN TOD

„Der Himmel ist zu den Füßen der Mutter“
(Sprichwort)

Mitternacht.

Roter Rock, weißes Sweatshirt, schwarze Lederjacke mit Gürtel und halbhohe Stiefel. Darüber einen schwarzen Mantel. Das optimale Outfit für die Nacht.

Ulla Spärlich stellt ihren Wagen vor dem Kommissariat ab, legt die paar Querstraßen zur Diskothek im Eiltempo zurück und denkt dabei an Franks Anruf.

Der Arsch will wissen, warum sie ihm böse ist? Wieso sie nicht mehr mit ihm spricht? Weil die Beziehung zu ihm beendet ist, hat sie geantwortet.

Angeblich liebt er sie ja noch.

Diese schmeichelnde, sanfte Stimme.

Ihr Schmelz wirkt nicht mehr.

Frank muss das Auto wieder verkaufen, um seine Schulden bei ihr zu begleichen? Das tut weh. Soll es auch.

Vor dem Tanzschuppen herrscht lebensgefährliches Gedränge. Drinnen ist es noch ärger. Es dauert eine Weile, bis Ulla einen Platz an der Theke erobert. Dort blickt sie sich erst einmal in Ruhe um. Massen von jungen Leuten. Die Musik so laut, dass man sich nur schreiend unterhalten kann. Irgendjemand tippt ihr von hinten mit dem Finger auf die Schulter.

„Einen Mojito?“, erkundigt sich die rothaarige Kellnerin. Ulla grinst und nickt. Viel zu hastig trinkt sie den Cocktail, kippt gleich noch einen und beobachtet, was ringsherum so abgeht. Einmal ist ihr, als habe sie den Blonden von neulich entdeckt, aber als sie sich bei der Kellnerin nach dem Mann erkundigt, ist er nicht mehr zu sehen. Also kämmt Ulla das ganze Lokal nach ihm ab. Vergeblich.

Der Sohn des Innenarchitekten Paulik steht auf einmal vor ihr, lächelt und deutet zur Tanzfläche. Offensichtlich will er mit ihr tanzen.

Sie schickt ihn zum Teufel.

Noch so ein junger Kerl fordert sie auf.

Wieder lehnt sie ab. Diesmal schon etwas freundlicher.

Die beiden abgewiesenen Verehrer stehen noch eine Weile an der Theke und beobachten sie. Dann bleckt Paulik die Zähne, gibt der Kellnerin einen Wink, zahlt und geht.

Unterdessen zieht die Chefinspektorin Elkes Foto aus der Tasche, wandert von Tisch zu Tisch und stellt ihre Fragen. Ob irgendwer das Mädchen kennt. Ob jemand zum Aufenthalt der Vermissten etwas sagen kann. Ein Riesenaufwand. Neuigkeiten erfährt Ulla dabei nicht. Gegen vier kippt sie noch ein kleines Bier und lässt es gut sein.

Ob Frank schon schläft? Diese Schweinebacke.

Draußen zunehmender Mond. Dazu ein Geruch nach Motoröl, Bier und Urin. Es ist wärmer geworden, und sie knöpft ihren Mantel auf. Ein leichter

Windstoß streicht ihr übers Gesicht, als sie sich zwischen den geparkten Autos durchschlängelt. Nach diesem stundenlangen Höllenlärm ist die Ruhe an der frischen Luft so richtig angenehm.

Über Ulla drei zerstörte Beleuchtungskörper. Am Boden viel zersplittertes Glas. Der alltägliche jugendliche Vandalismus. Angeblich gab es den früher ja nicht. Behauptet zumindest das Stadtoberhaupt. Vorsichtig setzt Ulla mit einem großen Schritt über die Scherben hinweg und hält die Augen weiter auf den Asphalt gerichtet. Sie will nicht in Erbrochenes steigen.

Der Mond verzieht sich hinter die Wolken. Das verschlechtert die Sicht. Derweil jagt eine Polizeistreife mit heulendem Martinshorn stadtauswärts. Was da wohl wieder los ist? Plötzlich von der Seite her eine blitzartige Bewegung. Zack!

Der Faustschlag trifft Ulla am Kinn und reißt sie mühelos von den Beinen. Sekunden später liegt sie auch schon auf dem Asphalt. Eisige Kälte fährt ihr vom Rücken über die Hüften bis in die Beine. Ein dichtes, dumpfes Dröhnen im Kopf. Danach? Sendepause.

Als sie aus der kurzen Bewusstlosigkeit erwacht, spürt sie, dass sie jemand an den Beinen brutal über den Parkplatz schleift. Ihre Arme pendeln oberhalb des Kopfes. Mantel, Rock und Lederjacke sind weit hochgeschoben. Jahrelanges Judotraining? Kannst du vergessen. Hoffentlich bringt sie der Kerl nicht um. Instinktiv brüllt sie los, schreit um Hilfe, langgezogen, dünn und schrill.

„He! Was ist denn los?"

Die Stimme eines Mannes. Gott sei Dank.

Ohne einen Ton von sich zu geben, lässt der Angreifer Ullas Beine fallen, versetzt ihr zwei kräftige Fußtritte und gibt Fersengeld, während die Kriminalbeamtin sich vor Schmerzen krümmt und ihr das Magenwasser hochkommt.

Stille. Als Ullas Lider sich wieder heben, beugt sich ein junges Pärchen über sie. Der Junge legt ihr eine zusammengerollte Jacke unter den Kopf, und das Mädchen redet beruhigend auf sie ein.

Irgendwann ist dann die Ambulanz da.

Ab diesem Zeitpunkt kümmert sich ein Arzt um sie.

Zehn Stunden später.

Ein Krankenzimmer, als logiere sie in einem Hotel. Blick auf den Park, gutes Essen, freundliche Krankenschwestern und die Möglichkeit, sich noch tagelang von Kopf bis Fuß durchchecken zu lassen. Kostenlos. Dazu ein Radiologe wie ein Baum, zwei Meter hoch, mit kurzem dunklem Haar und sportlicher Figur. Und der Kerl ist auch noch kompetent.

Herz, was willst du mehr?

Gehirnerschütterung, Abschürfungen, eine Kieferprellung und zwei geprellte Rippen. Mit zusammengebissenen Zähnen unterschreibt Ulla einen Revers und verlässt das Spital auf eigene Gefahr, ja, entgegen aller ärztlichen Ratschläge. Jugendlicher Leichtsinn.

Als die Kriminalbeamtin mit dem Fahrstuhl nach

unten fährt, brummt ihr immer noch der Schädel. Trotz der beiden schmerzstillenden Infusionen. Kinn und Kiefer schmerzen bei jeder Bewegung. Langsam. Vorsicht. Diese beiden Wörter gab man ihr mit auf den Weg.

Sicherheitshalber hält sie sich daran. Vorerst.

Der Haupteingang liegt im Sonnenlicht. 20 Schritte davor steht Joe Maringer mit einem Strauß Nelken und Narzissen. Ulla ist so gerührt, dass ihr kein Wort über die Lippen kommt.

Wie es ihr gehe, will er wissen.

Bestens, ächzt sie, legt den Kopf in den Nacken, genießt einen Moment lang das Gefühl der Wärme auf der Haut und leckt sich die Lippen. Dann geht sie zu ihm, nimmt ihm die Blumen ab und lässt sich zum Auto bringen. Ulla redet nicht viel, während er sie nach Hause bringt. Seine Fragen nach dem Täter und dessen Motiv beantwortet sie so knapp wie möglich.

Wer es war, und warum er sie angegriffen habe, sei ihr schleierhaft.

Woran sie sich erinnern könne? An einen Faustschlag. An die Panik, als er sie über den Asphalt schleifte.

„Was sagte der Typ?"

„Kein Wort."

„Und nun? Krankenstand, oder?"

„Auf gar keinen Fall", widerspricht sie. „Morgen bin ich wieder im Büro. Ganz sicher."

Verständnisloses Kopfschütteln. Das ärgert sie.

Die Frage, ob sie damit etwas beweisen wolle, darf

natürlich auch nicht fehlen.

Müde versucht sie ihm zu erklären, wie wichtig ihr die Sache mit diesem vermissten Mädel sei, aber sie ist sich nicht sicher, ob er versteht, was sie meint. Maringer ist ein Mann, und Männer ticken anders. Immerhin bringt er sie noch an die Haustür.

Die Fahrt war zu kurz, um persönlicher zu werden. Außerdem nehmen Ullas Schmerzen zu, und sie hat keine Ahnung, wie sie sich ihrem Kollegen gegenüber verhalten soll.

„Kann ich noch etwas für Sie tun?", fragt er, als sie den Schlüssel ins Türschloss steckt.

Und ob. Ach, Blödsinn. Sie bedankt sich. Wegen der Blumen und überhaupt wegen allem. „Ich brauche jetzt Ruhe", sagt sie mit unsicherer Stimme. „Es geht mir nicht so gut."

Er nickt, lächelt, und zieht Leine.

Ihr Zuhause empfängt sie kühl und unfreundlich.

„Das habe ich ja wieder mal super hingekriegt", seufzt sie unzufrieden, als sie durch den Korridor ins Wohnzimmer latscht und sich erst einmal hinsetzt. „Ich blöder Trampel."

Mit kurzen Unterbrechungen, in denen sie ihre Hautabschürfungen mit Salbe behandelt und ein paar Schmerztabletten schluckt, verpennt die Chefinspektorin den restlichen Tag.

Zwischendurch ruft Frank an und bettelt um eine zweite Chance. Sie legt wortlos auf.

Abends holt sie sich ein historisches Buch ins Bett und blättert darin, bis ihr die Augen zufallen.

Danach schläft sie traumlos, als wäre sie gestorben.

Montag. Ein eigenartiger Morgen.

Massives Tauwetter, in der Innenstadt weit weniger Hektik als sonst und auch im Kommissariat ist heute alles anders. Der Journalbeamte begrüßt sie schon von Weitem, und sogar Weiprecht lächelt ihr freundlich zu, als er ihr im Flur unverhofft über den Weg läuft.

Das Büro riecht nach Zitrusfrüchten und ist frisch geputzt. Auf dem Tisch eine Schachtel Pralinen. Komisch. Hat sie am Ende ihren eigenen Geburtstag übersehen? Also Platz genommen und erst einmal nachgedacht.

Ihr Kiefer ist immer noch angeschwollen, und das Kinn zeigt heftigen Druckschmerz. Dazu ein Stechen direkt unter der Brust, das sich verstärkt, wenn sie zu tief atmet. Müde wirft sie eine Schmerztablette ein und nippt an einem Glas Mineralwasser. Dann zieht sie die Akte Röhm aus der Lade, blättert darin und überlegt, was in der Sache als nächstes zu tun ist. Währenddessen springt der Zeiger der Wanduhr hinter ihr auf halb neun.

Das Telefon macht Radau. Ihr Chef will sie sehen. Aller Voraussicht nach wird Nüssler ihr den Kopf waschen. Blöd genug angestellt hat sie sich ja, das ist ihr bewusst. Die Standpauke könnte er sich also ersparen, aber das Leben ist halt kein Wunschkonzert.

Mit gemischten Gefühlen steigt sie in den Aufzug und fährt nach unten, wechselt in den Kommandotrakt und klopft an Nüsslers Tür.

Der Major ist nicht unfreundlich, aber distanziert, lässt sich den Überfall schildern und schweigt sie in der Folge erst einmal an. Ob sie etwas zum Tatmotiv sagen könne, fragt er dann.

Geld, meint sie. Eher noch Sex. Der wollte sie wegschleifen. Wohin, sei ihr aber völlig unklar.

Täterbeschreibung?

Ulla schüttelt den Kopf.

„Kollege Fuchs wird den Fall übernehmen", entscheidet Nüssler nach einer kurzen Denkpause. „Er wird mit Ihnen ein Protokoll aufnehmen. In der Sache Elke Röhm findet am Nachmittag ein weiteres Pressegespräch statt. Falls Sie tatsächlich auf einen Krankenstand verzichten, wäre ich dankbar, wenn Sie mir die notwendigsten Informationen dazu zusammenfassen könnten."

Ulla nickt. „Ich will weiterermitteln", sagt sie. „Auf jeden Fall."

Nüssler hört es mit Genugtuung, beglückt sie noch mit dem Spruch des Tages und schickt sie zum Amtsarzt.

Der residiert im obersten Stockwerk und ist sehr entgegenkommend. Ulla braucht nicht den Weg durchs volle Wartezimmer zu nehmen, sondern darf durch einen Hintereingang schlüpfen.

Normalerweise lassen es Mediziner ja nicht durchgehen, dass ihnen jemand schon vor Beginn der Untersuchung die Diagnose diktiert, aber manchmal geht eben alles viel zu schnell. Mit einem Befund, der ihr die volle Dienstfähigkeit bescheinigt, zieht Ulla eilig von dannen.

Wenn man den Männern unumwunden sagt, was man von ihnen will, geht anscheinend alles besser, freut sich die Chefinspektorin. Wie dumm, dass sie das bloß als Polizistin zustande bringt. Wieso sie privat ganz anders ist? Es ist ihr ein Rätsel. Mit Gedanken dieser Art beschäftigt, geht sie zur Protokollaufnahme. Eine halbe Stunde später ist Fuchs fertig mit ihr. Ulla fühlt sich seltsam erleichtert, als sie geht.

Jetzt, wo sie Zeit hat, in aller Ruhe darüber nachzudenken, wer ihr da am Parkplatz eine gescheuert haben könnte, fällt ihr eigentlich nur Frank ein, aber das will sie ihren Kollegen nicht auf die Nase binden. Sie wird die Sache wegstecken und Frank die Zähne zeigen.

Zurück im Büro checkt sie erst einmal den Anrufbeantworter. Eine Nachricht von Joe Maringer erweckt dabei ihre besondere Aufmerksamkeit. Der hat in der Straftäterdatei gestöbert. Unter Vernetzung der Parameter Entführung und Sexualstraftat warf ihm der Computer 79 Vorbestrafte aus. 16 davon haben ihren Wohnsitz in der Steiermark.Um die wird er sich kümmern. Die Überprüfung der anderen ist Sache der örtlich zuständigen Kollegen. Heute hat Maringer seinen freien Tag, aber morgen wird er gleich loslegen

Die Chefinspektorin ist erleichtert. Bedächtig aktualisiert sie ihren Erhebungsbericht und legt ihn Nüssler vor.

Mittag. Die Gespräche der Männer verstummen, als Ulla die Kantine betritt. Alle glotzen sie an, während sie ihr Essen holt und sich an einen freien Tisch setzt. Was dann passiert, bringt sie doch ein wenig aus der Fassung. Ein Kollege kommt und lädt sie ein, bei ihm und den übrigen Beamten der Betrugsgruppe Platz zu nehmen.

Sie tut ihm den Gefallen.

Die Männer sind höflich. Alle verhalten sich so, als hätte sie immer schon dazugehört. Sie erkundigen sich nach ihren Verletzungen und unterhalten sich ganz zwanglos mit ihr. Auch die Blicke der Beamten an den anderen Tischen sind heute völlig anders als sonst.

Die Gaumenfreuden? Na ja. Das Reisfleisch schmeckt fad, und das Dessert ist zu stark gesüßt, aber der Chefinspektorin ist das egal. Sie isst den ganzen Teller leer.

Es folgt das Pressegespräch. Die Journalisten sitzen im Festsaal. Ob man inzwischen von einem Verbrechen ausgehe, will ein Journalist wissen. Nüssler schaut Ulla fragend an. Die nickt.

Ja, gesteht der Major daraufhin zögernd. Mittlerweile wären gewisse Anzeichen dafür vorhanden. Er ersuche darum, das Bild der Vermissten durch wiederholte Veröffentlichung so bekannt wie möglich zu machen. Man sei auf Tipps aus der Bevölkerung angewiesen.

Danach bringt der Major ausgewählte Zitate aus Ullas Erhebungsbericht.

Ulla hat genug gehört. Sie verdrückt sich. Gegen 14.30 Uhr besucht sie Elkes Mutter und spielt ihr die Tonaufzeichnung der Taxianforderung vom Samstagmorgen vor. Anna-Maria Röhm identifiziert die Anruferin als ihre Tochter. Den Rest des Nachmittags verbringt die Chefinspektorin damit, zwei Jugendfreundinnen Elkes zu befragen. Die beiden hatten aber leider nur wenig Kontakt zu ihr und können zu ihrem Verschwinden überhaupt nichts sagen. Bevor sie ihren Arbeitstag beschließt, ruft sie Frank an. Der hebt zwar ab, legt aber sofort wieder auf, als er Ullas Stimme hört. Feigling, denkt sie sich. Was ist der Kerl doch für eine Flasche.

Zwar sind die Straßen noch nass, aber der kurze Wintereinbruch ist anscheinend wieder vorbei. Am Abend wird die Stadt ruhiger. Ulla auch. Sie spürt den Wind im Nacken, als sie über die Winkelfeldbrücke nach Hause geht, und trotz der Schmerzen in Kiefer und Brustkorb fühlt sie sich gut dabei. Dann steht sie endlich vor der Haustür, wirft einen letzten Blick auf den Fluss und spitzt die Ohren. Die Blätter der Bäume rauschen.

Ein Raunen liegt in der Luft.

Ein Wispern.

Es ist, als spräche ihr jemand Mut zu.

***

Mittlerweile sitzt Maringer mit einem Schulfreund, dessen Ehefrau und deren Freundin in einem kroatischen Restaurant. Sie essen Fisch, aber das ist eigentlich Nebensache.

Hätte Joe geahnt, dass ihn die beiden schon wieder verkuppeln wollen, wäre er zu Hause geblieben. Nicht, dass die Brünette neben ihm nicht attraktiv wäre. Es ist mehr ihr Verhalten, das Joe stört. Dieses Anstarren. Das Abwägen. Als ob sie vor einem Gaul stünde, den es zu kaufen gilt. Und sie redet so viel. Verdrossen klappt Maringer die Ohren zu und überlegt, wie er aus dieser Scheiße wieder rauskommt, ohne dabei jemanden beleidigen zu müssen.

Die Damen eilen aufs Klo. Schon wieder. So jung und schon so undicht? Aber bitte. Nur zu. Das ist seine Chance. Sekunden, nachdem die beiden von der Bildfläche verschwunden sind, winkt der Chefinspektor den Kellner herbei.

„Zahlen bitte."

„Alles?"

Ein knappes Nicken. Joes Schulfreund rebelliert.

„Keine Widerrede. Ihr seid eingeladen", versichert der Rauschgiftfahnder. „Sei mir nicht böse, aber ich habe noch zu tun. Dienstlich. Und schönen Tag noch."

Weg ist er.

Draußen atmet er auf. Die meinen es ja gut mit ihm, das weiß er, aber es nervt. Also ab nach Hause.

Zum Glück herrscht fast kein Verkehr. Dennoch fährt Joe, als sei die wilde Jagd hinter ihm her. Ruhe. Jetzt will er nur noch seinen Frieden haben.

Eine halbe Stunde später steht er in seiner Küche, macht sich einen Cocktail und füttert die Fische im Wohnzimmeraquarium. Danach versorgt er sich mit einem guten Glas Wein und geht damit in den Keller.

In zwei wandbreiten und fast raumhohen Aquarien erwartet ihn eine Tierwelt voll stummer Grazie und leuchtender Schönheit.

Ein Schauspiel, an dem er sich nicht sattsehen kann.

***

Dienstag, kurz vor sechs.

Ein angenehmes Kitzeln auf der Haut.

Schmerzen?

Natürlich hat sie die.

Kinn und Kiefer reagieren auf jede noch so sanfte Berührung. Ihr Nacken ist verkrampft. Sanftes Dehnen ist angesagt. Mit entsprechender Vorsicht. Das dauert seine Zeit.

Immer, wenn Ulla bei ihren Übungen den Kopf dreht, sticht ihr die Sonne durchs Fenster mitten ins Gesicht, aber so sehr ihr sonst auch Licht und Wärme gut tun, so wirkungslos verpufft das nach dieser Horrornacht.

Wahnsinn. Schon um Mitternacht die erste Schlafunterbrechung. Innerhalb kürzester Zeit war ihr Pyjama durchgeschwitzt. Immer wieder die Szene in diesem finsteren Supermarkt. Ein Schatten, der sich auf sie stürzt, der panikartige Griff zur Waffe, zwei Schüsse und ein Schrei. Mein Gott. Wenn das so weitergeht, dreht sie noch durch, überlegt sie mit weit aufgerissenen Augen. Da endet sie noch in der Klapsmühle.

Also raus aus dem Bett, ab ins Badezimmer, Nachthemd abgestreift, geduscht und in die Unterwäsche geschlüpft. Und Kaffee. Sie muss erst einmal richtig munter werden.

Au. Ihre Hüfte. Eine Schmerztablette ganz sacht unter die Zunge gelegt, Augen zu und hinunter damit. Hat sie als Kind auch immer so gemacht. Und jetzt? Hunger.

Mal sehen, was da noch im Kühlschrank liegt. Träges Blinzeln. Bedächtig streicht sich Ulla das Haar zurück und zieht mit der anderen Hand den Träger ihres Büstenhalters hoch. Da sind bloß noch etwas Milch, Joghurt und zwei grüne Paprika. Sie müsste dringend wieder einmal einkaufen.

Notgedrungen stärkt sie sich mit Müsli, einem Appetitzügler und einem Glas Wasser. Anschließend putzt sie ihre Zähne und schminkt sich. Brauner Rock, weiße Bluse, grauer Pullover, rostbraune Winterlederjacke. Stiefel und Handtasche in derselben Farbe. Passt.

Während sie in Richtung Winkelfeldbrücke marschiert, merkt sie, dass ihr das Denken schwerer fällt als sonst. Sie schaltet auf Notprogramm. Stumpfes Dahintraben, den Blick starr geradeaus. Trotzdem braucht sie heute zehn Minuten länger bis zu ihrem Arbeitsplatz als üblich.

Der Journalbeamte ist schon wieder so freundlich. Ist was im Busch? Mit Argusaugen beobachtet Ulla den jungen Kollegen. Bereit, beim ersten Anzeichen von Hinterfotzigkeit zu reagieren.

Was sagt er? Ach ja. Zu Elke Röhm nichts Neues. War zu befürchten. Schönen Tag noch? Meint der das ernst?

„Danke. Ebenfalls."

Beschwingt läuft sie über die Treppe nach oben und nimmt dabei immer zwei Stufen auf einmal, worauf ihr auch prompt der Schädel brummt und der Brustkorb schmerzt. Einerlei, sagt sie sich. Du bist schließlich kein Weichei, Süße.

Jetzt ist Ulla auf Betriebstemperatur. Rasch das Büro gelüftet, die Kaffeemaschine angeworfen und die Zimmerlinde gegossen. Der Pflanze geht es besser. Hurtig klemmt sich Ulla ans Telefon und legt los. Bis zum Mittag hat sie drei Tassen Kaffee getrunken und drei Viertel der Personen auf ihrer Liste abgearbeitet. Danach gönnt sie sich ein Sandwich und eine Cola in der Kantine, ruft in der Universität an, fragt nach dem Rektor und ersucht um einen Gesprächstermin.

Die halbstündige Audienz verläuft kühl. Polizeiliche Ermittlungen im universitären Bereich werden nicht allzu gern gesehen, und der weißhaarige Gentleman im eleganten blauen Anzug versucht nicht einmal, aus seiner Abneigung gegen Ulla ein Hehl zu machen. Er empfängt sie im Stehen und bietet ihr auch keinen Platz an, doch das beeindruckt sie nicht. Mehr als die Genehmigung, sich in den Gebäuden frei bewegen zu dürfen, sowie eine Liste der Professoren und Studenten von Elkes Jahrgang benötigt sie ja nicht.

Während des restlichen Nachmittags befragt sie weitere Bekannte der Vermissten. Dabei ist von Elkes auffallender Erscheinung die Rede, von ihrer Wirkung auf Männer und ihrer hervorragenden Intelligenz, die allerdings durch eine gute Portion

Faulheit getrübt sein soll. Über Elkes Liebesleben will keiner etwas sagen.

Dann meldet sich Frank am Telefon und will einen Zahlungsaufschub. Ulla platzt fast vor Wut. Wenn er glaube, sie lasse sich einschüchtern, weil er sie niederschlage, sei er auf dem Holzweg. Falls er ihr noch einmal auflauere, ende das mit einer Kugel in seinem Schädel.

„Was?", stammelt er. „Was ist los? Du spinnst ja." Damit legt er wieder auf. Gleich darauf der nächste Anruf. Judith Amras will mit ihr reden. Ulla hat keine Lust dazu und vertröstet sie auf später. Danach lässt sie sich von einem Streifenwagen ins Stadtzentrum bringen. Der allerletzte Name auf ihrer Liste will endlich abgehakt werden.

Ulla setzt große Hoffnungen in dieses Gespräch.

Ein kleines Restaurant in der Kirchengasse.

Erwartungsfroh sitzt die Chefinspektorin allein an einem Tisch am Fenster und drückt sich die Nase an den Scheiben platt. Sie beobachtet ein junges Paar mit ihrer kleinen Tochter und denkt an die eigene Kindheit.

Um diese Zeit ist noch nicht viel Betrieb im Lokal, das aus einem einzigen engen Raum besteht, mit einem alten Deckengewölbe, unter dem die Gäste an ein paar zierlichen Tischen Platz finden.

Es riecht nach Wiener Schnitzel.

Die Gäste an den Tischen gegenüber schenken der Kriminalbeamtin keine Beachtung. Ulla isst ein kleines Gulasch und trinkt Mineralwasser. Eine

Kombination, die ihr ein amüsiertes Kopfschütteln der drallen Kellnerin eintrug. Sie ist gerade dabei, sich der Dessertangebote zu erwehren, als die Medizinstudentin Katja Fröhlich eintritt. Eine etwas zu groß geratene Rothaarige in dunkelgrünem Mantel, mit lustigen Sommersprossen um die Nase. Ziemlich schlank. Das kurze, blaue Wollkleid lässt ihre etwas zu dünnen Beine ganz gut zur Geltung kommen. Katja war mit Elke Röhm am örtlichen Gymnasium und zog dann wegen ihres Studiums nach Graz. An den Wochenenden gehen die beiden ab und zu noch miteinander aus. Wird zumindest behauptet.

Die Studentin weiß von Elkes Verschwinden. Sie hält den Blick zu Boden gerichtet, und der ganze Körper wirkt unruhig. Das Treffen scheint ihr unangenehm zu sein. Sehr sogar.

Nachsichtig lächelnd gibt Ulla der Kellnerin einen Wink, bestellt zwei Kaffees und mustert die junge Dame gegenüber mit gelassenem Blick. Schweigend. Irgendwann wird der Studentin der Blickkontakt so unangenehm, dass sie errötet. Da fragt Ulla, wie eng Katjas Beziehung zu Elke sei.

Ihre Gesprächspartnerin weiß nicht so recht, wie sie das beantworten soll. Als hätte sie mit Fragen dieser Art nicht rechnen müssen.

„Einer von Elkes Studienkollegen behauptet, ihr versteht euch ganz besonders gut“, sagt Ulla spöttisch. „Stimmt das?“

„Das war einmal“, gesteht Katja. „Aber seit ich mit meinem Freund in Graz zusammenlebe, gehe ich vorwiegend in der Landeshauptstadt aus, nicht mehr in Leoben."

„Und gibt es sonst jemanden, der enger mit Elke befreundet ist?"

„Die Leute aus dieser Studentenverbindung", antwortet die Studentin zögernd. „Die sind Elke nämlich wichtig. Ihre alten Schulfreundinnen nicht mehr, aber das macht nichts. Wir sind alle fix liiert. Sie nicht. Elke ist nicht der Typ für feste Bindungen. Die schlägt eher kurzfristig zu."

„Und Groll?", wirft die Kriminalistin ein.

„Eine Sandkastenliebe", grinst Katja. „Die lief immer so nebenbei. Bis vor Kurzem."

„Elkes Mutter sagt, Groll hat Elke den Laufpass gegeben", murmelt Ulla.

Katja lacht. „Thomas? So ein Unsinn. Elke verlässt man nicht, Elke hechelt man nach. Sie ist die schönste Blume der Stadt, und sie weiß das."

„Dann sind also viele Männer hinter ihr her?"

„Alle. Deshalb stelle ich ihr auch meinen Kerl erst gar nicht vor. Wir sind in Leoben kaum präsent. Eben wegen Elke."

„Hat Ihre Freundin viele Beziehungen auf dem Gewissen?"

„Einige. Ihre Ausstrahlung ist der Wahnsinn. Das macht es aus."

Das will Ulla jetzt aber genauer erklärt bekommen.

Die junge Frau überlegt. „Es ist nicht nur Elkes Gesicht", sagt sie. „Es ist ihr Auftritt. Ihre Aura. Jede, die mit Elke unterwegs ist, verkommt zum Mauerblümchen. Kein schönes Gefühl."

„Dann gibt es also Eifersucht. Auch Hass?“

„Könnte man sagen. Siehe Franziska.“

„Franziska?“

„Laska. Die redet kein Wort mehr mit Elke. Dabei kennen sie einander seit 20 Jahren.“

„Was ist da passiert?“

„Franzis letztes Herzblatt war ein Austauschstudent. Ein Spanier. Ramon ist jetzt wieder in Valencia.“

„Und der hatte was mit Elke?“

„Und wie. Franziska war ziemlich fertig.“

„Warum hat mir das eigentlich bisher noch keiner gesagt?“

„Weil sich niemand einmischen will.“

„Ach ja. Und sonst? Wer ist Elke eigentlich? Wie ist sie?“

„Lebenshungrig, bedenkenlos, chaotisch. Derselbe Typ wie ihr Vater.“

„Der starb bei einem Unfall, nicht wahr?“

„Er hat einen geliehenen Ferrari um einen Baum gewickelt und sich dabei das Genick gebrochen. Ein denkwürdiger Abgang.“

„Gab es da was zu erben?“

„Anscheinend. Es liegt viel Geld auf der Bank, sagt Elke. Ihr Geld. Bloß kommt sie an die Kohle nicht heran, bevor sie 24 ist. Details kenne ich aber nicht.“

„Was wissen Sie von Elkes Mutter?“

„Bigott und naiv. Die lebt in einer eigenen Welt. Ich mag sie nicht besonders.“

„Warum wohnen die beiden eigentlich immer noch zusammen?“

„Keine Ahnung. Darüber spricht Elke nicht.“

„Na gut. Ich brauche die Namen von Männern, die eine Affäre mit ihr hatten. Können Sie mir helfen?"

„Gottfried Tesslar. Der studiert Erdölwissenschaften."

„Wo finde ich den?"

„Irgendwo in Proleb. Er wohnt im Haus seiner Eltern. Die Mutter arbeitet in der Nationalbibliothek in Wien, der Vater ist im Management einer Baufirma tätig und ständig unterwegs. Franziska wohnt übrigens im Studentenheim in der Dreihufeisengasse. Auf der Gösser Straße stadtauswärts, die zweite Gasse links."

„Elkes Studienerfolg. Der ist nicht so besonders, oder?"

Katja schüttelt den Kopf „Sie hängt ziemlich durch, macht sich aber nichts daraus."

„Und euer letzter persönlicher Kontakt? Wann war der?"

„Wie gesagt, unsere Freundschaft hat sich ziemlich abgekühlt. Zuletzt sprachen wir im Februar miteinander, und das letzte gemeinsame Telefongespräch ist auch schon mindestens drei Wochen her."

Still leeren sie ihre Tassen.

„Glauben Sie, Elke lebt noch?"

Die Chefinspektorin zuckt die Achseln. „Es gibt immer Hoffnung", sagt sie. „Doch jeden Tag schwindet die ein bisschen mehr."

Die Gösser Straße liegt da wie ausgestorben.

Trotz der Frischluft, die sie ihren Lungen beim

Marschieren zuführt, ist Ullas Kopf leer, als hätte ihr gerade jemand ihre Gehirnzellen mit dem Staubsauger entfernt.

Vor dem alten Studentenheim in der Dreihufeisengasse blockieren Autos den Gehsteig, und Ulla muss auf die Fahrbahn ausweichen, um an ihnen vorbeizukommen. Eine Straße weiter gäbe es genug freie Parkplätze, aber heutzutage muss ja jeder seine Karre direkt vor der Haustür stehen haben.

Das Gebäude vor ihr stammt aus dem 18. Jahrhundert und macht einen gepflegten Eindruck. Davor ein kleiner Rasenstreifen mit ein paar Rosenstöcken, auf der Rückseite der ansteigende Hang mit einer Wiese, Buschwerk und ein paar Bäumen.

Franziska Laska öffnet erst, als Ulla ihren Finger nicht mehr von der Klingel nimmt. Die junge Frau hat etwas stärkere Formen, gerötete Augen und ihr schwarzes Haar, in das ein paar rote Strähnen eingefärbt sind, ist zerzaust und stumpf. Ehrlich gesagt stinkt sie ziemlich nach Rauch und Fusel, und Ulla entscheidet sich dafür, ihr vorerst nicht allzu nahe zu kommen.

Ullas Dienstmarke kostet die junge Frau bloß ein Grinsen. Katja hat schon angerufen. Müde gibt sie Ulla einen Wink, dreht sich um und trabt ins Innere der etwa 60 Quadratmeter großen Bude.

Voraus ein kurzer dunkler Flur, rechts Klo, Badezimmer und Schlafzimmer. Hintereinander betreten sie den Wohnraum mit integrierter Küche. Ulla registriert Möbel aus weißem Lack und hellem

Holz.

Franziska setzt sich an einen Tisch mit mehreren gefüllten Aschenbechern und ein paar leeren Gläsern. Zwischen Tisch und Terrassentür zwei prallgefüllte Müllsäcke und leere Flaschen. Eine ganze Batterie davon. Die Stereoanlage dudelt leise vor sich hin. Hört sich an wie Pink Floyd, ist es aber nicht.

„Wie war die Party?“, fragt Ulla und setzt sich.

„Ein Studienkollege hatte Geburtstag“, murmelt das Mädchen. „Gestern.“

„Ich will mit Ihnen über Elke reden“, sagt die Chefinspektorin.

Als ob sie gerade auf einen eitrigen Zahn gebissen hätte, verzieht Franziska das Gesicht, stöhnt und tippt sich mit der flachen Hand an die Stirn. Kopfschmerzen.

„Das kenne ich“, grinst Ulla. „Da hilft bloß viel Flüssigkeit. Wasser.“

„So?“ Ullas Rat ist der Studentin ziemlich schnuppe. „Zu Elke gibt es nicht viel zu sagen“, meint sie. „Wir waren Schulfreundinnen und blieben in Kontakt. Während des gemeinsamen Studiums holte ich Elke sogar in die *Glut*. Gedankt hat sie es mir nicht.“

„Sie meinen die Sache mit Ramon?“

„Elke hat ihn mir weggenommen. Seither ist der Ofen aus.“ Mürrisch streicht sich Franziska das Haar aus der Stirn und setzt sich Ulla gegenüber. „So etwas tut man einer Kameradin nicht an. Das ist Charaktersache.“

„Und nun?“

„Wir sehen uns an der Uni und in der Verbindung. Ansonsten gehen wir uns aus dem Weg. Das ist alles."

„Kann es sein, dass Elke bei diesem Ramon ist?"

Das interessiere sie nicht, erwidert Franziska, holt einen Zettel hervor, notiert die Adresse ihres Verflossenen und schiebt die Notiz über den Tisch.

Stumm steckt die Chefinspektorin die Adresse ein, sie merkt, dass Franziska jetzt wachsam ist. Also ersucht Ulla zur Abwechslung einmal um ein paar harmlose Auskünfte.

„Seit wann studieren Sie?"

„Seit 2009. Ein anstrengendes Studium. Aber interessant. Immer noch."

2009? Die Historikerin erinnert sich. Barack Obama wird als US-Präsident vereidigt. Bei einem von der deutschen Bundeswehr angeordneten Luftangriff in Afghanistan sterben 142 Menschen. Irland stimmt für den Vertrag von Lissabon. Das Betriebssystem Windows 7 erscheint. Bombenanschläge in Bagdad fordern viele Tote, und in Wien stirbt der Bildhauer Alfred Hrdlicka.

Für Ulla ist es ein beschissenes Jahr. In Graz zerbricht ihre große Liebe, und ein paar Stunden später wird ein 14-Jähriger in einem Einkaufszentrum angeschossen. Seither ist nichts mehr so, wie es einmal war. Ein stechender Schmerz zuckt durch Ullas Kopf.

„Wann haben Sie Elke zum letzten Mal gesehen?"

„Einen Tag bevor sie verschwand. Sie war beim Verbindungstreffen."

„Was sagen Sie dazu, dass Elke vermisst wird?"

„Muss ich dazu etwas sagen? Ihre Mutter tut mir leid. Ende der Durchsage."

„Ein Mensch kann sich ja nicht einfach in Luft auflösen", stellt Ulla klar. „Also. Wo ist Ihre ehemalige Freundin denn geblieben?"

„Keine Ahnung", murmelt Franziska. „Wirklich nicht. Ich wünsche ihr nichts Böses. Besonderen Anteil an ihrem Schicksal nehme ich aber auch nicht."

„Es gibt da einen Jungen", sinniert Ulla. „Gottfried Tesslar."

„Einer von Elkes Opfern." Franziskas Lippen werden schmal. „Sie hat ihm das Herz gebrochen."

„Kennen Sie Details?"

„Woher denn?"

Plötzlich überfallen Ulla derart rasende Kopfschmerzen, dass es ihr den Schweiß auf die Stirn treibt. Unglücklicherweise hat sie keine Tabletten dabei. Also erkundigt sich die Chefinspektorin nach dem nächsten Treffen der *Glut*, hält den Termin in ihrem Notizbuch fest und bläst zum Rückzug.

„Und Elke war gläubig?", fragt sie noch auf dem Weg zur Haustür.

„Wie bitte? Das ist nicht Ihr Ernst, oder?"

„Das heißt also, nein?"

„Ihre Mutter trieb sie ja eine Zeitlang förmlich in die Kirche, aber sobald sie volljährig war, trat sie dort aus. Die Alte drehte fast durch deswegen."

„Elkes Zimmer war so akkurat aufgeräumt. Das fiel mir auf."

„Ihre Mutter hat einen Putz- und

Ordnungsfimmel“, lacht Franziska hämisch. „Elke nicht. Im Gegenteil.“

Ulla hinterlässt noch ihre Karte und verabschiedet sich.

Mensch, ist sie jetzt schlapp, als sie sich mit kurzen, trippelnden Schritten wieder Richtung Zentrum quält. Ihr Kiefer schmerzt vom vielen Reden, und der Rippenbogen brennt wie Feuer. Es geht nicht mehr. Aus. Schluss. Basta. Stöhnend lehnt sich die Chefinspektorin gegen die nächstbeste Hauswand und telefoniert nach einem Taxi.

Keine fünf Minuten später ist der Wagen da. Der Chauffeur redet wie ein Wasserfall. Seufzend klappt Ulla die Ohren zu, drückt ihre Nase an die Seitenscheibe des Volvo und lässt die Landschaft an sich vorbeiziehen. Schweigend.

Als sie die Murbrücke passieren, frischt der Wind merklich auf. Dichte Regenwolken stauen sich an den bewaldeten Berghängen und werden plötzlich ganz schwer. Kaum springt Ulla aus dem Taxi, öffnet der Himmel seine Schleusen.

Bis sie unterm Hausdach Schutz findet und mit zittrigen Fingern ihre Wohnungstür aufsperrt, ist sie schon tropfnass.

***

Dass die Bullen in der Sache Elke bei ihr auftauchen, hätte sie sich denken können, ärgert sich Franziska.

Hat sie aber nicht.

Wahrscheinlich ist sie gerade deshalb so überaus hektisch. Erst telefoniert sie wie verrückt, ohne den, mit dem sie sprechen will, an die Strippe zu kriegen. Dann wäscht sie sich. Eher oberflächlich. Aus Zeitnot. Rasch umziehen, schminken und dann ab die Post. Zum Stadtkern sind es bloß zehn Minuten, aber es gießt, und als sie den Hauptplatz erreicht, sind ihre Jeans bis an die Knie durchnässt. Dann dreht ihr auch noch ein Windstoß den Regenschirm um.

Fluchend flüchtet sie ins 20 Meter entfernte Pub und grast von dort aus Lokal um Lokal ab. Erfolglos. Zwischendurch ruft sie noch einmal an. Zunehmend wütend. Wieso hebt der Idiot denn nicht ab? Wozu hat der Mann ein Telefon?

Schließlich versucht sie es im Corpshaus.

Das imposante Gebäude wurde um 1870 erbaut. Schneeweiße Fassade, frisch renoviert. Über dem Eingang und rund um die Fenster weißer Stuck. Innen eine hohe Halle, die breite Treppe zum Schlaftrakt und die Eingänge zur Bibliothek, zum Billardzimmer und zu den Aufenthaltsräumen.

Frauen sind hier nicht gern gesehen. Traditionsbedingt. Es dauert eine Weile, bis sich einer der Studenten dazu bereit erklärt, sie ins Billardzimmer zu bringen.

Kurz darauf steht Franzi in einem großen Raum mit dunklem Mobiliar und Bildern in Goldrahmen, der von zwei Kronleuchtern aus Kristallglas beleuchtet wird. Dicke Perserteppiche bedecken den Boden, auf dem zwei riesige Billardtische stehen, an denen gerade gespielt wird. Ein paar junge Burschen schauen zu. Alle in Jackett, viele mit Krawatte und ein paar davon sogar in der Uniform der Chargierten. Franziskas Erscheinen stört die gewohnte Clubatmosphäre. Es sorgt für Unmut.

„Was willst du hier?“, fragt der stämmige Gottfried Tesslar ungehalten, rückt die Brille zurecht, legt die Queue zur Seite, entschuldigt sich bei seinen Studienkollegen und drängt sie ins Nebenzimmer.

„Küss mich“, fordert die junge Frau mit rauer Stimme. Einen Moment lang steht Tesslar auf der Leitung. Dann tut er ihr den Gefallen.

„Und? Was ist los?“, fragt er, als er sie wieder loslässt.

„Eine Kriminalbeamtin hat sich bei mir nach dir erkundigt“, erzählt das Mädchen düster. „Und nach Elke.“

„So?“, erwidert Tesslar kühl, streicht ihr durchs Haar und sieht sich misstrauisch um. „Weiß sie von uns?“

„Bist du verrückt?“

„Nur mit der Ruhe. Komm. Setz dich. Lass uns reden.“

***

Zum selben Zeitpunkt schwitzt Chefinspektor Joe Maringer beim wöchentlichen Boxtraining. Wie immer verausgabt er sich dabei so sehr, dass er nach dem Sparring fast nicht mehr stehen kann.

Keuchend nimmt er den Kopfschutz ab, zieht

die Boxhandschuhe aus und schüttelt seinem Sparringpartner die Hand. Genug für heute. Ausgepumpt wankt er in den Umkleideraum, zieht sich aus und verschwindet unter die Dusche.

Wie es seine Gewohnheit ist, trägt er auch heute wieder schwarz, als er vorm Sportzentrum in seinen Geländewagen klettert. Diese Müdigkeit nach dem Training will er sofort ausnützen.

Wenn er Glück hat, beschert ihm die Erschöpfung ein paar Stunden tiefen, traumlosen Schlaf, ehe ihn seine Ruhelosigkeit wieder ins Freie treibt. Wie in Trance fährt der Chefinspektor nach Hause, trinkt dort noch rasch ein Glas Wasser und geht sofort zu Bett.

Ab zwei Uhr früh ist er wieder hellwach.

Obwohl er sonst meist nur am Wochenende ausschwärmt, steht er auf, wäscht sich, kleidet sich an und springt ins Auto. Eine halbe Stunde später parkt er seinen schwarzen Jeep in der Südbahnstraße. Ihm gegenüber liegt Ullas Haus. Die Fenster sind dunkel. Niemand ist zu sehen.

Der Chefinspektor wartet noch, bis die Sichel des Mondes hinter einer Wolkenbank verschwindet.

Dann steigt er geräuschlos aus und versperrt den Wagen.

***

Mittwoch, 20. März.

Diese unsägliche Kraftanstrengung, die sie heute allein schon das Aufstehen kostet.

Ullas Kopf brummt. Kiefer und Rippen schmerzen bei jedem Atemzug. Ein Schmerzpräparat geschluckt, raus aus dem Bett und ins Badezimmer geschlurft. Schlaftrunken.

Morgentoilette und anziehen. Ulla wählt einen halblangen, dunklen Rock, eine hellblaue Bluse, den marineblauen Pullover, die schwarze Jacke und bequeme Schuhe. Heute wird sie in ihrer Lieblingsbäckerei frühstücken. Ein Croissant und eine Tasse Tee.

Eine Stunde später. Ulla sitzt im Büro und versucht, die Erkenntnisse der letzten Tage miteinander zu verknüpfen. Danach besorgt sie sich die Telefonnummer des österreichischen Sicherheitsattachés in Spanien.

Das anschließende Telefonat mit der Bitte um polizeiliche Überprüfung und Vernehmung des Studenten Ramon Jesús Ramirez durch die iberischen Kollegen, inklusive einer Fahndung nach Elke Röhm in Spanien dauert keine Viertelstunde. Es folgt eine Mailanfrage an alle Fluggesellschaften, ob eine Person namens Elke Röhm bei ihnen einen Auslandsflug buchte. Als das erledigt ist, fällt ihr Frank ein.

Was sagt ihr Bankbetreuer? Auf ihr Konto wurde noch kein Geld einbezahlt? Wütend versucht sie, Frank telefonisch zu erreichen, aber der hebt einfach nicht ab. Wahrscheinlich will er nicht mit ihr reden. Was glaubt der Kerl eigentlich? Na, dem wird sie es zeigen!

Joe Maringer kommt und berichtet von seinen Erhebungen. Mit vier Sexualstraftätern, denen er aufgrund ihrer Vorgeschichte die Entführung Elke Röhms zutrauen würde, sei er bereits in Kontakt. Alle hätten ein wasserdichtes Alibi. Er gehe seine Liste aber weiter durch. Sie könne sich auf ihn verlassen.

Ullas Schmerzen an den Rippen sowie an Kinn und Kiefer nehmen zu. Sie schluckt eine Tablette. Gegen halb elf ein kurzes Telefonat mit der Montanuniversität. Ulla will mit Elkes Professoren reden und vereinbart einen Termin. Eine Stunde später trifft sie auf das Kollegium, darf ein paar Fragen stellen, erfährt aber nichts Neues.

Als sie die Uni verlässt, klingelt ihr Telefon. Judith Amras. Sie habe mit Frank Schluss gemacht, erzählt sie. Ob Ulla abends Zeit für sie habe? Sie möchte mit ihr reden.

Ulla hat keine Lust. Jede Bewegung macht ihr Mühe. Sie fühlt sich unsagbar schlapp, also wimmelt sie das Mädchen ziemlich rüde ab, verspricht jedoch, sich zu melden.

Spontan entschließt sie sich, im italienischen Restaurant eine Quergasse weiter zu essen und sich dort bei dieser Gelegenheit gleich noch einmal wegen Elke umzuhören.

Das Restaurant ist weit weniger voll als vermutet. Erst geht sie mit Elkes Bild von Tisch zu Tisch und fragt. Erfolglos. Dann hängt sie die Jacke an die Garderobe, setzt sich an einen Tisch für zwei und zeigt dem Kellner das Foto.

Der stutzt. Er erinnert sich. Die Kleine speiste tatsächlich öfter hier im Lokal. Eine eher verwöhnte und impulsive junge Frau. Einmal war eine ältere Dame mit dabei, die ihr wegen angeblicher Geldverschwendung die Leviten las. Sie regte sich ziemlich auf, aber das Mädchen lachte bloß. Eine unschöne Szene.

Ullas Essen kommt. Sie hat sich für eine Pizza Siziliana entschieden und trinkt ein Glas Chianti dazu. Ah. Wie sehr sie Italien liebt. Nirgendwo sonst auf der Welt gibt es ein derart gut geschnürtes Paket von guter Gastronomie, hervorragenden Weinen, unvergleichlichen Kunstschätzen und großzügigen, weltoffenen Menschen, findet sie.

Nach dem Essen geht es ihr weitaus besser. Nach und nach klappert sie die Nachbarn der Röhms ab und stellt ihnen Fragen, ehe sie zur Steirischen Zentralbank in die Erzherzog Johann-Straße trottet und eine sehr selbstbewusste Sekretärin dazu überredet, sie ihrem Chef zu melden. Ganz ohne Termin.

Ein großes Büro mit Marmorboden, darauf ein massiver Schreibtisch mit Steinplatte. Der stattliche Mittvierziger dahinter sieht ganz so aus, als halte er hier das Heft in der Hand. Wenn Ulla allerdings an seine Vorzimmerdame denkt, ahnt sie, wer in diesem Büro wirklich die Markierungen setzt.

Sie ersuche um ein paar Auskünfte, flötet die Chefinspektorin, setzt sich ihm gegenüber, schlägt die Beine übereinander und lächelt den Bankmanager im schwarzen Businessanzug verheißungsvoll an.

„Auskünfte welcher Art?“, will der wissen, schraubt sich langsam aus seinem Ledersessel hoch und trabt zu Ulla.

„Vertrauliche Informationen über zwei Kundinnen."

„Um wen handelt es sich?"

„Um Anna-Maria Röhm und ihre Tochter Elke."

„Die Namen sind mir jetzt nicht unbedingt ein Begriff. Worum geht es? Im Detail, meine ich."

„Ich will mich über die finanzielle Situation der beiden Damen aufklären lassen", schmunzelt die Chefinspektorin. „Streng vertraulich natürlich."

„Und wozu?"

„Elke wird vermisst. Ich untersuche den Fall."

Da müsse er wohl vorher mit der Rechtsabteilung Rücksprache halten, meint der Banker.

„Unnötig", widerspricht Ulla. „Ich brauche ja noch gar keine genauen Zahlen. Ein schneller, glatter Tipp reicht völlig."

Widerwillig lässt sich der Banker breitschlagen, telefoniert leise und legt den Hörer wieder behutsam auf die Gabel.

„Es wird etwa zehn Minuten dauern", sagt er. „Kaffee?"

Ulla nickt und schenkt ihm gleich nochmals ein bezauberndes Lächeln.

Als die Chefinspektorin am späten Nachmittag das Kommissariat betritt, geht es ihr wieder besser, und sie ist guter Dinge.

Der Journalbeamte auch.

Jedenfalls erzählt er einen deftigen Witz, bei dem sie keine Miene verzieht. Erst meint er, sie habe die Pointe nicht begriffen und wiederholt sie, ehe er Ullas Humorlosigkeit zur Kenntnis nimmt und betreten die Antwortmails der Fluggesellschaften herausrückt. Es gibt keine Buchung auf den Namen Elke Röhm. Ulla nimmt es schweigend zur Kenntnis.

Im Büro herrscht das reinste Chaos. Nüssler hat ihr den Entwurf für den neuen Tatortleitfaden auf den Tisch gelegt und braucht dazu eine Stellungnahme. Bis übermorgen.

Unter dem Leitfaden liegen die neuen Datenschutzrichtlinien, das aktuelle Handbuch für die Verrechnung von Überstunden und die Protokolle der letzten Überprüfungen durch den Menschenrechtsbeirat. Vier dicke Packen Papier, und überall sind ihre Kommentare dazu fällig. Mein Gott.

Aber zurück zum Fall Röhm. Da hat sie jetzt Handlungsbedarf.

Seufzend zieht die Chefinspektorin das Telefon zu sich heran und wählt. Elkes Mutter hebt sofort ab. Ulla bestellt sie ins Büro. Ohne Angabe von Gründen.

19 Uhr. Frau Röhm trägt ein schlichtes graues Kostüm unter einem dunkelgrünen, elegant geschnittenen, aber schon etwas abgetragenen Mantel. Ihr Haar ist kürzer geschnitten als vor ein paar Tagen und sie ist geschminkt, wenn auch sehr dezent. Die Chefinspektorin deutet auf den Sessel vorm Schreibtisch. Dann sitzen die Frauen einander gegenüber.

„Ein Glas Wasser?"

„Nein, danke."

„Ich muss noch einmal auf das Verhältnis zwischen Ihnen und Ihrer Tochter zu sprechen kommen", leitet Ulla ein. „Wenn Sie jetzt in aller Ruhe darüber nachdenken: Wie verstehen Sie sich?"

„Gut, das sagte ich doch schon."

„Ihre Nachbarn sehen das anders", widerspricht Ulla. „Da ist von Streitereien die Rede. Von Schreiduellen."

„Böswillige Unterstellungen", antwortet Frau Röhm empört, und ihre sonst so sparsame Gestik wird heftig. „Ich liebe Elke. Und sie liebt mich. Wie es sich gehört zwischen Mutter und Tochter."

„Sie haben Elke zur Vorzugsschülerin dressiert. Sie wollten ein Musterkind."

„Eine Frau muss etwas leisten, wenn sie nicht auf der Strecke bleiben will. Das hab ich ihr vermittelt."

„Auf welche Art und Weise?"

„Wie meinen Sie das?"

„Haben Sie Ihre Tochter drangsaliert? Verprügelt?"

„Wer sagt das?"

„Erzählen Sie mir doch einfach, wie Sie Elke erzogen haben."

„Die Vermittlung von Werthaltungen war mir immer wichtig. Mein Mann und ich haben unsere Tochter zu einem guten, gefestigten Menschen erzogen. Schläge waren dazu nicht nötig."

„Gefestigt? Was verstehen Sie unter diesem Begriff?"

„Mein Gott ist meine feste Burg."

„Ihre Tochter darf keinen Freund mit nach Hause bringen. Ist das korrekt?"

„Ich will den Mann kennenlernen, den sie heiratet. Die anderen interessieren mich nicht."

„Was halten Sie von Sex vor der Ehe?"

„Muss nicht sein. Aber das ist Elkes Angelegenheit."

„Als wir uns das letzte Mal unterhielten, behaupteten Sie, es habe zwischen Ihnen nie Streit gegeben."

„Meinungsverschiedenheiten ja, Streit nein. Ich formuliere meine Wünsche und sie enttäuscht mich nicht. Elke macht mir so viel Freude."

„Es gab eine heftige Szene. In der Pizzeria."

„Ein unbedeutendes Geplänkel. Nicht der Rede wert."

„Sie behaupteten, Elke sei gläubig. Dabei ist sie aus der Kirche ausgetreten."

„Man kann an Gott glauben und nicht in der Kirche sein."

„War Ihr verstorbener Mann eigentlich vermögend?"

„Es gibt Grundstücke und ein Bankkonto."

„Wem hat Ihr Mann das vererbt?"

„Elke. Sie bekommt es an ihrem 24. Geburtstag. Alles. Ich habe ja unsere Wohnung. Das genügt."

„Geben Sie Ihrer Tochter eigentlich Geld?"

„Sie bekommt ein Stipendium und von mir 200 Euro im Monat."

„So wenig?"

„Sie kann zu Hause essen, trinken und wohnen. Gratis. Und in absehbarer Zeit hat sie genug Geld, um auf eigenen Beinen zu stehen."

„Waren Sie in letzter Zeit in Geldverlegenheit?"

„Wie meinen Sie das?"

„Wieso Sie zwei Tage vor dem Verschwinden Ihrer Tochter einen Kredit über 30.000 Euro aufnahmen, will ich wissen."

„Das sind eigenartige Fragen, Frau Spärlich. Ich bin mir nicht so sicher, ob Ihnen das zusteht."

„Ich bin Kriminalbeamtin und suche nach einem abgängigen Mädchen. Es ist meine verdammte Pflicht, Ihnen Fragen dieser Art zu stellen, Frau Röhm. Wenn Sie wollen, können Sie aber einen Rechtsanwalt beiziehen. Jederzeit."

„Wozu? Ich habe doch nichts zu verbergen. Meine Geldangelegenheiten gehen aber nur mich etwas an. Und meine Tochter. Könnte ich jetzt doch ein Glas Wasser haben?"

„Selbstverständlich." Ruhig holt Ulla eine Flasche Mineralwasser aus dem Kühlschrank, stellt ein Glas auf den Schreibtisch und schenkt ein.

„Wo waren Sie in der Nacht, in der Ihre Tochter verschwand?"

„Im Bett. Ich habe geschlafen."

„Allein?"

„Oh ja."

„Wir hätten uns gern einmal in Ihrer Wohnung umgesehen. Sind Sie damit einverstanden?"

„Muss ich wohl", seufzt die Frau und wird ganz bleich dabei. „Von mir aus."

„Die Sache basiert auf Freiwilligkeit. Ich habe da schon eine schriftliche Erklärung vorbereitet", setzt die Chefinspektorin nach und schiebt ihr ein Blatt Papier über den Schreibtisch. „Wenn Sie bitte hier rechts unten unterschreiben würden."

Stumm setzt Frau Röhm ihren Namen unter den Text.

Wenig später machen sich zwei Kriminalbeamte und ein Spurensicherer an die Arbeit.

22 Uhr. Die Wohnung ist durchsucht. Spuren einer Gewalttat sind nicht vorhanden.

Ullas Misstrauen gegenüber Elkes Mutter ist damit längst noch nicht ausgeräumt. Kaum sind ihre Kollegen abgezogen, legt sie sich auf die Lauer. Es dauert nicht lange, bis Anna-Maria Röhm aus dem Haus kommt und in ein Taxi steigt.

„Na, wer sagt es denn", grinst Ulla. „Da kommt Bewegung in die Sache. Mal sehen, wem die Gute da heute noch einen Besuch abstattet." Vorsichtig lenkt sie ihren Dienstwagen aus der Parklücke und folgt dem Taxi.

Die Fahrt geht nach Donawitz. Als Anna-Maria Röhm aussteigt und sich in die Arme jenes Mannes wirft, der sie vor einem klotzigen Wohnturm erwartet, schießt die Chefinspektorin ein paar Fotos und wartet, bis die beiden im Treppenhaus verschwinden. Dann steigt sie aus, huscht an die Pforte, läutet und lässt sich die Tür öffnen. Im düsteren, mit Terrazzo ausgelegten Treppenhaus ist es frostig, der gelbe Innenputz blättert ab, und es stinkt nach kaltem Zigarettenrauch. Der Fußboden schreit direkt nach einer Reinigung. Irgendwo dudelt türkische Musik, und neben dem Lift parkt ein alter Kinderwagen. Gott sei Dank muss sie hier nicht wohnen, kommt es Ulla in den Sinn.

Ein paar Sekunden noch, dann verraten ihr die Lichter des Aufzugs, in welcher Etage Anna-Maria Röhm und ihr Herzblatt aussteigen. Zufrieden liest sie danach die Namen der Wohnungsbesitzer in diesem Stockwerk von der Tafel am Eingang ab, eilt retour zum Wagen und fährt zurück zum Kommissariat.

Keine halbe Stunde später weiß sie Bescheid.

Der Liebhaber der alten Röhm heißt Willibald Seidl und ist 57 Jahre alt. Ein ehemaliger Stahlarbeiter in Frühpension, der sich nebenbei als Maler versucht. Er besitzt einen alten VW Passat und lebt bescheiden. Gegen den Mann liegt nichts vor. Trotzdem. Wozu braucht Anna-Maria Röhm diese 30.000 Euro? Womöglich hat dieser Seidl etwas damit zu tun. Sie wird ihn danach fragen, entschließt sie sich. Morgen.

Gegen 23.30 Uhr kommt Ulla nach Hause, wirft zwei Plastiktüten voller Papierkram auf den Wohnzimmertisch, trinkt etwas Tee, schluckt ein Schmerzmedikament, baut ihr Notebook auf und beginnt mit ihrer Stellungnahme zum Tatortleitfaden.

Wie sagen die im Innenministerium immer? Die Kollegen an der Front verwalten zu viel. Das geht auf Kosten der Ermittlungsarbeit. Die Kripo muss wieder zur Kripo werden. Wieso sorgen die dann so verlässlich dafür, dass man in Bürokratie erstickt?

Missmutig tippt sie ihre Stellungnahmen, zieht sich die Protokolle des Menschenrechtsbeirats rein und schreibt da auch noch einen Bericht dazu.

Danach zeigt die Uhr halb zwei. Die Teekanne

vor ihr ist leer. Ihr Kopf auch. Schnell noch aufs Klo. Mit einem unangenehmen Druck im Schädel putzt sie sich die Zähne und taumelt ins Bett. Wider Erwarten schläft sie sofort ein und träumt von einem schwarzgekleideten Mann ohne Gesicht, der etwas von einer Brücke wirft.

Schweißnasses Erwachen. Halb vier. Läge jetzt ein Mann neben ihr, griffe sie rasch nach seiner Hand, aber da ist ja niemand. Alle haben jemanden, nur sie nicht. Warum ist das so?

Ohne Licht anzudrehen, drückt sie eine Schmerztablette aus der Packung und schluckt sie.

Eine Viertelstunde später döst sie wieder ein.

Als der Wecker lautstark rasselt, ist es halb sieben.

Donnerstag früh.

Müde steckt Ulla ihre Stellungnahmen und Berichte in die Handtasche, löscht das Licht und geht.

Draußen ist es noch kalt, bei wenig Wind. Als die Chefinspektorin die Flussbrücke überquert, reißt sie Nüsslers Anruf aus ihren Gedanken.

Wie konnte sie auf die Idee kommen, den uniformierten Kollegen zwei Autos der Kripo zu leihen? Die Kripo bräuchte doch selbst mehr Fahrzeuge. Und überhaupt: Solche Entscheidungen stünden bloß ihm zu. Kopfschüttelnd legt sie auf. Der Mann soll ihr doch den Buckel runterrutschen. Sie wird sich seinetwegen keine grauen Haare wachsen lassen. Unweit des Autobusbahnhofs lungern Obdachlose auf dem Gehsteig.

„Sie haben etwas für mich?“, fragt Ulla den Alten, der ihr unlängst versprochen hat, sich umzuhören.

Er nickt und erzählt, dass ein schwarzer Mann „umginge“.

Woher er das weiß?

„Gerüchte. Sie drehen sich um einen Spinner, der nachts vor der Uni herumstreift.“

„Und was tut der?“

„Ist schwarz gekleidet, glotzt das Gebäude an und redet mit sich selbst. Seltsamer Typ.“

„Alter?“

„Nicht mehr ganz jung, aber auch noch nicht so richtig alt.“

Viel kann Ulla mit der Auskunft ja nicht anfangen, aber sie gibt ihm fünf Euro, und er freut sich.

Gedankenverloren trottet sie weiter. Dem Stadtzentrum zu. Unmittelbar nach dem Schwammerlturm biegt sie rechts ab und steht dann auch schon vorm Café Styria, das sich auf einer freitragenden Plattform zwischen Rathaus und Waasenbrücke kühn in die Mur hineinschiebt.

„Willkommen. Womit kann ich dienen?“, säuselt der schlanke Kellner mit tiefschwarzem pomadigem Haar, der zu diesem Kubus aus Glas und Stahl passt wie die Faust aufs Auge. Ulla mag gelackte Männer nicht. Sie marschiert am Piccolo vorbei, als sei er nicht vorhanden.

Ein großer heller Raum umgibt sie, Wände in Gelb und Braun und sehr moderne Möbel. Heller Holzboden, weiße und rote Ledersessel und Bänke, dazwischen Rattanstühle mit hellen Polstern.

Ein junger Mann an einem Tisch mit atemberaubender Aussicht winkt ihr lässig zu. Er ist der einzige Gast hier.

„Hallo, Frau Kommissar", ätzt Gottfried Tesslar. „Sie sind zu spät. Fünf Minuten."

Der Bursche ist einer von der schwer extrovertierten Sorte. Mittelgroß, dunkel gekleidet, violettes Hemd und eine Brille mit rotem Metallgestell in einem etwas zu feisten Gesicht. Wasserhelle Augen, die an norwegische Gletscher erinnern, und dazu dunkelbraunes glattes Haar. Der Geruch eines sehr herben Männerparfums klebt an dem Mann, verschwenderisch aufgetragen. Die Lippen der Chefinspektorin kräuseln sich vor Widerwillen, als sie sich zu ihm setzt. Der Kerl ist ihr unsympathisch, und es fällt ihr schwer, das zu verbergen.

Dem Studenten geht es ganz ähnlich. Er mustert Ulla mit spöttischem Lächeln, gemixt mit einem Hauch Langeweile und Ablehnung.

Ullas Blutdruck steigt. „Sie wissen ja, was ich von Ihnen hören will", sagt sie. „Also raus mit der Sprache."

„Ich bin mit Elke schon seit Monaten nicht mehr liiert", stellt er klar. „Deshalb habe ich keine Ahnung, was mit ihr los ist. Ich will es auch gar nicht wissen. Seit dem Ende der Affäre gibt es zwischen uns keine Berührungspunkte mehr. Man geht sich aus dem Weg."

„Tut es noch weh?", fragt sie.

Er schüttelt den Kopf.

Sie glaubt ihm nicht. In Sachen zerbrochenen

Beziehungen kann ihr keiner so leicht etwas vormachen. Da bleibt etwas zurück. Ein böser Stachel.

Bei ihr vielleicht, grinst der Bursche frech. Er jedenfalls hake so etwas ab. Ein für allemal. „Was vorbei ist, ist vorbei."

„Aha. Dann also zum Wesentlichen. Sie wissen ja, wann Elke verschwand. Haben Sie für den infrage kommenden Zeitraum ein Alibi?"

„Da muss ich erst einmal darüber nachdenken", erwidert der Student. „Ich gebe Ihnen Bescheid, wenn mir etwas dazu einfällt. Nächste Woche vielleicht?"

„Sie überlegen jetzt und hier", knurrt Ulla. „Und bedenken Sie die Antwort gut, sonst begleiten Sie mich auf meine Dienststelle."

„Sie scherzen."

„Ich habe ganz wenig Humor", widerspricht Ulla. „Dienstlich eigentlich gar keinen. Also reden Sie."

Missmutig gibt Tesslar klein bei. „Soweit ich mich erinnern kann, habe ich mich in der bewussten Nacht mit Freunden durch die halbe Innenstadt gesoffen. Bis Samstag früh. Die Nacht darauf ebenfalls. Unter Umständen kann sich der eine oder andere ja noch an den genauen Zeitrahmen und die einzelnen Lokale erinnern. Ich kann ja einmal nachfragen."

Das werde sie für ihn erledigen, verspricht ihm Ulla und notiert Namen und Adressen seiner Zeugen. Dann fragt sie ihn, wie er Elke kennengelernt hat.

„Sie lutschte ein Eis und lächelte mich an", erzählt er. „Nicht dass ich von vornherein ihr Märchenprinz gewesen wäre, aber meine Eltern sind wohlhabend, und ich bin ihr einziges Kind. Geld. Darauf legt sie Wert. Das ist ja bekannt."

„Das heißt, Elke ist berechnend?"

„Kalt wie ein Fisch", konstatiert Tesslar. „Für Elke sind wir alles Idioten. Spielzeuge, mehr nicht. War es das jetzt? Nein? Was wollen Sie noch?"

„Wir gehen auf die nächste Polizeiinspektion und nehmen ein Protokoll auf", entscheidet Ulla. „Ihr Alibi ist mir zu fragwürdig. Das will ich alles schwarz auf weiß haben."

Tesslar will aber nicht mit auf die Wache. Sein Vater sei mit dem Abgeordneten Landau gut bekannt, droht er. Ulla werde Schwierigkeiten bekommen.

„Da bin ich jetzt aber wahnsinnig schwer beeindruckt und fürchte mich zu Tode", versichert ihm Ulla genervt, steht auf, gibt ihm einen Wink, öffnet die Tür und lässt ihm den Vortritt. Draußen ist es jetzt heller als noch vor zehn Minuten.

Max Paulik, der sich im Schatten des Rathauses verbirgt, steckt seinen Feldstecher weg, dreht sich um und eilt über die Betontreppe zur Kunsthalle.

Die letzten Wolken am Himmel verdunsten.

Eine blasse Sonne schiebt sich über die Stadt.

***

Als Judith Amras aus dem Audimax kommt, steht Frank Heilig vor ihr.

Er will mit ihr reden, aber sie geht weiter, als existiere er gar nicht. Eine derartige Behandlung ist er nicht gewöhnt. Wütend läuft er ihr hinterher. „Wieso bist du so stur? Bleib endlich stehen, verdammt noch einmal."

Jetzt wartet sie wirklich. Wenigstens einen Moment lang. „Ich will dich nicht mehr sehen", faucht sie. „Das weißt du ja. Also halte dich daran."

„Blöde Kuh."

„Affenarsch." Mit hoch erhobenem Kopf setzt sie ihren Weg fort und verschwindet im Gewühle der übrigen Studierenden.

„Das wird dir noch leidtun", schreit er in Rage, dreht sich um und stapft ebenfalls davon.

***

Im selben Augenblick marschiert Chefinspektor Joe Maringer acht Kilometer weiter östlich durch die Hauptallee des Zentralfriedhofs. Ohne aufzuschauen, biegt er an der Ligusterhecke links ab. 30 Schritte noch, weiß er, dann ist er endlich angekommen.

Das Grab ist schlicht. Müde holt Joe den verdorrten Strauß aus der Kupfervase und ersetzt ihn durch frische Blumen. Er hat noch eine leise Ahnung davon, wie sich Laras Haut anfühlte, wie ihr Körper duftete und ihre Stimme klang, doch die Erinnerung daran verblasst mehr und mehr. Ihr Unterhemd, an dem er ab und zu noch schnuppert, hat ihren Geruch längst verloren.

Die Zeit geht über jeden hinweg. Sie verändert alles und irgendwann ist nichts mehr da. Joe will die Vergangenheit aber im Gedächtnis behalten. Den schönen Teil davon.

Das Telefon läutet. Stumm nimmt er es aus der Tasche und schaltet es ab. Er hat jetzt keine Lust zu Reden.

Von den Baumkronen über ihm fliegen laut flatternd Vögel auf.

Still bückt sich der Chefinspektor, legt noch rasch eine weiße Rose aufs Grab, dreht sich um und geht.

***

Maringer meldet sich nicht. Schade.

Mit einem leichten Stich im Herzen legt Ulla auf.

Ihr Mittagessen besteht aus einem schnellen Imbiss an einer Wurstbude. In der Innenstadt ist heute extrem viel los. Wohin das Auge reicht, sieht man geschäftige, hetzende, drängende Menschen.

Ab und zu irrt Ulla ja genauso hektisch herum wie die. Da geht vor lauter Stress der Blick aufs Wesentliche verloren. Heute nicht. Da isst sie nicht nur, sondern strukturiert dabei sehr konzentriert den restlichen Tag. Anschließend macht sie sich guten Mutes auf den Weg.

Zunächst überprüft sie Gottfried Tesslars Alibi. Schnell stellt sie fest, dass seine angeblichen Zeugen gar keine sind. Keiner von ihnen hat ihn bis zum Morgen begleitet. Was Tesslar nach halb zwei Uhr angestellt hat, kann ihr niemand mit Sicherheit sagen.

Anschließend holt Ulla weitere Erkundigungen zu den Röhms ein. Sie redet mit dem Neffen und den beiden Cousinen der Mutter, mit dem Pfarrer und dem Direktor des Gymnasiums, das Elke vor ihrem Studium besuchte. Wenngleich sie nicht viel Neues erfährt, runden diese Gespräche doch das Bild ab, das sich Ulla inzwischen vom Zusammenleben der beiden Frauen macht. Es ist geprägt von der finanziellen Abhängigkeit der Tochter, die bei ihrer Mutter wohnt, weil sie sich keine eigene Wohnung leisten kann. Was nützt das Geld auf ihrem Konto, wenn sie erst mit Vollendung des 24. Lebensjahrs darankommt? Und wenn die alte Röhm die Mäuse selber haben will? Immerhin hat sie jetzt 30.000 Euro Schulden bei genau jener Bank, bei der noch 150.000 Kröten auf der Kante liegen. Das ist verdammt viel Holz. Ist dieser Frau die Brutalität zuzutrauen, für so einen Batzen Geld ihr eigen Fleisch und Blut aus dem Weg zu räumen? Einer gläubigen Katholikin, die als Schreibkraft in der Kirchenbeitragsstelle jobbt? Andererseits gibt es ja auch Pfarrer, die sich an Kindern vergreifen. Wahrscheinlich konnte sich das bis vor kurzem auch niemand vorstellen.

Ullas Kiefer und Brustkorb haben sich beruhigt, dafür leidet sie an Kopfschmerzen und ihr ist übel. Vielleicht legt sich das aber wieder, wenn sie sich etwas Gutes gönnt. Also hinein ins Segafredo, einen wunderbar cremigen Cappuccino geschlürft und an einem Glas Mineralwasser genuckelt. Zur Abrundung gönnt sie sich noch ein Stück Torte. Kaum schiebt sie sich den ersten Bissen in den Mund, fällt ihr der hohe Anteil an Fett und Zucker darin ein. Natürlich verleidet ihr das den Appetit, und sie lässt die Hälfte übrig.

Was nun? Zeit, sich mit diesem Herrn Seidl zu unterhalten. Also los. Der Himmel wird ganz finster, als sie vor dem Wohnhaus in Donawitz eintrifft. Die Eingangstür zum Treppenhaus ist zwar unversperrt, aber dafür ist der Aufzug defekt. Fluchend läuft sie die Treppe nach oben. Schon nach der zweiten Etage rebellieren ihre lädierten Rippen und sie gerät ins Schwitzen. Bei dem Aufwand, den sie privat für ihre Kondition treibt, ist ihr so etwas eigentlich unerklärlich. Ein Armutszeugnis.

Ungeduldig klingelt sie an der Wohnungstür. Willibald Seidl öffnet sofort. Sein offenes und freundliches Gesicht steht in krassem Gegensatz zur finsteren Miene, mit der Ulla sich vorstellt und ihre Dienstmarke vorweist.

„Sie kommen wegen Anna-Maria?"

Die Chefinspektorin nickt, folgt ihm ins Wohnzimmer und nimmt Platz.

Eine schöne Wohnung mit alten, gepflegten Möbeln. Etwas klein geraten, aber der Mann lebt ja allein.

„Ich weiß Bescheid", sagt Ulla. „Sie können Ihre Situation wesentlich verbessern, wenn Sie mit der Polizei zusammenarbeiten."

Seidl lacht. Er habe nichts zu verbergen, behauptet er.

„Dann verraten Sie mir, wie Sie Ihre Beziehung zu Frau Röhm sehen", fordert Ulla.

Kurzes Nachdenken. „Als eine glückliche Fügung", sagt er dann. „Wir kennen uns seit einem Jahr und wir werden zusammenbleiben. Wegen der vielen Gemeinsamkeiten, und weil wir uns lieben."

„Reden wir von den Gemeinsamkeiten."

„Gern. Unsere Ehepartner sind verstorben. Das verbindet. Und wenn man unsere finanzielle Situation betrachtet, findet man die nächste Parallele. Weder ihr noch mir hat lebenslanges Arbeiten etwas eingebracht. Wir können uns gerade so über Wasser halten. Mehr ist nicht drin."

Seidl erzählt das ohne jede Verbitterung. „Ein Vorteil des Alters liegt darin, dass man nicht mehr allzu viel braucht", sagt er. Freilich, eine gemeinsame Bleibe in einem akzeptablen Umfeld wäre schön. Im Stadtteil Göss würde es ihnen schon gefallen, fügt er an.

„Die 30.000 Euro sind also für eine gemeinsame Wohnung bestimmt", feuert Ulla einen Schuss ins Blaue ab und landet einen Treffer.

„So ist es", gesteht Seidl achselzuckend. „Anna-Maria wird ihr Appartement der Tochter überlassen. Mit allem Drum und Dran. Elke wird es ihr um diesen Betrag ablösen. Der Kredit ist eine Art Zwischenfinanzierung."

„Weiß Elke von Ihnen?"

Er schüttelt den Kopf. Anna-Maria wolle es ihr zum Geburtstag sagen. „Das wird dann eine Zäsur. Für Mutter und Tochter. Und selbstverständlich auch für mich."

„Als Freund der Mutter werden Sie sich ja Gedanken über Elkes Verschwinden gemacht haben", sagt die Kriminalbeamtin und fragt, was er von der Sache halte.

Er schaltet eine Denkpause ein, ehe er antwortet.

„Anna-Maria sieht ihre Tochter nicht so, wie sie ist", schmunzelt er. „Meiner Meinung nach besteht durchaus die Möglichkeit, dass sich das Mädchen irgendwo ein paar schöne Wochen gönnt und von heute auf morgen wieder auftaucht. An einen Unfall oder ein Verbrechen will ich jedenfalls noch nicht glauben."

Ulla blickt aus dem Fenster. Draußen schüttet es.

Deshalb stellt sie noch ein paar harmlose Fragen, bis der Regen nachlässt und verabschiedet sich. Wenig später besucht sie den einzigen Notar der Stadt und führt mit ihm ein kurzes Gespräch, ehe sie einen ihr bekannten Rechtsanwalt anruft, ihm ihre Probleme mit Frank schildert, und ihn mit der Wahrnehmung ihrer Interessen betraut.

Im Stadtzentrum sitzt Judith Amras einstweilen im Kaffeehaus, trinkt einen Milchshake, blättert in einem Magazin, bezahlt, nimmt ihren Regenschirm und geht.

Max Paulik, der sie schon die ganze Zeit über durch die Glastür beobachtet, dreht sich weg, geht ein paar Schritte weiter und tut so, als interessiere er sich für das Schaufenster des angrenzenden Spielwarengeschäfts. Kaum ist Judith an ihm vorbei, linst er ihr verstohlen nach, zieht seine Handycam aus der Tasche und filmt sie.

Noch hat die Kleine ja keinen Anlass dazu, sich misstrauisch umzusehen, doch diese Zeit wird kommen. Schneller, als ihr lieb ist.

Bald werden alle in dieser Stadt seine Macht erkennen.

Und die Menschen werden lernen, was Angst ist.

***

Es gab Zeiten, da freute sich Maringer auf die Wochenenden.

Sogar heute noch mag er Freitage lieber als Montage, aber eher aus Gewohnheit. Mit seiner Freizeit kann er seit geraumer Weile nicht mehr allzu viel anfangen.

Früher war er oft in Bruck an der Mur. Der Charme der alten Bürgerstadt zwischen Leoben und Graz fesselte ihn schon in jungen Jahren. Als er heute den Dienstwagen im Parkhaus am Flussufer abstellt, ist ihm fast so, als käme er heim.

Seine Zielperson bewohnt ein Zimmer in der gelben Riesenvilla gegenüber dem Kulturzentrum am Rande der Innenstadt. Zehn Minuten zu Fuß. Maximal.

Sobald er den Stadtkern hinter sich gelassen hat, betritt er eine ruhige Gegend. Hier wohnen betuchte Leute. Rechts der Brucker Schlossberg mit den renovierten Resten einer alten Burg, wo es den ganzen Sommer hindurch Veranstaltungen gibt, und links das Kino und die Stadthalle.

Am Fuß des Bergs ein blauverputztes Haus mit Flachdach und modernem Outfit. Keine 50 Meter davor das gesuchte Gebäude. Der Chefinspektor klingelt. Eine weißhaarige Dame öffnet.

Er suche Kurt Aschenbrenner, sagt Maringer und zeigt ihr seine Dienstmarke.

Polizei? Um Gottes Willen. Es dauert eine Weile, bis sich die betagte Hausbesitzerin beruhigt. Aschenbrenner wohne bei ihr in Untermiete, erzählt sie. Im oberen Stockwerk. Allerdings sei er im Augenblick unterwegs.

„Wo ist der denn beschäftigt?“, bohrt Maringer nach.

„Wieso? Hat er was ausgefressen?“

Der Chefinspektor behilft sich mit einem vielsagenden Achselzucken.

„Der Aschenbrenner hält sich mit Gelegenheitsarbeiten über Wasser“, erzählt die Vermieterin. „Jedenfalls arbeitet er ausnahmslos abends. Am Vormittag sitzt er ab und zu im Café Kornmesser am Hauptplatz. Möglich, dass Sie ihn um diese Zeit dort finden.“

Nachdenklich holt Maringer eine Kopie der Strafakte aus seiner Hosentasche, betrachtet das Foto, faltet das Blatt wieder zusammen und steckt es ein.

„Wenn er mit der Polizei Probleme hat, kann er sich gleich eine andere Bleibe suchen“, droht die Alte.

„Ich will dem Mann bloß ein paar Fragen stellen“, beruhigt sie der Chefinspektor. „Im Augenblick liegt nichts gegen ihn vor.“

Sie plaudern noch ein wenig. Ganz entspannt. Aschenbrenner wohne seit vier Monaten hier, erfährt Joe. Er bezahle pünktlich seine Miete, verursache keinen Lärm und bringe keine Frauen mit nach Hause. Ausnahmsweise darf Joe in Begleitung der alten Dame einen Blick in die Wohnung des Vorbestraften werfen. Parkettböden. Alte Möbel. Überraschend gepflegt. Der Chefinspektor hinterlässt der Vermieterin seine Karte, bedankt sich und geht.

Parallel zu einem kleinen Park marschiert er zum Stadtkern. Dann scharf links, weiter zur wuchtigen Stadtpfarrkirche und bergab durch eine enge Gasse. Schon steht Maringer am Hauptplatz.

Der berühmte Brunnen aus schwarzlackiertem Schmiedeeisen ist frisch renoviert. Links davon entdeckt er das Kornmesserhaus, eines der bekanntesten gotischen Gebäude Österreichs, in dem ein ausgezeichnetes Kaffeehaus untergebracht ist. Soeben tritt dort eine Gestalt ins Freie. Groß, blond, mit messerscharfem Kinnbart. Das ist sein Mann. Maringer läuft los.

„Aschenbrenner“, schreit er, als er bis auf zehn Meter heran ist. „Stehenbleiben. Polizei.“

Keine gute Idee. Der Typ saust nämlich sofort los, und er ist verdammt schnell.

„Halt“, bellt Joe, ohne den Flüchtenden damit sonderlich zu beeindrucken. Im Gegenteil. Der Abstand zwischen ihnen wächst, und der Blonde rennt weiter, was das Zeug hält, vorbei an den Statuen der Tratschweiber und an der Pestsäule, über die Fahrbahn am Ende des Platzes und durch eine breite Gasse zur steilen Murtreppe. Mit gut 20 Metern Vorsprung sprintet er über die Stufen nach unten.

Maringer hintendrein. Mit pfeifenden Lungen.

Als der Chefinspektor hechelnd am Ende der Treppe anhält und sich umblickt, ist von Aschenbrenner nichts mehr zu sehen. Weiter die Straße hinunter parken Autos. Dahinter zieht sich eine mit Gras und Buschwerk bewachsene Böschung bis zum Fluss.

Weit kann der Kerl ja nicht sein, denkt sich Maringer, zieht seine Waffe, repetiert sie durch und schleicht zu den Parkplätzen. Ringsherum ist alles ruhig. Also geht er hinter den geparkten Fahrzeugen, parallel zur Straße, weiter vor. Als die Alarmanlage des blauen BMW vier Autos vor ihm Radau schlägt, beschleicht ihn ein ungutes Gefühl. Trotzdem huscht er mit angeschlagener Pistole ganz dicht an den Wagen heran. Lauernd. Mit gespitzten Ohren.

Der Tritt von hinten trifft ihn dennoch unerwartet. Er schleudert ihn nach rechts über den Abhang, wobei sich ein Schuss löst. Danach verfehlt Joe zwar zwei Dornenstauden, streift dafür aber einen Baumstumpf, rutscht mit dem Rücken über Schutt, überschlägt sich und stößt sich irgendwo den Kopf an, ehe er mit dem Kreuz voran im eiskalten Wasser landet. Das ist an dieser Stelle noch eher seicht. Trotzdem erfasst ihn die Strömung und wirbelt ihn ganz schön herum, ehe er ein paar Meter weiter flussabwärts mit Händen und Füßen Halt findet und auf allen Vieren fluchend ans Ufer krabbelt.

Das erste, wonach er sucht, ist seine Dienstpistole. Er findet sie zwischen Sand und Geröll. Dann registriert er, dass da etwas warm und klebrig über seine

Stirn rinnt. Blut. Sein Blut.

„So eine verdammte Scheiße", seufzt er und taumelt patschnass über die Böschung nach oben. Dort umarmt ihn ein aufgeregter Kaiser Franz Josef. Barhäuptig, mit weißem Bart und in Galauniform.

Maringer habe da eine hübsche Platzwunde am Schädel, verrät ihm Seine Majestät und wischt ihm mit einem weißen Tuch das Blut vom Gesicht. Anschließend begleitet der Patron des bekannten Gourmettempels Zum Kaiser den Verletzten in sein Restaurant, setzt ihn an die Bar, hüllt ihn in eine Decke und schiebt ihm ein Gläschen Schnaps vor die Nase. Der schwer geknickte Chefinspektor bedankt sich auch artig, trinkt und schließt entzückt die Augen.

Irgendwo heult hysterisch ein Martinshorn.

Wenig später trifft der erste Streifenwagen ein.

***

Die Zimmerlinde sieht erholt aus. Geht doch.

Lächelnd versorgt Ulla Spärlich sie wieder einmal mit Wasser, ehe Judith Amras anruft und fragt, ob sie heute Abend etwas gemeinsam unternehmen könnten.

Ulla will endlich wieder einmal joggen. Gegen weibliche Begleitung dabei hat sie aber nichts einzuwenden. So verabreden sie sich also für 19.30 Uhr.

Schon wieder hat Ulla so viel unnütze Büroarbeit zu erledigen. Ganz oben auf der Liste ein Erlass des Ministeriums. Vom Budget des Vorjahrs sind zehn

Prozent einzusparen. Allerdings darf dadurch bei der operativen Tätigkeit kein Qualitätsverlust entstehen. Und wie soll man das bewerkstelligen? Durch Zauberei? Auf der letzten Seite findet sie die erwartete Notiz ihres Chefs. Sie besteht aus einem einzigen Wort. „Ideen???" Als ob sie jetzt keine anderen Sorgen hätte. Der spinnt doch!

Ulla hat überhaupt keine Lust dazu, sich jetzt mit Dingen dieser Art herumzuschlagen. Sie will Elke Röhm finden, sonst gar nichts. Augenblicke später ruft der Journalbeamte an. Nüssler erwarte sie. Im Besprechungszimmer.

Leise fluchend steigt die Chefinspektorin über die Treppe ins Parterre. Nüsslers Kanzlei ist zum Platzen voll, und die Laune ihres Herrn ist schlecht. Mürrisch deutet der Major auf den Sessel neben sich. Ihnen gegenüber lümmeln die Gruppenleiter, vertieft in die Lektüre des Entwurfs einer Pressemitteilung. Selbstverständlich bekommt auch die Chefinspektorin ein Exemplar.

Die jugendliche Schlägerbande ist gefasst. Eine Verkehrsstreife hat sie auf frischer Tat ertappt.

„Das freut mich aber", frohlockt Ulla und legt ihren Käsezettel achtlos zur Seite. Ein Seitenblick auf Nüssler. Oh Gott. Das hätte sie nicht sagen dürfen.

„Wir hätten diese Rotzlöffel erwischen müssen", pfeift sie der Major wütend an. „Nicht die anderen. Begreifen Sie das nicht?"

„Hauptsache, die Typen sind gefasst", wundert sich Ulla. „Das hilft uns doch allen."

Die Gruppenleiter nicken. „Und sonst?", fragt

einer.

„Joe wollte einen ehemaligen Knastbruder in Bruck überprüfen und bekam eine auf die Nuss", verkündet Nüssler zerstreut, greift nach einer Zigarettenpackung und schiebt sich einen Glimmstängel in den Mund. „Der Kerl heißt Aschenbrenner. Die Fahndung ist eingeleitet. Joe hat eine Platzwunde am Kopf und ein paar Hautabschürfungen. Und noch etwas: Der Fall Elke Röhm ist anscheinend gelöst. Das Mädchen sitzt in Wien, genauer gesagt in der Ausnüchterungszelle der Polizeiinspektion Karlsplatz."

Ulla ist erstaunt. „Hat Elke denn irgendwelche Dokumente dabei?"

Der Major winkt ab. „Die Rede ist von einer Blondine, die dem Fahndungsbild aufs Haar gleicht. Sie kaufte Kokain in der U-Bahn und ist völlig stoned. Also noch nicht ansprechbar."

„Mir war ja immer klar, dass die Röhm von selbst wieder auftaucht", grinst Fuchs.

Nachdenkliches Schweigen. Gierig zieht der Major noch ein paar Mal an seiner Zigarette, drückt sie im Ascher aus und gibt den Ball an Meiss weiter, der heute Journaldienst hat. „Du bist mit Wien in Kontakt. Gibt es Neuigkeiten?"

„Sie ist in schlechtem Zustand", sagt der Journalbeamte. „Details erfahren wir dann später."

„Es würde mich sehr wundern, wenn die Geschichte so ausgeht", meint die Chefinspektorin.

Amüsiertes, nachsichtiges Nicken. Natürlich. Ulla hat sich sehr engagiert, aber der Fall ist gelaufen. Die Erleichterung ist dem Leiter der Kriminalabteilung ins Gesicht geschrieben.

„Hoffentlich lässt sich die Angelegenheit heute noch erledigen", sagt der Journalbeamte. „Je früher Frau Röhm erfährt, dass ihre Tochter wohlauf ist, desto besser."

„Die Röhm hat sich übrigens telefonisch über Sie beschwert", teilt Nüssler seiner Stellvertreterin mit. „Ich habe darüber einen Aktenvermerk angefertigt und brauche eine ausführliche Stellungnahme. Schriftlich."

Der Beschwerde fehle jede Grundlage, versichert Ulla verärgert. Ihre Recherchen bewegten sich im Rahmen der üblichen Vorgangsweise. Sie wüsste nicht, was daran nicht in Ordnung sein solle.

Gelangweilt winkt Nüssler ab. Besprechungsende.

Verdrossen geht Ulla in die Stadtleitzentrale und verfolgt eine Weile den Funkverkehr.

„Was tut sich bei der Fahndung?"

Der Funksprecher zuckt die Achseln. „Die Leute wissen Bescheid und sehen sich um, aber bisher ist alles ruhig. Inzwischen stehen auch schon Plakate zur Verfügung. 30 Stück sind zum Aushang vorgesehen." Stolz schiebt er ihr eins davon über den Funktisch.

Ein Blick und Ulla trifft fast der Schlag. Das ist der Kerl, der sie unlängst so auffällig in der Disco anglotzte. Ganz eindeutig.

Unverzüglich läuft sie zurück in den Kommandotrakt.

Das muss sie Nüssler erzählen.

***

Zum selben Zeitpunkt vor Ullas Haus.

Autos schnurren durch die Südbahnstraße. Spaziergänger schlendern vorbei. Das Anwesen steht in einem der sichersten Stadtviertel, und es ist heller Tag.

In Wahrheit wird öfter tagsüber eingebrochen, als man glaubt, aber die Polizei macht kein besonderes Drama daraus, und die Medien schweigen darüber, um Österreichs Nimbus als Insel der Seligen nicht zu beschädigen.

Wieso es überhaupt kein Problem ist, unter den Augen der Öffentlichkeit in ein Objekt einzudringen? Na, weil sich keiner schert! Das wissen die Gauner und verhalten sich entsprechend.

Genug gesehen. Der Mann in schwarzen Jeans, dunklem Pulli und dunklem Blouson verlässt seinen Beobachtungsposten, huscht lautlos an Ullas Haustür, presst seinen Körper ans Türblatt und steckt den mitgebrachten Dietrich ins Schloss.

Fehlanzeige.

Fluchend setzt er seinen nächsten Trumpf ein. Einen veritablen Zylinderstecher, an dem er sich von einem rumänischen Einbrecher ausbilden ließ. Fünf Minuten werkelt er wie ein Berserker, aber das Sicherheitsschloss bleibt von seinen Bemühungen unbeeindruckt.

Unterdessen fährt ein Wagen auf den Parkplatz. Zwei Männer steigen aus und unterhalten sich. Missmutig löst sich Max Paulik von der Tür und zieht eine Kapuze übers Haar.

Dann spaziert er davon, als sei nichts gewesen.

***

18 Uhr, Polizeikommissariat Leoben.

Die in Wien verhaftete Drogensüchtige ist doch nicht Elke Röhm, von Kurt Aschenbrenner fehlt jede Spur, Maringer ist verschwunden und auch telefonisch nicht erreichbar. Wohl um den launigen Bemerkungen seiner Kollegen zu entgehen. Also spricht ihm Ulla eine Nachricht auf die Mailbox und macht Feierabend.

Gegen 19 Uhr kommt sie nach Hause, zieht sich den Trainingsanzug über, trinkt etwas Tee, schluckt einen Appetitzügler und schlüpft in die Laufschuhe. Kurz darauf läutet es auch schon, und Judith Amras steht vor der Tür. Sie hat ihr Haar zu einem Zopf geflochten und sieht damit noch jünger aus.

„Frank schläft sich durch die ganze Uni", erzählt die junge Studentin, als sie nebeneinander in Richtung Bahnhof traben. „Außerdem leiht er sich Geld, ohne es zurückzugeben. Mich pumpte er auch schon an. Natürlich vergeblich. Ich gab ihm den Laufpass."

„Eine kluge Entscheidung", grinst Ulla. „Da warst du wohl ein ganzes Stück klüger als ich."

„Vielleicht. Jedenfalls drohte er mir."

Ulla stutzt. „Hast du Angst vor ihm?", keucht sie. Sie sieht es Judith an der Nasenspitze an, dass die nicht so recht weiß, wie sie das beantworten soll.

Aber beunruhigt ist sie. Sonst wäre sie nicht hier. Deshalb sollte man auf Nummer sicher gehen.

Ullas Brustkorb schmerzt. Das Laufen tut ihr nicht gut, also verringert sie das Tempo. Radikal. „Komm morgen zu mir ins Büro", sagt sie. „Deine Angaben müssen schriftlich festgehalten werden."

Sie traben noch eine halbe Stunde, ohne sich dabei weiter zu unterhalten, und als sie zurückkommen, fährt Judith gleich wieder nach Hause.

Ulla stört diese plötzliche Ruhe. Also packt sie ihren kleinen Rucksack und marschiert zum Fitnesscenter. Dort setzt sie sich in die Sauna und stellt sich lange unter die Dusche. Als sie gegen 22 Uhr zu ihrem Kleiderkästchen kommt, steht es weit offen.

Glücklicherweise fehlt nicht viel.

Genau genommen gar nichts, außer Ullas schwarzer Lieblingsslip, spitzenbesetzt und aus wunderbar glatter Seide.

Der nächste Tag beginnt mit Schreibarbeit.

Nüsslers Dokumentation der telefonischen Beschwerde umfasst zwei Seiten, und Arroganz ist noch das Freundlichste, was Elke Röhms Mutter seiner Stellvertreterin vorwirft.

Ulla braucht eine ganze Stunde, um passende Formulierungen zur Rechtfertigung ihres Vorgehens zu finden. Danach ist der Ärger über die Beschwerde aber auch schon wieder verflogen.

So ein Samstagmorgen als Journalbeamtin ist eigentlich ganz beschaulich. Diese Ruhe im

Haus. An die könnte Ulla sich direkt gewöhnen. Emotionslos deponiert sie ihren Bericht mitten auf dem Schreibtisch des Majors und geht zurück in die Journaldienstkanzlei. Wenngleich es draußen kühl ist, scheint die Sonne durchs Fenster. Das macht sie fast ein wenig fröhlich.

Ein kurzes Telefonat mit Maringer. Über sein Bad in der Mur verliert sie kein einziges Wort. Dafür erzählt sie ihm von ihrem eigenen Aufeinandertreffen mit Aschenbrenner und dessen Flucht aus dem Moonlight. „Er muss mit Elke Röhms Verschwinden in Zusammenhang stehen. Anders sind seine Verhaltensweisen ja kaum erklärbar."

Nachdenkliche Stille. „Stimmt, der Kerl hat sich schon mehrmals an Frauen vergriffen, und sein Benehmen macht ihn verdächtig", räumt ihr Kollege ein. „Vielleicht ist das unser Mann. Vielleicht aber auch nicht. Man wird ja sehen."

Sie beenden das Gespräch. Ulla kocht Kaffee, trinkt eine Tasse und studiert Kurt Aschenbrenners Akte. Nicht besonders appetitlich, was sie da alles findet. Vergewaltigung alkoholisierter junger Frauen, bevorzugt Blondinen. Verurteilt zu fünf Jahren Knast, nach drei Jahren wieder entlassen. Wegen guter Führung.

„Was heißt denn das jetzt wieder?", ärgert sie sich. „Hat er Adventskränze gebunden, im Anstaltschor gesungen oder das Klosett geputzt? Was können Häftlinge denn im Knast schon groß anstellen? Wie kann der sich dort anders führen, als gut? Wir reißen uns den Arsch auf, um solche Schweinebacken einzubuchten, und die Justiz lässt sie frühzeitig wieder laufen. Die sind doch nicht ganz dicht."

Wütend klappt sie den Aktendeckel zu. Ungerechtigkeit kann sie nicht ausstehen. Das war schon immer so.

Nachdem sie sich wieder beruhigt hat, bittet sie einen Beamten der Kripostreife, sie im Journaldienst abzulösen und fährt nach Bruck. Vereinbarungsgemäß erwartet sie der dortige Kriminalreferent in der einzigen Konditorei am Platz. Ulla trinkt Tee und isst ein halbes Stück Torte. Der Brucker Kollege hält sich an Kaffee.

„Natürlich wurde Aschenbrenners privates Umfeld bereits unter die Lupe genommen", erzählt er. „Seine Eltern kamen bei einem Verkehrsunfall um, und ihr Haushalt wurde aufgelöst. Kurt ist seit dem 17. Lebensjahr einschlägig bekannt. Erst wegen Belästigung von Frauen. Später wegen Schändung."

Verwandte? Freunde? Ulla ist ungeduldig.

Es gebe da einen Bruder in der Schweiz, erfährt sie. Die Polizei Winterthur sei bereits in Kenntnis gesetzt worden. Falls er sich dort verkrieche, habe er keine Chance. Freunde in Bruck oder im weiteren Umkreis seien nicht bekannt. Die Restaurants und Lokale, in denen der Gesuchte normalerweise verkehre, würden beobachtet.

„Besitzt der Typ ein Auto?"

„In der Zulassungsdatei scheint er nicht auf. Ist auch kein Wunder. Aschenbrenner ist arbeitslos. Da ist nicht davon auszugehen, dass er sich einen fahrbaren Untersatz leisten kann."

Zu Mittag sitzt Ulla schon wieder in der Journaldienstkanzlei, schluckt einen Appetitzügler und trinkt zwei Glas Wasser. Anschließend hockt sie sich vor den Computer und vertreibt sich die Zeit damit, Nachforschungen zu Kurt Aschenbrenner anzustellen.

Ihre verschwundene Unterwäsche fällt ihr ein. Eine seltsame Parallele zu Elke Röhm. Dennoch verzichtet sie darauf, den Diebstahl ihres Schlüpfers anzuzeigen. Sie will sich vor den Kollegen nicht lächerlich machen. Gerade jetzt nicht, wo sie dabei ist, endlich akzeptiert zu werden.

Gegen Mittag klingelt ihr Telefon. Wieder einmal meldet sich der Anrufer nicht, obwohl sie seinen pfeifenden Atem hört. Wütend legt sie auf. Da will sie jemand ärgern, überlegt sie. Nervös machen.

Aber warum macht sich der Typ die Mühe?

Was steckt da dahinter?

***

Wenn die Studentenverbindung *Bergstadt* Feste feiert, geht der Rest der Welt in Deckung.

Das ist seit jeher so.

Im Zentrum des Geschehens das altehrwürdige Corpshaus. Davor ein Bierwagen, von zwei Schimmeln gezogen, und auf der Ladefläche, schwankend, Gottfried Tesslar, in schwarzer Bergmannsuniform. In seiner Rechten ein grauer Tonkrug, aus dem er ab und zu trinkt, wobei ihm das Bier übers Kinn und den Hals rinnt. Hinter ihm hocken seine acht Musikanten. Obwohl schon schwerstens illuminiert, spielen sie immer noch die alten Studentenlieder. Laut, falsch, aber gänzlich unverdrossen.

Vor dem Wagen drei Chargierte im Vollwichs, also kniehohen schwarzen Stiefeln und weißen Hosen. Darüber einen schwarzen Rock und eine bunte Schärpe. An der Seite hängt der als Schläger bezeichnete Säbel und auf dem Kopf thront das Barett. Sie unterhalten sich mit Franziska Laska, die in ihrem schwarzen Hosenanzug bis an die Kante des Wagens heranrückt. Mit glänzenden Augen.

„Ich liebe dich“, raunt sie Tesslar zu. „Hörst du?“

„Ich dich auch“, grinst er, richtet sich auf und wirft den leeren Bierkrug auf die Fahrbahn, wo er zersplittert. Applaus, Gesang und viel Gelächter. Verwandte und Freunde des Studienabsolventen filmen und fotografieren, bis ein Trompetensignal ertönt.

Ein scharfes Kommando. Schon stellen sich die Chargierten auf, dahinter der Wagen, gefolgt vom Tross der Gäste. Über die festgelegte Route geht es ins Stadtzentrum und über den Hauptplatz links abbiegend bis zur Franz Josef-Straße. An der Spitze des Zugs fährt die Polizei. Mit rotierendem Blaulicht.

„Glückauf, Glückauf!“, brüllen der Philister und seine Begleiter, und sie singen die altbekannten Lieder, bis sie vorm Portal der Universität angekommen sind.

Dort holen ihn zwei schwer alkoholisierte junge Herren im Bergmannskittel vom Wagen, heben ihn auf die Schultern und tragen ihn ans Portal, an dem schon das ehrwürdige Schlagholz angebracht ist.

„Dein Name?", schreit einer der Chargierten.

„Gottfried Tesslar."

„Deine Heimat?"

„Die schöne Steiermark."

„Dein Stand?"

„Erdölmann."

„Dein Wahlspruch?"

„Igni et ferro."

„Ich frage dich jetzt auf Ehr und Gewissen. Wie viel Semester hast du studiert?"

„Sechzehn", brüllt der Philister und spannt die Muskeln an, bevor ihn seine Beistände ergreifen und gegen das Schlagholz werfen. Sechzehn Mal. Die Burschen schnaufen ganz schön, als sie ihn wieder zu Boden stellen und ihm einen kameradschaftlichen Klaps verpassen.

Schnell reicht ihm ein Chargierter den frisch gefüllten Bierkrug, den er in einem Zug leert und am Boden zerschlägt. Jetzt rasch noch die Hände gereicht, den „Gaudeamus igitur" gesungen, und schon geht es zurück zum Hauptplatz, wo der frisch gebakkene Absolvent auf den Barbarabrunnen klettert, die Bergmannstatue küsst und eine launige Rede hält.

Er gestaltet sie recht unterhaltsam. Applaus brandet auf. So einen Tag gibt es halt nur einmal im Leben. Stolz zerrt Franziska Laska ihren Freund vom Brunnen und umarmt ihn. „Treffpunkt Corpshaus", brüllt der Philister zwischen zwei Küssen. „Ab die Post!"

Lautstark übernehmen die Chargierten das

Kommando. Nach und nach sammeln sie die Festgemeinde und ziehen gemeinsam los. Zurück zum Ausgangspunkt.

Am Straßenrand steht Ulla Spärlich. „Sieh mal einer an“, wundert sie sich. „Die Laska und der Tesslar. Wer hätte das gedacht?“

Jetzt braucht die Chefinspektorin eine Tasse Kaffee.

Und einen Platz, wo sie in Ruhe nachdenken kann.

Zwei Stunden später.

Ullas Telefon läutet. Joe Maringer lädt sie zu sich ein. Wortreich erklärt er ihr, wo sie ihn findet.

Ihr erster Impuls: Hin zu ihm. Rasch.

Ihr zweiter Impuls: Absagen.

Was bildet der sich ein? Sie ist keine, die so leicht zu haben ist. Andererseits könnte die Einladung ja auch ganz harmlos sein. Kurz gesagt, sie weiß nicht so recht, was sie von der Sache halten soll.

Also ist sie auch ganz schön nervös, als sie die kurvige Straße bergan fährt. Die Wegbeschreibung war überaus präzise. Trotzdem fährt sie vor lauter Herzklopfen erst einmal an der richtigen Abzweigung vorbei, ehe sie den Irrtum bemerkt und wendet. Vor Maringers Haus steht sein bulliger schwarzer Geländewagen. Sie mag Autos dieser Art. Jeeps haben etwas von unbeschwerter Freiheit, von Individualität.

Auf Joes Stirn prangt ein Heftpflaster. Er trägt knappe schwarze Jeans und ein schwarzes Shirt, als er ihr öffnet.

Ihr Kollege soll nicht merken, wie aufgeregt sie ist. Also tief durchatmen. Dabei gerät der Geruch seines Rasierwassers in ihre Nase. Prada. Kein anderer Duft würde besser zu ihm passen.

„Hallo."

„Schön, dass Sie da sind."

Sie nickt. „Wieso duzen wir uns eigentlich nicht?"

„Hast du mir bisher noch nicht angeboten, aber ich freue mich. Was machen deine Rippen? Schmerzen?"

„Nur noch beim Laufen. Und wie geht es deinem Kopf?"

„Ein kleines Loch", grinst Maringer. „Sie haben es genäht, aber mein Ego ist ziemlich im Arsch. Ich hab mich blöd angestellt."

„Ich mich auch", ergänzt Ulla.

„Du bist eine Frau", entgegnet er augenzwinkernd. „Und du bist nicht ins Wasser gefallen. Außerdem bin ich älter und erfahrener als du."

„In welcher Hinsicht?", fragt sie schnippisch.

„In jeder", kontert er.

Im Wohnzimmer viel helles Holz, eine Kommode aus schwarzem Glanzlack und ein rotes Ledersofa. Linker Hand ein Riesenaquarium, effektvoll beleuchtet. Wasser in dunklem Blau, große Fische wie aus geprägtem Silber, ein kleiner schwarz-gelber Rochen, am Boden feinkörniger, beinahe gelber Sand, ein paar Grünpflanzen und eine schwarzbraune Baumwurzel.

„Gott, ist das schön", staunt Ulla.

„Es ist das kleinste Aquarium hier im Haus", macht ihr Maringer klar. „3.000 Liter Wasser."

„Was sind das denn für wundervolle Fische?"

„15 Piranhas, zwei Arowana, ein Harnischwels und ein Perlenrochen."

„Die sind aber groß."

„Da müsstest du erst einmal die Riesenrochen im Keller sehen."

„Rochen sind doch Salzwasserfische", wundert sie sich.

Joe widerspricht. Seine Tiere wären Süßwasserrochen aus Südamerika. Die meisten davon aus dem Amazonas. Jahrelang war er der einzige Züchter in ganz Europa. Jetzt gebe es auch noch zwei andere.

„Wie kommt ein Mann dazu, sich für Aquarien zu interessieren?"

„Das ist nicht so einfach zu beantworten", sagt er. „Ich träumte halt davon. In meiner Kindheit. Verwirklichen konnte ich diesen Traum aber erst, als ich mein eigenes Geld verdiente. Später baute ich meine Aquarien selbst. Das mache ich übrigens auch heute noch."

„Und diese Rochen? Wie bist du an die geraten?"

„Die ersten kaufte ich noch in Passau. Sie verendeten, weil die Wassertemperatur nicht passte und ich damals von Aquarien noch keine Ahnung hatte. Später besorgte ich mir die Tiere aus Südamerika, per Luftfracht in einer Styroporbox, um ein zu schnelles Abkühlen des Wassers zu verhindern. Die Box steckt in einer Plastiktüte, die mit reinem Sauerstoff gefüllt ist. Eine sehr aufwendige Art des Tiertransports. Nicht gerade billig."

„Wieso gerade Rochen?"

„Weil sie mit den Haien verwandt sind. Irgendwann einmal durchliefen sie zwar eine andere Entwicklung als ihre gefährlicheren Neffen, aber ihre Anatomie ist dem Hai immer noch sehr ähnlich. Was ihre Faszination ausmacht, ist dann vor allem die Art und Weise, wie sie sich im Wasser bewegen. Diese atemberaubende Eleganz. Einfach sagenhaft."

„Na, dann zeig mal", lacht sie und blickt ihm ganz tief in die Augen. „Die größeren Tiere, meine ich."

Das Riesenaquarium im Keller verschlägt ihr dann glatt die Sprache.

„Du stehst vor beinahe 20.000 Litern Wasser", sinniert der Chefinspektor. „Ich hab ein halbes Jahr lang daran gebaut."

„Unglaublich", flüstert Ulla. Nicht weniger als elf Rochen gleiten durchs Wasser, darunter fünf Riesenexemplare. Maringer zeigt ihr die beiden Blumenrochen, deren Zeichnungen an Blütenblätter erinnern. Sie stammen aus einem Grenzfluss zwischen Kolumbien und Venezuela. Die beiden schwarz-gelben Flachmänner im Vordergrund hingegen seien Perlenrochen.

„Und die beiden anderen?", fragt sie. „Die kleineren rabenschwarzen, mit den weißen Tupfen?"

„Itaitubarochen. Benannt nach einer Ortschaft an einem Nebenarm des Amazonas. Wenn sie jung sind, haben sie eine gelblich-braune Grundfarbe und hellgelbe Flecken, erst später werden sie so schwarz."

Die Tiere sind nicht die Spur aufgeregt und bewegen sich, als seien sie Haie an einem Riff.

„Sie haben einen Giftstachel", erklärt ihr Joe. „Der sitzt im hinteren Drittel des Schwanzes. Gnade Gott dem, den sie damit stechen." Dabei versucht er, sie zu küssen, aber sie dreht den Kopf weg, macht kehrt und rennt die Treppe hoch. Es dauerte eine ganze Weile, bis er ihr folgt.

„Habe ich was falsch gemacht?", fragt er.

„Du nicht. Ich", entschuldigt sie sich und tastet sich im Rückwärtsgang bis an die Tür. „Tut mir leid."

„Schon gut. Warte doch."

„Nein, nein. Ich muss jetzt los."

Vor dem Haus noch ein paar belanglose Worte. Ein kurzer Abschiedsgruß. Schon wendet sie sich ab.

Dann, im Auto, macht sie sich Vorwürfe, die sich mit zunehmender Distanz zwischen ihr und Joe sprunghaft steigern.

Im Journaldienstraum ist sie schließlich völlig aus dem Häuschen. Was wird der Mann bloß von ihr denken? Da kommt sie in sein Haus und schäkert, aber kaum wird es ernst, läuft sie davon. Ein Benehmen wie ein Backfisch! Wie peinlich.

Ein lautes Pochen an der Tür. Die Kollegen der Nachtstreife bringen ein 11-jähriges Mädchen, das von zu Hause ausgerissen ist, weil der es Stiefvater grün und blau geschlagen hat.

Dankbar für die Ablenkung, nimmt die Chefinspektorin mit dem Kind ein Protokoll auf, veranlasst die polizeiärztliche Untersuchung und lässt die Mutter der Kleinen zu den Anschuldigungen

Stellung nehmen. Eine Stunde später muss das gewalttätige Familienoberhaupt unter polizeilicher Bedeckung sein Zeug aus der Wohnung holen und die Schlüssel abgeben. Zwei Wochen lang darf er sich Frau und Kind nicht mehr nähern.

Um Mitternacht versucht Ulla, Joe Maringer zu erreichen. Er hebt nicht ab. Auch nicht um eins, und später schon gar nicht. Der hat genug von ihr. Ist ja auch kein Wunder. Müde setzt sie sich vor den Fernseher, doch das ist auch nicht die Zerstreuung, nach der sie jetzt sucht.

Soll sie etwas lesen?

Wozu denn?

So leidet sie eine Weile still vor sich hin, ehe sie sich gegen zwei endlich schlafen legt, überzeugt davon, das blödeste Stück Weib zu sein, das dieser Planet je gesehen hat.

***

Kurz vor drei.

Maringer steht an der Bar des Moonlight und unterhält sich mit einer Mittvierzigerin. Rotes halblanges Haar, drall und durchaus sympathisch.

Eine geschiedene Lehrerin. Ihr Mann, ebenfalls Pädagoge, hatte etwas mit einer Kollegin. Wahnsinn, wie lange man nicht mitbekommt, was der Partner nebenbei so treibt. Die halbe Stadt lacht sich schon tot, ohne dass man das selbst so richtig spitzkriegt. So unsagbar böse ist die Welt. War sie wahrscheinlich immer schon.

Joe hört zu. Mit mäßigem Interesse. Seine Gedanken sind bei Ullas Haar und ihrer Haut. Ihr Parfum kann er jetzt immer noch riechen. Gedankenverloren fährt er sich mit den Kuppen seiner Finger über die Lippen, stellt sich ihren warmen, nassen Mund vor und fühlt sich mit einem Mal ganz schön verloren in dieser lauten Umgebung. Was sie jetzt wohl gerade macht? Schade, dass sie nicht geblieben ist.

„Du hörst mir ja gar nicht zu", klagt das Scheidungsopfer ihm gegenüber und greift ihm auf den Schenkel.

„Doch, doch", protestiert er und fragt sich, was bei einem derartigen Sittenverfall in der Lehrerschaft aus den Schülern dieses Landes noch werden soll.

Ob er verheiratet sei, will sie wissen. Die übliche Frage. Diesmal kommt sie ganz früh. Zu früh.

Verärgert schüttelt er den Kopf, spürt den vertrauten Schmerz und weiß, dass es genug ist. Immerhin prostet er ihr noch einmal lässig zu, ehe er austrinkt, zahlt und im Pulk verschwindet. Wortlos.

***

Inzwischen steht Judith Amras keine fünf Meter weiter an der Theke, bewegt ihr Becken im Rhythmus der Musik und trinkt ihren dritten Cocktail. Vor fünf Minuten telefonierte sie nach einem Taxi. Das müsste jetzt eigentlich bald da sein. Misstrauisch streicht sie mit dem Zeigefinger über den Rand ihres Cocktailglases. Irgendetwas hier gefällt ihr nicht.

Was? Wenn sie das wüsste. Zerstreut schiebt sie der Kellnerin eine Banknote hin, nickt und geht.

Vor der Diskothek ist es kalt. Im schwarzen Minikleid und einem offenen roten Mantel taumelt eine junge Frau durch die Gegend. Die ist ganz schön dicht. So sehr, dass sie sich an der Motorhaube eines bulligen schwarzen Jeeps abstützen muss, um nicht hinzufallen. Judith fragt, ob sie helfen könne, erntet aber bloß ein mürrisches Kopfschütteln.

Während Judith noch mit dem betrunkenen Mädel beschäftigt ist, rollt hinter ihr ein weißer Mercedes aus einer Parklücke und kommt mit eingeschalteten Scheinwerfern auf die beiden Frauen zu. Erst im letzten Augenblick bemerkt die Studentin das Taxischild auf dem Dach des Fahrzeugs. Es ist unbeleuchtet, aber das fällt ihr nicht sonderlich auf.

Ein schlanker Blonder mit messerscharfem Bart steigt aus. Fürsorglich nimmt er die junge Frau im roten Mantel an der Hand und setzt sie auf die Rückbank. Judith will auch mit. Ihre Unruhe wird immer größer. Sie möchte weg hier, doch der Blonde bedauert. Ein alkoholisierter weiblicher Fahrgast reiche ihm.

„Ich bin aber doch stocknüchtern“, widerspricht Judith. Der Idiot glaubt ihr nicht. „Ich schicke Ihnen einen Kollegen“, verspricht er. „Das dauert nicht lange.“

Nervös folgen Judiths Blicke den Rückleuchten des Mercedes, bis sie im Dunkel der Nacht verschwinden. Es ist so finster hier. So einsam. Hinter ihr schlägt jemand eine Wagentür zu.

„Ist da jemand?“, piepst sie. Nein? Gott sei Dank. Wieso ist denn hier schon wieder die Beleuchtung defekt? So eine Scheiße.

Instinktiv beginnt die Studentin zu laufen. Weg hier. Schnell. Gleichzeitig dreht Max Paulik im schwarzen Jeep hinter ihr das Abblendlicht an und lässt den Motor aufheulen.

Da braust ein weißes Taxi von der Kärntnerstraße kommend auf den Parkplatz. Keuchend hält Judith das Gefährt an und redet auf den Fahrer ein, während am Stolz der amerikanischen Autoindustrie die Lichter wieder verlöschen und der Motor verstummt.

Dankbar springt Judith in ihr Taxi.

Wind kommt von Nordwest und fegt Papierfetzen gegen den Wagen.

Noch ehe das Taxi wendet, schlägt das Wetter um.

Sturm und Regen setzen ein.

***

Wieder hat Ulla geträumt. Sie weiß bloß nicht mehr, wovon. Das ist ja grundsätzlich ganz erfreulich.

Und hat sie sonst noch angenehme Wahrnehmungen?

Na, was schon?

Ein unheimlich öder Sonntagmorgen. Draußen ist es nass, kühl und windig. Mit brummendem Schädel geht Ulla in den Waschraum und spult ein hygienisches Notprogramm ab. Gesicht waschen, Bluse anziehen, sich dezent schminken.

Immer noch verschlafen trottet sie zurück in

den Journaldienstraum. Dort warten schon die Meldungen der Streifenwagenbesatzungen aus dem Nachtdienst, sowie die Berichte der Kripostreife.

Insgesamt fünf Raufereien, ein verhinderter Selbstmord mit Einlieferung in die Landesnervenklinik, sieben Sachbeschädigungen, sprich: Mit Sprays besprühte Häuserfassaden. Dazu noch drei Autodiebstähle und ein anonymer Anzeiger, der behauptet, irgendwo im Stadtteil Lerchenfeld sei geschossen worden. Bilanz? Zwölf festgenommene Raufbolde, ein verletzter Polizeibeamter. Der Rest fällt unter die Rubrik Unbekannte Täter, und diese Sache mit den Schüssen ist überhaupt höchst nebulös. Das könnten auch simple Knallkörper gewesen sein.

Lustlos locht die Chefinspektorin die Meldungen und sammelt sie in einer Mappe. Als sie aufsieht, steht Nüssler vor ihr und erkundigt sich, ob sie die Rechtfertigung zur Beschwerde Röhm schon parat habe.

„Liegt in Ihrem Büro. Auf dem Schreibtisch", entgegnet sie kühl.

„Ihr Haar ist zerzaust. Sie sollten sich kämmen", murmelt er, nickt ihr zu und geht.

Mit diesem unfreundlichen Trottel als Chef hat sie sich ja einen gewaltigen Nagel eingetreten, ärgert sich Ulla, nippt an einer Tasse heißem, starkem Kaffee und blättert in der Zeitung. Die Schlagzeilen bessern ihre Laune kaum. Kriegsgefahr im Nahen Osten, Überschwemmungen in Italien und heimische Skandale im Bankwesen. Entsetzlich.

Telefon. Nüssler zitiert sie zu sich und sein Tonfall verheißt nichts Gutes. Als sie eintritt, steht der Major am Fenster und raucht.

Ihre schriftliche Rechtfertigung passe ihm nicht, meint er. Zu kurz. Zu arrogant. „Der Herr Bischof hat beim Oberbürgermeister interveniert. Seine Eminenz verbürgt sich persönlich für Frau Röhm und ersucht um mehr Fingerspitzengefühl gegenüber Mitarbeitern der katholischen Kirche. Sie brauchen mehr Einfühlungsvermögen!", sagt er. „Auf so rüde Art und Weise kann man keine Untersuchungen führen. Nicht in dieser Stadt. Wenn das so weitergeht, werde ich Sie vom Fall abziehen." Er dreht sich zu Ulla um. Jedenfalls werde er sich in ihrem Namen und im Namen der Kripo entschuldigen. Ulla habe ihm das Wochenende verleidet. Aber gründlich.

Das lässt die Chefinspektorin nicht auf sich sitzen. Wer sich in dieser Sache für Frau Röhm stark mache, interessiere sie nicht, antwortet sie schroff. Sie habe sich nichts vorzuwerfen. Wenn Nüssler meine, sie hätte einen Fehler gemacht, solle er ein Disziplinarverfahren einleiten. „Ich werde mich zu wehren wissen", schließt sie. Ehe ihr Boss dazu kommt, eine Antwort zu formulieren, oder sie mit seinem Spruch des Tages zu quälen, ist Ulla draußen.

Und sie knallt die Bürotür zu, dass die Wände wackeln.

Nüsslers Audi ist ein feiner Dienstwagen. So einen würde Ulla privat auch gern fahren.

Bloß keinen Unfall bauen, sagt sich die

Chefinspektorin, verdrängt die Gedanken an ihren Vorgesetzten und konzentriert sich nur noch aufs Fahren.

Donner grollt. Ein Unwetter zieht auf. So früh im Jahr gab es Gewitter doch früher nicht. Ulla sorgt sich wegen der Klimaveränderung, dem Ozonloch und so. Wie wird das alles noch enden?

Das Studentenheim in der Dreihufeisengasse wirkt verlassen. Ulla parkt den Dienstwagen außer Sichtweite und nähert sich dem Gebäude zu Fuß.

Alles still. Niemand begegnet ihr, als sie durchs Treppenhaus zu Franziska Laskas Wohnungstür stapft. Es riecht nach kaltem Zigarettenrauch und Hundedreck. Angewidert rümpft Ulla die Nase.

Die Kriminalbeamtin läutet mehrmals. Klopft. Ohne Erfolg. Auch bei den Nachbarn öffnet keiner. Dabei spürt sie ganz deutlich, dass jemand da ist, aber es nützt nichts. Sie muss unverrichteter Dinge wieder abziehen.

Als sie wieder in den Wagen steigt, öffnet der Himmel seine Schleusen. Innerhalb weniger Minuten fällt mehr Regen, als sonst in einem Monat. Die Kanalisation kann das viele Wasser kaum mehr aufnehmen. Riesenpfützen auf den Straßen. Aquaplaninggefahr. Vorsichtig gondelt Ulla nach Proleb. Bis sie vorm Anwesen der Tesslars aussteigt, hat sich das Unwetter aber bereits ausgetobt, und es klart auf.

Das Haus ist ein moderner Bau, gelb verputzt, mit flachem dunkelgrauem Dach und ausgedehnten Fensterflächen, der von Rollläden und einer

Alarmanlage gesichert wird. An der Hinterseite ein Swimmingpool, umgeben von flachen, gepflegten Rasenflächen.

Die Chefinspektorin läutet.

Gottfried Tesslar öffnet sofort. Ihr Besuch überrascht ihn nicht. Da hat ihn seine Angebetete wohl vorgewarnt. Er sei allein zu Hause, meint er, bittet sie in den Korridor und geht voraus.

Der Student wohnt unterm Dach. In großen, offenen Räumen. Überall teures Design mit sehr klaren Linien, wobei weiße leere Wände, ein dunkler Boden und niedrige Möbel aus Kirschholz das Wohnzimmer dominieren. Alles ist perfekt zusammengeräumt. Offenbar arbeitet hier eine Putzfrau, die ihr Handwerk versteht. Ulla gratuliert zum Studienabschluss. Er quittiert es mit gelassenem Lächeln.

Ob er sich denken könne, weshalb sie hier sei, fragt sie ihn.

Er nickt. Sie war bei seiner Philistrierung, sagt er. Uneingeladen. Das war ein wenig unfein.

Dieses arrogante Arschloch. Ullas Blutdruck erhöht sich. Wieso er ihr sein Verhältnis mit Franziska Laska unterschlagen habe, will sie von ihm wissen.

„Das ist Privatsache", protestiert er. „Das geht euch Bullen gar nichts an."

„Irrtum", korrigiert ihn Ulla. „Das interessiert mich."

„Tut es das?"

„Oh ja. Habt ihr Elke etwas angetan?"

„Sind Sie verrückt?"

„Ihr hasst sie doch. Alle beide."

„Sie hat uns verletzt. Unsere Gefühle mit Füßen getreten. Uns zum Gespött aller Freunde und Bekannten gemacht. Aber das muss sie mit sich selbst ausmachen. Elke ist mir egal. Ich will sie nicht mehr sehen, und was mit ihr los ist, geht mir am Arsch vorbei. Vielleicht hat sie sich endlich einen Geldsack gekrallt, der alles mit sich machen lässt, und mit dem sie glücklich wird. Von mir aus."

„Ihr Alibi ist löchrig wie ein Nudelsieb. Was ist mit Elke passiert? Sagen Sie es mir."

„Ich habe keinen Schimmer", antwortet er mit unbewegtem Gesicht. „Franzi ist die Frau, die jetzt zählt. Sonst niemand. Sie tut mir gut. Lassen Sie uns in Frieden."

„Ruhig Blut. Kein Grund sich aufzuregen. Fiel Ihnen während der letzten Wochen etwas auf? Rund um Elke, meine ich."

Er schüttelt den Kopf. „Seit sie mich abservierte, ging ich ihr aus dem Weg", murmelt er. „Konsequent."

Auf der Kommode rechts steht ein Familienfoto. Eine blond gefärbte, ältere Dame mit Brille und strengem Blick und ein grauhaariger Herr mit Oberlippenbart beherrschen die Bildmitte. Ein ganzes Stück daneben steht Gottfried Tesslar. Durch und durch ein Fremdkörper.

„Mutter", knurrt Tesslar, als er Ullas Blick bemerkt und seine Augen füllen sich mit Gift. „Bei meiner Geburt wäre sie fast draufgegangen. Und dann noch diese hässlichen Schwangerschaftsstreifen an Bauch und Hüften. Das verzeiht sie mir nicht. Und Papa? Der ist ein Nebendarsteller."

„Sieht man", entschlüpft es Ulla. Sie würde sich gern im Keller umsehen. Ginge das?

„Warum nicht? Ich führe Sie auch durchs gesamte Gebäude, wenn Sie möchten. Vielleicht sehen Sie danach ja endlich ein, wie lächerlich Ihre Verdächtigungen sind."

Während der nächsten Viertelstunde durchstreifen sie das ganze Haus. Vergeblich. Ulla ist enttäuscht. So kommt sie nicht weiter.

„Hatte Elke ihre Affäre mit Thomas Groll eigentlich vor oder nach Ihnen?", fragt sie.

„Sowohl, als auch", grinst er. „Die haben doch alle paar Monate etwas miteinander. Tom kann nicht anders. Er liebt sie."

„Könnte er mit Elkes Verschwinden in Zusammenhang stehen?"

Tesslar weiß es nicht. Er begleitet sie an die Tür. „Alles Gute", sagt er. „Ich hoffe, wir sehen uns nicht wieder."

„Das kann ich nicht garantieren", antwortet Ulla, bedankt sich für die Auskünfte, verabschiedet sich und geht.

Kaum ist die Chefinspektorin außer Sichtweite, zieht Tesslar sein Mobiltelefon aus der Tasche. Ein kurzes Grübeln noch. Dann tippt er eine Nummer ein.

„Hallo?" Obwohl die Chefinspektorin bereits außer Sichtweite ist, blickt sich Tesslar argwöhnisch um und dämpft seine Stimme. „Diese Spärlich von der Kripo war gerade bei mir. Die Dame wird mir langsam lästig. Kann man da etwas tun?“

***

Graz, Eggenberg. Bergstraße.

Frisch geschieden ist halb gewonnen? Blöder Spruch.

Verdrossen beißt sich der Kriminalbeamte Bernd Koschinsky auf die Unterlippe, nimmt die Hände vor den Mund und bläst auf seine rot angelaufenen, schmerzenden Fäuste. Das wütende Trommeln an seine Wohnungstür zeigt erste Erfolge. Die Nachbarn laufen auf den Flur und sagen ihm, er solle sich zum Teufel scheren.

Das nimmt sich Koschinsky schwer zu Herzen. Er zeigt ihnen so lange den Stinkefinger und empfiehlt ihnen so herzlich das Arschlecken, bis sie sich verziehen.

Um sich die Pranken nicht völlig zu demolieren, verlegt er sich aufs Läuten. Zehn Minuten später hat er die Polizei am Hals. Zwei Stück, mit vierbeiniger Verstärkung. Der Langhaarschäfer ist groß und stämmig. Selbst mit angelegtem Maulkorb ist mit dem Vieh nicht zu spaßen.

Er gehe ja schon, gibt der Chefinspektor klein bei und zeigt dem Pärchen seinen Dienstausweis.

„Soll sich meine Exfrau meine Wäsche und die Dokumente halt in den Arsch schieben. Es ist mir gleich. Ich hau ab. Eigentlich bin ich schon weg.“

Mürrisch hält der schnauzbärtige Uniformierte seinen knurrenden Hund zurück und gibt Koschinsky einen Wink. In Begleitung verlässt Koschinsky das Haus. Dem Schnauzbart ist das alles eher peinlich. Seiner Kollegin weniger. Typisch, denkt Koschinsky.

Um eine Anzeige komme der Chefinspektor herum, wenn er auch wirklich einen Abgang mache, bietet der Kollege an.

Koschinsky nickt und geht.

Erleichtert steckt die junge Polizistin die Handschellen weg und wirft ihrem älteren Kollegen einen fragenden Blick zu. „War es das jetzt?"

Er nickt, sie setzen sich in den Streifenwagen und fahren zum nächsten Einsatz.

Kurz darauf kommt Koschinsky wieder hinter der Hausecke hervor, überquert die Straße und läuft noch einmal die Treppe hoch. Na warte, denkt er sich. Wenn du nicht öffnest, muss ich eben andere Saiten aufziehen.

Grinsend holt er eine Art Uhrmacherwerkzeug aus der Tasche und macht sich am Schloss zu schaffen. Wenig später schwingt die Tür auf. Völlig lautlos.

Edith steht im Flur, legt gerade ihr Mobiltelefon zur Seite und wendet ihm den Rücken zu. Sie wird ganz starr, als er ihr von hinten den Arm über den Hals legt und ihr den Mund zuhält.

„Ruhig", zischt der Chefinspektor. „Ganz ruhig. Du willst doch keinen Skandal provozieren, oder?"

Seine geschiedene Frau schüttelt den Kopf.

„Ich lass dich jetzt los", knurrt Koschinsky. „Aber wehe, du schreist."

Angstvoll glotzt sie ihn an, als er sie ins Schlafzimmer stößt.

„Du weißt, was ich will“, zischt er. „Gib es raus. Es ist mein Geld. Du weißt es.“

Fluchend bückt sie sich, schlägt den Teppich hoch, nimmt die Plastiktüte mit den beiden Sparbüchern und drückt sie ihm in die Hand.

„Da“, sagt sie. „Ersticken sollst du an den Moneten. Was bist du doch für eine miese Figur.“

„Immer mit der Ruhe, meine Liebe. Du hast die Wohnung und die Möbel“, grinst er und steckt die beiden Büchlein ein. „Das reicht doch wohl als Abgeltung für eine dreijährige Ehe, oder? Hast du wirklich geglaubt, du könntest mir meine Kohle klauen? Nach all den Opfern, die ich für dich brachte?“

„Du? Für mich? Ich habe dir die schönsten Jahre meines Lebens geschenkt, aber du kannst deine drekkigen Finger ja nicht von anderen Weibern lassen. Ich hätte es wissen müssen.“

„Blöde Kuh“, erwidert Koschinsky, zieht mit der rechten Hand auf, überlegt es sich aber im letzten Moment doch anders.

Stumm dreht er sich um und geht.

Das Kapitel hier ist abgeschlossen.

Für immer und ewig.

***

Der Abend dämmert.

Ulla und Judith laufen die Mur entlang und reden

vom Tod. Judiths Eltern kamen beim Brand eines Schrägaufzugs am Kitzsteinhorn ums Leben, und die Großmutter, von der sie aufgezogen wurde, starb kurz nach Weihnachten. Seither lebt sie allein in Omas Haus. Ulla hört der Erzählung lange stumm zu, ehe sie ihren Vater erwähnt. Eigentlich sagt sie ja bloß, dass sie nicht vergessen könne, wie er aussah. Im Sarg.

Nach einer halben Stunde schmerzen ihre beiden lädierten Rippen wieder so sehr, dass sie aufgibt. Judith fährt dann sofort nach Hause. Sie muss für eine Prüfung lernen.

Was jetzt, fragt sich Ulla. Fernsehen? Lesen? Aus einem plötzlichen Impuls heraus nimmt sie ihr Telefon und wählt Joe Maringers Nummer.

Er hebt sofort ab.

Sie muss jetzt mit jemandem reden, fällt sie mit der Tür ins Haus. Ob er ein wenig Zeit für sie erübrigen kann?

Sie wisse ja, wo er wohne, antwortet er reserviert, doch seine Stimme verrät ganz deutlich, dass er sich freut. So besorgt sie sich also ein Taxi.

Eine halbe Stunde später sitzen sie einander gegenüber. Sofort sprudelt Ulla los, lässt alles raus, was ihr im Fall Röhm solche Sorgen macht. Dass die Fahndung nach Aschenbrenner stagniere, sie sich frage, ob Elke noch lebe und was sie noch tun könne, um sie endlich zu finden.

Nach einer Verschnaufpause sagt sie, „Der Job raubt mir so viel Kraft. Ich bin völlig leer. In jeder Beziehung. Früher glaubte ich noch an Dinge wie

Wahrheit, Treue, Gerechtigkeit. An die Menschen. An Gott. Jetzt habe ich keine Illusionen mehr, nur noch quälende Träume. Manchmal würde ich am liebsten davonlaufen. Und du? Hast du ab und zu auch solche Gedanken?“

Stumm gießt Maringer Rum über braunen Zucker, zerstampft etwas Minze, gibt Limettensaft dazu, füllt auch noch zerstampftes Eis und etwas Mineralwasser in den Shaker und schüttelt das Gemisch ordentlich durch. Sorgsam gießt er den Cocktail in zwei hohe, blaue Gläser.

„Es ist, wie es ist“, sagt er schließlich und sieht sie lange an. „Fertig.“

„Das ist in diesem Zusammenhang aber keine große Hilfe“, seufzt sie.

„Es ist die Wahrheit“, beharrt er.

Einen Moment lang berührt Ulla seine Hand, entschuldigt sich aber gleich wieder dafür. Sie sollten diese Disco überwachen, schlägt sie dann vor. Zumindest an den Wochenenden. „Sonst verschwindet am Ende noch ein Mädchen.“

Maringer hat nichts dagegen, drückt ihr den Mojito in die Hand und schiebt sie sanft zum Sofa.

Sie solle ihm von ihrer Jugend erzählen. Komischerweise tut sie ihm den Gefallen und quasselt los. Hagen ist das Thema. Ihre Schulzeit.

„Deine Eltern haben sich getrennt?“

„Leider. War ein großer Schock für mich.“

„Ist es für jedes Kind.“

„Hast du das auch erlebt?“

„Nicht so direkt“, murmelt Maringer. „Ich hab

meinen Vater nie gekannt."
„Und deine Mutter?"
„Die mochte mich nicht."
„Wieso?"
„Keine Ahnung. Ich war ihr fremd. Bis zu ihrem Tod. Das ist jetzt 15 Jahre her."
„Und Schläge? Hast du Schläge bekommen?"
„Darauf kannst du wetten. Und sie prügelte mich sehr methodisch. So, dass es keinem auffiel. Meine Mutter war eine raffinierte Frau. Trinkst du noch einen Schluck?"
Ulla nickt. Dann erzählt sie, wie sie von Deutschland nach Österreich gekommen sei. Wie ihre Mutter, eine Grazerin, mit ihr aus Hagen floh, nachdem die Affäre ihres Manns mit seiner Sekretärin aufgeflogen war. Graz wurde ihre neue Heimat. „Das heißt aber nicht, dass ich nicht immer noch Heimweh nach dem Ruhrpott habe. Womöglich ist das der Grund dafür, weshalb ich mich so mit Arbeit zuschütte."
„Fühlst du dich in Leoben wohl?"
„Ab und zu. Ich will akzeptiert werden", gesteht sie, „aber das gelingt erst, wenn ich etwas Hervorragendes leiste. Etwas, das den alten Hasen imponiert."
Joe nickt. Und ihr Studium? Wie komme jemand darauf, Geschichte zu studieren?
„Sturheit. Mama wollte eine Medizinerin. Als Ärztin bekommst du ein gutes Gehalt, aber das war mir nicht wichtig. Die Entscheidung für Geschichte fiel spontan. Und nicht nur aus Trotz. Auch aus

Interesse."

„Und Männer?" Die Frage ist Joe wichtig, das ist ihm anzusehen.

„Es gab da jemanden in Graz", gesteht sie zögernd. „Hat unschön geendet. Und hier hatte ich etwas mit einem Studenten. Er war eine Kröte. Es ist aus."

Dem Cocktail folgt ein Glas Rotwein und noch eins.

„Du hast nicht besonders viel Glück in der Liebe, scheint mir", meint Maringer.

Ulla nickt.

Joe holt eine neue Flasche Rotwein und öffnet sie. Verlegenes Lachen. Irgendwie traut sich keiner, noch etwas zu sagen. Wie limitiert die Möglichkeiten der Sprache doch sind, überlegt Ulla. Um wie viel mehr eine Berührung aussagt. als ein Wort.

„Komm", sagt Joe. „Wir gehen in den Keller."

Ulla akzeptiert es mit einem Lächeln.

Auf dem Weg nach unten plaudert er über seinen Plan, sich einen ganz seltenen Raubfisch zuzulegen. Die Farbe des Arapaima Gigas schwanke zwischen einem silbrigen Grün und einem ganz eigenartigen Rosa, und er ernähre sich von Fröschen, kleineren Fischen und Piranhas, erzählt er. „Ich werde sogar ein eigenes Aquarium für diese Fische bauen. Etwas ganz Einzigartiges."

Als sie vor seinen riesigen Süßwasserrochen stehen, die fast wie kleine Raumschiffe durch das wunderbar fluoreszierende Wasser gleiten, legt er die Hand auf ihre Schulter. Gänsehaut überzieht ihre Arme und sie dreht den Kopf zur Seite, aber er nimmt sie fester und lässt seine Lippen in ihre so empfindliche Halsbeuge tauchen.

„Machst du mir den Hof?“, raunt sie.

„Natürlich“, gesteht er. „Ich würde es mir nie verzeihen, wenn ich es nicht täte.“

„Ach, Gott. Was hast du vor?“, flüstert sie, als er ihr durchs offene Haar fährt. Wie unabsichtlich streichelt sie dabei seine Wangen, und als er das Gesicht hebt, bleiben ihre Finger an seinen rauen Lippen hängen. Unwillkürlich zittern ihr die Knie. Mit geschlossenen Augen genießt sie seine schiebenden, drängenden, bebenden und endlich streichelnden Hände.

„Mach schon“, keucht Ulla endlich, während seine Zunge in ihr linkes Ohr gleitet. Ein Taumeln. „Schnell. Komm.“

Sanft zieht Joe seine Beute zu Boden und knöpft Ullas Bluse auf. Dann schiebt er ihr den Rock hoch und zerrt ihr den Schlüpfer über die Knie. Ein ganz besonders schöner Rochen drückt sich an die Scheibe des Aquariums und lässt seinen Stachel im Wasser kreisen.

Wenn jetzt die ganze Welt in Scherben fiele, kommt es Ulla in den Sinn: Sie stürbe als glücklicher Mensch.

„Okay, du hast Sex mit mir gehabt, aber bilde dir deswegen bloß nichts ein, hörst du?“ Sofort bereut Ulla, was ihr da soeben herausrutschte, aber gesagt ist gesagt.

Verärgert schiebt Joe seine Kaffeetasse zurück,

springt auf und geht. Sie tut, als sei nichts gewesen, isst ihren Toast auf und wünscht den drei Kollegen vier Tische weiter die Pest an den Hals. Ersticken sollen sie dabei, wenn sie diese Szene weitererzählen.

Kaum hat sie die Kantine verlassen, schlägt ihr Telefon Radau. Nüssler ist dran. „In der Mur liegt eine Leiche“, sagt er kurz und bündig. „Eine junge Frau.“

Ulla ist wie vom Donner gerührt. Sie braucht ein paar Sekunden, um die Nachricht zu verdauen. Dann aber geht es mit Volldampf die Treppe hoch. Hinein ins Büro, die Pistole aus dem Spind geholt, durchrepetiert und ins Holster gesteckt. Kugelschreiber und Notizheft in die Jackentasche geschoben, zurück ins Parterre, in den Hof gelaufen und in den nächstbesten Dienstwagen gehechtet. Auf den Beifahrersitz wohlgemerkt, denn am Steuer sitzt Joe.

„Schön, dass du da bist.“

Ein kurzer Satz. Gesprochen mit der unschuldigsten Miene der Welt, ohne einen Schimmer von Verlegenheit. Vorsichtig hebt Ulla den Kopf, um sich zu vergewissern, welchen Eindruck das Gesagte auf ihn hinterließ.

Offenbar keinen.

„Na, dann fahr doch.“

Vom Kommissariat zum Tatort braucht man normalerweise 20 Minuten. Maringer schafft es in zehn, und als Ulla an der gesperrten Brücke mit bleichem Gesicht aus dem Dienstwagen taumelt, hätte sie ihm am liebsten eine geknallt.

Die wichtigsten Maßnahmen vor Ort sind getroffen. An jedem Brückenende zwei Streifenwagen quer zur Fahrbahn gestellt, und jeweils vier Uniformierte davor. Die haben auch schon alle Hände voll zu tun, um Schaulustige abzuhalten.

„Wir brauchen mehr Leute hier, Joe“, sagt Ulla und Maringer greift nach dem Funkgerät, während sie zu den beiden Kollegen der Tatortgruppe läuft, die in ihre Kunststoffoveralls gehüllt schon an der Arbeit sind. Ein Zeltdach schützt einen aufgequollenen, tropfnassen, mit Ketten umwickelten Sack auf der Fahrbahn. Nach drei Seiten hin sind transportable Rollbalken aufgezogen, um die Leiche vor neugierigen Blicken zu schützen. Ulla bittet zwei uniformierte Beamte, die Metallsteher und das Absperrband aus dem Fahrzeug der Spurensicherung zu holen und den Tatort weiträumig abzusperren.

„Wer hat das da entdeckt?“

„Die Feuerwehr. Im Zuge einer Ausbildungsfahrt mit der Zille.“

„Lass mal sehen“, bittet Ulla den Spurensicherer. Der schaut sie zwar zweifelnd an, akzeptiert dann aber ihr aufforderndes Nicken und zieht den aufgeschnittenen Teil der Sackkombination mit einem Ruck nach unten.

Oh Gott! Wie vom Blitz getroffen wankt die Chefinspektorin zurück. Brechreiz. Innerhalb von Sekundenbruchteilen wird ihr übel. Sie schafft noch genau sieben Schritte, ehe sie ihr Frühstück in die angrenzende Wiese kotzt.

„War das denn jetzt wieder notwendig?“, knurrt Maringer neben ihr und sieht missmutig zu, wie sie sich schwankend niederhockt und sich in einem zweiten Schwall gleich nochmals erleichtert. Die beiden Spurensicherer tuscheln. Der jüngere von ihnen lacht. Maringer wirft ihm einen warnenden Blick zu, und er verstummt.

Motorengeräusch. Das wird Nüssler sein.

Wieder ein Schwall Magensäure, begleitet von ekelhaft saurem Gestank.

„Geht es wieder?“ Fürsorglich beugt sich Joe zu Ulla und reicht ihr ein Taschentuch.

„Alles okay“, haucht sie, trocknet sich den Mund ab und kommt ächzend hoch.

Der Kripochef steht genau in der Sonne. Hinter ihm der Schatten eines Mannes.

„Darf ich vorstellen? Chefinspektorin Ulla Spärlich, meine Stellvertreterin“, hört sie den Major sagen. „Sie leitet die Ermittlungen im Fall Elke Röhm. Das hier ist Chefinspektor Bernd Koschinsky, Landeskriminalamt Graz, Morddezernat. Der Kollege muss an einer Besprechung beim hiesigen Landesgericht teilnehmen, will sich aber vorher die Sache hier ansehen.“

„Wie bitte? Halt mich“, flüstert Ulla schwankend und stützt sich schwer auf Maringers Arm. Das ist unmöglich, redet sie sich ein. Sie träumt nur. Oder sind die Geister der Vergangenheit nun endgültig dabei, sie in den Wahnsinn zu treiben?

Mit einem Mal schaut der Himmel aus, als sei er in flüssiges Silber getaucht, und die Wasser des Flusses rauschen lauter als sonst.

Ein strammer Wind kommt auf.

Er treibt die grauen Wolken ungestüm nach Osten.

3

AUFERSTEHUNG

„Denn die Sehnsucht nach dir hält mich gefangen, bis du mich aus meiner Einsamkeit erlöst.“

(Mönch von Salzburg, „Das Nachthorn“, 1350)

Es beginnt wie damals.

Ein strahlendes Lächeln, das die makellos weißen, ebenmäßigen Zähne des Mannes Anfang 40 zum Vorschein bringt. Seinerzeit hat sie sein Lachen fasziniert. Dafür hat sie bezahlt.

Mit äußerster Beherrschung neigt sie leicht den Kopf, übersieht Koschinskys entgegengestreckte Hand und bemüht sich um ein einigermaßen akzeptables Lächeln. „Freut mich.“ Ist das wirklich sie, die das sagt?

„Die Kollegin steht offenbar noch unter Schock“, lispelt der Grazer Kollege, wischt sich die Hand an der Hose ab, dreht sich um und begrüßt den Polizeiarzt.

Ob es sich bei der Frau tatsächlich um Elke Röhm handelt, will Nüssler wissen. Ulla nickt, während sich Koschinsky mit dem Doktor die Leiche ansieht. Die Hände zu Fäusten geballt.

Maringer meint, Ulla solle sich zur Erholung ins Auto setzen, doch dazu ist sie zu nervös. Bernd. Was will der hier? Was tut der hier? Sie will ihn hier nicht sehen.

Koschinsky kommt zurück. Schweigend. Mit finsterem Gesicht wendet er sich an Nüssler.

„Eine junge Frau, gefesselt, geknebelt, nackt in einen Sack gesteckt und ins Wasser geworfen“, grunzt er verbittert und mustert den Major mit zusammengekniffenen Augen. „Ein klarer Fall fürs Landeskriminalamt. Vorbehaltlich der Entscheidung meines Chefs werde ich mich bei der Besprechung im Landesgericht vertreten lassen und übernehme die Ermittlungsleitung. Was nicht heißt, dass ich nicht die Unterstützung der örtlichen Kriminalabteilung gebrauchen kann.“

„So? Mal sehen“, murmelt Ulla böse und pariert den spöttischen Blick, den ihr Koschinsky zuwirft, so kühl wie möglich.

Verärgert fragt Nüssler, was mit Ulla los sei. Natürlich werde der Kollege aus dem LKA jede Unterstützung erhalten, die er brauche! Falls sie sich aber aus dem Fall zurückziehen wolle, sei das klarerweise zu akzeptieren.

„Das habe ich nicht gesagt“, relativiert die Chefinspektorin. „Selbstverständlich will ich weiter am Ball bleiben.“

„Na, dann ist ja alles gut“, freut sich der Major.

Als der Staatsanwalt eintrifft, erkundigt sich Koschinsky, wer eigentlich die Angehörigen des Mordopfers verständige. Seiner Erfahrung nach sei bei solchen Dingen weibliches Einfühlungsvermögen von Vorteil.

Du bist und bleibst ein Arschloch, urteilt Ulla im Stillen und mustert den Mordermittler mit einem Blick, der bei sensibleren Naturen sofort zu chronischen Schlafstörungen führen würde.

Nein, nein. Er erledige das, entscheidet der Major mit einem skeptischen Seitenblick auf seine immer noch leichenblasse Stellvertreterin.

Ulla könnte ihn küssen dafür.

Kurz nach zwölf betreten sie das Landesgericht.

Ein Altbau mit schönbrunngelber Fassade, innen neu renoviert. Breite Flure, großzügige Treppenaufgänge und hohe Räume, die jetzt gähnend leer sind. Alles ist beim Mittagessen. Ausgenommen der Leitende Staatsanwalt und seine Mitarbeiter.

Bevor sie sich im Vorzimmer anmelden, verzieht sich Koschinsky auf die Toilette. Anscheinend ist er der einzig Notdürftige im Herrenklo. Das ist angenehm. Er sollte nicht so viel Kaffee trinken. Das ständige Kaffeesaufen ist eine der weitverbreitetsten und hirnverbranntesten Bräuche in der österreichischen Beamtenschaft. Ganz ungesund für den Magen und immens harntreibend, aber schlechte Gewohnheiten sind logischen Überlegungen gegenüber resistenter, als man glaubt. Breitbeinig steht Koschinsky am Pissoir und denkt an Ulla. Kaum zieht er den Reißverschluss seiner grauen Jeans zu und geht zum Waschbecken, steht sie auch schon hinter ihm.

„Falls du es übersehen haben solltest, Schatz: Du bist im falschen Klo", grinst er in den Spiegel, wischt sich die Seife von den Fingern und trocknet sich ab.

„Was du nicht sagst", faucht sie. „Was willst du in meiner Stadt, Bernd?"

„Einen Mordfall klären", entgegnet er schnippisch. „Aber dass du dir nach so kurzer Zeit schon ganz Leoben unter den Nagel gerissen hast, ist erstaunlich."

„Du warst doch immer bei der Sitte. Was tust du im Morddezernat?"

„Die alten Hasen mussten in den Ruhestand, und das Junggemüse hatte keine Lust auf ungeregelte Arbeitszeiten, Dauerdruck und mittelmäßige Bezahlung. Da griff man eben auf mich zurück."

„Ein Armutszeugnis", motzt sie und kann der Versuchung, ihm eine zu scheuern, kaum widerstehen. „Wenn du noch einen Rest von Charakter hast, ziehst du Leine. Du hast mein Leben zerstört. Das reicht doch wohl, oder?"

„Moment. Hier geht es um mehr als um dich", kontert er. „Hier geht es um einen verdammt schmutzigen Mord. Täter dieses Kalibers zu jagen ist jetzt mein Bier, nicht deins. Dazu fehlt dir die Ausbildung. Da hast du keine Erfahrung."

„Das ist mein Fall", beharrt sie.

„Bedaure", wehrt er ab. „Das LKA kann jeden Fall an sich ziehen, und bei einem Mord wie diesem tun wir das auch. Du arbeitest unter meiner Führung, oder gar nicht. Es liegt an dir."

„Du kannst mich mal."

„Würde ich gern. Wann und wo?"

„Wie war das im Mittelteil? Leidest du an Altersblödheit? An Trinkerwahn? Im Unterschied zu dir habe ich nichts vergessen. Du hast mich weggelegt wie ein gebrauchtes Taschentuch. Hast mich mit Edith betrogen, unserem zuckersüßen Blondinchen.

Habt ihr schon Kinder? Wem sehen sie ähnlich? Ihr oder dir?“

„Ich bin geschieden.“

Einen Moment lang ist sie sprachlos. Dann fasst sie sich.

„Sie hat dich an die Luft gesetzt“, höhnt sie. „Spricht für ihre Intelligenz.“

„Früher warst du nicht so zynisch.“

„Das war in einem anderen Leben.“

„Die Sache mit Edith tut mir leid. Das würde ich gern rückgängig machen. Geht aber nicht. Deine anderen Probleme haben damit nichts zu tun. Dafür bin ich nicht verantwortlich, hörst du? Das lasse ich mir nicht auch noch in die Schuhe schieben.“

„Ach nee. Ihr Männer seid nie für etwas haftbar, nicht wahr? Die dummen Gören, die auf euch reinfallen, haben einfach nur Pech gehabt. Die sollen akzeptieren, dass sie durch ein anderes Weib ersetzt werden, wenn es dem Herrn und Meister so gefällt. Das ist der Lauf der Welt. Und die, die das nicht verkraften, sind Weicheier. Hysterische Zicken.“

„Du hast mich mit deiner Freundin im Bett erwischt, na schön, aber dass du danach in den Nachtdienst gegangen bist, war eine Blödheit. Ich an deiner Stelle hätte ein paar Tage Krankenstand eingeschoben.“

„Wegen Liebeskummer? Sag einmal, tickst du nicht richtig? Du weißt, was mir mein Beruf bedeutet.“

„Aber ja. Er ist alles für dich. Im Job fühlst du dich sicher. Da strahlst du Selbstvertrauen aus. Etwas, das dir im Privatleben völlig fehlt."

„Spar dir deine Diagnosen. Du bist kein Arzt, du brauchst einen. Beziehungsunfähigkeit gehört behandelt."

„Das sagst gerade du mir? Mein Gott."

„Lass Gott aus dem Spiel. Dem wird übel, wenn er dich sieht. Da halte ich jede Wette."

„Lassen wir das. Falls wir zusammenarbeiten, bin ich der Boss. Ohne Diskussionen. Maringer ist sowieso mit im Boot, ob er will, oder nicht. Du hingegen kannst es dir aussuchen. Der alten Zeiten wegen."

„Das ist ja richtig großzügig von dir", faucht sie wütend und zischt ab. Koschinsky registriert es mit einem Grinsen, wäscht sich in aller Ruhe das Gesicht ab und raucht eine Zigarette. Dann geht er ebenfalls.

Zehn Minuten später. Während sich der Leitende Staatsanwalt von der Exekutiven informieren lässt, belagern Reporter das Gericht. Interessiert beobachtet Ulla, wie ein Häuflein Uniformierter den Zugang sperrt und sich dem Journalistenansturm entgegenstellt. Eine Viertelstunde später verdrücken sich die Ermittler durch den Hinterausgang, während der Staatsanwalt zu einer ersten Pressekonferenz einlädt.

Als sie mit ihren beiden Kollegen über den Hauptplatz marschiert, kommen Ulla die Feuerwehrleute in den Sinn, von denen die Leiche entdeckt wurde. Die jungen Burschen stehen noch ganz schön unter Schock. Kein Wunder. Schließlich bekommt sie auch sofort wieder ein flaues Gefühl im Magen, wenn sie an den Anblick denkt.

Wo will Koschinsky jetzt eigentlich hin? Koffert einfach vorne weg und sagt kein Wort. Aha, der will auf den Schwammerlturm. Da hat sie nichts dagegen.

Irgendwie mag sie dieses alte Bauwerk mit seinem einzigartigen Dach. Der Turm hat so etwas Unverwundbares, Ewiges. Seine Beständigkeit tröstet sie und gibt ihr Kraft. Durchhalten. Weitermachen. Das ist die Devise.

Sie steigen in den Aufzug. Ihrem ehemaligen Lebensgefährten, der sich leise mit Maringer unterhält, schenkt sie dabei keinen Blick. Ihn auf engstem Raum auch weiterhin konsequent zu ignorieren, ist gar nicht so einfach. Es ermüdet sie. Vor dem Fahrstuhl riecht es nach Fisch. Etwas, das Ulla normalerweise mag. Heute ist es ihr bloß lästig.

„Schön ist es hier“, seufzt Koschinsky mit einem Lächeln und eilt voraus. Maringer lässt Ulla den Vortritt. Im Lokal ist es um vieles leiser als sonst. Eine Handvoll Gäste sitzt an den Tischen rechts vom Eingang. Links eine junge Dame am Tresen. Sie nippt an einem Cocktail und wirft Koschinsky einen vielsagenden Blick zu, den der mit einem zufriedenen Lächeln quittiert.

„Hallo, Ulla“, grinst der Kellner.

„Servus, Stefan“, brummt die Kriminalbeamtin und steuert ihren gewohnten Fensterplatz an, aber ihr ehemaliger Lebensgefährte hat andere Pläne. Mit festem Griff öffnet er die Tür zur Aussichtsplattform, prüft die Windrichtung, wählt einen Tisch an der stadtauswärts gelegenen Seite, setzt sich und winkt seine beiden Begleiter zu sich. Sie sind die einzigen Irren, die heute hier draußen sind.

„Und? Hast du dich entschieden?", fragt er, als Ulla sitzt.

„Aber ja", antwortet sie kühl. „Was bleibt mir anderes übrig?"

„Ihr kennt euch?", fragt Maringer.

„Wir hatten in Graz miteinander zu tun", klärt ihn Ulla auf und wirft Koschinsky einen warnenden Blick zu.

„So ist es", bestätigt der und grinst. Ulla dreht genervt den Kopf zur Seite, schließt die Augen und genießt den Lufthauch, der den Duft des Waldes an sie heranträgt und mit ihrem Haar spielt. Nur ruhig, ermahnt sie sich und stellt sich vor, wie es wäre, dem Grazer Kollegen mit dem Kolben ihrer Dienstpistole die Nase breit zu schlagen.

Der Kellner kommt mit Sitzkissen und drei Decken. Sie nehmen dankend an. Ob er schon die Bestellungen aufnehmen dürfe?

Selbstverständlich.

Die beiden Männer ordern Pizza und Bier. Ulla hält sich an Weißbrot mit Butter und etwas Käse. Sie trinkt ein Glas Rotwein und stilles Mineralwasser. Ihr Magen ist immer noch unruhig.

Im Grunde hat sie sich ganz gut hier eingelebt, findet sie und starrt auf die City. Ulla ist ein Stadtkind. Immer schon gewesen. Sie braucht Restaurants, Cafés und Menschen. Das gibt es hier, wenn auch in geringerem Ausmaß als in Graz, aber das macht nichts.

Leoben. Ein lebenswerter, beschaulicher Ort. Nach einer Zeit des Niedergangs ist die kleine Universitätsstadt wieder am Aufblühen. Sogar im Stadtkern wird gebaut, und die Zahl der Menschen, die in den Bezirk zuziehen, hält sich mit jener, die aus ihm abwandern, endlich wieder die Waage. Hier könnte sie es schon aushalten. Das ist kein schlechter Platz.

„Ich liebe Pizza“, freut sich unterdessen Maringer ganz unbefangen und sägt geduldig Stück um Stück aus dem Riesending, das da auf seinem Teller liegt.

Ulla beobachtet ihn mit fast mütterlicher Freude. Joe ist so wundervoll. Endlich ist sie wieder einmal so richtig verliebt. Und in dieser Situation kommt genau der Mann, den sie in die tiefste Hölle wünscht und sorgt für erneute Unruhe. Das darf doch nicht wahr sein.

„Ich freue mich“, nimmt Koschinsky kauend den Gesprächsfaden wieder auf. „Wir sind jetzt ein Team.“

Maringer nickt. Ulla bläst sich eine Locke aus dem Gesicht und murmelt etwas, das man mit viel Phantasie als ein „Ja“ durchgehen lassen könnte.

„Angeblich gibt es ja bereits Erkenntnisse, auf die wir aufbauen können“, sagt Koschinsky. „Also. Ich höre.“

Leise berichtet Ulla von den bisherigen Erhebungen. „Was haben wir denn da? Eine in Geldnot befindliche Mutter, zwei frustrierte ehemalige Liebhaber und eine betrogene Freundin. Unter Rücksicht darauf, dass dieser Aschenbrenner Joe angriff, ist der natürlich ebenfalls höchst verdächtig. Außerdem verkehrt der Mann in jener Disco, die Elke Röhm vor ihrem Verschwinden besuchte. Einschlägige Vorstrafen hat er auch."

„Vernetzen wir das doch einmal mit den offensichtlichsten Spuren, die wir am Tatort vorfanden", schlägt Koschinsky vor. „Da ist einmal der Schlafsack."

„Richtig", bestätigt Ulla. „Ein eher älteres Ding. Vielversprechend scheinen mir ja auch die Steine zu sein, die der Mörder zum Beschweren des Sacks verwendete. Sie stammen nicht aus dem Fluss, denn sie sind weder rundlich noch abgeschliffen, wie all die anderen am Ufer, sondern eher brüchig und scharfkantig."

„Gut beobachtet", lobt Koschinsky.

„Möglicherweise können wir auch über die Herkunft der Ketten an den Täter herankommen", wirft Joe Maringer ein. „Dazu noch diese Plastikrose. Mit der hat es ganz sicher auch seine eigene Bewandtnis. Nicht zu vergessen die Handschellen, mit denen die Hände des Mädchens auf den Rücken gefesselt waren."

„Na also", freut sich der Experte aus dem Landeskriminalamt. „Damit müsste doch etwas anzufangen sein. Im Übrigen scheidet die Mutter als Verdächtige aus. Die würde ihr Kind nicht nackt in der Mur entsorgen. Mit Handschellen gefesselt."

„Eher nicht", gibt Ulla zu. „Obwohl das Erbe ihres verstorbenen Mannes jetzt ihr zufällt. Zur Gänze."

Koschinsky reagiert mit einem Achselzucken.

„Ich tippe auf Aschenbrenner", legt sich Maringer fest und verputzt mit Appetit die letzten Krümel seiner Pizza. „Die Fahndung nach ihm läuft. Womöglich sollten wir die Medien da stärker mit einbeziehen. Außerdem kann man die Öffentlichkeit fragen, ob in der bewussten Nacht von Freitag auf Samstag jemand in der Nähe des Moonlight verdächtige Wahrnehmungen gemacht hat. Wäre ja nicht das erste Mal, dass Hinweise aus der Bevölkerung zum Erfolg führen."

„Dein Wort in Gottes Ohr", grinst Koschinsky und teilt die Arbeit auf.

Was für Ulla dabei abfällt? Sie soll die Herkunft des Schlafsacks, der Steine, der Eisenkette und der Handschellen klären, sowie an Laska und Tesslar dranbleiben, während Koschinsky und Maringer sich um Aschenbrenner kümmern. Ulla ist sauer, dass sie aus der Fahndung nach dem Hauptverdächtigen ausgespart bleibt. Das sagt sie Koschinsky auch, doch den amüsiert das bloß.

Kaum sind sie wieder im Kommissariat, macht Nüssler für Koschinsky ein Büro frei. Obendrein organisiert er für den Kollegen ein Fremdenzimmer im Neubau, Tür an Tür mit dem Polizeigefangenenhaus.

Inzwischen sitzt Ulla in ihrer Kanzlei über den Aufzeichnungen. Die Widersprüche, die sich aus den Angaben ihrer Verdächtigen ergeben, sind mit Leuchtstift hervorgehoben und mit Kommentaren versehen. Elke Röhm wurde von ihrer Mutter finanziell sehr kurz gehalten. Trotzdem behaupten einige Freunde und Bekannte, sie hätte über Geld verfügt.

Woher stammten diese Mittel? Tesslar behauptet, die Affäre mit Elke abgehakt zu haben. Zwei Zeugen erzählen exakt das Gegenteil. Und wieso rückte er mit seiner Beziehung zu Franziska Laska nicht heraus? Gedankenverloren heftet sie die Notizblätter und ordnet sie in Form einer dünnen Mappe.

Ein Anruf bei der Tatortgruppe. „Ist der Spurenbericht schon fertig?“

„Ja, der ist verfügbar.“

„Der Schlafsack. Erlaubt der eventuell irgendwelche Rückschlüsse auf den Täter?“

Der Kollege bedauert. „Das Ding gehört zu einer Kollektion der Firma Mammut“, erzählt er. „Es ist etwa acht Jahre alt und war damals in jedem größeren Sportgeschäft erhältlich. Das wird euch kaum weiterbringen. Details in meinem Bericht. Bring ich später persönlich vorbei.“

Diese Auskunft ist nicht besonders positiv. Die Laune der Chefinspektorin verschlechtert sich. Was könnte sie jetzt eigentlich am ehesten in die Erfolgsspur bringen? Sie muss methodisch vorgehen und darf nichts übersehen.

Nach einer Tasse Kaffee steigt sie in den Keller. Dort lagern die Beweismittel. Der Asservatenraum umfasst zwei jeweils 40 Quadratmeter große Bereiche, die miteinander durch einen kurzen Korridor verbunden sind. Die Halogenstrahler an der Decke schalten sich mithilfe eines Bewegungsmelders ein und geben ganz ausgezeichnetes Licht.

Nachdenklich steckt Ulla ihren Dienstausweis ins Lesegerät neben dem Eingang, klappert mehrere vollgeräumte Metallregale ab und findet auch ziemlich rasch, wonach sie sucht. Zufrieden füllt sie ein Formular aus, zieht ihre Latexhandschuhe über, steckt einen der Gesteinsbrocken in den mitgebrachten Plastikbeutel und verlässt hastig den Raum.

Dass der Täter sein Opfer und 23 schwere Steine in einem Auto mit normalem Kofferraum transportiert haben soll, ist schwer vorstellbar. Mit einer Karre wie Joes Jeep ließe sich so ein Transport schon eher durchführen. Oder mit einem Kleintransporter. Um diese Frage wird sie sich intensiv zu kümmern haben. Später.

Jetzt braucht sie erst einmal einen Geologen, und solche Leute gibt es an der Montanuniversität. Die Kunst wird darin bestehen, um diese Zeit noch einen derartigen Experten aufzutreiben.

Gelingt ihr das, lässt sich die Herkunft der Gesteinsbrocken wahrscheinlich relativ problemlos feststellen, nimmt sie an.

So ist es dann auch.

***

Auf jetzt. Die Hatz beginnt.

Koschinsky und Maringer die Jäger, Aschenbrenner das Wild.

Ein ehemaliger Schulfreund des Gesuchten behauptet, der Verdächtige sei ihm vor einiger Zeit auf der Burg Oberkapfenberg begegnet. Als Barkeeper.

Von der 1173 erstmals urkundlich erwähnten Festung, die lange Zeit im Besitz der Grafen von

Stubenberg stand, genießt man eine ausgezeichnete Sicht auf das Massiv des Hochschwab und weiter hinunter ins anmutige Mürztal. Am Horizont die Hänge der Rax. Dahinter liegt Niederösterreich. Vom Gipfelplateau des Grenzbergs her leuchtet noch Schnee.

Die Burg beherbergt ein Feinschmeckerrestaurant sowie eine Greifvogelschau, und der Gästeandrang ist meistens enorm.

Am heutigen Spätnachmittag ist alles anders. Koschinsky und Maringer finden sofort einen freien Fensterplatz und ordern Kaffee und Kuchen. Zwar verbrennt sich Koschinsky die Zunge am Kaffee, aber die raffinierten Mandeltörtchen trösten ihn über dieses Missgeschick hinweg. Kaum sind Hunger und Durst gestillt, bittet Maringer den Geschäftsführer an den Tisch.

Ja, er erinnere sich noch an Aschenbrenner, sagt der bullige Restaurantmanager im grauen Businessanzug und nimmt Maringers schwarze Jeans mit missbilligendem Blick zur Kenntnis. Der Mann war sehr umtriebig, mit einem Faible für exotische Cocktails. Unglücklicherweise fehlte ihm das Distanzgefühl zur weiblichen Kundschaft. Das führte zur Kündigung.

Koschinsky will Details hören.

„Aschenbrenner konnte das Flirten nicht lassen", antwortet ihr Informant. „Nach dem dritten Vorfall trennten wir uns. In gegenseitigem Einvernehmen."

„Und wo verdient er jetzt seine Brötchen?"

Da ist der Geschäftsführer überfragt. Nach langem Nachdenken fällt ihm dann aber ein, dass von einem

Job als Türsteher die Rede war, den Aschenbrenner ergattern wollte. „In einer Diskothek zwischen Bruck und Leoben. New York oder so ähnlich. Jedenfalls dürfte es der Gute nicht schlecht getroffen haben, sonst hätte ihn der Koch nicht erst kürzlich am Steuer eines Autos gesehen. Weißer Mercedes, älteres Modell, aber angeblich sehr gepflegt."

Der Kellner kommt und fragt, ob er den Herren noch etwas bringen dürfe.

„Nein, danke."

Zahlen und Abmarsch. Draußen ist es kühl, und aus irgendeinem Grund laufen im Dienstwagen ständig die Scheiben an. Fluchend schaltet Koschinsky die Klimaanlage ein, aber die lässt sich nicht ordentlich steuern und bläst ihnen fast den Schädel weg.

Maringer erträgt den Luftzug ohne Murren, denkt an Ulla und fragt sich, wieso sie sich so seltsam benimmt, seit dieser Koschinsky in der Stadt ist. Dann wandern seine Gedanken zu Aschenbrenner. Joe kennt den Weg zum New York und gibt tüchtig Gas. Auf der Bundesstraße herrscht nicht besonders viel Verkehr, und sie kommen gut vorwärts.

Nach einer halben Stunde durchqueren sie die Ortschaft Niklasdorf, fahren noch etwa fünf Kilometer und biegen links ab. Es folgen eine Unterführung und eine sanfte Rechtskurve. Danach gondeln sie ganz allein in Richtung Waldrand.

Das New York wurde schon mehrmals umgebaut. Vor dem Anwesen umrahmen alte Birnbäume einen unbefestigten Parkplatz, an dessen Rändern jede Menge Container stehen, die mit leeren Bier- und

Schnapsflaschen gefüllt sind. Die Disco selbst liegt hinter einer niedrigen Mauer. Der Eingang ist fest verschlossen.

„Macht nichts", grinst Maringer, hält den Wagen an, lässt das Fenster runter und pappt das Blaulicht aufs Dach. „Der Besitzer wohnt gleich da oben."

Tatsächlich. Etwa 50 Meter bergauf klebt ein einzelnes Haus hart an den Ausläufern des Mischwalds. Es ist frisch verputzt, trägt ein neues Dach und ist nicht umzäunt.

So ein Scheißtag, sinniert Koschinsky. Irgendwie geht heute alles so langsam. Und überhaupt. Es wird Zeit, dass er den Sportsfreunden hier einmal zeigt, was er so drauf hat. Aber deutlich.

Kaum hält Maringer den Wagen an, springt der Ermittlungsleiter auch schon ins Freie. Seine dünnen, schwarzen Lederschuhe verschwinden beinahe im Morast. Scheiße! Und wieso schaltet Maringer jetzt auch noch das Blaulicht ein? Der Mann mag ihn nicht, spürt Koschinsky und stapft zur Haustür. Ein typischer Provinztrottel eben. Der kann ihn mal.

„Hallo?", ruft er. „Ist jemand zu Hause?"

Keine Antwort.

Forsch öffnet Koschinsky die Eingangstür. Dahinter, dezent die Zähne gefletscht, hockt ein Riesenköter, Marke Pitbullterrier. Die sind bekanntlich auf den Mann dressiert.

Ein raues Bellen.

Schon rennt Koschinsky los.

Alle Achtung.

Nie im Leben hätte Maringer diesem unsympathischen Arschloch solche Sprinterqualitäten zugetraut, aber er schafft es tatsächlich noch in den Dienstwagen, ehe das kläffende Vieh heran ist und sich den Schädel ungestüm am Seitenfenster wundschlägt.

„Wusstest du, dass die hier einen Hund haben?“, fragt Koschinsky keuchend.

„Klar“, entgegnet Maringer fröhlich und hupt zwei Mal.

„Und wieso sagst du da keinen Ton?“

„Ich dachte, du kannst lesen“, kontert Ullas Herzblatt kühl, deutet auf die Tafel „Achtung! Bissiger Hund“, und wartet in aller Ruhe, bis sich der Hundehalter endlich vor der Haustür zeigt.

***

Ulla ist unruhig.

Hastig parkt sie ihren Dienstwagen hinter der evangelischen Kirche und überquert die Straße.

Im Neubau der Montanuniversität ist um diese Zeit nicht mehr viel los. Die meisten Hörerinnen und Hörer sind bereits aus dem Haus. Die Professoren auch. Der Mann, den Ulla Spärlich sucht, gilt als Experte für Bergwesen und arbeitet angeblich täglich bis in die Nacht hinein.

Sie findet ihn im hintersten Winkel des Erdgeschosses. Der asketische Mann um die 60 studiert gerade die Pläne eines Bergwerkbetriebs.

Über die Störung ist er nicht gerade erfreut, und Ulla muss alle Register ziehen, um ihn zu besänftigen. Dass sie Kriminalbeamtin ist und in einem Mordfall ermittelt, scheint ihn bloß zu langweilen. Der Gesteinsbrocken, den sie ihm da auf den Tisch knallt? „Der ist keine Herausforderung für mich", sagt er, nachdem er einen kurzen Blick darauf geworfen hat. „Über ein derart simples Material können Sie überall Auskunft bekommen, da müssen Sie keinen Wissenschaftler belästigen. Das ist Kalk. In derartiger Qualität und Ausprägung kommt der in dieser Stadt nur an einer Stelle vor: Am Steinbruch Hinterberg."

„Das ist doch Betriebsgelände", murmelt sie nachdenklich.

Der Professor nickt.

Eine halbe Stunde später ist sie auch schon vor Ort. Es dauert nicht lange, bis sie sich einen jungen Ingenieur geangelt hat und ihm ihr Beweisstück unter die Nase reibt.

„Ja", bestätigt er. „Solche Brocken gibt es hier. Haufenweise."

Ulla steht bis über die Knöchel im Dreck. In Sichtweite zum Verwaltungsgebäude, aber schon direkt an der steilen Zufahrt zu den Abbauterrassen. Riesige Tieflader, Schubraupen und Bagger fahren hin und her. Die donnernden Motoren und das Mahlen der übermannshohen Reifen im feuchten, aber relativ gut befestigten Boden erlauben keine normale Kommunikation.

„Würde es auffallen, wenn hier jemand 23 Gesteinsbrocken sammelt und damit abhaut?“, schreit Ulla.

„Tagsüber schon“, brüllt der Techniker. „Während der Nacht kann ich hier aber für nichts garantieren. Da arbeitet bloß ein Viertel der Belegschaft. Auf dem obersten Plateau. Zwar wird der Sprengstoffbunker im Werksgelände ab und zu von einer Polizeistreife kontrolliert, aber das geschieht nur sporadisch. Kurz gesagt: Während der Dunkelheit ist hier vieles möglich.“

Der Mann mit dem weißen Arbeitshelm ist ein netter Kerl. Er fährt sie durchs gesamte Gelände und verspricht auch, seine Mitarbeiter zu befragen, ob ihnen in den letzten Wochen etwas Ungewöhnliches aufgefallen ist. Eventuell hilft das ja.

Gestein wie ihr Beweisstück gibt es in rauen Mengen. Links und rechts neben der Straße und im unmittelbaren Abbaubereich. Ganze Haufen davon. Enttäuscht bedankt sich Ulla, gibt dem Ingenieur ihre Karte und zieht Leine.

Die Eisenkette fällt ihr ein. Ein kurzes Telefonat mit der Bezirksleitstelle und sie bekommt die Adressen der beiden Alteisenwarenhändler dieser Stadt. Bei Fassmann in Donawitz kann man ihr überhaupt nicht weiterhelfen, doch der Besuch beim alten Schurrek in der Judendorfer Straße zahlt sich aus. Dort häufen sich Diebstähle. Meist fehlt bloß Kleinzeug. In letzter Zeit auch Eisenketten. Das beunruhigt den Firmenchef aber nicht weiter, denn der Wert dieser Waren ist gering.

Wann ihm das Fehlen der Eisenketten zum ersten Mal bewusst geworden sei, fragt die Chefinspektorin.

„Ist schon gut drei Wochen her", erzählt der weißhaarige Brillenträger im verwaschenen Overall und der zerbeulten Schirmkappe auf dem Kopf.

„Ist Ihnen vorher etwas aufgefallen? Diebe spionieren den Tatort doch aus, bevor sie zuschlagen."

Der Alte stutzt. „Ja. Da strich tatsächlich öfter einmal so ein Kerl herum", meint er nach einer Weile, bleckt die Zähne und kratzt sich zwischen seinen weißen Bartstoppeln. „Dunkle Kleidung. Schlank. Er fuhr so einen schwarzen Geländewagen, stand eine Weile in meiner Einfahrt und beobachtete den Lagerplatz. Als ich ihn fragen wollte, ob er etwas kaufen will, ist er verduftet."

„Von welcher Art Geländewagen reden Sie? Von einem deutschen Produkt? Einem Japaner?"

„Keine Ahnung. Groß, massiv, mit breiten Reifen."

Joe hat so ein Auto, fällt ihr ein. „Und der Mann? Wie groß war der? Wie schwer? Wie alt? Würden Sie ihn auf einem Foto erkennen?"

Ach wo, wehrt der Alte ab. Er habe ihn doch bloß noch von der Seite, beziehungsweise von hinten gesehen.

„Und das Autokennzeichen?"

Schurrek schüttelt bedauernd den Kopf. Selbst wenn er es registriert hätte, wäre es ihm längst entfallen.

Wieder hinterlässt Ulla ihre Karte. „Rufen Sie mich sofort an, wenn der Kerl noch einmal hier auftaucht", ersucht sie ihn. Da klingelt ihr Telefon. Joe ist dran. Er müsse mit ihr reden, sagt er. Und er wolle sie zum Abendessen einladen. In einer Stunde.

Er will sie wiedersehen? Gott sei Dank. Also hat ihn ihr blödes Benehmen am Morgen doch nicht auf Dauer verstimmt. Womöglich will er ihr die Leviten lesen, freut sie sich. Wäre spannend.

Aufgeregt wendet sie den Wagen, fährt nach Hause, duscht, läuft nackt ins Schlafzimmer und zieht sich etwas Nettes über. Kurzer Wollrock in Rot, schwarzes Oberteil ohne BH und schwarze Strümpfe. Was Männer halt so anmacht. Rasch nimmt sie noch einen Lippenstift zur Hand und malt sich einen Kussmund. Das reicht.

Es wäre doch ziemlich unklug, schon am ersten Abend zu viel Pulver zu verschießen, überlegt sie.

Die Sache mit Joe ist ihr sehr ernst.

Da könnte etwas Dauerhaftes entstehen.

Es dunkelt.

Joe erwartet sie in der Stadtmeierei, einem kleinen, feinen Restaurant nahe dem Stadttheater. Dunkler Boden, weiße Wände mit modernen Bildern, orange Designersessel und Tische in Nussholzoptik erfreuen das Auge des Gasts. Rechts von Ulla ein moderner Wandverbau aus Glas, in dem ausgesucht noble Weine präsentiert werden. Zufrieden registriert Ulla, welchen Eindruck sie auf Joe macht, während er die Getränke ordert.

Alle Tische sind besetzt. Gedämpftes Gemurmel. Ein dezentes Klirren von Besteck. Sie essen Hummerschaumsuppe, Wolfsbarsch und Crevetten, als Nachtisch eine Götterspeise. Dazu trinken sie einen herrlich trockenen Weißwein aus der Wachau, beide schon innerlich vibrierend.

„Du hast mir etwas zu sagen?"

„Weiß ich nicht mehr", murmelt er.

„Könnte es sein, dass du uncharmant sein wolltest? Oder gar böse?"

„Durchaus", gibt er zu.

„Und jetzt?"

„Will ich mit dir schlafen."

„Ich hör dich nicht. Was sagtest du?"

„Ich kann es kaum noch aushalten."

„Ich auch nicht", flüstert sie und schluckt.

„Dann komm."

Geduld. Erst muss sie noch den Dienstwagen zurückbringen.

20 Minuten später. Als Ulla das Auto im Hof des Kommissariats abstellt, knattern die Schnüre an den Fahnenstangen davor wütend im auffrischenden Wind.

In seinem Zimmer im Neubau zieht sich Koschinsky gerade ein neues Hemd über, während zehn Meter unter ihm Ulla auf den Journalbeamten trifft. Der faselt etwas von einer Fahndung nach zwei Einbrechern und ersucht um Genehmigung einiger Überstundenanordnungen. „Natürlich. Selbstverständlich." Mit hochrotem Kopf unterschreibt sie blind, was er ihr vorlegt und denkt dabei an Joe, der vor der Mauer auf sie wartet.

„Wir fahren zu mir nach Hause", entscheidet Ulla zappelig, als sie in seinen Jeep springt.

Die kurze Fahrt bringt ihre beiderseitige Erregung zum Siedepunkt. Kaum betreten sie den Korridor, schiebt Joe ihr auch schon die Hand unter den Rock und sie umarmt ihn. Dann taumeln sie eng umschlungen ins Schlafzimmer.

Ulla macht kein Licht, als er ihr die Kleidung abstreift. Mit ausgebreiteten Armen liegt sie da und stellt die Beine auf, während seine Zunge eine dünne Speichelspur über ihre Oberschenkel zieht.

„Ach du.“ Atemloses Flüstern, gepresstes Stöhnen.

Ullas Pupillen werden ganz weit.

Durch das Fenster grüßt ein randvoller Mond.

Goldenes Licht gleitet über zerwühlte Laken.

Und in der Luft liegt purer Engelsstaub.

Als die Nacht am schwärzesten ist, öffnet Ulla die Augen.

Was sie alarmiert hat, kann sie nicht sagen. Ein verdächtiges Geräusch? Üble Gerüche? Keine Ahnung.

Joe?

Der Platz neben ihr ist leer.

Nervös zerrt sie die Pistole aus dem Nachtkästchen, repetiert sie durch, huscht ans Fenster und öffnet es einen Spalt breit. Einen vorsichtigen Blick auf Parkplatz und Straße geworfen und die Ohren gespitzt. Rechts, wo ein Gehweg in den Parkplatz mündet, steht jemand und blickt zu ihrem Fenster hoch. Da drüben, direkt vor der kleinen Kapelle. Hastig drückt sie das Fenster zu, dreht sich um, hetzt über die Treppe nach unten und öffnet die Haustür. Mit gezückter Waffe steht sie da und beobachtet vorsichtig die Umgebung. Minutenlang.

Zwar sieht und hört sie jetzt niemanden mehr, aber das Herz schlägt ihr dabei bis zum Hals. Der Typ war real. Sie ist ganz sicher. Was wollte der denn? Wohin verpisste der sich? Es könnte natürlich auch Joe gewesen sein. Joe? Wo ist der eigentlich? Sie hätte gute Lust, in die Dunkelheit hineinzulaufen und den Kerl zu stellen, aber sie ist splitternackt und es ist kalt. Fröstelnd versperrt sie die Tür und eilt zurück ins Schlafzimmer.

Zerwühlte Kissen.

Spuren auf dem Leintuch.

Die Sache mit Joe war doch nicht geträumt.

Fragt sich nur, wohin er so plötzlich verschwunden ist. Und wieso er sich davon gemacht hat, ohne sie zu wecken. Wenn ihr wenigstens nicht so der Schädel brummen würde. Jeder Gedanke ein Schmerz, der bis in die Ohren ausstrahlt. Im Sitzen ist das Stechen hinter den Schläfen weitaus besser zu ertragen, als im Liegen. Ulla schluckt eine Schmerztablette, funktioniert ihr Kopfkissen in eine Lehne um, hockt sich ins Bett, zieht die Beine an und hält sich den Kopf. Lange Zeit denkt sie an Maringer, bis sie endlich wieder eindöst.

Um sechs ist sie putzmunter und geht duschen. Kalt und heiß und wieder eiskalt. Das bringt alles wieder ins Lot. Zumindest körperlich.

Na gut, Joe ist verduftet. Wahrscheinlich misst er einer solchen Nacht nicht die Bedeutung zu, wie sie das tut. Liebe muss ja nicht besagen, den Verstand zu verlieren, kommt es ihr in den Sinn.

Nicht?

Aber das ist doch der Indikator dafür, sagt eine andere Stimme in ihr. Oder Joe wollte bloß Sex. Natürlich. Das wollen die doch alle, und dann nichts wie weg. Irgendetwas zu zertrümmern wäre jetzt schön. Oder mit dem Kopf gegen die Wand rennen, bis das Blut spritzt. Sich die Dummheit aus dem Leib prügeln, am besten mit einer Peitsche. Wie lautet die eiserne Regel? Lass dich nicht mit einem Kollegen ein. Unter keinen Umständen. Sie hat diesen Grundsatz missachtet. Gleich zweimal. Jetzt kriegt sie, was sie verdient. Ihr wird schon ganz heiß, wenn sie daran denkt, wie gern Männer mit ihren Eroberungen prahlen. Joe wird sie vor den anderen unmöglich machen, sie in den Dreck ziehen, ihr Gefühl mit Füßen treten.

Schweißperlen auf der Stirn. Die Zunge klebt am Gaumen. Im Kopf ein Karussell, dass sich schnell und schneller dreht. Bebend vor Zorn geht sie ans Fenster und starrt verbittert ins Freie.

Der alte Schurrek fällt ihr ein. Seine Beschreibung dieses Verdächtigen. Ein dunkel gekleideter Mann in einem schwarzen Geländewagen. Da schaut einer aus wie Joe, überlegt sie. Und er fährt einen ganz ähnlichen Wagen. Oder war tatsächlich Joe dort? Was hätte Maringer in Schurreks Einfahrt zu suchen? So eine blöde Idee.

Joes Mund fällt ihr ein. Seine zärtlichen Hände. Der Ausdruck in seinem Gesicht, wenn er von den Rochen erzählt. Wenn sie ihm doch bloß blind vertrauen könnte. Andererseits: Wer hindert sie daran?

Er könnte ja tatsächlich anders sein als die anderen. Das Zittern ihrer Hände verliert sich. Dann ist sie wieder ruhig.

Es gab schon einen Grund, weswegen er sich klammheimlich dünne machte. Bloß welchen?

Sie wird sich alle Mühe geben, das herauszufinden.

***

Ein paar Stunden später.

Am Marekkai verlässt Judith Amras das Haus und fällt dabei beinahe über eine helle Plastiktüte, worin eine kleine Schachtel verborgen ist.

Nanu? Schokolade? Da hat ihr jemand eine Schachtel Pralinen geschenkt. Irgendwie findet sie das ganz süß, auch wenn sie gar nicht so sehr auf solche Dinge steht. Gedankenverloren steckt sie das Päckchen in ihren Rucksack und macht sich auf den Weg zur Universität.

Unterdessen steht Ulla Spärlich in ihrem Schlafzimmer, schlüpft in enge Jeans und ein weinrotes Sweatshirt, wirft an der Haustür noch einen schwarzen Staubmantel über und tigert in Richtung Stadtzentrum. Erste Risse spalten die trübe Wolkendecke, und als sie die Innenstadt erreicht, kommt ein wunderbar blauer Himmel zum Vorschein.

Die Chefinspektorin denkt nicht viel, während sie so dahin marschiert. Eine vollkommene Leere füllt sie aus. Ihr Körper reagiert wie immer, aber ihr Geist hat sich eine Auszeit genommen. Das tut ihr jetzt ganz gut, findet sie.

Wenig später betritt sie das Kommissariat. Dort herrscht wieder einmal die übliche morgendliche Hektik. Hastende Menschen, soweit das Auge reicht. Dazu rasselnde Telefone.

Weiprecht hat Journaldienst. So wie der ausschaut, würde man meinen, er habe sich die Nacht in einem Puff um die Ohren geschlagen. Ob er wisse, wo sie Maringer und den Kollegen aus dem Landeskriminalamt finde, fragt Ulla.

„Die sind bereits im Außendienst."

Super. Das nennt man Teamwork. Irgendwie schafft sie es, den spontanen Ärger über diese Nachricht so wegzustecken, dass der Kollege nichts bemerkt. Ruhig nimmt sie die Mappe mit den Meldungen der Nachtstreifen an sich und verzieht sich ins Büro. Dort gießt sie ihre Zimmerlinde und tippt in aller Eile einen Dienstbefehl. Ab sofort wird die Diskothek Moonlight in den Nächten von Freitag auf Samstag und von Samstag auf Sonntag durch jeweils einen Kriminalbeamten überwacht. Die namentliche Diensteinteilung nimmt sie gleich selbst vor.

Nüssler hat ihr eine Notiz auf den Schreibtisch gelegt. Elke Röhms Obduktion ist für heute, halb elf, festgesetzt. Sie soll daran teilnehmen.

Auch das noch. Gut, dass sie ihre alten Jeans trägt und keines ihrer teureren Oberteile. Kann gut sein, dass ihr beim Anblick der Leiche noch einmal übel wird, und sie hat keine Lust, Geld für die teure Reinigung hinauszuwerfen.

Verdrossen wählt sie Joes Telefonnummer, aber der hebt nicht ab. Auch einer von den Kerlen, die nie erreichbar sind, wenn man sie braucht. Typisch.

Mit finsterem Gesicht liest sie, was in der vergangenen Nacht alles abgelaufen ist. Ehestreitigkeiten, Raufereien, Diebstähle, Einbrüche und Widerstand gegen die Staatsgewalt. Das übliche. Ein leichter Anflug von Brechreiz meldet sich.

Hunger? Kann sein. Also ab in die Kantine.

Außer zwei Kollegen vom Einbruch, die in eine heiße Fußballdiskussion verstrickt sind, hängen nur noch der Pächter und zwei Aufräumerinnen im Gastzimmer herum. Ulla besorgt sich einen Cappuccino und setzt sich an einen kleinen Tisch unweit der Eingangstür. Ein rascher Blick in die Zeitung. Die Unterrichtsministerin wirbt in ganzseitigen Anzeigen für ihre Bildungsreform. Ihre letzte Kampagne kostete 900.000 Euro. Einerlei. Zahlt ja sowieso der Steuerzahler. Und die Innenministerin? Die sucht zehn Polizisten für einen Einsatz in Afghanistan. Hoffentlich ist keiner so blöd, sich für dieses Himmelfahrtskommando zu melden. Was haben wir denn in Asien verloren? Unsere Front verläuft im Heimatland. Da fehlt das Personal an allen Ecken und Enden, aber das dürfte unseren Politikern noch gar nicht aufgefallen sein.

Seufzend schluckt sie einen Appetitzügler und spült mit Kaffee nach. Dann telefoniert Ulla mit ihrem Anwalt. Der hat ihrem Exfreund bereits die Klageschrift zugestellt. Also wird sie ihr Geld bald bekommen. Garantiert. Zufrieden begleicht sie die Rechnung, eilt in den Hof, schnappt sich ein Dienstauto und fährt in die Gerichtsmedizin, die seit zwei Jahren im Keller des Landeskrankenhauses untergebracht ist. Ein typisch österreichisches Provisorium. Pathologe. Na, das wäre ein Beruf. Schauerliche Vorstellung.

Verdrossen sucht Ulla die Katakomben auf. Über die Treppe, nicht mit dem Fahrstuhl. Das erscheint ihr als das zweckmäßigere Mittel zum Abstieg in die Unterwelt.

Die kalten Kellerräume mit ihren Fliesenböden, auf denen jeder Schritt hallt, als spaziere man durch eine Kathedrale, bringen im Hochsommer aufgeheizte Körper schnell wieder auf Normaltemperatur. Jetzt schreibt man aber März, und Ulla ist noch ziemlich ausgefroren. Sofort beginnt ihre Nase zu rinnen. Wo ist ein Taschentuch? Umständliches Kramen in der Handtasche. Die Chefinspektorin schnäuzt sich. Das fehlte gerade noch. Sich in diesem Eisschrank womöglich zu verkühlen.

Die Obduktion wird der erwartete Horror. Der sterile Raum setzt Ulla ebenso zu, wie der unerträgliche Gestank nach Desinfektionsmitteln. Die blasse Medizinerin und der fette, dümmlich grinsende Assistent tun ihr Übriges. Von der gallertartig wabbelnden Leiche auf dem Seziertisch ganz zu schweigen. Gleich drei Mal verlässt die Chefinspektorin den Raum und läuft auf die Toilette. Der Staatsanwalt und seine Schreibkraft flüchten ein Mal öfter als sie und rauchen auch noch auf dem Flur, um ihre angegriffenen Magennerven wieder zu beruhigen.

Eine Stunde später ist alles klar. Was Elke Röhm passiert ist, lässt sich kaum beschreiben. Gefesselt, gefangen gehalten, geschlagen und mehrfach vergewaltigt. Etwa 20 Stunden danach wurde sie bei lebendigem Leib in der Mur versenkt. „Details kann man meinem schriftlichen Gutachten entnehmen", murmelt die Medizinerin mit ausdruckslosem Gesicht. Ulla ist so entsetzt, dass sie sich die Ohren zuhält, was ihr einen spöttischen Seitenblick der Pathologin einträgt.

Draußen vor dem Krankenhaus scheint eine blasse Sonne, und die Luft hat den faden Beigeschmack ausgelaufenen Motoröls. Alles geht seinen gewohnten Gang, während im zweiten Untergeschoss der Assistent der Gerichtsmedizinerin einen Haufen lebloses Fleisch in die Kühlung rollt. Ein aufgedunsenes Etwas, das einmal eine lebenslustige, junge Frau gewesen war.

Ulla zittern die Knie. Sie fühlt sich, als wäre soeben eine riesige Herde Kühe über sie hinweggetrampelt. Jetzt muss sie sich erst einmal etwas beruhigen.

Fragt sich nur, wo?

Auf alle Fälle weit weg von den Kollegen.

Gedankenverloren fährt Ulla ins Stadtzentrum, parkt den Dienstwagen vor der nächsten Polizeidienststelle, setzt sich an den Tresen eines kleinen Pubs am Hauptplatz und trinkt einen doppelten Cognac.

An der Wand vor ihr hängt ein großer Flachbildfernseher, wo der Bericht eines

Lokalsenders läuft. Eine Reportage, in der von der Jagd nach Aschenbrenner die Rede ist. Koschinsky spricht. Nüssler ebenfalls. Ihr Name kommt nicht vor. Glücklicherweise. Seit der Sache in Graz ist es Ulla lieber, wenn sie in Nachrichtensendungen keine Rolle mehr spielt.

Ihr Kopf. Fahrig greift die Chefinspektorin nach einer Schmerztablette. Kaum hat sie die Pille mit einem Glas Wasser hinuntergespült, klingelt ihr Telefon. Maringer meldet sich. Es gäbe einen Hinweis darauf, dass sich Aschenbrenner eventuell in der Nähe des Trabocher Sees aufhalte. Im Augenblick klappere er mit Koschinsky mehrere Häuser am Seeufer ab. Details erzähle er ihr später. Und der Herr Ermittlungsleiter lasse grüßen. Ganz herzlich.

Koschinsky. Der kann sie mal.

Joe übrigens auch.

Ein schnelles Sandwich noch und weg hier. Eine Viertelstunde später marschiert sie schon durch die Franz Josef-Straße zur Universität, stürmt ins Sekretariat, blättert im Studienplan und klärt ab, welche Lehrveranstaltungen Elke Röhm heute besuchen würde, wenn sie noch am Leben wäre.

Dass die Polizei sich erdreistet, ohne Genehmigung des Rektors und ohne Begleitung universitärer Funktionäre in eine Lehrveranstaltung zu platzen, war noch nicht da. Dementsprechend groß ist die Verwirrung, als Ulla genau das tut.

Der Lehrsaal ist groß, modern ausgestattet und zu gut zwei Dritteln gefüllt. Durch die hohen, schmalen Fenster kann man den Innenhof der Uni sehen, der zum Großteil im Schatten liegt. Der Vortragende ist völlig irritiert, als Ulla so mir nichts dir nichts hereinschneit und sich als Kriminalbeamtin zu erkennen gibt. Nach einer kurzen Erklärung überlässt er ihr aber verdattert das Podium.

Ullas Rede ist kurz und schmerzlos. „Elke Röhm vergewaltigt und bei lebendigem Leib in der Mur ersäuft. Wer kann mir dazu etwas sagen? Wem ist im Umfeld der Ermordeten etwas Ungewöhnliches aufgefallen? Wer weiß über Freunde und Feinde Bescheid? Ich bin für Informationen aller Art dankbar."

Zunächst ist es totenstill. Es folgt aufgeregtes Tuscheln.

„Hat mir jemand etwas zu sagen?"

Niemand meldet sich.

„Na schön. Muss ja nicht gleich sein", lenkt Ulla ein. „Ich stehe ja auch noch nach Ende der Vorlesung zur Verfügung. Im Korridor." Sicherheitshalber schreibt sie ihre Telefonnummer und E-Mail-Adresse gut leserlich aufs Flipchart, ehe sie den Saal verlässt.

Im Flur ist alles ruhig. Ulla denkt nach. Ob ihr Auftritt etwas einbringt? Müsste er eigentlich. Da drinnen sind mehr als 80 Leute versammelt. Da kann sie mit Fug und Recht den einen oder anderen Tipp erwarten.

Zehn Minuten später öffnen sich die Türen des Lehrsaals. Getrampel, Gedränge, Gemurmel und Geschrei. Wie ein Wasserfall ergießt sich die Masse der Studenten in den Korridor. Von Ulla nimmt jetzt niemand mehr Notiz. Weder die Studenten, noch ihr Professor.

„Sie haben Elke doch gekannt", spricht sie eine Studentin an. Die dreht den Kopf zur Seite und geht einfach weiter. Also fragt sie noch jemanden. Vergeblich. Alle tun so, als sei die Chefinspektorin gar nicht vorhanden.

Wenig später ist alles ruhig.

Ulla steht immer noch auf dem Flur.

Aus heiterem Himmel fühlt sie sich unendlich müde. Wieso lässt Elkes Schicksal diese Leute so kalt? Wo ist sie denn, die viel beschworene Einheit der Studierenden? Solidarität! Auch nur noch ein Wort, wie so viele andere. Immer wieder wird Ulla von den Menschen enttäuscht. Vor allem von der Jugend. Von der erwartet sie sich eigentlich viel. Stattdessen diese verdammte Gleichgültigkeit. Das tut weh. Nach wie vor.

Kaum steigt sie in den Dienstwagen, klingelt ihr Telefon. Eine weibliche Stimme meldet sich.

„Hallo? Frau Spärlich?"

„Höchstpersönlich", bestätigt Ulla. „Wer sind Sie? Können wir uns treffen?"

„Gott bewahre. Sie kriegen ein paar Anregungen von mir. Hintergrundinformationen. Mehr nicht. Elke nahm Geld von ihren Verehrern. Das Monetäre war ihr immer sehr wichtig. Wenn einer nicht spendabel war, ließ sie ihn fallen. Den einen früher, den anderen später."

„Woher wissen Sie das?"

„Es ist allgemein bekannt. Judith weiß es auch.

Judith Amras. Die kennen Sie doch. Ich sah Sie zusammen."

„Judith? Welchen Bezug hat die denn zu Elke?"

„Den Ledersprung", lacht ihre Gesprächspartnerin. „Sie absolvierten ihn hintereinander. Danach waren sie eine Zeit lang befreundet. Wie eng, darüber scheiden sich die Geister. Übrigens existiert neuerdings eine ziemlich seltsame Homepage im Internet. Sie heißt www.rosentod.com. Da sollten Sie einmal hineinsehen. Ich muss jetzt leider auflegen. Viel Glück."

„Ledersprung", wiederholt die Chefinspektorin verstört, packt das Handy weg, löst den Sicherheitsgurt und steigt nochmal aus. Hat sie noch nie gehört. Hoffentlich können ihr die Damen im Sekretariat erklären, was das sein soll. Um diese Internetsache kann sie sich ja anschließend noch kümmern.

Dass es jemanden in dieser Stadt gibt, der über die Zeremonie des Ledersprungs nicht Bescheid weiß, irritiert die junge Frau im Sekretariat. Kopfschüttelnd drückt sie der Chefinspektorin einen Prospekt in die Hand. Da könne sie das gerne nachlesen, sagt sie.

Auf der Rückfahrt ins Kommissariat führt Ulla noch ein Telefonat mit Maringer. Koschinsky und er seien mit einem ehemaligen Arbeitskollegen Aschenbrenners im Gespräch, berichtet Joe. Der Kellner wohne am Trabocher See, sei mit allen Wassern gewaschen und leugne, mit dem Gesuchten in Verbindung zu stehen. Zwei Kollegen der Observationsgruppe lauerten schon vorm Haus. Er sei ziemlich sicher, dass der Kellner sich mit

Aschenbrenner treffen werde. Das sei nur noch eine Frage der Zeit.

„Wieso jubelt ihr dem Mann nicht einfach einen Peilsender unter?“, fragt Ulla. „Das wäre doch die einfachere Lösung.“

Dazu bräuchten sie einen Auftrag der Staatsanwaltschaft. Das dauere zu lang.

„Aha“, antwortet sie kurz angebunden.

„Was machst du heute Abend?“, fragt er. „Sehen wir uns?“

„Du spinnst wohl.“ Empört legt sie auf. „Schläft mit mir, zischt wortlos ab und will mich am nächsten Abend gleich wieder abschleppen“, faucht sie. „Der hat sie doch nicht alle.“

Kaum betritt Ulla das Kommissariat, muss sie zu Nüssler ins Büro. Seine Bude ist so verraucht, dass Ulla sich beinahe übergibt.

„Ist Ihnen nicht gut?“

Die Chefinspektorin antwortet mit einem Hustenanfall. Missmutig öffnet der Major das Fenster und drückt seine Zigarette aus.

„Dass es der Kripo nicht erlaubt ist, ohne Genehmigung des Rektors in die Uni einzudringen und eine Vorlesung zu stören, ist Ihnen bekannt?“

Ulla nickt.

„Die Beschwerde des Rektors liegt bereits auf Ihrem Schreibtisch“, grinst Nüssler süffisant. „Sie verfassen eine Stellungnahme. Sofort! Es reicht jetzt. Wenn Sie noch einen einzigen Fehler begehen, werde ich Sie von den Morderhebungen abziehen. Ohne Wenn und Aber.“

Wütend springt Ulla auf und geht.

Langsam bekommt die Chefinspektorin im Beantworten von Beschwerden ja eine gewisse Routine. Den einen oder anderen Absatz kopiert sie aus den Rechtfertigungen der letzten Wochen, was ihr natürlich die Arbeit erleichtert. Eine Stunde später ist sie fertig, geht in die Kantine, trinkt eine Tasse Kaffee und isst eine Kleinigkeit.

Kaum ist sie wieder in ihrer Kanzlei, schneit ein Kollege der Spurensicherung herein und legt ihr eine verschweißte Folie mit brisantem Inhalt auf den Tisch. Die Handschellen, mit denen die Leiche Elke Röhms gefesselt war.

„Und? Was soll ich damit?“ Ulla ist jetzt auf Hundert.

„Polizeihandschellen“, behauptet der Kollege und registriert zufrieden, wie sich Ullas Pupillen vor Schreck weiten.

„Unmöglich“, stammelt sie und betrachtet das Beweisstück, als sei es ein seltenes, gefährliches Spinnentier.

„Fehlanzeige“, grinst der Tatortexperte freudlos. „Das sind relativ neue Handschellen der Marke Smith and Wesson M 300 mit der Nummer P 14.873. Aufgrund des eingravierten Buchstabens ist eines völlig klar: Diese Dinger hier stammen aus polizeilichen Beständen. Aus welchem Standort, ist allerdings noch unklar.“

Weg. Fort. Raus hier.

Ist gar nicht so einfach, einen Raum aufzutreiben, wo einen nichts ablenkt. Kein Besucher, kein Kollege, kein Telefon.

Wie und wo man so etwas findet?

Das Damenklosett ist meist verwaist. Kein Wunder, es gibt ja auch bloß das eine in dieser Etage, und wenn es nicht von weiblicher Kundschaft okkupiert ist, gehört es Ulla und sonst niemandem.

Stolz auf ihr kleines Reich sperrt sie sich ein, ohne dabei das Licht anzuschalten. So sitzt sie eine Weile im Halbdunkel des etwa fünf Quadratmeter großen, fensterlosen Abteils und zerbricht sich den Kopf.

Polizeihandschellen. Was bedeutet das? Hat der Täter die Fesseln gestohlen? Natürlich könnte er sie auch gefunden haben, sofern ein Kollege sie verloren hat. Also: Vermisst man ein Paar? Wenn ja: Wo? Sie wird alle Polizeidienststellen abfragen. Bundesweit. Und wenn der Mörder Polizist ist? Eiskalt läuft es Ulla über den Rücken, als sie den Wahrscheinlichkeitsgrad dieser Variante abwägt. Das darf nicht sein, sagt sie sich. Andererseits weiß sie, dass nichts unmöglich ist. In diesem Zusammenhang erschreckt sie das.

Der alte Schurrek fällt ihr ein. Seine Beschreibung des Typen, der sich auf seinem Firmengelände herumtrieb. Ob Joe seine Handschellen noch besitzt? Unsinn, korrigiert sie sich sofort. Wie kann sie an so etwas auch nur denken? Und doch: Ullas Gehirn läuft heiß. So rasch, dass sie es in dieser Enge nicht mehr aushält. Hastig steht sie auf, betätigt ganz automatisch die Wasserspülung, schüttelt über sich selbst den Kopf und läuft ins Parterre. Dort besorgt sie sich vom Journalbeamten den Zentralschlüssel und schleicht in die Personalabteilung.

Joe Maringers Personalakte zu finden, dauert nicht lange. Mit zitternden Händen kopiert sie den Akteninhalt sowie das Foto, das anlässlich der Ausgabe neuer Dienstausweise geknipst worden war, steckt die Mappe wieder in den Aktenschrank, löscht das Licht und geht.

Auf dem Korridor überrascht sie ein Anruf ihres Anwalts.

Franks Auto ist verkauft. Morgen wird er die Kohle überweisen. Eine gute Nachricht. Trotzdem kommt bei ihr keine rechte Freude auf. Die Sache mit den Handschellen belastet sie. Nüssler soll davon erfahren, aber muss das gleich sein? Morgen früh, nimmt sie sich vor. Gleich morgen redet sie mit ihm.

Rasch formuliert sie noch eine Anfrage zu den Handschellen und versendet sie bundesweit. Es folgt ein kurzes Gespräch mit dem Journalbeamten. Dann ist Schluss für heute.

Draußen ist es kühl und windig. Sie nimmt den Weg am Gymnasium vorbei und über den Marekkai. Ulla trachtet danach, den Kopf wieder frei zu bekommen. Als sie die Waasenbrücke überquert, ruft Koschinsky an und will sich mit ihr treffen. Sie lässt ihn kalt abblitzen und legt rasch auf.

Zu Hause ist es beängstigend still.

Hunger. Ulla isst etwas Obst, schluckt einen Appetitzügler, trinkt viel Tee, zieht sich um, rennt ostwärts bis an den Ortsrand von Proleb und wieder zurück. Danach ist sie ziemlich geschlaucht, aber immerhin machen ihre Rippen keinen Ärger mehr.

Jetzt noch dehnen, duschen, umziehen.

Judith Amras fällt ihr ein. Behauptete die nicht, Elke Röhm kaum zu kennen? Das war gelogen.

Alles verwirrt sich mehr und mehr.

Hat Koschinsky Recht, der ihr Ausbildung und Erfahrung in solchen Dingen rundweg abspricht?

Langsam zweifelt Ulla ja selbst schon daran, dass sie wirklich in der Lage sein wird, die Geschehnisse völlig zu durchschauen.

Kurz vor 23 Uhr fährt Ulla mit dem Taxi ins Moonlight. Die rothaarige Kellnerin mixt gerade ein paar Drinks, als die Ermittlerin eintritt.

„Servus."

„Wie geht's? Wieder alles okay?"

„Alles bestens", lügt Ulla routiniert, bestellt ein Glas Rotwein, stürzt es hinunter und ordert gleich noch eins. Es sind schon ganz schön viele Gäste da, aber die Musik ist noch nicht angedreht. Ideal für ihr Vorhaben. Mit einem unguten Gefühl im Magen zieht Ulla Joes Foto hervor und stellt ihre Fragen.

Die Antworten fallen aus wie befürchtet.

Jetzt verflucht Ulla ihre Neugierde, aber es ist zu spät. Sie muss aus den Informationen, die sie bekommen hat, auch etwas machen. Zehn Minuten später ist sie per Taxi wieder auf dem Heimweg. Hilflos, ratlos und verstört.

In der Disco winkt unterdessen Bernd Koschinsky die Kellnerin an seinen Tisch, zeigt ihr seine Dienstmarke und erkundigt sich, was die Kollegin vorhin von ihr wollte.

Inzwischen wird es Mitternacht. Nervös betritt Ulla ihre Wohnung, geht in die Küche, kocht eine Kanne Tee, setzt sich auf ihr Grübelplätzchen und denkt nach. Maringer war also im Moonlight, als Elke Röhm verschwand. Und wieder denkt sie an den Alteisenhändler Schurrek. Joe fährt einen schwarzen Jeep. Ein Witwer, der allein lebt. Würde kaum jemandem auffallen, wenn der ein Mädel 20 Stunden lang gefangen hält.

Während sich Ulla mit Gedanken dieser Art quält, hält ein Jeep in der Südbahnstraße. Ein schwarz gekleideter Mann steigt aus und peilt die Lage. Alles ruhig. Null Fahrzeugverkehr und kein Mensch zu sehen. Ausgezeichnet.

In dem Moment, in dem er sich anschickt, zu Ullas Haustür zu schleichen, rollt hinter ihm ein Polizeiwagen heran. Einer der beiden Sheriffs steigt auch prompt aus. Die Hand am Colt.

„Was machen Sie da?", fragt er barsch und leuchtet dem Ertappten mit der Taschenlampe ins Gesicht.

Ein stummes Winken, gefolgt vom Griff nach dem Führerschein.

„Ach so", lächelt der Polizist, wirft einen oberflächlichen Blick auf das Dokument und gibt es wieder zurück. „Sie sind es. Schönen Abend noch."

Stumm nickt Max Paulik dem Beamten zu, dreht sich um und steigt in den schweren Geländewagen.

Augenblicke später ist der Jeep verschwunden.

***

Eine furchtbare Nacht.

Immer wieder schreckt Ulla auf. Schweißnass. Raus aus den Klamotten. Rein in ein neues Nachthemd. Wieder und wieder.

Um halb fünf taumelt sie ins Wohnzimmer, lümmelt sich in den alten, durchgesessenen Lesesessel und versucht, sich mit einem Buch zu beruhigen. Erfolglos. Dann eben weg mit dem blöden Wälzer.

„Bitte, lieber Gott, lass es bloß eine Häufung unglücklicher Umstände sein", murmelt sie verzagt, geht in die Küche, holt einen dieser wunderbar ausbalancierten italienischen Rotweine aus ihrem Weinregal und füllt ein langstieliges Glas. Joe, ein Mörder? Das würde ihr das Herz brechen.

Der Alkohol massiert ihre Seele, wenn auch bloß für kurze Zeit. Bald werden die Zweifel wieder stärker. Kopfschmerzen. Eine Schmerztablette und dann ab ins Bad. Kalt duschen, zurück ins Bett und in die Kissen gekuschelt. Ihr Gehirn gibt keine Ruhe. Auf einmal hat sie eine Scheißangst davor, völlig durchzudrehen.

Welcher Tag ist heute? Mittwoch. Und was zeigt die Uhr? Kurz nach fünf. Wenn das mit Joe gut ausgeht, macht sie wieder etwas aus sich, schwört sie. Wenn er mit der Sache nichts zu tun hat, wird sie ein besserer Mensch. Hastig schaltet sie das Licht an, holt einen Kugelschreiber und notiert die Namen jener Menschen, denen sie etwas abzubitten hat. Mutter, schreibt sie hin. Carola. Lukas.

Frühstück? Heute tut es ein Appetitzügler. Das Schreiben ihres kleinen Halbbruders fällt ihr ein. Der Talisman. Wo hat sie den bloß hingelegt? Da liegt er ja. Mit einem verlorenen Lächeln streichelt sie die bunten Bindfäden und den mühsam zugeschnittenen Karton. GLÜCK. Das kann sie jetzt irrsinnig gut gebrauchen. Ab sofort wird sie den Glücksbringer bei sich tragen. Kann ja wirklich nicht schaden.

Drei Stunden später.

Eigentlich ist Ulla völlig fertig. So verzweifelt und zerschlagen hat sie ihren Arbeitsplatz schon lange nicht mehr betreten. Sogar der Journalbeamte bemerkt es und schaut ganz bedrückt, als er ihr eine Mail in die Hand drückt. „Die Technikabteilung der Landespolizeidirektion teilt mit, dass Handschellen mit den Fabrikationsnummern P 14.000 bis P 17.500 dem Bundesland Steiermark zugewiesen sind", zitiert Ulla nachdenklich aus dem Schreiben. „Bei der Ausgabe an die neu in den Dienst gestellten Beamten wird zwar die Tatsache von Übergabe und Übernahme, nicht jedoch die Fabrikationsnummer der ausgegebenen Gerätschaften festgehalten. Im Hinblick auf das gestrige Ersuchen der Kripo Leoben wurden die Leiter der einzelnen Organisationseinheiten angewiesen, die Vollständigkeit der Ausrüstung ihrer Mitarbeiter umgehend zu überprüfen und zu melden."

Die Dinger stammen also aus einem steirischen Standort. Die Sache spitzt sich zu. Soll sie Nüssler ihren Verdacht gegen Joe beichten, oder nicht? Alles in ihr wehrt sich dagegen. Aber wenn es ihr auch zehn Mal den Magen dabei umdreht: Sie ist Kriminalbeamtin. Sie muss ihren Vorgesetzten ins

Vertrauen ziehen. Ohne Rücksicht auf Verluste. Seufzend beschließt sie, ihm erst einmal einen Bericht zu den Handschellen vorzulegen. Als Einstimmung.

Neun Uhr. Die Besprechung mit den Gruppenleitern läuft wie von selbst. Sie bekommt nicht viel mit, was die Herren so erzählen. Ob sie mit Joe reden soll? Aber der ist sowieso schon wieder mit Koschinsky unterwegs. Die Chefinspektorin sitzt wie auf Nadeln, nickt ein paar Mal zu den Ausführungen der Herren und bringt den diesmal sehr einseitigen Informationsaustausch zu einem raschen Ende. Als ihre Mitarbeiter das Besprechungszimmer verlassen, kann sie kaum noch denken.

Nüssler ruft an und macht Druck in Sachen Handschellen. „Klären Sie, wo diese Dinger verloren wurden. Und von wem", befiehlt er. Noch ein paar Worte über die Pressearbeit im Mordfall Röhm und über die erwarteten Hinweise, die immer noch ausbleiben. Dazu noch die eine oder andere Unmutsäußerung.

Was Ulla angeht, ist das Gespräch reine Hinhaltetaktik. Im Grunde ist sie mit den Gedanken längst schon anderswo und fragt sich permanent, wie sie mit den Verdachtsmomenten gegen Joe umgehen soll. Schließlich bittet sie Nüssler um eine gemeinsame Besprechung mit dem gesamten Ermittlungsteam. So rasch wie möglich.

„Wieso das?", bellt der Major.

Es gäbe da einiges zu diskutieren, behauptet sie nervös. Wichtige Dinge.

Die Stellvertreterin nervt ihren Boss, das ist nicht

zu überhören. Aber dann hat er einen Einfall. „Wir können diese Besprechung ja auch zeitsparend mit dem Mittagessen koppeln“, schlägt er vor. „Ich organisiere das. Zeit und Ort des Treffens werden Sie rechtzeitig erfahren.“ Schon legt er auf.

Unfreundlicher Idiot. Der hat überhaupt kein Benehmen. Geistesabwesend erledigt Ulla ein paar Schreibarbeiten und versucht, dabei nicht an Joe zu denken, doch das gelingt ihr nicht.

13 Uhr. Nüssler, Koschinsky und Maringer erwarten Ulla in einem beliebten italienischen Restaurant, das im modernsten Shoppingcenter des Stadtzentrums untergebracht ist. Das Lokal nützt den mit einem Glasdach bedeckten Hof des ehemaligen Dominikanerklosters, der architektonisch geschickt in den Einkaufstempel eingebunden ist. Ulla und Nüssler sitzen genau gegenüber der geschichtsträchtigen Mauer mit den gotischen Spitzbogenfenstern, die effektvoll beleuchtet sind. Jetzt kommt auch schon Koschinsky, begrüßt Ulla galant mit Handkuss und deutet auf den leeren Platz neben sich. Joe setzt sich.

Erst trinken sie Prosecco. Dann nimmt die Kellnerin ihre Bestellungen auf. Ulla entscheidet sich für Penne. Üppig und scharf. Die Herren halten sich an Fisch und Meeresfrüchte und reden über Politik. Das Restaurant ist bekannt für die Qualität seiner Speisen. Trotzdem kann Ulla das Essen nicht genießen.

Sie isst langsam und bedächtig. Solange sie den Mund voll hat, hat sie noch eine Galgenfrist. Wenig später ist diese vorbei. Kaum schiebt sie den leeren Teller zurück, erkundigt sich Nüssler danach, was sie auf dem Herzen habe.

Ein Seitenblick zu Joe. Der schaut sie an, als wolle er sie umarmen. Zögernd entschließt sich Ulla, erst einmal das Feld aufzubereiten, um dann im passenden Moment zum Kern der Sache zu kommen. Also informiert sie die drei Herren darüber, woher die Gesteinsbrocken stammen, mit denen Elke Röhm im Fluss versenkt worden war. Dann erläutert sie die Diebstähle aus dem Betriebsgelände der Alteisenhandlung Schurrek, berichtet von den Ermittlungen an der Uni und endet mit der Expertise der Tatortgruppe zu den Handschellen, von der Maringer und Koschinsky noch nichts wissen.

Betroffenes Schweigen.

„Wie kommt denn so einer wie Aschenbrenner zu polizeieigenen Gerätschaften?", fragt Joe nach einer Weile.

Dass gerade er mit seiner Frage einen Bezug zu Aschenbrenner herstellt, gibt Ulla zu denken. „Wieso Aschenbrenner?", hakt sie nach.

„Immerhin ist er der Hauptverdächtige", mischt sich Koschinsky listig ein. „Oder?"

„Ein Geländewagen spielt offenbar auch eine Rolle", ergänzt Ulla unschuldig und linst wachsam in die Runde. „Und ein dunkel gekleideter Typ."

„Zu blöd, dass der alte Schurrek den Mann nicht näher beschreiben kann und sich nicht das Kennzeichen notierte", ärgert sich Maringer.

„Ja. So ein Pech", murmelt Ulla und erntet einen

amüsierten Blick von Koschinsky.

Jetzt muss sie es sagen. Da hilft alles nichts. Gestern Abend war sie wieder einmal im Moonlight, setzt sie an. Dort zeigte sie der Kellnerin ein Foto.

Lautes Klingeln unterbricht sie. Koschinskys Handy. Mit einer entschuldigenden Geste erhebt er sich, tritt zur Seite und führt ein kurzes Telefongespräch.

„Was ist denn?“, erkundigt sich Nüssler ungehalten.

„Die Kollegen von der Observationsgruppe“, schnaubt der Grazer Kollege aufgeregt und nickt Maringer zu. „Es geht los.“

Noch ein paar leise, klärende Worte zu Nüssler und schon sind sie weg.

„Na, so was. Tschüss, ihr Lieben“, stammelt Ulla fassungslos, stochert lustlos im Dessert und wirft ihrem Chef einen genervten Blick zu.

Der antwortet mit einem nichtssagenden Achselzucken.

Dann lädt er Ulla auf einen Grappa ein.

***

Alles läuft bestens.

Routiniert hängt der graue Golf hinter dem Zielfahrzeug und meldet alle zehn Minuten per Funk die Position. Bei so wenig Verkehr müssen die Verfolger einen verdammt großzügigen Abstand halten, um nicht aufzufallen.

20 Minuten später ist immer noch alles beim

Alten. Der Kellner ist allein im Wagen und fährt sehr zügig. Trotz der engen, kurvenreichen und nassen Fahrbahn, die zunächst bergan führt, schneidet er nahezu jede Kurve. Sein Fahrstil wird erst wieder etwas ziviler, als das Stahlwerk Donawitz am Horizont auftaucht.

Plötzlich ziehen Wolken auf. Begleitet von immer heftigerem Wind. Ein kurzer, starker Regenguss macht die tiefen Spurrillen auf der Fahrbahn zur Gefahr, und der Golf gerät einige Male bedenklich ins Schlingern, doch der Kellner in seinem Toyota fährt, als sei die Straße staubtrocken.

Bei der nächsten Positionsmeldung am Ortseingang lauern Maringer und Koschinsky schon am Bahnhof, während ein weiterer Zivilstreifenwagen der Kripo vor der Universität einparkt und damit die Zufahrt zur Innenstadt abdeckt.

Koschinsky überlässt nichts dem Zufall. Kurz bevor das Zielfahrzeug am Bahnhof eintrifft, befiehlt er den Verfolgern, sich weiter zurückfallen zu lassen. Dann ist der Toyota heran, Maringer und Koschinsky klemmen sich hinter den Kellner. Maringer achtet darauf, ja nicht zu weit aufzuschließen. Das gelingt auch ganz gut.

Hatte es vor zehn Minuten noch heftig geregnet, scheint jetzt plötzlich wieder die Sonne. Auf der Proleber Straße stören ein paar Baustellen die Verfolgung, aber der Kellner schöpft keinen Verdacht. Kurz vor der Ortschaft Proleb winkt Koschinsky den grauen Golf vorbei und bleibt etwa fünfzehn Meter hinter ihm. An jener Stelle, an der die Gemeindestraße in einer scharfen Rechtskurve nach Niklasdorf führt, fährt der Toyota geradeaus weiter. Die Verfolger im Golf hintendrein.

„Er ist jetzt in Köllach“, melden die Kollegen von der Observationsgruppe. Gleich darauf berichten sie, dass der Toyota rechts abbiegt. Dort ist eine Sackgasse, die hinunter zum Fluss führt.

Die Beamten im Golf sollen an der Kreuzung stoppen und auf ihn warten, befiehlt der Ermittlungsleiter und fragt Maringer, ob er sich in dieser Ecke auskennt. Der nickt.

Was erwartet sie da unten?

Ländliche Umgebung. Ein paar Einfamilienhäuser, ein Bauernhof und ein Restaurant, das schon seit Jahren gesperrt ist. Dahinter liegen Wiesen und Felder, an deren Rand eine Art Karrenweg auf dem Damm die Mur entlang führt. Vier Kilometer weiter trifft er auf einen abgetrennten Flussarm, der unter dem Namen Alte Mur oder Silbersee bekannt ist. Ein Paradies für Fischer. Ansonsten bevölkern bloß Spaziergänger, Jogger und Mountainbiker dieses Naturparadies. Kein schlechter Ort für ein Geheimtreffen.

Sie warten ein wenig. Dann übernehmen Koschinsky und Maringer die Spitze. Schon wieder ziehen Wolken auf, und das Licht wird ganz flach. Neben der schmalen Fahrbahn tauchen die ersten Gebäude auf. Langsam folgen sie einer Linkskurve. An ihrem Ende finden sie das ehemalige Wirtshaus. Der weiße Toyota steht direkt davor.

„Raus hier“, zischt Koschinsky, zieht die Pistole,

springt aus dem Wagen und macht sich schussbereit. Die Kollegen aus dem Golf übernehmen die Außensicherung, während Maringer vorsichtig die Klinke des gläsernen Hauptportals drückt. Es ist verschlossen.

„Links herum", flüstert Koschinsky und zieht auch schon los. Ein Zaun. Dahinter ein kleiner Garten und rechter Hand eine Eingangstür. Sie steht weit offen.

„Lass mich das machen", meint Maringer und schiebt sich am Teamleiter vorbei. „Gib mir Feuerschutz."

„Alles klar."

Wie die wilde Sau saust Maringer los und stürmt ins Haus. Augenblicke später kniet bereits Koschinsky neben dem Türstock und streicht mit dem Lauf seiner Pistole den Gefahrenbereich ab.

„Küche und Gastzimmer sind sauber", schreit Maringer. Nach und nach durchsuchen sie jetzt alle Räume. Maringer immer ein paar Schritte voraus, Koschinsky dahinter. In der Toilette steht das Fenster offen.

Hastig überprüfen sie auch noch das Obergeschoss. In einem der Zimmer steht ein Bett mit Schlafsack. Zwei Reisetaschen liegen am Boden. Auch Kleidung und Toilettartikel werden gefunden. Und Speisereste.

„Sag der Bezirksleitstelle Bescheid", murmelt Koschinsky müde. „Wir brauchen alles, was zwei Beine hat und läuft. Ach ja. Die Vierbeiner auch. Und einen Hubschrauber. Komm schon. Beeilung."

Als Maringer vor die Haustür tritt, fallen erste

Tropfen. Fluchend springt er in den Dienstwagen und setzt seine Funksprüche ab.

Blitze leuchten am Horizont. Donner grollt.

Ein heftiges Gewitter bricht los.

Eine gute Stunde später blinzelt schon wieder die Sonne vom Firmament.

Kriminalbeamte laufen hektisch durch die Gegend, fragen den Nachbarn Löcher in den Bauch oder telefonieren mit Gott und der Welt. Mannschaftstransportwagen karren Uniformierte heran, folgen dem unbefestigten Weg auf dem Damm und verschwinden ganz weit östlich. Gleichzeitig landet ein Hubschrauber auf dem Feld.

Koschinsky steht neben einem weißen Mercedes, den er hinter dem Bauernhof entdeckte. Der Wagen ist mit einem klappbaren Taxischild ausgerüstet, das macht ihn verdächtig. Soeben sperrt die Spurensicherung das Gelände rund ums Auto ab und beginnt mit der Arbeit. Währenddessen klettert Maringer in den Helikopter, der mit knatternden Rotoren abhebt und mit einem hohen Singen gegen Osten zu wegzieht.

Ein paar Schritte weiter spricht Nüssler mit der Presse, die kaum noch in Zaum zu halten ist. Im Hintergrund errichten die Uniformierten eine Einsatzleitstelle und fordern Verstärkung aus den umliegenden Bezirken und der Landeshauptstadt an. Die Sache hier wächst sich zu einer Großfahndung aus und die gehört koordiniert. Generalstabsmäßig.

Lustlos schlängelt sich Chefinspektorin Magistra

Ulla Spärlich durch eine Gruppe Uniformierter und schaut zu, wie einer ihrer Mitarbeiter den Bauern und seine Familie verhört. Zwei weitere Kollegen fragen sich durch die Privathäuser der näheren Umgebung.

Und sie? Was bleibt ihr zu tun?

Eigentlich ist die Fahndung nach Aschenbrenner ja Koschinskys Ding, aber es kann nicht schaden, dabei zu sein, wenn sie den Kerl fassen. Hoffentlich ist das ihr Mann. Und wenn nicht?

Nachdenklich steigt die Chefinspektorin in Nüsslers Dienstwagen. Ihren eigenen, den sie mit angestecktem Zündschlüssel abgestellt hatte, hat sich schon jemand unter den Nagel gerissen. Der blaue Audi des Majors ist aber sowieso das komfortablere Auto. Und er schaut nicht nach Polizei aus.

Ihr Boss ist nirgendwo zu sehen. Also schnell den Motor gestartet und weg hier. Vorsichtig tastet sich Ulla an die bereits abgeriegelte Kreuzung mit der Gemeindestraße heran, biegt rechts ab und rollt auf der schmalen Fahrbahn in Richtung Osten. Zunächst passiert sie noch dichter verbautes Gebiet. Hier steht ein schmuckes Eigenheim neben dem anderen. Stadtnahe Häuser im Grünen.

Selbstverständlich ist die polizeiliche Großaktion den Anwohnern nicht entgangen. Aufgeregte Menschen stehen am Straßenrand. Neugierig. Ein wohlbeleibter Mann mit Hornbrille ballt die Fäuste und prahlt mit der Idee, sich eine Knarre zu besorgen. Wenn nämlich die Polizei Gauner und Verbrecher nicht mehr in Schach halten kann, müsse das halt er übernehmen.

Genauso schaust du aus, denkt sich Ulla. Geh heim, verriegle die Tür und sei froh, dass wir uns den Arsch aufreißen, um Leute wie diesen Aschenbrenner einzulochen. Währenddessen bemühen sich zwei uniformierte Beamte, die Leute von der Straße wegzubekommen. Sieht nicht so aus, als ob ihnen das gelänge.

300 Meter weiter stößt sie auf pure Natur. Links sanft ansteigende Wiesen, gefolgt von immer steiler aufragenden Hängen, die dicht mit Fichten bewachsen sind, rechts eine steile Böschung und 20 Meter darunter das Riesenfeld, an dessen anderem Ende gerade Nüssler nach seinem Auto sucht.

Ein paar 100 Meter voran geht das Feld in einen Buschwaldgürtel über. Es folgen Laubbäume und Dickicht, von Wasserarmen durchzogen. Davor, dicht an der Nahtstelle zwischen Buschwerk und urwaldartigem Baumbestand, sickert gerade die Suchkette der Polizei ins Gelände ein.

Am Straßenrand klebt ein Auto des ORF. Der Kameramann filmt wie besessen. 50 Meter danach trifft Ulla auf eine Straßensperre der Einsatzeinheit. Davor stauen sich etwa 20 Privatfahrzeuge, sowie Presse und Fernsehen. Ulla überholt sie, indem sie quer über die Wiese brettert. Ein kurzer Stopp, um die Dienstmarke vorzuweisen und es geht wieder weiter.

Ein paar Kilometer östlich reicht die Wildnis bis dicht an die Straße heran. Alle 50 Meter stehen Polizisten und sichern das Gelände ab. Mittlerweile schwärmen auch hier bereits Spezialkräfte aus, die an ihren dunklen Overalls und Baretten gut erkennbar sind.

Viel besser kann man das hier unter den gegebenen Rahmenbedingungen nicht machen, findet Ulla.

Falls sich Aschenbrenner tatsächlich noch irgendwo da unten im Gelände herumtreibt, kann er sich wirklich nur noch ganz warm anziehen.

***

Verdrossen steht Koschinsky mit Maringer am Buschwaldgürtel. Die Schuhe voller Dreck.

Seine teuren, italienischen Stiefeletten. Wer zahlt ihm denn das edle Leder, wenn er es sich hier ruiniert? Keine Sau. Ulla fällt ihm ein. Wo treibt die sich denn wieder herum? Er fragt Maringer, aber der zuckt auch bloß die Achseln. Typisch.

„Die Spärlich hat nicht die mindeste Ahnung, wie Teamarbeit funktioniert. Das nervt mich“, klagt er.

„Ulla war in diese Fahndung doch gar nicht eingebunden“, protestiert Joe. „Das war so abgemacht.“

„Alles klar. Du warst mit ihr in der Kiste“, höhnt Koschinsky.

„Meine Bettgeschichten stehen hier nicht zur Debatte“, kontert Joe. „Lass Ulla da raus.“

„Aber ja doch“, grinst Koschinsky. „Ich wusste nicht, dass du so sensibel bist. Entschuldige.“

Kurz nach 17 Uhr stöbert man den Kellner in einer Fischerhütte auf. Patschnass. Selbstverständlich protestiert er gegen seine Festnahme. Lautstark. Er habe doch bloß einen Spaziergang unternommen. Das sei ja schließlich nicht verboten. Aschenbrenner? Wieso? Den hätte er schon seit Wochen nicht mehr gesehen. Mit dem habe er doch gar nichts zu schaffen.

„Halten Sie uns eigentlich für Idioten?“, fragt ihn Koschinsky.

Der antwortet mit einem nichtssagenden Grinsen. Die üblichen Drohungen mit Rechtsanwalt, Beschwerde an die Menschenrechtskommission und Einschaltung der Medien lassen natürlich auch nicht auf sich warten. Immer dieselbe Leier. Joe gähnt demonstrativ, dankt dem Herrgott für seine profunde Konfliktmanagementausbildung, gibt zwei Beamten einen Wink und lässt den Kerl aufs Kommissariat bringen.

Als es dämmert, muss die Suchaktion abgebrochen werden. Erleichtert ziehen die Uniformierten ab, während Koschinsky an der Strippe hängt und seinem Chef in Graz Bericht erstattet.

Eine Stunde später entlässt der Journalstaatsanwalt den Kellner aus der Haft und verpasst Koschinsky einen ordentlichen Rüffel. Der Herr Chefinspektor könne sich glücklich schätzen, wenn er ihm keine Anzeige wegen ungesetzlicher Festnahme aufbrumme, sagt er.

Koschinsky entlockt er damit bloß ein schiefes Grinsen. Lässig wischt sich der Chefinspektor ein imaginäres Stäubchen vom Sakko und geht wieder zur Tagesordnung über.

Unterdessen wird der Kellner vor dem Polizeigefangenenhaus von einer Journalistenmeute empfangen und wie ein Held gefeiert. Die Leute halten ihm so lange ein Mikrofon unter die Nase, bis er ihnen endlich ein Interview gibt.

Im Kommandotrakt des Kommissariats laufen sich inzwischen Joe und Ulla über den Weg.

„Was hast du denn?“, erkundigt er sich bei ihr. „Du bist so eigenartig? Hab ich was verbrochen?“

Ulla nickt nur, dreht den Kopf zur Seite und lässt ihn einfach stehen.

Eine knappe halbe Stunde später.

Allgemeines Treffen im Journaldienstraum. Maringer muss einem Kollegen bei irgendeiner Rauschgiftsache helfen und haut ab. Ulla wird übel, sie rennt auf die Toilette. Als sie zurückkommt, referiert der Kriminaltechniker über Hautschuppen und Haare aus dem weißen Mercedes, die er mit Material von Elke Röhm im Labor vergleichen lässt. Mit einem Untersuchungsergebnis ist frühestens in zwei Tagen zu rechnen.

„Laut den Anwohnern trieb sich Aschenbrenner schon mindestens zwei Wochen lang in diesem ehemaligen Wirtshaus herum“, erzählt Koschinsky. „Die glaubten, er hätte sich dort eingemietet. Augenscheinlich täuschte er mit dem beschlagnahmten Mercedes Taxifahrten vor. Gut möglich, dass er so an Elke Röhm herankam. Das alte Wirtshaus und die angrenzenden Gebäude wurden systematisch durchsucht. Keine Verstecke in den Kellerräumen. Keine Anzeichen dafür, dass unser Mordopfer jemals dort war.“

„Und die Alarmfahndung?“, fragt Ulla.

„Bleibt weiterhin aufrecht", seufzt Nüssler. „Die wichtigsten Straßenverbindungen sind durch Kontrollposten gesichert. Außerdem haben wir innerhalb eines Rings von 30 Kilometern intensive mobile Polizeipräsenz angeordnet. Der Verdächtige ist zu Fuß unterwegs. Früher oder später kriegen wir ihn."

Zustimmendes Gemurmel. Nach und nach leert sich der Raum. Ulla wartet, bis sie mit Koschinsky allein ist. Sie will mit ihm reden. Auswärts. Unter vier Augen.

„Da hab ich nichts dagegen", sagt er. „Im Gegenteil. Kann ich dir helfen? Du wirkst so bedrückt."

Die Chefinspektorin schweigt, schnappt ihre Jacke und geht voraus.

Der Hof ist wie leergefegt. Alle Dienstwagen sind unterwegs, nur ein grüner Nissan steht noch unterm Flachdach. Ein uralter Wagen. Stumm drückt ihr Koschinsky den Fahrzeugschlüssel in die Hand und klettert auf den Beifahrersitz. Na wenigstens das Kavaliersgehabe schenkt er sich, denkt sich Ulla und setzt sich ans Steuer.

20 Minuten später sind sie in Hauptplatznähe. Freie Parkplätze sind Mangelware. Rar wie eine Goldmine im Kohlerevier. Nervös fährt Ulla dreimal um den Häuserblock, ehe sie eine schmale Parkbucht findet. Vorne ein dicker Mercedes, hinten ein riesiger Blumentrog und eine Straßenverkehrstafel. Das Einparken wird zur nervigen Millimeterarbeit, aber es gelingt. Danach ist die Chefinspektorin ganz locker.

Der Schwarze Hund ist eins von Ullas Stammlokalen. Vom Hauptplatz nur durch einen Torbogen und einem kleinen rechteckigen Innenhof getrennt, gelangt man durch eine moderne Glastür ins Allerheiligste. Einem Gewölbe aus der Römerzeit mit Decke und Wänden aus rohem Ziegel, wobei die Mauer hinter der Theke ab und zu auch von Fragmenten eines noch älteren Steinwalls durchbrochen wird. Alle diese liebevoll freigelegten Grundfesten sind effektvoll beleuchtet. Links und rechts der Theke stehen moderne Weinregale aus Holz und Glas sowie alte Weinfässer. Der Blickfang schlechthin ist aber der aus übereinander gestapelten hölzernen Weinkassetten gebildete Tresen. Davor und daneben stehen Tische und Sessel. Alles in allem: Ein Ort mit außergewöhnlicher Atmosphäre.

Aus unerfindlichen Gründen ist heute weniger los als sonst, und sie finden sofort einen freien Tisch. Ein wirklich außergewöhnlicher Zufall.

Koschinsky ordert einen Grauburgunder aus dem Burgenland. Eine gute Wahl, wie Ulla schon beim ersten Schluck feststellt. Sie nippt gleich noch einmal an ihrem Glas, als ihr ehemaliger Lebensgefährte auch schon das Duell eröffnet.

„Du hast etwas mit Maringer?“, fragt er.

Mein Gott. Dieser gönnerhafte Tonfall. Augenblicklich ist es mit Ullas Gelassenheit vorbei. Das Blut schießt ihr ins Gesicht und ihre Augen blitzen. Was ihr spontan auf der Zunge liegt, schluckt sie gerade noch hinunter, aber dann zieht sie doch noch blank.

„Mein Privatleben ist tabu für dich", stellt sie klar. „Das hier ist ein Gespräch auf rein dienstlicher Basis. Es geht um die Art deiner Ermittlungsleitung. Die stinkt mir. Keine Besprechungen. Keine Informationen. Du braust mit Joe durch die Gegend, und ich weiß von rein gar nichts. Ist das Teamwork? Hast du das so gelernt?"

„Sei nicht so empfindlich", blockt Koschinsky ab. „Möglich, dass unsere Zusammenarbeit verbesserungsfähig ist, aber was deine Untersuchungen betrifft, weiß ich ja auch noch nicht viel. Du erzählst mir zwar das Notwendigste, aber du hast etwas in der Hinterhand. Garantiert. Ich weiß doch, wie talentiert du darin bist, Dinge zu erspüren." Ein plattes Grinsen.

Das kann er sich sparen. Sie hat die Anspielung durchaus verstanden. „Ich rede mit dir als Kollegin", ereifert sie sich. „Nicht als Frau!"

Was er bedauere, erklärt Koschinsky. „Aber gut. Zur Ermittlungsarbeit. Die bietet dir die Möglichkeit, auf der Basis deiner bisher geführten Nachforschungen detektivisch weiterzuarbeiten. Was ist denn da so schlecht daran?"

Dass sie das Gefühl habe, von ihm aufs Abstellgleis geschoben zu werden, argumentiert sie. Sie wolle gleichberechtigt sein.

Koschinsky lacht. „Aschenbrenner ist der Hauptverdächtige", sagt er. „Der Mann ist gefährlich. Immerhin hat er Joe Maringer ein unfreiwilliges Bad in der Mur verschafft. Dass ich dich bei der Fahndung nach so einem Kaliber ein wenig aus der

Schusslinie halten will, kann mir niemand vorwerfen. Wobei ja nach wie vor die Möglichkeit besteht, dass der Kerl mit dem Mord an Elke Röhm gar nichts zu tun hat. Also gibt es zwei Ermittlungsstränge, aufgeteilt auf drei Ermittler. Eine gute Taktik. Dabei sind Informationsdefizite zwischen uns zwar möglich, aber durch mehr telefonischen und persönlichen Kontakt leicht in den Griff zu bekommen." Koschinsky greift nach Ullas Hand.

„Gib mir eine zweite Chance", bettelt er. „Menschen ändern sich. Ich auch. Wirklich."

„Du bist verrückt."

„Oh ja. Verrückt nach dir. Ich lege dir die Welt zu Füßen. Ich sorge dafür, dass du diesen Mordfall klärst. Dann sagt dir niemand mehr nach, dass du die Nerven verlierst. Dann bist du dienstlich aus dem Schneider. Auf immer und ewig. Garantiert."

„Ich fasse es nicht", zischt Ulla erbost. „Nach all dem, was zwischen uns vorgefallen ist, hast du die Frechheit, mir so etwas vorzuschlagen?"

„Selbstverständlich. Und wenn du willst, entschuldige ich mich auch für alles."

„Du entschuldigst dich? Und du meinst, damit sei die Sache aus der Welt?"

„Aus der Welt vielleicht nicht, aber du könntest mir verzeihen."

„Das Verzeihen überlassen wir doch besser dem lieben Gott", lässt ihn Ulla abblitzen, winkt den Kellner herbei und bezahlt.

Koschinsky nimmt es kopfschüttelnd zur Kenntnis. „Du hast deine Emotionen nicht im

Griff", sagt er. „Komm. Versöhnen wir uns. Lass uns ein Gläschen trinken."

Ulla sagt jetzt gar nichts mehr, steht auf und legt ihm die Autoschlüssel auf den Tisch. „Ich mache jetzt Dienstende", erklärt sie lapidar. Zwei Wimpernschläge später ist sie weg.

„Zicke." Mürrisch leert der Chefinspektor sein Glas und lässt es sich vom Kellner erneut füllen. Sie hat was mit diesem Maringer, ärgert er sich. Eindeutig. Aber der Herr Kollege kommt noch in seine Gasse. Und dann fliegen die Fetzen.

Als Ulla kurz nach 23 Uhr nach Hause kommt, liegt ein Blumenstrauß vor der Tür. Rote Rosen. Sie hebt sie auf, riecht daran und geht ins Haus.

„Joe", murmelt sie ein wenig hilflos und spürt, wie ihr ganz heiß wird. Im Radio dudelt Musik. Dumpfes Schlagzeug und viel Bass. Ein Song wie zum Schmusen geschaffen.

Seufzend gibt Ulla den Blumen Wasser, hockt sich in ihren Lesesessel und blättert in ihrem neuen Buch. Es handelt von der Großen Allianz der Staaten Preußen, Österreich, Russland und Großbritannien, die nach Ende der napoleonischen Herrschaft entstand. Zur Befriedung europäischer Unruheherde und zur gemeinsamen Verteidigung der Grenzen. Ein Unterfangen, das kläglich scheiterte.

Allianzen schmieden, überlegt Ulla müde. Sich den richtigen Partner suchen und ihm treu zur Seite stehen. Gerade in schwierigen Zeiten. Hält man sich nicht daran, geht alles zugrunde. Das lehrt uns die

Geschichte.

Zum selben Zeitpunkt isst Joe Maringer in seiner Küche drei gebratene Eier mit etwas Weißbrot, trinkt ein Glas Rotwein, stellt das Geschirr in die Spüle und geht zu Bett. Eine Viertelstunde später schläft er ein.

Währenddessen schleicht draußen eine dunkle Gestalt ums Haus und huscht zu Maringers Jeep. Eine Taschenlampe flammt auf. Der Mann notiert sich Reifenmarke und Dimension. Dann verlöscht das Licht wieder.

Ein kurzer Blick ins Gelände.

Nichts rührt sich.

Zufrieden marschiert Max Paulik bis zur übernächsten Quergasse, steigt in seinen dunklen Geländewagen und fährt ungesehen davon.

***

Gründonnerstag.

Ostern im Schoße der Familie. Ein Traum, aus dem sie gar nicht erwachen will. Trotzdem ist sie plötzlich munter.

Die Stille weckte sie.

Heute beherrscht sie nicht nur das Haus, auch draußen ist es völlig ruhig. Von den Bewohnern der Häuser gegenüber ist nichts zu hören oder zu sehen. Gibt es da überhaupt Menschen? Traurig denkt sie an früher. An ihre Kindheit in Hagen, als Tochter eines allseits bekannten Ehepaars. So viele Verwandte, Freunde und Bekannte. Liebe und Geborgenheit als

Selbstverständlichkeit. Hätte sie damals gewusst, wie sehr sie das alles einmal vermissen würde, hätte sie das Gefühl weit mehr ausgekostet, aber etwas, das einem so gewiss ist wie essen und trinken, schätzt man in der Jugend nicht.

Was davon geblieben ist? Bruchstückhafte Erinnerung. Ein Hauch von Seelenschmerz. Sentimentale Elementarteilchen einer längst vergangenen Realität.

Vor dem Haus ist es lau wie selten im März. Keine Autos, keine Menschen, nicht der leiseste Laut. Im Lack eines Wagens auf dem Parkplatz ihr Spiegelbild. Eine mittelgroße, schlanke Person mit schwarzer Hose über halbhohen Stiefeln, schwarz-weißer Pepitajacke und lässig über die Schulter gehängter, schicker Handtasche. Sie sieht jünger aus, als sie ist. Na, wenn schon. Gleichgültig nickt sie sich zu. Gleich darauf ein ersticktes Surren. Ihr Telefon. Wo ist es nur?

„Hallo?"

Joe meldet sich.

„Hast du die Blumen gefunden?", fragt er.

„Aber ja. Ich freue mich."

„Deine Stimme klingt gar nicht danach. Bedrückt dich etwas? Was hast du denn?"

Wortlos legt sie auf.

Eine Dreiviertelstunde später entdeckt sie ihn in der Kantine, setzt sich zu ihm und hält ihm ihren Prospekt über den Ledersprung unter die Nase. Von uraltem Bergmannsbrauch ist darin die Rede. Von einer Zeremonie, die man im Grunde nur noch hier erlebt. Ulla will Details hören. Joe müsse ihr da ja eigentlich helfen können.

Sofern sie ihm den Grund ihres Interesses verrate, werde er sie gerne informieren, sagt er.

„Leder hat doch vorwiegend mit Kleidung zu tun“, grübelt Ulla und reibt sich verlegen am Kinn. „Oder mit Mobiliar.“

„In diesem Fall geht es aber um das sogenannte Bergleder, mit dem die Bergleute seinerzeit in die Tiefen des Bergs rutschten“, erklärt ihr Joe. „Heute steht es als Symbol für Herausforderung und Gefahr. Die Studenten der Montanuniversität beginnen mit dieser Zeremonie ein Studium, das kein Stolpern erlaubt und in dem Klugheit und Mut die Schlüssel zum Erfolg sind.“

„Also ein Aufnahmeritus“, fasst Ulla zusammen.

Maringer nickt. „Er ist mehr als 150 Jahre alt.“

Klugheit und Mut, überlegt Ulla. Das könnte sie jetzt auch ganz gut gebrauchen.

Ehe er noch einmal fragen kann, worum es eigentlich geht, ist sie schon auf und davon, schnappt sich im Hof einen Dienstwagen und fährt zu Anna-Maria Röhm.

Unterdessen steht Bernd Koschinsky vorm Eingang des Kommissariats. Dort hockt ein Bettler. Ob er ihn zu Frau Ulla mitnehmen könne, fragt der Alte. Er habe eine Information für sie.

Geistesgegenwärtig stellt sich Koschinsky als Ullas Partner vor, drückt dem Mann einen Geldschein in die Hand und zieht ihn sanft zur Seite.

In der Zwischenzeit parkt Chefinspektorin Ulla

Spärlich in der Erzherzog Johann-Straße. Die Stiege zur Wohnung der Röhms erscheint ihr heute steiler als sonst. Trotzdem nimmt sie immer zwei Stufen auf einmal. Ein kurzes Läuten genügt, und Anna-Maria Röhm öffnet. Die Beileidswünsche Ullas akzeptiert sie mit zusammengekniffenem Mund. Auch die Bitte, ihr die unbegründeten Verdächtigungen nachzusehen.

Ob sie eine DVD von Elkes Ledersprung besitze, will Ulla wissen. Die Frau nickt. Wer sie produzierte? Keine Ahnung. Auf der Hülle ist es jedenfalls nicht vermerkt. Ulla darf sich das Ding leihen und fährt damit zurück in ihre Dienststelle. Nicht, ohne vorher geschworen zu haben, die DVD noch heute Abend zurückzubringen.

Im Schulungstrakt ist es totenstill. Gute Voraussetzungen für eine Filmvorführung. Müde macht es sich die Chefinspektorin im Lehrsaal bequem.

Der Film beginnt mit einer Außenaufnahme der Oberlandhalle, gefolgt von ersten Innenaufnahmen des bis zum Bersten gefüllten Festsaals. Chargierte ziehen ein. In ihrer Mitte die Professoren. Studentenlieder und Trinksprüche ertönen. Ohrenbetäubender Lärm. Gelächter. Dann kommen die Studenten in ihren schwarzen Bergkitteln und formieren sich zu einer Reihe. Auf dem Podium Reden über Reden. Dazwischen Schwenks auf Eltern und Ehrengäste. Ulla fegt mit schnellem Vorlauf über diese Passagen hinweg.

Endlich eine neue Kameraeinstellung. Auf der

Bühne der Rektor und ein alter Bergmann, die das straff gespannte Bergleder halten. Daneben Chargierte mit gezogenem Säbel. Endlich treten die Studenten vor. Einer nach dem anderen. Es dauert eine Weile, bis Elke an der Reihe ist.

„Dein Name?“, fragt der Rektor.

„Elke Röhm.“

„Deine Heimat?“

„Die schöne Steiermark.“

„Dein Stand?“

„Metallurgin.“

Dieses unschuldige Lachen. Ganz deutlich spürt Ulla, wie ihre Nerven vibrieren, aber sie muss sich das hier ansehen. Also lässt sie den Film weiterlaufen.

„Nun leere dein Glas, spring in deinen Stand und halt ihn stets in Ehren“, befiehlt der Rektor, und Elke trinkt den Bierkrug aus und springt übers Leder. Jubel, Trubel, Heiterkeit. Vorlauf. Judith. Da ist Judith Amras. Sie absolviert die Zeremonie in derselben Art und Weise wie Elke. Später stehen die beiden Blondinen nebeneinander und unterhalten sich. Die Kamera saugt sich an ihren Gesichtern fest. Sie liebkost sie, ehe sie wegschwenkt. Endlich der Auszug aus dem Saal. Sachte blendet die Kamera aus.

Zurück ins Büro und nachgedacht. Ein Telefonat mit der Lichtbildstelle. Sie benötige eine Kopie der DVD, sagt Ulla und ersucht den Kollegen, das Original danach wieder an die Besitzerin auszuhändigen.

Wer hat diesen Film gedreht? Ulla spürt, dass diese Frage wichtig ist. Zugleich fällt ihr der Tipp mit dieser Homepage ein. Neugierig setzt sie sich vor den Computer, tippt www.rosentod.com und drückt die Eingabetaste. Eine Weile ist der Bildschirm ganz schwarz, doch dann ist Elke Röhm zu sehen. Sie trägt ein grünes Cocktailkleid, hat eine Schärpe um die Taille geknüpft und unterhält sich mit einem jungen Mann. Daneben lümmeln einige Chargierte an einem Tisch. Eine Zweiminutensequenz ohne Ton. Das ist alles.

Seltsam, findet Ulla, speichert das Video ab, schickt den Beitrag an die Experten zur Bekämpfung von Computerkriminalität im Landeskriminalamt und ersucht, den Besitzer der Homepage zu eruieren. Man solle Dampf dahinter setzen. Die Sache sei dringend. Und nun? Kaffee wäre gut. Also auf in die Kantine.

Auf dem Korridor rennt sie ein junger Uniformierter fast über den Haufen. Sie solle in die Stadtleitstelle kommen. Ein Verdächtiger entzog sich der Personenkontrolle und lief einer Streife davon. Er flüchtete ins Werksgelände der Gösser Brauerei.

„Aschenbrenner", knurrt sie und rennt los. „Herr im Himmel, lass es Aschenbrenner sein."

Seit 20 Minuten herrscht Großalarm.

Die Leitstelle schickt alles in die Brauhausgasse, was gerade verfügbar ist. Zusätzlich stellt man die Beamten der Freischicht in den Dienst, während aus Graz zwei Züge der Einsatzeinheit anrücken.

Koschinsky und Maringer sind um

Augenblicke schneller vor Ort als Ulla, stellen sich in die Werkseinfahrt und befragen die beiden Streifenbeamten.

„Da war einer, der an den Türen geparkter Autos hantierte“, erzählt der Jüngere der beiden. „Also hielten wir an und fragten, was er da treibe. Vom Auto aus. Mit heruntergekurbelten Scheiben.“

„Und?“, erkundigt sich Koschinsky gespannt. „Was dann?“

„Er reagierte nicht“, erklärt der Beamte. „Also stieg ich aus. Leider fuhr in diesem Moment ein LKW vorbei und nahm mir die Sicht. Als ich den Verdächtigen wieder zu Gesicht bekam, lief er schon durch die Werkseinfahrt und verschwand in der Brauerei.“

So ein Pech. Gereizt zieht Maringer ein Foto aus der Hosentasche. „War er das?“

Unsicher betrachten die beiden Polizisten das Lichtbild. „Könnte sein“, sagt der Ältere. „Das war der Kerl“, legt sich der Jüngere definitiv fest. „Ich bin mir ganz sicher.“

Ulla gesellt sich zu Koschinsky und Maringer. Auf der anderen Straßenseite speien zwei Mannschaftstransportwagen uniformierte Beamte aus. Nüssler spricht mit ihrem Kommandanten, sie breiten auf der Kühlerhaube eines Dienstwagens einen Stadtplan aus und entwickeln einen Schlachtplan. Danach winkt der Major die Soko Röhm zu sich. Ein paar kurze Worte. Dann ist alles gesagt.

Worauf es jetzt ankommt, ist das weiträumige Umstellen des Areals. Im Norden sind das angrenzende Stift und der Sportplatz abzusperren, im Süden das Polytechnikum und im Westen das Freigelände bis hin zur Mur. Der angeforderte Helikopter trifft gerade ein und kreist über der Brauerei.

Während die Führungscrew die Karte wieder wegpackt und Koschinsky nervös eine Funkverbindung mit dem Hubschrauberpiloten herstellt, bespricht sich Maringer mit dem Portier und mit dem Geschäftsführer.

Selbstverständlich hat die Geschäftsleitung nichts dagegen einzuwenden, dass die Polizei das Werk durchsucht. Vorausgesetzt man garantiere, dass die Diensthunde nicht durch die Hallen liefen.

Schließlich produziere man hier ein Genussmittel.

Da ist der Zutritt von Tieren schon aus hygienischen Gründen nicht vorgesehen.

Kurz nach siebzehn Uhr.

Müde, hungrig und mit völlig durchnässtem Hosenboden parkt Ulla Spärlich den Dienstwagen im Hof des Kommissariats. Zwei Stunden zuvor war sie vor einem der großen Braubottiche ausgerutscht und auf dem Allerwertesten gelandet. Inmitten einer Pfütze und zum Gaudium einiger junger Beamter. Selbstverständlich nahm sie auch weiterhin an der Durchsuchung teil. Ohne mit der Wimper zu zucken.

Vor einer Viertelstunde wurde die Sache abgeblasen. Die Masse der Uniformierten ist auf dem Weg nach Hause, der verbliebene Teil streift verbissen durch den Ortsteil Göss. Eine Alibiaktion.

„Hallo“, grinst ein Kollege an der Tür zum Treppenhaus und deutet auf ihr nasses Hinterteil. „Was ist denn da passiert?“

„Ein Marsmensch hat mich angepinkelt“, faucht die Chefinspektorin. „Ist Ihre penetrante, typisch männliche Neugierde damit befriedigt?“

„Entschuldigung.“

Was denn? Dieses saublöde Grinsen. Ein Wort noch, und sie platzt. Schnell die Treppe hoch und noch ein paar Schritte den Flur entlang. In ihr Büro.

Ulla dankt Gott dafür, dass in ihrem Spind noch ein paar alte Jeans zum Wechseln liegen. Für Ersatzunterwäsche hat ihr Vorsorgegedanke aber offenbar nicht gereicht. Fluchend zieht sie sich aus, zwängt sich ohne Unterwäsche in die engen Hosen und verstaut ihre völlig versaute schwarze Hose in einem Plastikbeutel.

Die einzige freudige Nachricht des Tages ist die Mail ihres Bankberaters. 20.000 Euro sind auf ihrem Konto eingelangt. Einbezahlt von Frank Heilig. Endlich.

Bibbernd läuft Ulla aufs Klo. Später noch eine Tasse Kaffee in der Kantine, dann die Abschlussbesprechung beim Chef und schließlich eine Stippvisite in der Stadtleitstelle.

Dort herrscht gedämpftes Licht. Ausdünstungen aller Art schlagen ihr entgegen. Viel zu viele Leute in diesem engen Raum. Einige von ihnen telefonieren, einer beschreibt einen Flipchart, andere schieben Magnetscheiben über eine Landkarte. Ein Funksprecher gibt die Befehle hinaus, die der

Kommandant hinter ihm von einem Papierblatt abliest. Ulla verdrückt sich ganz leise. Sie will jetzt heim.

Telefon. Koschinsky ist dran und erzählt von einer jungen Frau. Sie halte ihm einen Zeitungsartikel mit Aschenbrenners Bild unter die Nase und wolle partout mit einer Kriminalbeamtin reden.

Ach nein. Bloß das nicht.

„Selbstverständlich", antwortet die Chefinspektorin. „Gib mir noch fünf Minuten Zeit. Sie soll vor meinem Büro warten."

Ein kurzer, heftiger Schmerz im Unterbauch. Schnell noch einmal auf die Toilette. Hoffentlich hat sie sich nicht erkältet.

Ulla beeilt sich. Was die Frau wohl auf dem Herzen hat? Hoffentlich nichts Wichtiges. Sie hatte einen anstrengenden Tag. Sie kann nicht mehr.

Als die Chefinspektorin von der Toilette zurückkommt, wird sie von einer hübschen, kleinen Rothaarigen erwartet. Sie trägt ein graues, knielanges Wollkleid und hält eine blaue Jacke im Arm. Daneben steht ein Brillenträger im hellblauen Anzug. Sie kennt ihn aus dem Gerichtssaal. Ein Rechtsanwalt.

Offenbar erinnert auch er sich an sie, denn er lächelt ihr freundlich zu und begrüßt sie, als wären sie alte Bekannte. Ulla ringt sich ein Lächeln ab und bittet die beiden drei Türen weiter in den Besprechungsraum.

„Kaffee?"

„Nicht nötig. Danke."

Frau Leichtfried melde sich aufgrund der laufenden Presseberichte, erklärt der Jurist. „Sie will eine Vergewaltigung anzeigen. Täter war dieser Herr Aschenbrenner, nach dem man gerade so intensiv fahndet."

„Ach, du meine Güte. Brauchen Sie psychologische Betreuung?", fragt Ulla die Frau. „Wir haben Fachpersonal im Haus."

„Jetzt nicht", erwidert die junge Frau unsicher und weicht Ullas Blick aus. „Ich will die Sache nur noch hinter mich bringen. So schnell wie möglich."

„Wie Sie wollen", murmelt die Chefinspektorin betreten und setzt sich an den Computer.

Die Protokollaufnahme dauert etwa eine Stunde. Es folgt ein Telefongespräch mit dem Journalstaatsanwalt, der eine gynäkologische Untersuchung anordnet. Ulla bringt das Vergewaltigungsopfer persönlich ins Krankenhaus. Es dauert eine Weile, bis sie einen Arzt auftreibt, der sich der jungen Frau annimmt. Ulla atmet richtig auf, als die beiden im Untersuchungszimmer verschwinden.

Danach ist sie endlich allein, versucht, ihre Gedanken zu ordnen und starrt dabei doch bloß unsichtbare Löcher in die Luft.

Sie treffen einander am Schwammerlturm.

Auf der Aussichtsplattform ist es dunkel und kalt, aber beinahe windstill. Die drei Kriminalbeamten haben ihre Jacken bis zum Hals geschlossen, während sie ans Geländer gelehnt stumm die Lichter der

Stadt betrachten. Wie unschuldig der Ort eigentlich aus dieser Perspektive aussieht, geht es Ulla durch den Sinn. Eine ruhige, beschauliche Universitätsstadt, bevölkert von fleißigen, braven Leuten. Da passt Mord doch überhaupt nicht ins Bild. Und Vergewaltigung auch nicht. Trotzdem ist jetzt das Böse in der Stadt. Es geistert um die Mauern. Unerkannt.

„Verdammt kühl hier", stellt Koschinsky mit ausdruckslosem Gesicht fest, stößt sich vom Geländer ab und geht. Ulla und Joe folgen ihm stumm ins Restaurant. Ein kleiner Tisch, gegenüber der Theke. Darauf warten schon Prosciutto, Mozzarella, Tomaten und knuspriges Weißbrot. Dazu trinken sie eine Flasche Rotwein.

„Wir haben eine neue Information, die wir jetzt Zug um Zug bewerten müssen", resümiert Koschinsky. „Inwieweit verändert die Tatsache der aktenkundig gemachten Vergewaltigung unser bisheriges Gesamtbild? Was ist passiert? Aschenbrenner spioniert eine schwer alkoholisierte junge Frau aus, liest sie als falscher Taxifahrer vor der Disco auf, fährt mit ihr auf einen einsamen Parkplatz und fällt über sie her. Das ist eine Tatsache, aber wie passt das zu unserem Mordfall?"

Ulla sitzt da, als tangiere sie das alles nicht. Sie starrt Koschinsky zwar an, ist aber augenscheinlich ganz weit weg. Gedanklich.

„Das ergänzt sich ganz gut", behauptet Maringer. Koschinsky überlegt noch eine Weile, ehe er nickt.

„Ich glaube kaum, dass Susanne Leichtfried Aschenbrenners einziges Opfer ist", entwickelt

Maringer seinen Gedanken weiter. Derweil häuft Ulla italienischen Rohschinken auf ihren Teller, schiebt sich genussvoll das Fleisch zwischen die Lippen und registriert überrascht, wie verzückt ihr die beiden Männer dabei zusehen.

„Für eine Einzeltat ist die Sache zu raffiniert", murmelt Joe. „Und zu aufwendig. Ein Mercedes als falsches Taxi. Das Beobachten der Opfer. Natürlich hat er mit der Masche öfter gearbeitet. Unser Mordopfer wurde ja auch vergewaltigt. Eine auffallende Parallele."

„Die Leichtfried hat aber überlebt", gibt Koschinsky zu bedenken. „Mal angenommen, Aschenbrenner wäre nicht nur ein Vergewaltiger, sondern auch ein Mörder, stellt sich die Frage, weshalb er Elke killte und Susanne am Leben ließ."

„Womöglich war Elke Röhm nicht betrunken genug", meint Maringer lakonisch.

„Du glaubst, sie wehrte sich?", fragt Ulla. „Deshalb die Prügel?" Joe nickt.

„Das wäre eine Möglichkeit", stimmt Koschinsky zu.

„Die Sache mit den Polizeihandschellen dürfen wir aber auch nicht vergessen", unterbricht ihn Maringer. „Wie käme Aschenbrenner zu so einem Ding?"

„Das lässt sich erst klären, sobald wir wissen, wem die Handfesseln abgehen", meint Koschinsky. „Gibt es da schon Rückmeldungen?"

Ulla schüttelt den Kopf.

„Na, dann mach da endlich Dampf dahinter",

schnauzt Koschinsky sie an. „Nachprüfen, wem die Dinger abgehen, kann ja nicht ewig dauern."

„Die Befehle dazu gingen doch erst gestern und vorgestern raus", schnappt sie zurück. „Morgen setze ich nach."

Ein stechender Schmerz im Unterleib. Oh Gott. Auf. Mit hochrotem Kopf verschwindet Ulla in Richtung Klo.

„Was hat sie denn?", erkundigt sich Maringer.

„Weiber", höhnt Koschinsky. „Fragil und kompliziert. Keine besondere Hilfe im Polizeidienst."

„Aha."

Kurz darauf ist Ulla zurück. „Je länger ich darüber nachdenke, ob Aschenbrenner die kleine Röhm auf dem Gewissen hat, desto weniger glaube ich daran", sagt sie.

Koschinsky reagiert mit einem Achselzucken. „Jedenfalls müssen wir die Kröte aus dem Verkehr ziehen. Und zwar rasch."

„Der Kerl ist zu Fuß unterwegs", überlegt Ulla. „Er weiß, dass wir nach ihm suchen. Also wird er wieder versuchen, ein Auto zu klauen. Dabei sollten wir ihn kriegen."

„Die Ausfallstraßen sind abgeriegelt, und in jedem Stadtteil patrouillieren zwei Streifenwagen", seufzt Koschinsky gelangweilt. „Fällt dir sonst noch etwas ein?"

Die Chefinspektorin schüttelt den Kopf. Schweigend stellt sie ihr Handfunkgerät leiser, legt es zwischen Schinken und Tomaten und isst weiter. Im Funk Meldung um Meldung. Anfragen, gefolgt von knappen Anweisungen. Man hört an den Stimmen, wie aufgeregt die Leute sind.

Der Chefinspektorin reicht es jetzt langsam. Sie fühlt sich gar nicht gut.

Ausspannen. Schlafen. Ruhe finden.

Kurz entschlossen legt sie einen Geldschein auf den Tisch, stemmt sich hoch, sagt ihren Kollegen „Adieu“, und geht.

„Soll ich dich nach Hause fahren?“

Ulla tut so, als hätte sie Joes Angebot überhört. Gleichzeitig spürt sie, wie Koschinskys Augen an ihrem Hinterteil kleben. So lange, bis die Tür hinter ihr ins Schloss fällt.

Koschinsky hat ein Faible für den weiblichen Po.

Und einen gewissen Hang zur Provokation.

„Geiler Arsch“, urteilt er derb und wirft Maringer einen amüsierten Blick zu. „Aber für dich wohl nicht mehr zu haben. Traurig, traurig. Da muss dann wohl ich ran.“

Kaum hat er das gesagt, fegt ihn Joes Kinnhaken vom Sessel, und als er sich aufrappelt und versucht, sich auf Maringer zu stürzen, bekommt er noch eine aufs Maul.

Das reicht vorerst.

Mit blutunterlaufenen Augen betastet der Chefinspektor aus dem Landeskriminalamt seine aufgeschlagene Unterlippe. Dann gibt er dem erschrockenen Kellner einen Wink, zahlt und verlässt das Lokal, ohne seinen Kollegen auch nur eines einzigen Blicks zu würdigen.

***

Vom Stadtzentrum nach Hause braucht sie meistens nicht viel länger als 20 Minuten. Zu Fuß.

Heute mag Ulla nicht mehr gehen.

Verdrossen steht sie am Hauptplatz und winkt ein Taxi herbei. Starker Wind kommt auf und weht ihr die Haare ins Gesicht. Einen Moment lang ist ihr das lästig. Dann schon eher nicht mehr. Während sie einsteigt, klingelt ihr Telefon. Judith Amras meldet sich. Sie will mit Ulla reden und wartet jetzt schon eine geschlagene Stunde vor ihrer Haustür.

„Trifft sich ganz gut", gähnt Ulla. „Bin in zehn Minuten daheim."

Für andere ein offenes Ohr zu haben, ist eine von Ullas Marotten. Eine Werthaltung, die sie von Kindesbeinen an besitzt. Würden sich mehr Leute um ihre Mitmenschen kümmern, wäre es bedeutend lebenswerter auf der Welt. Und Judiths Stimme klang so eigenartig. So ängstlich. Verzweifelt. Je länger die Taxifahrt dauert, desto neugieriger wird die Chefinspektorin auf das Anliegen der Studentin.

Judith erwartet sie auf dem Parkplatz. Leichenblass und zitternd. Also bittet Ulla sie ins Haus, schaltet das Licht an und sorgt erst einmal für Tee und Kekse.

„Milch? Zucker?"

Judith nickt. Sie brennt förmlich darauf, ihrer Gastgeberin etwas zu erzählen, aber die nippt erst einmal an ihrem Tee und legt dann selber los.

„Du warst mit Elke befreundet. Warum hast du mir das verheimlicht?"

Betroffenes Schweigen.

„Was ist?“, bohrt die Chefinspektorin nach. „Ich höre.“

„Das war wohl eher eine Bekanntschaft, und die hat sich auch schon lange erledigt“, antwortet die Studentin nach längerem Nachdenken. Wegen eines Streits vor etwa einem Jahr, erzählt sie dann. Eines wirklich handfesten Krachs. Sie waren in der Disco, Elke machte sich an einen Kerl ran, und der machte stattdessen ihr schöne Augen. Da flippte Elke total aus und schlug mit den Fäusten auf sie ein. Das war ein Schock. Danach hatten sie keinen Kontakt mehr.

Ulla schenkt noch etwas Tee nach. „In Ordnung“, sagt sie. „Und was hast du auf dem Herzen?“

„Kürzlich fand ich eine Bonbonniere vor meiner Haustür, und dachte mir nichts dabei. Heute aß ich die ersten Pralinen.“

„Na und?“, fragt Ulla ungeduldig.

„Schau, was heute in meinem Postfach lag“, sagt die Studentin nervös und schiebt der Chefinspektorin einen kleinen Zettel über den Tisch. Die nimmt ihn vorsichtig hoch und faltet ihn auf.

„Naschen kann tödlich sein“, zitiert sie laut. „Schöne Grüße aus der Wachau.“ Ratlos legt sie den Zettel zur Seite. „Wachau? Was soll denn das jetzt?“

„Erinnerst du dich nicht mehr? Vor ein paar Jahren wurde dort ein Bürgermeister mit einer Praline vergiftet“, empört sich Judith. „Presse und Fernsehen berichteten wochenlang darüber.“

„Ach ja. Aber wer schreibt so etwas? Ein Witzbold?“

„Ist nicht besonders komisch“, meint die

Studentin.

„Nein“, bestätigt Ulla. „Deine Pralinen waren aber anscheinend in Ordnung, sonst lägst du jetzt im Krankenhaus. Oder in der Leichenhalle. Lass mir das restliche Zeug da. Wir werden es untersuchen.“

Judith bedankt sich. „Das ist aber noch nicht alles“, ergänzt sie. „Gestern schmierte mir jemand mit Kreide eine Internetadresse an die Haustür. Auf dieser Homepage läuft ein sehr seltsames Video, mit mir als Hauptdarstellerin. Man sieht, wie ich die Straße überquere und die Uni betrete, wie ich nach Hause komme und wo ich wohne. Findest du es nicht auch merkwürdig, dass jemand mich beobachtet und einen Film von mir ins Internet stellt?“

Die Chefinspektorin erspart sich eine Antwort. „Die Adresse“, flüstert sie und spürt, wie sich ihre Nackenhaare sträuben. „Sag schon: Auf welcher Homepage läuft das?“

„Auf www.rosentod.com“, sagt Judith verzweifelt und schlägt die Hände vors Gesicht.

***

Die kleine Kirche steht am westlichen Ende eines kleinen Friedhofs am Rand des Ortsteils Göss, eingeklemmt zwischen der nahen Schnellstraße S6 und der Turmgasse, die von ein paar Mietshäusern gesäumt wird.

Stadteinwärts schließt ein Spanplattenwerk an, nach Osten zu breitet sich ein Sägewerk aus und jenseits der Turmgasse fließt die Mur. Draußen ist es dunkel, doch die Straßenlaternen spenden noch ein leidlich annehmbares Licht.

Die alte Frau, von deren Schlafzimmerfenster aus man das Friedhofsgelände gut überblickt, schläft wieder einmal schlecht. Eigenartige Geräusche dringen an ihr Ohr. Irgendetwas geht da vor. Zwölf Minuten nach Mitternacht telefoniert sie nach der Polizei.

Kurze Zeit später treffen zwei Streifenwagen ein, während unter den Augen der Zeugin eine dunkle Gestalt aus der alten Kirche huscht, über das verschlossene Tor des Hintereingangs klettert und stadtauswärts flüchtet.

Sofort brüllt die Alte los.

Eine Viertelstunde später wimmelt es von Einsatzfahrzeugen mit blitzenden Blaulichtern und von hektischen Beamten. Hundegebell. Kommandogeschrei. Wer soll denn da noch schlafen? Niemand. Folglich gehen ringsherum die Lichter an.

Bald sind auch Koschinsky und Maringer vor Ort. Jeder mit einem eigenen Dienstwagen. Maringer spricht mit dem Einsatzleiter der Uniformierten. Derweil fordert Koschinsky per Funk Nachtsichtgeräte an. Die müsse man ihm vom Bundesheer besorgen, teilt man ihm mit. Vor acht Uhr früh sei dort aber niemand zu erreichen.

Eine Idiotie. Koschinsky tobt.

Mittlerweile verfolgt ein Polizeihund die Fährte des Verdächtigen. Von der Kirche, über die Straße, das Bankett entlang, und von dort aus über die dicht mit Bäumen und Buschwerk bestandene Böschung zum Flussufer. Gereizt wedelt der Vierbeiner mit dem Schwanz, während der Hundeführer hilflos ins Dunkel starrt.

„Aschenbrenner", schreit er. „Bleiben Sie stehen und ergeben Sie sich, sonst setze ich den Diensthund ein."

Von Sekunde zu Sekunde wird Bello von der Vogeltränke jetzt nervöser, schnüffelt und hechelt, zerrt an der Leine, ist kaum noch zu halten. Deshalb nimmt der Polizist dem stämmigen Schäfer auch endlich den Maulkorb ab, öffnet den Verschluss der Leine und lässt den Köter los.

Ach, du meine Güte.

Aschenbrenner hört das laute Kläffen und ahnt schon, was da auf ihn zukommt. Waffe hat er keine. Ein passender Prügel lässt sich in der Hektik auch nicht finden. Also abhauen. Fluchend verlässt er seine Deckung hinter einer Pappel und rennt los, den vierbeinigen Inspektor schon dicht auf den Fersen. Wütendes Gebell. Ein Knurren. In seiner Not springt der Gejagte sogar noch ins Wasser. Bello hintendrein. Ein herzhafter Biss in den rechten Oberarm, ein Warnschuss des Hundeführers und schon ist die Sache gelaufen.

„Hierher. Komm raus, verdammt noch mal."

„Ach, leck mich doch."

Kurz entschlossen waten zwei Beamte in die Mur, packen den entnervten Flüchtigen und zerren ihn grob ans Ufer. Dort übernimmt ihn Koschinsky und legt ihm Handschellen an.

Eine halbe Stunde später wird Aschenbrenner

im Polizeigefangenenhaus mit trockener Kleidung versorgt.

Gleich darauf beginnt das erste Verhör.

***

Vier Uhr früh.

Ulla ist hellwach.

Der Traum war so realistisch, dass sie auch jetzt noch beinahe durchdreht. Der dunkle Verkaufsraum. Die Umrisse einer Gestalt. Diese schnelle Bewegung in der Dunkelheit, gefolgt von einem Knall. Ihre Hand, die in Panik zum Holster zuckt. Raus mit der Pistole und in Brusthöhe nach vorne gestoßen. Schuss. Noch einer. Und durchatmen. Mein Gott. Es folgt eine schreckliche Stille, die mit einem ganz furchtbaren Stöhnen endet. Licht. Wieso macht der Filialleiter nicht endlich Licht, verdammt noch einmal? Endlich. Höchste Zeit.

Was ist das da auf dem Boden? Ein Vermummter. Das Auffälligste an ihm sind diese dünnen Arme, neben denen ein Revolver liegt. Sieht nicht wirklich echt aus, das Ding. Sie bückt sich, greift ins noch warme Blut und schreit los. Gellend.

Auf! Raus hier. Bibbernd nimmt Ulla ihre Decke unter den Arm und schlurft ins Wohnzimmer. Kopfschmerzen! Müde knipst sie alle Lampen an. Danach ein Gläschen Madeirawein und in den Lesesessel ans Fenster gesetzt. Mit nassen Augen.

Eine Weile hockt sie bloß so da, trinkt und denkt an rein gar nichts.

Dann holt sie das Buch über die Große Allianz aus dem Regal und schlägt es auf. Wenn sie doch endlich den Mut fände, sich voll und ganz auf Joe einzulassen. Vielleicht könnte er sie dazu bringen, aus dem Teufelskreis ihrer Schuldgefühle auszubrechen.

Frieden finden.

Zu Lebzeiten noch.

Wahrscheinlich ist sie noch nicht ganz so weit, überlegt sie.

Womöglich hat sie noch nicht genug gebüßt.

Karfreitag.

Vor dem Kommissariat eine Horde wild gewordener Journalisten. Der Haupteingang von mehreren Uniformierten blickdicht abgeriegelt.

Ulla steht auf dem Gehsteig gegenüber. Ihr wird richtig übel, als sie die Meute sieht. Nach wie vor fürchtet sie sich vor Journalisten, schlägt einen großen Bogen und schlüpft ungesehen durch den Hintereingang.

Kaum ist sie im Büro, holt Nüssler sie zu sich, informiert sie über Aschenbrenners Festnahme und fragt, ob sie an den Verhören teilnehmen wolle.

Ulla lehnt dankend ab und erzählt von Judith Amras, der Pralinenschachtel und dieser ominösen Nachricht. Die könne man durchaus als Drohung auffassen, meint sie, und legt ihm den Zettel auf den Tisch. „Es gibt einen Zusammenhang zwischen Judith und Elke. Eine abgebrochene Freundschaft oder Bekanntschaft zwischen den beiden Frauen und eine eigenartige Homepage, die plötzlich im Internet vorhanden ist. Darauf sind zwei Videos abrufbar. Eines zeigt Szenen aus Elke Röhms Studentenleben, das andere handelt von Judith Amras. Aufgrund dieser Fakten ist nicht auszuschließen, dass sich die Amras in Gefahr befindet", erklärt Ulla.

„Wenn Aschenbrenner für diese ganze Scheiße verantwortlich ist, hat sich das erledigt", frohlockt Nüssler. „Den haben wir ja kassiert."

„Und wenn das nicht unser Mann ist?"

„Ein anderer Täter?" Nüsslers Mundwinkel sausen nach unten. „Bemerkenswerte These", seufzt er zerstreut. „Warten wir trotzdem erst einmal die Ergebnisse der Verhöre ab."

„Zeitverschwendung!" Ulla bekommt einen roten Kopf vor Wut. „Aschenbrenner hat eine sehr charakteristische Arbeitsweise. Der hält sich an Frauen, die sich nicht wehren können. Er schlägt oder quält seine Opfer nicht, sondern fällt über sie her, wirft sie aus dem Auto und haut ab. Samenstauentladung. Aus. Was passierte hingegen im Mordfall Röhm? Elke wurde gefangen gehalten, verprügelt, vergewaltigt, in einen Sack gesteckt und bei lebendigem Leib ersäuft. Da steckt absolut brachialer Hass dahinter. Da geht es um mehr, als um bloßen Sex. Ich bin ganz sicher."

„Möglich", brummt der Major. „Trotzdem sollten Sie versuchen, Ihre Emotionen aus dem Spiel zu lassen."

Eine Zigarette. Die braucht der Major jetzt ganz dringend. Ob eine Untersuchung auf Fingerabdrücke da nicht sehr sinnvoll wäre, fragt er zwischen zwei

Lungenzügen und deutet auf den Zettel.

Ulla nickt.

Ein kurzes Telefonat, und schon wird der Brief abgeholt.

Bevor sie geht, schlägt die Chefinspektorin vor, Judith Amras unter Personenschutz zu stellen. Der Major erinnert sie an die angeordneten Sparmaßnahmen. „Eine Bewachung bedeutet Überstunden. Wer soll das bezahlen? Aber ich werde es mir überlegen. Sie hören von mir."

Es folgt der Spruch des Tages. Dann hat sie das Gespräch überstanden.

Im Korridor fällt ihr Frank Heilig ein. Dass sie es schaffte, den abzuservieren, rechnet sie sich hoch an. Aus einem Impuls heraus telefoniert sie nach einem Taxi und fährt zur nächsten Mazda-Werkstätte. Ein kurzer Streifzug durchs Freigelände und schon findet sie, wonach sie sucht. Franks Flitzer ist außen und innen frisch geputzt und für 21.000 Euro zu haben. Mit ihrem Charme gelingt es ihr, den smarten Verkäufer in Jeans und Sakko derart aus der Fassung zu bringen, dass sie den Wagen für 17.000 abstaubt. Wenn alles gut läuft, ist der RX 7 schon am späten Nachmittag auf sie zugelassen.

Eine Stunde später sitzt sie dann wieder im Büro und gießt ihre Zimmerlinde. Die sieht jetzt eigentlich gar nicht mehr so schlecht aus.

Ein Telefonanruf reißt sie aus ihren Gedanken. Jemand atmet ins Telefon. Hechelt wie ein Hund. Das ist alles. Verärgert schmeißt sie den Hörer auf die Gabel, ruft der Reihe nach alle örtlichen

Polizeiinspektionen an und urgiert die Meldungen zur Prüfung des Handschellenbestands. Von auswärts liegen bereits ein paar Berichte vor. 11 der 16 Bezirkspolizeikommandos haben die Überprüfungen abgeschlossen. Nichts fehlt.

Mittagessen in der Kantine. Maringer hat die Nähte an seiner Platzwunde entfernen lassen. Er sitzt nahe der Eingangstür, Koschinsky an einem der hinteren Tische. Ulla geht zu Joe und setzt sich zu ihm.

„Ist etwas?“, fragt sie misstrauisch und lässt ihre Blicke zwischen den beiden Kollegen hin und her pendeln. „Gibt es Streit?“

Er nippt bloß stumm an seinem Bier und weicht ihrem Blick aus, doch sie gibt keine Ruhe. Schließlich hat sie ein Recht auf Information.

„Der Grazer Kollege hat ein äußerst loses Mundwerk“, meint Maringer schließlich mürrisch. „Das habe ich ihm gestopft.“

„Nein.“

„Doch.“

„Da steckt doch was dahinter. Du hast dich wegen mir geschlagen?“

Er nickt ganz verlegen.

„Mein Gott.“ Ulla fällt vor Erstaunen fast vom Stuhl. Wie aufregend. So etwas ist ihr noch nie passiert. Das kennt sie ja nur aus dem Film. Am liebsten würde sie Joe auf der Stelle küssen, aber eine Polizeikantine ist öffentlicher Raum. Feindesland.

„Ich bin sprachlos“, sagt sie stattdessen mit hochrotem Kopf und drückt ihm dankbar die Hand.

Die Kollegen vom Nebentisch beobachten sie. Einer von ihnen lacht und sie zeigt ihm die Zunge.

Vorsichtshalber wechselt Joe jetzt das Thema und schildert Aschenbrenners Festnahme. Sie hört zu und lächelt still. Aber kaum ist er mit seinem Bericht durch, springt sie auf, schnappt sich ein Tablett und holt Essen für zwei.

Es gibt gebackenen Leberkäse mit Kartoffeln, Salat und Schokoladenpudding als Nachtisch. Schmeckt ganz ordentlich. Zwei Gläser Mineralwasser dazu, garniert mit verliebten Blicken. Zufrieden schaufelt Joe das Essen in sich hinein und zwinkert ihr listig zu, als er den leeren Teller zurückschiebt.

„Aschenbrenner leugnet natürlich“, erzählt er beim Kaffee. „Er hat keine Frau vergewaltigt oder ermordet.“

Die Chefinspektorin überrascht das nicht. Leute wie Aschenbrenner gestehen nicht. Er muss es aber gewesen sein. Bitte, lieber Gott.

„Angeblich kennt er weder Elke Röhm noch Judith Amras“, setzt Maringer fort. „Zu Rosen und zum Internet fehlt ihm auch jede Beziehung.“

Ulla hört es mit zunehmender Verdrossenheit.

„Morgen bekommen wir die Ergebnisse der DNA-Proben“, sagt Joe und gähnt. „Dann sehen wir weiter.“

Telefon. Ullas Mutter will mit ihr essen. Ist ja Ostern. Also Treffpunkt Sonntag um zwölf. Ulla würde lieber mit Joe zusammen sein. Trotzdem sagt sie widerstrebend zu.

Mama komme in Begleitung. Ob das Töchterchen

eine Idee habe, wo man gut speisen könne?

„In Bruck an der Mur kenne ich ein ausgezeichnetes Restaurant", sagt Ulla. „Sensationelle Küche, interessantes Ambiente und exzellenter Service. Der Besitzer empfängt seine Gäste in kaiserlicher Uniform. Wenn du dort Hof hältst, wäre das doch passend."

Mama ist einverstanden.

Dann bestellt Ulla einen Tisch.

Gedankenverloren bringen Ulla und Joe ihr Leergeschirr an die Theke. Maringer wird Aschenbrenner ein weiteres Mal verhören. Koschinsky wünscht das so.

„Hoffentlich macht er kein großes Drama aus eurer Auseinandersetzung", seufzt Ulla. „Wer weiß, was da auf dich zukommt, wenn er sich bei Nüssler ausweint."

„Was kommt, kommt", grinst Joe. „Und sonst? In letzter Zeit bist du so sauer. Wahrscheinlich hätte ich nach unserer letzten Nacht nicht so sang- und klanglos verschwinden dürfen."

„Zugegeben, ich war etwas verstört deswegen. Dass sich einer nach dem Sex auf diese Art verkrümelt, bin ich nicht gewöhnt."

„Das hat nichts mit dir zu tun, Ulla", sagt er. „Das stammt aus meiner Kindheit. Wenn mich meine Gefühle überschwemmen, muss ich weg. Raus in die Nacht. Sonst explodiere ich. Das war schon immer so."

„Schwamm drüber. Hauptsache, du kommst zurück. Sag einmal, rufst du mich ab und zu an, ohne dich am Telefon zu melden?"

„Spinnst du? Warum sollte ich das tun?"

„Vielleicht willst du ja bloß meine Stimme hören."

„Wenn ich dich anrufe, habe ich dir auch was zu sagen", antwortet Joe mit zusammengekniffenen Augen. „Also: Von welchen Anrufen redest du?"

„Mach dir keine Sorgen", wiegelt sie ab. „Erzähl mir lieber von dir. Alles. Ausnahmslos."

Über sich reden? Darin hat er keine Übung, protestiert er.

„Dann reden wir eben ein anderes Mal", lenkt sie ein. „Heute Abend. Bei mir."

Kaum ist Ulla wieder im Büro, ist die romantische Stimmung dahin. Da beginnt sie zu zweifeln. Liebe? Lohnt sich das? Was denn, wenn Joe die Kontrolle übernimmt? Kann sie sich gegen ein derartiges Mannsbild behaupten? Und wenn er sie verlässt? Dann bricht doch wieder eine Welt zusammen. Das will sie nicht. Das verkraftet sie nicht mehr. Außerdem gibt es Indizien, die Joe belasten. In einem Mordfall. Auch, wenn sie das immer wieder verdrängen will.

Also. Was tun?

In diesem Augenblick eilt der Journalbeamte herbei. Der Chef der Polizeiinspektion Innere Stadt melde den Verlust von drei Paar Handschellen, sagt er.

„Endlich."

Raus aus dem Büro. Runter ins Parterre. Hinein in den nächsten Dienstwagen und mit Blaulicht ab ins Zentrum.

Draußen ist es warm. Als sie den Bahnhof passiert, läuft die Frontscheibe an. Fluchend hantiert Ulla an der Lüftung, registriert einen stechenden Schmerz im Kopf und verdrängt ihn gleich wieder.

Die neue, modern ausgestattete Wachstube ist bloß ein paar Häuser von der Hauptschule entfernt. Abstellplätze sind hier Mangelware. Also parkt Ulla den Audi im Halteverbot vorm Haupteingang und eilt ins Haus.

Der junge Uniformierte, der sie empfängt, ist nervös, aber sehr aufmerksam. Galant nimmt er ihr die Jacke ab, hängt sie an die Garderobe und begleitet sie in den Sozialraum. Ein großes helles Zimmer mit kleinem Küchenblock, Fernseher und Kaffeemaschine, zwei Tischen, zwei Bänken und einer Menge Sesseln, alles in Ahornholz. Weiße Wände, mit Bildern behängt. Lauter Gruppenaufnahmen von Polizisten verschiedenen Alters. Ein Bild mit Trauerflor. Ein Kollege, der mit dem Motorrad zu Tode stürzte. Ein junges sympathisches Gesicht mit hoffnungsfrohem Lachen.

Am Tisch neben dem Fenster sitzt der Dienststellenleiter. Massig, tadellose Uniform und sehr kurzes eisengraues Haar. Er erhebt sich, nennt seinen Namen und drückt ihr die Hand. „Nehmen Sie doch Platz. Kaffee?"

„Ja. Gern."

Vorsichtig füllt der Kollege Ende 50 Kaffee in zwei Tassen.

Gemeinsames Kaffeetrinken schafft friedliche Atmosphäre, heißt es in Österreich. Ein wenig davon geht verloren, als Ulla barsch das Wort ergreift. Wie es möglich sei, dass sich dienstliches Gerät so einfach in Luft auflöse, will sie wissen. Und wieso sie erst heute davon erfahre.

Die erste Frage kann der schuldbewusste Kommandant schon einmal nicht beantworten. „Dass aus einem verschlossenen Waffenraum drei Paar Handschellen verschwinden, ist eigentlich unmöglich“, rechtfertigt er sich. „Der Raum ist durch ein Zahlenschloss gesichert. Der Code wird von mir jährlich einmal neu festgelegt und dem Kommando schriftlich gemeldet.

Jeder Beamte besitzt seine eigene Handschelle. Die hat er mit Holster, Pistole und Ersatzmunition in einem persönlich zugewiesenen Fach im Waffenraum zu verwahren. Deshalb ist die Überprüfung der Bestände auch gar keine Hexerei. Man kontrolliert den Inhalt der Fächer und weiß Bescheid. Zucker?“

Ulla nickt.

„Dass das Fehlen der drei Ersatzhandschellen erst heute auffiel, geht auf meine Kappe“, seufzt der grauhaarige Dienststellenleiter. „Das Zeug sollte eigentlich in der Kiste bei der Ersatzmunition liegen. Dort ist es aber nicht.“

„Jeder hier kennt den Eingangscode?“, fragt Ulla.

„Alle 24 Beamten und die Reinigungskräfte“, bestätigt der Kommandant. „18011956. Mein Geburtsdatum.“

„Sehr schlau“, grinst die Chefinspektorin.

„Die zwei Putzfrauen sind bei einer in Bruck an der Mur ansässigen Reinigungsfirma beschäftigt“, sagt der Grauhaarige und nippt am Kaffee. So, wie er das Gesicht verzieht, scheint die Brühe ganz schön heiß zu sein. Vorsichtshalber gießt Ulla etwas kalte Milch dazu, ehe sie einen Schluck wagt. Super. Die Milch hat das Gesöff richtig trinkbar gemacht. Kluges Mädchen. Geht ja.

„Gegen die Reinigungsfirma läuft übrigens gerade ein Konkursverfahren."

Ulla schreibt mit.

„Kekse?" Blinzelnd schiebt ihr der Kollege einen randvoll gefüllten Teller zu. Sterne, Kringel, Lebkuchen und anderes Weihnachtsgebäck. Da ist den Herren wohl von den Festtagen noch etwas übrig geblieben. Achselzuckend probiert Ulla ein Vanillekipferl und notiert sich die Daten aller Polizisten und der beiden Putzfrauen, sowie die Adresse der Reinigungsfirma.

„Wann wurden die drei Paar Reservehandschellen im Waffenraum deponiert?"

„Vor der Eröffnung. Die fand am 2. Jänner statt. Seither wurde das Zeug nicht benötigt und deshalb auch nicht vermisst."

„Und außer den Beamten und Putzfrauen hat niemand zum Waffenraum Zutritt? Garantiert nicht?"

Der Kommandant nickt. Hier kämen bloß betriebseigene Personen rein. Sonst niemand.

Das Verschwinden der Handschellen stehe im Zusammenhang mit einem Mordfall, erklärt Ulla kurz und bündig, ehe sie geht. Zwei ihrer Mitarbeiter würden die Angaben der Kollegen und Reinigungskräfte protokollieren. Sie ersuche den

Kommandanten um bestmögliche Unterstützung.

Die Sache habe höchste Priorität.

Fünfzehn Uhr.

Ulla ist kalt, und in ihrem Kopf sitzt ein irrer Zwerg, der mit einem Riesenhammer um sich schlägt.

Missmutig diskutiert sie mit einem Computerexperten, der extra aus Graz angereist ist. Die Videosequenzen auf www.rosentod.com wurden offenbar mit einer Handycam aufgenommen, denn die Szenen sind manchmal minimal verwakkelt. Die Aufnahmen auf der DVD, mit der die Ledersprungzeremonie dokumentiert wurde, weisen dieselben Merkmale auf. Wem die Homepage gehöre, sei nicht so einfach zu klären, sagt der Spezialist. Dazu benötige er schon noch ein paar Tage Zeit. Aschenbrenner jedenfalls besitze weder PC noch Laptop. Zumindest wurde in seiner Wohnung nichts dergleichen gefunden. Auch keine privat angefertigten DVDs.

Na eben, denkt sich Ulla. Aschenbrenner hat mit dieser Sache auch nichts zu tun. Der dreht doch keinen Ledersprungfilm. So etwas interessiert Studenten oder deren Angehörige. Maximal noch jemanden, der sich für eine bestimmte Studentin interessiert. Sie muss herausfinden, wer die Ledersprung-DVD produzierte. Und noch etwas fällt ihr ein.

Während sie ihren spontanen Einfall notiert, ruft der Journalbeamte an. Ein Autoschlüssel wurde für sie abgegeben. Passt, lächelt Ulla zufrieden und freut sich drauf, den Mazda gleich einmal auszutesten. Genaugenommen ist das ihr erster eigener, mit selbst verdientem Geld bezahlter Wagen. Der Golf, der vor drei Jahren seinen Geist aufgab, war ja Mamas altes Auto gewesen.

Eine halbe Stunde später sitzt sie mit zwei Damen des Universitätssekretariats bei einer Tasse Tee und erkundigt sich, ob ihnen die Existenz einer Ledersprung-DVD überhaupt bekannt sei. Bedauerndes Kopfschütteln.

Ulla überreicht ihnen eine Kopie und bittet sie, sich den Film anzusehen. „Rufen Sie mich an, falls Ihnen dabei etwas auffällt", ersucht sie. „Eventuell weiß jemand aus dem Kreis der Studierenden, wer damals die Zeremonie filmte. Oder einer der Professoren. Gibt es eine Möglichkeit, das flächendeckend in der Uni abzufragen?"

Die beiden Damen sehen einander ratlos an.

Ein Fragebogen, der an jedermann verteilt wird, wäre vielleicht eine Möglichkeit, schlägt die Jüngere nach kurzem Nachsinnen vor. Unterstützend könne man die ausformulierte Fragenstellung ja auch noch auf den internen Informationstafeln aushängen.

Die Idee gefällt der Chefinspektorin. Sie bedankt sich und verlässt die Uni. Noch ein rascher Abstecher zur Mazda-Werkstätte. Einige Formalitäten sind da noch zu erledigen. Kaum ist sie fertig, ruft Joe an.

„Es gibt ein weiteres Vergewaltigungsopfer", erzählt er. „Die Frau hat Aschenbrenner als Täter identifiziert."

Koschinsky ersucht Ulla, sich vom Opfer die

Einzelheiten schildern zu lassen und ein Protokoll aufzunehmen. Der Laborbericht ist auch endlich da. Susanne Leuchtfrieds DNA stimmt mit Haarproben aus dem Mercedes überein. Aschenbrenner hat den Überfall auf sie bereits gestanden.

„Der gesteht lediglich, was wir ihm beweisen können“, sagt Ulla zornig. „Aber sag Koschinsky, dass ich mich beeile. Zehn Minuten noch, dann bin ich bei euch.“

Ihre ständigen Kopfschmerzen machen ihr Sorgen, und das Autofahren ist ihr noch fremd. Ulla fährt zu schnell und nicht sehr sicher. Und sie muss mal. Kaum hat sie den Mazda auf dem Parkplatz vor dem Kommissariat abgestellt, rennt sie auch schon auf die Toilette.

Das leichte Stechen im Unterleib ist wieder da. Es weist auf eine Verkühlung hin, und das kann sie jetzt überhaupt nicht gebrauchen. Bevor sie das Klosett verlässt, wirft sie noch einen kurzen Blick in den Spiegel. Sie ist sehr blass und sieht ganz schön abgespannt aus. Mit etwas Lippenstift und einem Glas Wasser wird sie das aber schon wieder in Ordnung bringen.

Vor Ullas Büro wartet ein verschüchtertes Mädchen, begleitet von ihrem Freund und einem Rechtsanwalt. Verwischte Schminke. Verweinte Augen. Die Kleine ist ziemlich bedient. Am liebsten würde die Chefinspektorin sie einfach nur in die Arme nehmen und ihr übers Haar streichen, wie einem verschreckten Kind, aber das entspräche nicht den Regeln. Stattdessen reicht sie ihr die Hand, bittet sie ins Büro und sagt, dass alles wieder gut wird.

Zwei Stunden später. Das Protokoll ist erstellt, die Staatsanwaltschaft verständigt. Haarproben und Hautschuppen sind auf dem Weg ins Labor. Das Opfer wird von einem Kriminalbeamten zur gynäkologischen Untersuchung ins Krankenhaus gefahren.

Währenddessen sitzt Ulla beim Polizeiarzt und bittet um ein Medikament gegen ihre Kopfschmerzen. Der sagt erst einmal gar nichts, steht auf und geht auf Tuchfühlung. Puls fühlen, Zunge anschauen und so weiter. Danach leuchtet ihr der Medizinmann mit einer kleinen Taschenlampe in die Augen. Ob sie Appetitzügler schlucke, fragt er sie, und sie weiß nicht, was sie darauf sagen soll.

Warum? Wieso? Was ihn das angehe? Angriff ist die beste Verteidigung.

„Man sieht das auf den ersten Blick", behauptet der Chefarzt. Offenbar ernähre sie sich sehr schlecht und achte auch sonst nicht besonders auf sich. Gutmütig lächelnd drückt er ihr Informationsmaterial und zwei Checklisten in die Hand. Sie solle das einmal durchlesen und sich daran halten, meint er. „Und wie heißen die Hungerkiller, mit denen Sie sich die Gesundheit ruinieren?"

Unwillig nennt die Chefinspektorin die Bezeichnung des Präparats.

„Das Zeug verursacht Bluthochdruck und Kopfschmerzen", konstatiert der Arzt. „Die Fachwelt diskutiert gerade über einen Zusammenhang mit dem Auftreten von Kopftumoren und so." Wenn er an ihrer Stelle wäre, würde er diesen Mist ganz schnell wegwerfen. Gesunde Ernährung, viel Wasser und Tee trinken, Kaffee vorerst meiden. Vor allem aber mit sich selbst ins Reine kommen und Selbstvertrauen aufbauen. „Sie betreiben doch ausreichend Sport und haben eine wunderbare Figur. Wieso wollen Sie da abnehmen?“

Ulla schweigt. Die Sache ist ihr peinlich.

Also gibt er ihr die Schmerztabletten. Für den absoluten Notfall, wie er betont.

Kaum ist sie draußen, schluckt sie eine. Dann eilt sie zurück ins Büro. Sie will mit Koschinsky und Maringer reden, kann sie aber telefonisch nicht erreichen. Na gut, dann muss ihr eben Nüssler zuhören. Zehn Minuten später sitzt sie ihrem Chef gegenüber.

„Wo ist Koschinsky?“

„Keine Ahnung“, murmelt der Major.

„Lesen Sie das.“ Seufzend knallt Ulla eine Kopie ihres Protokolls mit Aschenbrenners zweitem Opfer auf den Tisch. Alle Passagen, die gegen Aschenbrenners Täterschaft im Fall Röhm sprechen, hat sie mit rotem Filzstift markiert und mit Kommentaren versehen. Dazu legt sie auch noch eine Zusammenfassung des aktuellen Stands ihrer Handschellenerhebungen vor. „Die Bestandsprüfungen sind abgeschlossen. Im gesamten Bundesland sind alle Handfesseln vorhanden. Die bei Elke Röhm verwendeten Fesseln stammen also definitiv aus der Waffenkammer der Polizeiinspektion Innere Stadt“, berichtet sie.

„Und was heißt das?“, fragt der Major.

„Dass Koschinsky mit Aschenbrenner auf dem Holzweg ist“, sagt Ulla. „Unser Täter filmt Frauen, die ihn faszinieren. Elke Röhm, aber auch Judith Amras. Er stellt ihnen nach und entführt sie, um mit ihnen machen zu können, was ihm beliebt. Die Plastikrose, die wir bei Elkes Leiche fanden, ist ein Hinweis auf ein gewisses Maß an Liebe. Würde seine Angebetete seine Bemühungen honorieren, hätte der Mörder ihr womöglich eine echte Rose gegönnt. So aber bekam sie Plastik. Und den Tod. Unter Umständen geht es hier um einen Hass, der aus Zurückweisung entsteht. Ich will, dass Judith Amras bewacht wird. Zumindest nachts."

Nüssler scheint nicht ganz bei der Sache zu sein. Zerstreut zieht er an seiner Zigarette, legt Ullas Schriftstücke umständlich in eine Mappe, meint, die Soko Röhm solle ihre weitere Vorgehensweise erst einmal intern abstimmen, und bringt sie zur Tür. Der heutige Spruch des Tages stammt vom indischen Philosophen Kautilya. *„Wer etwas erreichen will, darf keine Gnade kennen."*

Die Chefinspektorin ist wild entschlossen, sich daran zu halten.

Eine Stunde später klopft Maringer an Ullas Tür.

„Ich muss ganz kurz bei einer Drogensache aushelfen", sagt er. „Es geht um ziemlich viel Heroin, und die Sache wird bis in die frühen Morgenstunden dauern."

„Kein Problem. Ich bin sowieso nicht besonders gut drauf. Kommst du eben ein anderes Mal", sagt sie. Ein schneller Kuss und schon ist er weg.

Ein eigenartiges Team ist das, überlegt die

Chefinspektorin kopfschüttelnd. Von Koschinsky hört und sieht man überhaupt nichts mehr, und Joe ist ja überhaupt ein ganz eigenes Problem.

Entschlossen ruft sie den Journalbeamten an und befiehlt, Judith Amras unter Personenschutz zu stellen. Dienstzeit von 22 Uhr bis sechs Uhr früh. Ab sofort.

Dienstende. Die Chefinspektorin macht sich auf den Heimweg. Ein wenig beunruhigt. Worüber, ist ihr allerdings schleierhaft. Immer noch brummt ihr der Schädel. Also wird sie das Joggen bleiben lassen. Zumindest heute.

Mit dem Auto ist sie in einer Viertelstunde daheim. Dort streift sie sich den Trainingsanzug über, isst Knäckebrot mit Schinken, dazu Gurken, Tomaten und trinkt ein Glas Wasser. Danach gibt es auch noch etwas Joghurt mit Honig, Äpfeln und Nüssen. Viel Aufwand für eine einzelne Person, findet sie, aber vorerst wird sie tun, was ihr der Arzt empfiehlt.

Gegen 20 Uhr zieht sie sich mit einer Kanne Tee, ihrem neuesten historischen Werk und einer Decke auf ihr Grübelplätzchen zurück. Sie schafft ein ganzes Kapitel in dem Buch, ehe das Telefon scheppert. Maringer erkundigt sich nach ihrem Befinden.

„Es geht mir gut." Nervös spielt Ulla mit ihrem Haar.

„Ich muss die Kollegen noch bei einer Hausdurchsuchung unterstützen", sagt er. „Gönn wenigstens du dir Ruhe. Schlaf dich einmal so richtig aus."

Kopfschüttelnd legt sie auf. Pennen? Keine Chance. Dazu ist ihr Kopf zu voll.

Eine Internetadresse, die sich *Rosentod* nennt, geistert durch ihr Gehirn. Nachdenklich nimmt sie ihr Telefon zur Hand, ruft Judith Amras an und fragt, welchen Männern sie in letzter Zeit eine schmerzliche Abfuhr verpasst habe.

„Außer Frank? Niemandem."

„Es muss da aber noch jemanden geben."

„Ich denke drüber nach", verspricht Judith gähnend. „Sobald mir etwas dazu einfällt, melde ich mich."

Zwei Stunden lang wartet Ulla auf einen Rückruf. Als der nicht erfolgt, geht sie zu Bett.

Sie erwacht um Viertel nach zwei. Ein Geräusch beunruhigt sie. Es kommt von draußen. Vorsichtig steigt sie aus dem Bett und schleicht ans Fenster. Auf dem Parkplatz ist es dunkler als sonst. Da sind anscheinend einige Laternen ausgefallen. Zufall? Muss nicht sein.

Auf dem Sessel liegt noch der Trainingsanzug. Rasch zieht sie ihn an. Ein leises Klirren. Vorsicht. Geschmeidig gleitet sie zum Nachtkästchen, nimmt die Pistole heraus und repetiert sie durch. An der Garderobe im Flur hängt ihre Jacke. Rasch schlüpft sie hinein, zwängt sich in die Laufschuhe, sperrt auf und öffnet die Tür einen Spalt breit, die Pistole im Anschlag. Auf dem Parkplatz stehen vier Autos. Links, mitten in der Zufahrt, ein dunkler Schatten. Scheint ein Volkswagen zu sein.

Kaum ist sie aus dem Haus und nimmt den Golf

ins Visier, springt der Motor des Wagens an. Ohne Licht setzt der VW auf die Straße zurück, nimmt rasch Fahrt auf und flüchtet in Richtung Bahnhof, während Ulla fluchend ihre Waffe einsteckt und nach ihren Autoschlüsseln sucht.

***

„Scheiße", flucht Koschinsky nervös, zwingt den Golf vom linken auf den rechten Fahrstreifen zurück und schaltet das Abblendlicht ein.

Was hätte er denn gesagt, wenn sie ihn gefragt hätte, was er vor ihrem Haus sucht?

Dich, hätte er antworten können.

Immer nur dich.

Wütend über sich selbst fährt er weiter. Bis zum Bahnhof. Dort stutzt er. Das da drüben ist doch Maringers Wagen. Eindeutig.

Vorsichtshalber fährt er noch ein ganzes Stück am Bahnhof vorbei, parkt den Golf ein wenig abseits und läuft zurück.

Maringers Jeep ist leer.

Ein wenig ratlos überquert Koschinsky die Fahrbahn, wechselt auf eine kleine Rasenfläche, duckt sich hinter ein Gebüsch und schaut. Da entdeckt er ihn.

Joe steht mitten auf der Brücke. Mit seiner schwarzen Jacke und den schwarzen Jeans scheint er fast mit der Dunkelheit zu verschmelzen. Eine ganze Weile steht er völlig bewegungslos da und starrt ins Wasser, ehe er sich abwendet und weiterschlendert.

Bis vor die Montanuniversität.

Koschinsky folgt ihm wie ein Schatten.

Was will der denn da vor der Uni? Was soll das?

Vorsichtig nimmt Koschinsky die Verfolgung auf. „Klick" macht es dabei in seinem Gehirn, und ein Rädchen greift ins andere.

Wenn das stimmt, woran er jetzt denkt, muss er ab sofort behutsam zu Werke gehen.

Dann ist dieser Maringer wirklich gefährlich.

***

Eine Stunde später, etwa acht Kilometer weiter westlich.

Während der Nachtzeit ist der Marekkai mit seinen alten Kastanienbäumen, dem Gehweg und einer nur für den spärlichen Anwohnerverkehr bestimmten Fahrbahn eine einsame Gegend. Da verirrt sich nur selten ein Fußgänger her. Ein Auto überhaupt nicht.

Der weiße VW Passat der Kriminalpolizei steht 50 Meter weiter vorne. Wagen der Kripo zu identifizieren ist ein Kinderspiel. Immer sind es deutsche Produkte mit ganz typischer Antenne. Weiß man das erst einmal, ist man fein raus.

Der Mann im Jeep, der langsam die Straße herabgondelt, ist über derartige Feinheiten gut informiert. Lächelnd rollt er am Passat vorbei, wechselt mit einem Räderpaar seines Wagens auf den aufgeweichten Rasenstreifen zwischen Gehweg und Fahrbahn und hält an. Der Mann, der aussteigt, ist schwarz gekleidet. Er bewegt sich schnell und sehr sicher.

Ahnungslos schmiegt sich der Bungalow, den Judith Amras von ihrer Großmutter erbte, an die sanfte, jenseits der Straße gelegene Böschung. Er ist durch eine Alarmanlage gesichert, was nicht heißt, dass auch das dazu gehörige Gelände geschützt ist. Der schon etwas morsche Holzzaun, der es umgibt, ist ja ein geradezu lächerliches Hindernis.

Augenblicke später steht der Eindringling bereits auf dem Grundstück. Seine überaus lichtstarke Kamera surrt so leise, dass das Geräusch niemandem auffallen würde, selbst wenn jetzt jemand hier unterwegs wäre.

Max denkt an Judith. Die hat die Vorhänge ihres Schlafzimmers zugezogen und schläft, zusammengerollt wie ein kleines Kind. Unruhig. Gewarnt von einem Instinkt, den sie immer noch nicht ernst nimmt. Wie Frauen halt so sind.

Im hell erleuchteten Wohnzimmer sitzt der Bulle und liest Zeitung. Drolliger Personenschutz, überlegt der heimliche Besucher und filmt den Kriminalbeamten. Vor der Haustür hinterlegt er eine seiner vielen Plastikrosen.

Ein letzter bedauernder Blick aufs Schlafzimmerfenster.

Dann macht sich Paulik vorsichtig auf den Rückweg.

***

Polizeikommissariat Leoben, kurz nach acht.

Koschinsky sitzt bei Nüssler und beschwert sich über Maringer. Der interessiere sich ja mehr für seine Drogengeschichten als für die Morderhebungen. Nüssler solle den Mann durch einen anderen Kollegen ersetzen.

„Das können Sie vergessen“, entgegnet der Major. „Nur weil Joe Ihnen eine geknallt hat, werde ich ihm nicht in den Rücken fallen. Das wäre unkollegial. Aber mit der Spärlich wird zu reden sein. Und zwar Klartext.“

Beide stecken sich eine Zigarette an.

„Wie haben Sie es erfahren?“

„Joe hat mich gestern Abend ins Vertrauen gezogen. Ein peinlicher Vorfall, aber wir sollten das nicht überbewerten. Das LKA muss nicht unbedingt davon erfahren. Ich würde vorschlagen, sonst auch niemand.“

Dieser Maringer ist nicht zu unterschätzen, überlegt der Soko-Leiter und löscht seine Zigarette aus. Er muss den Kerl loswerden.

„Meine Stellvertreterin hat diese Frau Amras unter Bewachung gestellt“, sinniert der Major. „Ist das mit Ihnen abgesprochen?“

„Es ist durchaus in meinem Sinne“, brummt Koschinsky wütend, dankt Nüssler, verabschiedet sich und geht.

Eine Viertelstunde später.

Ulla recherchiert gerade im Internet, da steht plötzlich Meiss vor ihr und legt ihr eine Plastikrose auf den Tisch. „Als ich mit meiner Schutzbefohlenen am Morgen das Haus verließ, lag das da vor dem Eingang", sagt er ganz betreten.

Ulla braucht einen Moment, bis sie sich fasst. „So eine Rose wurde bei Elke Röhms Leiche gefunden", hält sie ihm vor. Mürrisch greift sie zum Telefon. Die Spurensicherung soll gleich einmal hinausfahren. Womöglich ist da ja noch etwas zu finden.

„Ich war die ganze Nacht im Haus", rechtfertigt sich Meiss. „Die Amras beschützen. Von einer Überwachung des Grundstücks war nie die Rede." Der Mann hat recht. Missmutig schickt sie ihn wieder weg.

Eine halbe Stunde später frühstücken Ulla und Joe in der Kantine und unterhalten sich. Sie erzählt von Judiths Plastikrose und von ihrem nächtlichen Erlebnis mit diesem eigenartigen Golf. Er berichtet von seinem nächtlichen Einsatz, der erst gegen halb zwei beendet war.

Dann besprechen sie den neuesten Laborbericht, mit dem Aschenbrenner auch die zweite Vergewaltigung nachgewiesen werden kann. Mit Elke Röhms DNA gibt es jedoch definitiv keine Übereinstimmung. Das Mordopfer saß nicht in Aschenbrenners Mercedes. Damit kann man ihn als Mörder wohl endgültig abhaken. Egal. Es gibt ja eine neue Spur. Elkes Mörder macht sich an Judith Amras heran. Das wird ihm das Genick brechen.

Ulla fragt nach Koschinsky.

Da ist Maringer überfragt. Von dem hat er noch nichts gehört. „Ich werde Aschenbrenner jetzt erst einmal mit den neuen Fakten konfrontieren und der

Staatsanwaltschaft berichten“, sagt er. „Vielleicht kann man diese Akte danach endlich schließen.“

Die Chefinspektorin trifft Koschinsky zwei Stunden später auf dem Flur. Er grüßt sie freundlicher als sonst. Ihre eigenmächtige Entscheidung, Judith Amras nachts unter Personenschutz zu stellen, habe er Nüssler gegenüber gerechtfertigt, sagt er.

Sie dankt ihm.

Er nickt. „Ich gehe der Sache mit den Handschellen nach“, erzählt er. „Die beiden Putzfrauen sind schon verhört. Um ihr persönliches Umfeld kümmern sich die Brucker Kollegen. Im Augenblick schaut es nicht danach aus, als ob sie mit dem Verschwinden der Fesseln etwas zu tun hätten. Die Verhöre der Kollegen in der Polizeiinspektion Innere Stadt laufen noch. Vor übermorgen sind wir da nicht durch. Ich studiere die Personalakten der Kollegen. Bisher ohne Erfolg. Was machst du heute Abend? Hast du Zeit für mich?“

Stumm dreht sich Ulla um und geht in ihr Büro.

Zehn Minuten später ruft Judith Amras an. Sie ist total aus dem Häuschen, und faselt etwas von einem neuen Video im Internet. „Ich brauche Hilfe“, sagt sie. „Bitte komm zu mir. Jetzt. Sofort.“

Draußen regnet es schon wieder. Das drückt auf die Stimmung, aber Ulla benützt ihren Privatwagen, und das lässt ihre Verdrossenheit wieder etwas sinken. Im Radio erzählt der Moderator einen schlüpfrigen Witz, dessen Pointe maximal einen Schweralkoholisierten erheitern könnte. Und so etwas hört man im öffentlich rechtlichen Medium, erregt sich die stellvertretende Kripochefin. Vielleicht sollte sie doch einmal einen Beschwerdebrief an den ORF schreiben. Zum Dampfablassen.

Zwei Minuten später parkt sie ihren Mazda vor Judith Amras Haus.

***

Der Regen ist vorbei.

Jetzt ist es kurz nach Mittag.

Auch, wenn der Abstand zwischen den einzelnen Häusern in der Siedlung nicht allzu groß ist, lebt hier jeder nur für sich. Dichte Hecken und viel Buschwerk trennen die Grundstücke. Niemand will die Blicke des Nachbarn ertragen. Und keiner will vom Nachbarn etwas sehen.

Vorsichtig beobachtet eine dunkle Gestalt Joe Maringers Anwesen.

Nach ein paar Minuten huscht sie an den Zaun, überklettert das Gartentor und schleicht sich an die Haustür. Sie ist mit einem speziellen Sicherheitsschloss bewehrt. Da hat der Einbrecher in Schwarz keine Chance. Also läuft er auf die Rückseite. Zur Terrassentür. Drei Minuten später ist er im Gebäude.

Um keine Spuren zu hinterlassen, zieht der Eindringling Plastiküberzüge über die Schuhe und schützt seine Hände mit Einweghandschuhen. Das Schlafzimmer findet er im Erdgeschoss, und die mitgebrachten Handschellen steckt er unter Joes Matratze.

Selbstverständlich achtet er darauf, nichts anzufassen oder zu verrücken. Er darf hier nicht das Mindeste verändern. Bedächtig verlässt er das Gebäude auf demselben Weg, über den er hereingekommen ist.

Am Himmel ballen sich die Wolken.

Kaum hat er das verschlossene Gartentor überklettert, spaziert er gemächlich davon.

Jetzt ist alles getan, weiß Max Paulik.

Die Zeichen stehen auf Sieg.

***

Mit blassem Gesicht schaltet Judith Amras ihren Computer aus.

Das neue Video auf der Website *Rosentod* ist entlarvend.

Es zeigt den Wert ihrer polizeilichen Leibwache. Hätte der Unbekannte, der ihr nachstellt, sie töten wollen, wäre sie längst nicht mehr am Leben.

Der Vorfall ist tatsächlich kein Ruhmesblatt für die Kripo, gibt auch Ulla zu. Sie wird dafür sorgen, dass die Bewachung künftig effektiver funktioniert. Tagsüber muss Judith ja sowieso selbst auf sich achten. Eine Leibwache rund um die Uhr kann ihr die Polizei nämlich nicht bieten.

„Hast du darüber nachgedacht, wen du so gegen dich aufgebracht haben könntest?"

„Selbstverständlich. Ich denke Tag und Nacht daran. Bloß fällt mir niemand ein. Vor Frank gab es ein paar unbedeutende Affären, aber die endeten im Einvernehmen."

Achselzuckend nimmt Ulla diese Antwort zur Kenntnis. Trotzdem verlangt sie Namen und Adressen dieser Herren. Sie wird sie überprüfen.

Später im Kommissariat erstattet sie sofort Koschinsky Bericht. Dass die Sache Amras jetzt unbedingt mit dem Mordfall Röhm zu tun hat, ist seiner Meinung nach trotzdem nicht in Stein gemeißelt. Die Umstände von Elke Röhms Tod waren in allen Zeitungen zu lesen. Da ist die Möglichkeit eines Trittbrettfahrers durchaus gegeben. Ein enttäuschter Verehrer, der Frau Amras Angst machen will. Was den Mord anbelangt, wären die Herren Tesslar und Groll eine Option. In diese Richtung werde er weiterermitteln. Sie könne derweil ja ihre Eintätertheorie weiterverfolgen. Da habe er nichts dagegen.

Blödes Gequatsche. Ullas Blut gerät ganz schön in Wallung. Erst ein erneuter Stich im Unterleib bringt sie auf andere Gedanken. Sie muss aufs Klo. Ihre Verkühlung. Hoffentlich gibt sich das bald.

Kaum ist das abgehakt, plagt sie der Hunger. Ein Blick auf die Uhr. Sie hat wenig Zeit. In der Kantine kauft sie etwas Schokolade und trinkt eine Tasse Tee. Damit sind Mittagessen und Jause abgedeckt.

Sie läuft ins Büro. Dort wartet schon der Computerexperte aus dem Landeskriminalamt auf sie. „Der Besitzer der Homepage www.rosentod.com hat diese natürlich unter falschem Namen und falscher Adresse bei seinem Provider angemeldet", sagt er, während er mit ihr die aktuellen Aufnahmen der vergangenen Nacht betrachtet. Die echte Identität des Besitzers der Homepage herauszufinden, sei so gut wie unmöglich, erklärt er bedauernd und verabschiedet sich.

Wieder nichts.

Enttäuscht steht Ulla am Fenster und denkt nach. Das Spielchen mit den Pralinen, die Rose und diese Videos gehen ihr nicht aus dem Sinn. Irgendjemand will Judith in Panik versetzen, aber warum? Wenn Elkes Mörder sie tatsächlich als sein nächstes Opfer auserkoren hat, sollte er sie doch besser in Sicherheit wiegen. Eigenartig.

Eine halbe Stunde später läutet ihr Telefon. Sie wird zu Nüssler befohlen. Scheint eilig zu sein. Die Bürotür ist bloß angelehnt. Ulla fühlt sich merkwürdig schlapp, als sie eintritt und sich auf den Stuhl vor seinem Schreibtisch setzt.

Von Anfang an quasselt nur der Major. „In der Soko Röhm stimmt es nicht. Wenn sich zwei Kriminalbeamten um ihre Kollegin prügeln, anstatt sich auf ihre Arbeit zu konzentrieren, besteht Handlungsbedarf", pfeift er sie an. „Sie sind von der Mitarbeit im Fall Röhm entbunden. Ich bedanke mich, Sie haben sehr engagiert gearbeitet. Jetzt bekommen Sie aber andere spannende Aufgaben. Halten Sie sich tunlichst von den beiden Herren fern. Dann kehrt vielleicht endlich wieder Ruhe ein."

Einen Moment lang ist Ulla sprachlos. Dann geht sie hoch wie eine Rakete. „Was bilden Sie sich ein?", zischt sie. „Niemand wird mich davon abhalten, an diesem Fall dranzubleiben." Die Chefinspektorin springt derart temperamentvoll hoch, dass ihr Sessel umfällt. „Wenn Sie es wagen, mich von diesem Fall abzuziehen, werden Sie mich kennenlernen, aber richtig!", verspricht sie. „Personalvertretung, Beschwerde im Ministerium und so weiter und so weiter. Ich bin keine, die sich endlos schikanieren lässt. Schreiben Sie sich das hinter die Ohren!"

Unbeeindruckt zündet sich Nüssler eine Zigarette an. „Sie können ruhig in normalem Tonfall mit mir reden", sagt er. „Ich höre recht gut. Was gibt es Neues? Abgesehen von dieser Plastikrose und den Filmen auf dieser Homepage."

„Unweit von Judiths Haus wurde eine Reifenspur gesichert", erzählt Ulla. Langsam beruhigt sich ihr Pulsschlag wieder. „Stammt offenbar von einem Geländewagen. Da ich bei meinen Ermittlungen bereits einmal auf einen schwarzen Geländewagen gestoßen bin, habe ich Joe gebeten, die Zulassungsdateien zu überprüfen und sich alle derartigen Fahrzeuge im Bezirk anzusehen. Daneben bemüht sich die Ermittlungsgruppe, das Rätsel um diese verdammten Handschellen zu lösen. Bisher ohne Erfolg."

„Na schön", seufzt der Major. „Dann machen Sie eben weiter. Aber wirken Sie beruhigend auf ihre zwei Verehrer ein. Ich will nicht, dass die sich wegen Ihnen die Schädel einschlagen."

Er verehrt ihr noch den Spruch des Tages.

Dann darf sie sich entfernen.

Nässe. Kälte. Wird es am Ende gar noch einmal

Winter?

Ulla Spärlich und Bernd Koschinsky marschieren in Richtung Marekkai und unterhalten sich. Groll und Tesslar hatten doch allen Grund dazu, Elke zu hassen. Hätte einer der beiden die Möglichkeit gehabt, an die Handschellen der Polizeiinspektion Innere Stadt heranzukommen? Stellt einer der beiden vielleicht sogar Judith Amras nach? So, dass sie das gar nicht bemerkt? Diesen Fragen wird Koschinsky mit Maringer nachgehen. Ab sofort.

Danach schwatzt Koschinsky von früher. Ganz so, als sei seine Grazer Affäre mit Ulla die schönste Zeit seines Lebens gewesen.

Ulla bleibt kühl. Auch, als er ihr dabei so nahe auf den Pelz rückt, dass ihre Arme aneinanderstreifen. Vor dem Gymnasium versucht er, sie zu küssen. Da scheuert sie ihm eine und wechselt die Straßenseite.

Am Marekkai geht Koschinsky weiter in Richtung Stadtzentrum, während Ulla bei Judith Amras läutet.

Ob sie es für möglich halte, dass doch Frank Heilig hinter diesem Stalking stecke, fragt sie. Frank wäre nicht der erste Liebhaber, der es nicht verkrafte, abserviert worden zu sein. „Übrigens: Hatte Frank auch etwas mit Elke?"

Judith weiß es nicht. Jedenfalls habe Frank Elke nie erwähnt. Selbstverständlich sei es möglich, dass er ihr eins auswischen wolle, aber Frank filme nicht, und er habe es auch nicht so mit dem Computer. Außerdem sei er in keiner Burschenschaft organisiert und an studentischen Riten völlig uninteressiert.

Trotzdem. Mit finsterer Miene wählt die

Chefinspektorin Franks Telefonnummer.

„Heilig“, meldet er sich. Diese Stimme war ihr einmal so vertraut, überlegt sie. Jetzt ist sie ihr ganz fremd.

„Ich muss dich sprechen“, sagt sie. „In einer Stunde. Polizeikommissariat Leoben, Journaldienstraum. Wir nehmen ein Protokoll auf. Nimm deinen Rechtsanwalt mit.“

„Sag einmal, spinnst du?“, protestiert er. „Du hast dein Geld. Soviel ich weiß, hast du jetzt auch noch mein Auto. Also vergiss es.“

„Es geht um andere Dinge“, unterbricht sie ihn. „Um schwerwiegende Sachverhalte mit dementsprechenden Konsequenzen. Sei pünktlich, ich rate dir gut. Sonst lass ich dich von meinen uniformierten Kollegen vorführen.“

„Wird nicht notwendig sein“, seufzt er. „Ich komme. Freiwillig.“

Zum selben Zeitpunkt verlässt Bernd Koschinsky nachdenklich die Polizeiinspektion Innere Stadt und telefoniert kurz mit der Tatortgruppe. Eine halbe Stunde später kniet er mit einem Spezialisten der Spurensicherung vor dem Kommissariat bei Joe Maringers Wagen und lässt einen Gipsabdruck des Reifens anfertigen, während sich Ulla auf das Verhör ihres ehemaligen Liebhabers vorbereitet.

Die Vernehmung dauert eine Stunde. Kurz nach 17 Uhr unterschreibt Frank Heilig das Protokoll. Für die vergangene Nacht hat er ein felsenfestes Alibi. Die Studentin, bei der er nächtigte, kann es bezeugen. Eine Affäre mit Elke Röhm stellt er in Abrede. Auch Versuche, sie für sich zu gewinnen, habe es nie gegeben. Die sei nicht sein Typ. Ganz einfach.

Weiprecht ruft an und fragt, ob heute Nacht nicht jemand anderer seinen Job als Leibwache übernehmen könne. Seine kleine Tochter sei erkrankt. Ulla verspricht, ihn zu vertreten.

Danach teilt sie noch den Personenschutz für den Rest der Feiertage ein und fährt nach Hause, um vor der Nachtschicht noch zu essen und zu duschen.

***

Für Koschinsky ist noch lange nicht Feierabend.

Wie ein hungriger Löwe streicht er durchs Kommissariat, plaudert mit diesem und jenem und gibt sich dabei ganz harmlos. Sein Thema ist Maringer, und er fragt sehr geschickt.

Joe sei Witwer, erzählt ihm einer. Die Frau sei ertrunken, verrät ihm ein anderer. Tauchurlaub auf den Malediven. Eine starke Strömung, die sie aufs offene Meer getrieben habe. Dass er sie nicht retten konnte, habe er nicht verkraftet. Deshalb wohl auch diese seltsame Vorliebe für schwarze Kleidung.

Und Frauen? Junge Frauen?

Da weiß eigentlich keiner etwas, obwohl man ihn schon ab und zu im Moonlight sehe. Der Kollege lebe ja eher abgekapselt. Ein guter Kerl. Kameradschaftlich. Hilfsbereit. Ein ausgezeichneter Kriminalist.

Koschinsky hört es mit verbindlichem Grinsen, listet die neuen Informationen in seinem Büro sorgsam auf, vernetzt sie mit seinen übrigen Erkenntnissen und entwirft einen Plan.

***

Zwei Stockwerke tiefer sitzt Chefinspektor Joe Maringer in der Zulassungsstelle des Verkehrsamts und quält sich am PC durch die Zulassungsdateien der Bezirke Leoben-Stadt und Leoben-Umgebung.

Erst einmal druckt er alle schwarzen Geländewagen aus. Später erweitert er die Suche auf alle dunklen Farben. Mit einem Packen Papier unterm Arm wechselt er schließlich in sein Büro.

Mehr als 200 Fahrzeuge.

Entnervt schüttelt er den Kopf. Wenn er deren Besitzer auf etwaige Vorstrafen hin abklopfen will, hat er noch viel zu tun. Und das an einem Ostersamstag.

***

22 Uhr. Bei Ulla Spärlich läuft das Nachtprogramm.

Die Osterfeuer zum Ostersamstag haben eine lange Tradition in der Steiermark. Sobald es dunkel ist, leuchten sie von allen Berghängen her ins Tal. So auch heute.

Entspannt sitzt die Chefinspektorin mit ihrer Schutzbefohlenen vor einer Gartenhütte. Ein riesiger Holzhaufen brennt ein paar Steinwürfe entfernt. Etwa 30 Gäste stehen beisammen, trinken Wein und unterhalten sich glänzend. Ein junger Mann flirtet schon die ganze Zeit mit Ulla. Zwar hat sie kein Interesse an ihm, aber seine Bemühungen tun ihr gut.

Die Wärme des Feuers wirkt entspannend. Das Knacken und Prasseln, der Geruch nach Harz und Rauch erinnern Ulla an die vielen abendlichen Feuer im offenen Kamin zu Hause in Hagen. Ein schönes Gefühl, von dem sie sich jedoch nicht einlullen lassen will. Sie muss jetzt bei Judith dranbleiben. Eventuell kann sie ihr mit einem passenden Gedanken doch noch auf die Sprünge helfen.

„Wer könnte dich hassen?", fragt sie Judith schon wieder. „Wen hast du beleidigt? Wer himmelt dich da an?"

Das nerve. Judith wisse es doch nicht.

Ab sofort solle sie mit weit offenen Augen durch die Welt gehen, rät ihr Ulla. Mit ausgefahrenen Antennen. Sie müsse doch spüren, was rund um sie passiere.

Es ist schon fast drei Uhr früh, als die beiden Frauen in Ullas Wagen steigen.

20 Meter die Straße runter steht ein Wagen.

Unbeleuchtet.

Kaum fährt die Chefinspektorin weg, legt der Mann im grauen Mercedes-Kombi die Kamera weg und startet den Motor. Er folgt dem Mazda sehr vorsichtig. In weitem Abstand. Schließlich weiß er ja, wohin die beiden fahren.

Noch geht es ja nicht um viel. Trotzdem darf Max Paulik jetzt nicht auffallen.

Nicht mit diesem Auto.

***

Ostersonntag, halb neun.

Abgespannt kommt Ulla nach Hause, stellt die Uhren auf Sommerzeit um, trinkt ein Glas Wasser und setzt sich erst einmal aufs Klo.

Danach schlüpft sie in die Sportklamotten und hoppelt raus. Ab ins Gelände. Endlich schmerzt das tiefe Atmen nicht mehr. Ihre Rippen sind also wieder in Ordnung.

Nach einem Nachtdienst schlaucht das Lauftraining mehr als sonst. Außerdem ist sie doch ganz schön aus der Übung. Die Beine sind aus Blei. Sogar Seitenstechen stellt sich ein, und so kehrt sie auch heute recht bald nach Hause zurück. Es folgen ein Bad und etwas Joghurt mit Früchten. Jetzt fühlt sie sich wie neugeboren.

Ist auch gut so, denn Joe ruft an und bestellt sie ins Segafredo.

Essen?

Nein. Aber gegen eine Tasse Kaffee hat sie nichts einzuwenden.

Voller Vorfreude holt sie einen schwarz-weiß karierten Rock aus dem Kleiderkasten, kombiniert einen cremefarbenen Pulli dazu und nimmt die schwarze Lederjacke vom Haken. Flache, schwarze Schuhe? Schaut gut aus.

Draußen ihr rassiger roter Wagen. Von Stunde zu Stunde mag sie ihn mehr.

Als sie auf der seltsam leeren Straße zum Bahnhof fährt, beginnt es monoton zu nieseln. Dafür ist es windstill. Sie nimmt es als gutes Omen.

Heute ist das Parken im Stadtzentrum überhaupt kein Problem. Beschwingt stellt sie den Mazda vor der Hauptpost ab. Sie hat sogar einen Schirm dabei.

Das Segafredo ist hell erleuchtet. Trotz Tageslicht. Feiern die hier etwas? Es gab mal eine Zeit, wo Energiesparen groß in Mode war. Heutzutage ist davon so gut wie gar nichts mehr zu merken.

Im Lokal hängen gerade einmal fünf Gäste herum, und trotz Rauchverbot herrscht ein Gestank, als stünde man mitten in einer Selcherei. Österreich besitzt eines der zahnlosesten Nichtraucherschutzgesetze der Welt. Kein Mensch hält sich daran, doch die Politiker behaupten, es funktioniere alles ganz prächtig.

Maringer sitzt links hinten und tafelt schon mit Schinken, Eiern und Croissants. Äße sie solche Portionen, würde sie platzen. Aber Joe? Bei dem schlägt das offenbar überhaupt nicht an. Ja, das Leben ist ungerecht.

Mürrisch setzt sich Ulla dazu, trinkt einen Cappuccino und schweigt, während er ihr die Ohren vollschwafelt. Nicht zu fassen, wie mitteilsam Männer manchmal sind. Quasselt man als Frau so viel, heißt es, man sei ein Tratschweib.

„Was macht Koschinsky?“, unterbricht sie ihn.

„Trieb sich nachts im Moonlight herum und löste sich dann anscheinend in Luft auf. Komische Art, Ermittlungen zu leiten. Seit ich versuchte, ihm

Benehmen beizubringen, steht der total neben den Schienen."

„So etwas darf nicht mehr passieren", knurrt Ulla „Wenn ihr euch noch einmal wegen mir in die Wolle kriegt, bin ich draußen. Also sieh zu, dass du mit ihm klar kommst."

„Was bleibt mir anderes übrig, als Zurückhaltung zu geloben?" Er lächelt sie an.

Ulla registriert es mit zufriedenem Nicken.

„Die Aufnahme der Protokolle mit den Kollegen der Polizeiinspektion Innere Stadt ist abgeschlossen", erzählt er. „Auf Besonderheiten ist man dabei nicht gestoßen. Die Umfelderhebungen verliefen ebenfalls enttäuschend. Kein Hinweis auf bedenkliche Freizeitaktivitäten, eigenartige sexuelle Vorlieben, einen verdächtigen Freundeskreis oder dergleichen. Die Lebensführung der Leute ist unauffällig. Ein Verdacht auf psychische Probleme hat sich ebenfalls nicht ergeben."

Die Chefinspektorin atmet auf. Wenigstens ist von dieser Seite her alles abgeklärt, geht es ihr durch den Sinn.

Ruhig besprechen sie ihre weiteren Schritte. Er setzt sich an den Computer und durchleuchtet das Vorleben Dutzender Zulassungsbesitzer, sie isst erst einmal mit Mama. Am Nachmittag treffen sie einander im Büro.

Das ist der Plan.

Ein schneller Kuss noch, und sie trennen sich.

Mittag.

Die Steiermark ersäuft im Regen, nur Bruck an der

Mur zeigt sich von der sonnigen Seite. Merkwürdig.

Das Restaurant gegenüber der Mur ist randvoll, aber Ulla hat ja reserviert. Links die Bar, umlagert von schönen Frauen mit Sektgläsern. Mitten drin, als Hahn in Korb, der Chef des Hauses. Wie immer trägt er die kaiserliche Galauniform. Schwarze Hosen mit breiten roten Generalsstreifen, einen weißen Uniformrock mit steifem Kragen und goldenen Rangabzeichen, sowie eine rot-weiß-rote Schärpe. Dazu der weiße Bart. Kaiser Franz-Josef wie er leibt und lebt.

„Grüß Gott. Ich freue mich, dass Sie da sind."

Weg mit dem Sektglas und ein dezentes Lächeln aufgesetzt.

Sie werde erwartet, sagt Ulla. Von ihrer Mutter und deren Begleitung.

„Verstehe. Darf ich bitten?"

Galant geleitet der Herrscher über Brucks bekanntesten Gourmettreffpunkt die Kriminalbeamtin zu Tisch. Das Lokal mit seinen liebevoll zusammengetragenen Antiquitäten ist ein Fest für das Auge. Viele kleine Nischen mit Tischen aus dunklem Holz, Blumenschmuck und Kerzenlicht. An den Wänden Bilder mit den Konterfeis der Mitglieder des Erzhauses. Gedämpftes Gemurmel. Dazu das Klirren von Gläsern und Besteck.

Mama begrüßt sie mit zwei Küssen auf die Wange. Hannelore Spärlich trägt ein rotes Kleid und die Perlenkette, die sie von Ullas Vater zum 30 Geburtstag bekommen hat. Wie unpassend. Mühsam verbeißt sich die Chefinspektorin eine spitze Bemerkung.

Ein neugieriger Seitenblick.

Der Mann neben ihrer Mutter steht auf und neigt den Kopf.

Das hier ist Paul, erklärt Ullas Mutter stolz.

Ulla reicht ihm huldvoll die Hand und setzt sich. Gespanntes Schweigen. Mama hüstelt verlegen. Die Fahrt von Graz nach Bruck sei überhaupt nicht anstrengend gewesen, quasselt sie los. Kein Wunder, bei einem derart rücksichtsvollen und routinierten Fahrer. Und der neue Siebener aus Bayern sei so komfortabel. Und jetzt auch noch dieses wunderbare Restaurant. Schön, dass sie endlich wieder einmal gemeinsam das Osterfest feiern. In derart familiärer Atmosphäre.

Familiär? Gemeinsam? Ullas Unwillen über diese Bemerkung ist ihr unschwer anzusehen.

Der Kaiser erscheint und fragt, ob der Tisch zu ihrer Zufriedenheit sei.

Mama ist begeistert.

Die Weinkarte. Eine feine Auswahl.

Paul will den Wein aussuchen.

Warum nicht?

Er ordert einen Weißburgunder vom steirischen Weingut Wohlmuth und wirft der Tochter seiner Flamme dabei einen prüfenden Blick zu.

Geschmack hat er ja, denkt sich Ulla, während sich ihre Lippen zur leisen Andeutung eines Lächelns kräuseln.

Im Hinblick auf die Speisenfolge lassen sie sich vom Kaiser persönlich beraten und bereuen es nicht.

Sie speisen fürstlich, und der Wein sorgt dafür, dass sich Ulla endlich ein wenig entspannt. Mama isst heute langsamer als sonst und scheint ruhiger zu sein. Glücklich.

Paul gefällt ihr, bemerkt Ulla, sie denkt an ihren Vater und kommt sich wie eine Verräterin vor. Sie hat ihren Vater geliebt. Mehr, als er sie liebte, aber das ist eine Unterstellung, weiß sie und nimmt sich wieder einmal vor, endlich mit der Vergangenheit ins Reine zu kommen.

Das Dessert wird abserviert. Noch etwas Kaffee. Danach unterhalten sie sich angeregt. Paul ist Professor an einer Fachhochschule. Ein äußerst kultivierter Mann. Ausgezeichnete Manieren und geistreicher Humor. Der Wissenschaftler ist jünger als Mutter, überlegt sie. Was findet er bloß an ihr?

Er stellt Ulla ein paar allgemeine Fragen über ihre Jugend und Schulzeit, gefolgt von Erkundigungen über die Verdienst- und Aufstiegschancen bei der Polizei.

Ullas Antworten sind knapp. Fragen zu ihrem Beruf schätzt sie nicht besonders. Sie würde jetzt gerne das Thema wechseln.

Während sie noch überlegt, wird Paul schon konkreter. Woran sie jetzt gerade arbeite, fragt er neugierig.

„Ach. An nichts Besonderem."

„Hannelore erzählte mir etwas von Mord. Ist das nichts Besonderes?"

Widerstrebend berichtet sie von ihrem Fall, skizziert die ganz groben Zusammenhänge und hofft, damit sein Interesse gestillt zu haben.

„Darf ich Ihnen dazu etwas sagen?“ Eine sehr vorsichtig geäußerte Frage.

„Von mir aus.“ Ihre Antwort fällt ruppiger aus als beabsichtigt.

„Es geht doch offenbar um Studentinnen. Und dann gibt es da noch diese Ledersprung-DVD. Ich bin Statistiker. Als solcher denke ich in Wahrscheinlichkeiten. Aufgrund Ihrer Erzählung würde ich die Wahrscheinlichkeit, dass der Täter ebenfalls Student ist, als sehr hoch bewerten. Der Mann hat das Mordopfer verehrt und scheint auch ein gewisses Faible für diese Frau Amras zu zeigen. Außenstehende bemerken das oft eher als die Betroffenen. Es wird also schon jemand spitzgekriegt haben. Erkundigen Sie sich bei den Damen dieser studentischen Verbindung. Frauen haben für solche Dinge ein sehr feines Sensorium.“

Mensch, denkt sich Ulla. Dieser Gedanke hätte ihr eigentlich auch kommen können. Warum hat sie sich nicht schon längst mit Franziska Laska über dieses Thema unterhalten?

„Ich bin so froh, dass du dich mit Paul so gut verstehst“, seufzt Ullas Mutter und streichelt die Hand ihrer Tochter.

Und Ulla? Der ist das auf einmal gar nicht mehr so lästig, wie sonst.

***

Zwei Stunden später in Leoben.

Genervt lümmelt Joe Maringer vor dem Computer und starrt auf seine Dateien. Auch, wenn er sich bloß auf zwei Bezirke beschränkt, hat er es immer noch mit 48 Vorbestraften zu tun, die einen dunklen Geländewagen fahren. Bei 31 Personen ist das Fahrzeug schwarz lackiert. Um die kümmert er sich, den Rest übernimmt der Journalbeamte.

Ein lautes Klopfen an der Tür. Was ist denn? Heute ist Sonntag, da ist außer mit dem Journaldienst und zwei Kripostreifen mit niemandem zu rechnen. Die Uniformierten bevölkern ja nur den vorderen Trakt des Gebäudes, und Ulla klopft nicht.

Es ist Koschinsky. „Nüssler will dich sehen“, sagt er und grinst.

Irgendetwas an dem Mann mahnt Joe zur Vorsicht. Blödsinn. Scheinbar ist er überreizt. Achselzuckend steckt er die Ausdrucke aus der Zulassungsdatei in eine Mappe, erhebt sich und kommt mit.

Im Büro des Chefs der Kriminalabteilung steht das Fenster offen, und er kippt gerade den Inhalt seines Aschers ins Freie. Vor dem Schreibtisch sitzt Ulla. Worum es hier jetzt eigentlich gehe, fragt sie soeben.

„Es geht um Mord“, stellt Koschinsky klar, baut sich dicht neben Nüssler auf, blickt Maringer finster an und deutet auf den freien Stuhl neben Ulla. Der Drogenfahnder nimmt Platz.

Der Mordfall Röhm sei geklärt, sagt Koschinsky und bittet den Kollegen Maringer, seine Handschellen auf den Schreibtisch zu legen. Der schaut zwar erstaunt, tut ihm aber den Gefallen.

Ulla atmet auf, Koschinsky hingegen grinst. „Das hier ist die Lösung", sagt er und deutet auf die Fesseln.

„Bist du besoffen?", fragt Joe.

„Ganz im Gegenteil", kontert Koschinsky. „Im Grunde brachte mich ja unsere Kollegin Spärlich auf die richtige Spur. Die stieß bei ihren Erhebungen nämlich auf einen Mann, der einen schwarzen Geländewagen fährt, sich dunkel kleidet und im Moonlight verkehrt, wo er junge Frauen anbaggert. Die Beschreibung passt exakt auf dich, Freund Maringer. Und du warst dort, als die Röhm entführt wurde. Dafür gibt es eine Zeugin."

Verstört springt Ulla auf. Sie will sich das hier nicht mehr länger anhören.

„Setzen", herrscht Koschinsky sie an. „Du wusstest Bescheid. Die ganze Zeit. Du warst bloß zu feige, um den Tatsachen ins Auge zu sehen. Typisch weibliches Verdrängungsverhalten. Na gut. Ich bin ja auch noch da."

„Du bist gerade dabei, dich bis auf die Knochen zu blamieren", erwidert Maringer kühl.

„Glaube ich kaum", pariert sein Widersacher. „Deine Frau ist tot, und du bist in den besten Jahren. Geil auf Frauen. Auf Studentinnen. In den Nächten, wenn es dich packt, schleichst du dich zur Uni und heulst den Mond an. Danach beginnt die Jagd. Wie das mit Elke ablief, wirst du uns schon noch erzählen. Jedenfalls war sie freiwillig nicht zu haben. Da hast du sie dir eben genommen und mit einer Plastikrose auf der Brust in der Mur versenkt.

Warum warst du dir in letzter Zeit so sicher? Weil Ulla auf dich hereingefallen ist? Dachtest du, die wird dich ewig decken?“

„Jetzt reicht es aber“, unterbricht ihn Ulla.

„Nein“, widerspricht Koschinsky. „Tut es nicht. Erinnerst du dich an die Reifenspuren am Marekkai? Sie stammen von relativ breiten Gummiwalzen, die im Original an Fahrzeugen der Marke Jeep Wrangler Rubicon montiert sind. Maringers Auto. Kurz und gut: Ich habe einen Hausdurchsuchungsbefehl erwirkt. Seit zwei Stunden nehmen Experten des Landeskriminalamts Maringers Haus auseinander. Unter seiner Schlafzimmermatratze wurden sie fündig.“ Triumphierend zieht er ein Paar Handschellen aus der Tasche und hält sie hoch. „P 14.812. Die stammen aus der Polizeiinspektion Innere Stadt. Maringer besuchte dort Kollegen, die mit ihm die Schulbank drückten. Irgendwem wird er dabei den Zugangscode zur Waffenkammer aus der Nase gezogen haben. Egal.“

Jetzt geht er zu Maringer und blickt ihn selbstsicher an. „Du bist verhaftet.“

Maringer erhebt sich. „Ich weiß nicht, wie die Handschellen in mein Haus kommen! Ich habe mit der Sache nichts zu tun“, sagt er.

„Halts Maul!“, brüllt Maringer erbittert und zieht die Pistole. „Nimm die Hände hoch, du verfluchte Drecksau!“

Eine eigenartige Szene. Maringer streckt die Arme zur Seite, Nüssler spielt nervös mit dem Kugelschreiber und Ulla schaut schweigend zum

Fenster raus.

Dann steht auch sie auf. Als ihr Geliebter sie anschaut und sein Blick durch sie hindurchgeht, als sei sie gar nicht vorhanden, dreht es ihr fast den Magen um. Irgendetwas verklemmt sich da in ihr.

„Das brauchst du nicht zu tun, Joe", sagt sie spontan und senkt den Blick. „Du brauchst mich nicht zu schonen. Nicht um den Preis, dafür in den Knast zu gehen. Was ist schon der gute Ruf einer Frau gegen eine ungerechtfertigte Mordanklage?"

Maringer stutzt. Ist seine Kollegin nicht mehr ganz bei Trost?

„Er war in der Mordnacht in der Disco", erklärt Ulla mit fester Stimme. „Allerdings bloß bis halb zwei. Danach war er bei mir und wir hatten Sex miteinander. Die ganze Nacht. Übrigens: Es war ganz besonders schön. Noch Fragen?"

Der Abend bricht an.

Koschinsky hat Ullas Aussage zu Protokoll genommen und sich mit Nüssler an einen unbekannten Ort verzogen. Unterdessen werden Einbruchsspuren an Maringers Haus untersucht. Offensichtlich war die Terrassentür mit einem speziellen Brecheisen aufgezwängt worden. Fingerabdrücke? Fehlanzeige, aber die Werkzeugspur könnte unter Umständen zum Täter führen.

Ulla und Joe schmusen derweil in Maringers Büro. Ob ihr klar sei, was sie da für ihn getan habe, will er wissen.

„Ja doch. Ich hab dir meine Zunge in den Mund

gesteckt", grinst sie.

„Nein. Davor." Jetzt ist er ganz ernst.

„Du brauchst dir da keine Sorgen zu machen. Ich weiß schon, was ich tue. Ich vertraue dir nämlich. Bedingungslos. Angeblich ist das ja die Grundlage echter Liebe." Sie lacht. „Hast du Probleme damit? Du guckst so komisch."

„Ich bin immer noch sprachlos", gesteht er. „Das passiert mir sonst nicht. Seit ich meine Frau begraben musste, ist mir noch nie jemand so nahe gekommen."

„Und?", fragt sie. „Glaubst du, sie würde das zwischen uns beiden nicht haben wollen?"

Joe schüttelt den Kopf. „Lara würde es verstehen", sagt er. „Da bin ich ganz sicher."

„Na, dann ist ja alles gut", atmet sie auf. „Aber zurück zu unserem Fall. Wir sollten jetzt noch einmal gut nachdenken. Da bringt jemand ein Mädel um, versetzt ein anderes in Angst und Schrecken und legt ganz bewusst Spuren zu dir. Damit verrät er eigentlich eine ganze Menge über sich. Du hast jemanden gegen dich aufgebracht. So sehr, dass er in dein Haus eindringt und dir ein Beweisstück unterjubelt. Es könnte sich um einen Studenten handeln. Geh deine alten Fälle durch. Du wirst ihn finden."

„Nicht zu vergessen die Handschellen", meint er lächelnd. „Wie kam er an die? Das ist nach wie vor ungeklärt."

Joe solle sich in diese Fragestellungen hineinknien, entscheidet Ulla. Sie selbst werde versuchen, im studentischen Umfeld die Antworten auf ein paar wichtige Fragen zu bekommen. Und zwar gleich.

Ein herrisches Klopfen. Die Tür schwingt auf. Wie aus dem Boden gewachsen steht Koschinsky vor ihnen.

„Du gottverdammtes Arschloch!“ Wie der Blitz geht Maringer mit geballten Fäusten auf seinen Widersacher los, aber Ulla wirft sich dazwischen und schafft es, die beiden Kampfhähne voneinander zu trennen.

„Was willst du?“, fährt die Chefinspektorin ihren Grazer Kollegen an.

„Abklären, ob wir trotzdem weiter zusammenarbeiten, oder ob ich mir ein anderes Team suchen muss“, erwidert der und rückt sein Sakko zurecht.

„Du warst auch im Moonlight, als Elke Röhm verschwand, nicht wahr?“ Ullas Stimme bebt vor verhaltenem Zorn.

„Ich weiß zwar nicht, was es dich angeht, aber es stimmt“, pariert Koschinsky kaltblütig.

„Die Kellnerin rief mich an“, klärt ihn die Chefinspektorin auf. „Gleich, nachdem sie von dir ausgequetscht worden war. Sie hatte meine Karte.“

„Ich war auf einem Klassentreffen und ging danach in die Disco“, rechtfertigt sich Koschinsky unwillig. „Wenn dich die Dame interessiert, die mich erhört hat: Hier ist ihre Telefonnummer. Maringer ist mir dabei übrigens nicht aufgefallen.“

„Schon gut“, unterbricht ihn Ulla. „Interessiert mich nicht. Ich will Elke Röhms Mörder. Der bist du nicht.“

„Na, da hab ich ja noch einmal Glück gehabt.

Also, was ist nun: Arbeiten wir weiter gemeinsam an diesem Mordfall oder wollt ihr aussteigen?"

„Wir sind beide weiter im Boot", erwidert Ulla rasch und blinzelt Joe zu.

„Freut mich", behauptet Koschinsky. „Dann sehen wir uns morgen."

Schon ist er draußen. Dafür steckt Nüssler seinen Kopf zur Tür herein und bittet seinen Drogenfahnder zu einem klärenden Gespräch.

Also fährt Ulla allein nach Proleb.

19.30 Uhr. Ulla ist müde. Ihr Schlafmangel macht sich bemerkbar.

Ungeduldig klingelt sie an Gottfried Tesslars Tür. Der öffnet in knappen Jeans und mit nacktem Oberkörper.

„Sieh mal einer an", grinst er. „So spät noch unterwegs, Frau Kommissar?"

„Scharf beobachtet", antwortet sie. „Ziehen Sie sich ruhig was über. Ich könnte es mir nicht verzeihen, wenn Sie sich wegen mir erkälten. Und sagen Sie Franziska, dass ich sie sprechen muss."

Wortlos lässt der Student seinen Gast eintreten, geht mit Ulla nach oben und verschwindet im Schlafzimmer, während sie bis ans Ende des Flurs weitergeht und sich ins Wohnzimmer setzt. Auf die Ledercouch. Dort ist es relativ gemütlich.

„Es ist nicht zusammengeräumt", murmelt Tesslar, der jetzt einen Sweater trägt.

„Egal", brummt Ulla.

Unsicher bietet er ihr eine Tasse Kaffee an. Sie

lehnt ab. Ein Glas Wein? Wasser wäre ihr lieber. Also stellt er ihr eine Flasche Selters hin. Derweil schlurft Franziska Laska daher. Barfuß und im Bademantel.

Sie habe noch ein paar Fragen, leitet die Chefinspektorin ein. „Elke wurde die Unterwäsche gestohlen. Im Asia Spa, und zwar drei Tage vor ihrem Verschwinden. Können Sie sich auf diesen Vorfall einen Reim machen?"

Tesslar und Laska schütteln die Köpfe. Von der Sache wüssten sie nichts, sagen sie.

„Kennen Sie einen Studenten, dem Sie so etwas zutrauen?"

Tesslar verneint. „Zu der Art Männer gehöre ich nicht", sagt er. „Das habe ich nicht nötig. Keine Ahnung, wo ich mich während der Tage vor Elkes Verschwinden aufhielt. Im Asia Spa war ich aber definitiv nicht."

Ulla nickt. „Ich suche nach einem Studenten", sagt sie. „Nach einem, der hinter den Schönsten der Schönen her ist und sie furchtbar gerne filmt. Einen, der ein Video über die Ledersprungzeremonie drehte, sich vorwiegend schwarz kleidet und einen dunklen Geländewagen fährt."

Ratloses Schweigen.

„Es besteht eine hohe Wahrscheinlichkeit dafür, dass Sie den Mann kennen, den ich suche", bleibt Ulla hartnäckig und lässt ihre Gesprächspartner nicht aus den Augen. „Unter Umständen taucht er ab und zu sogar bei den Verbindungstreffen auf. Einer, der sich an junge Frauen heranmacht und immerzu abblitzt."

„Ganz spontan fiele mir da eigentlich bloß Max ein“, murmelt Franziska Laska grübelnd und sieht ihren Freund ratlos an. „Der fährt aber einen ganz konservativen Mercedes-Kombi und ein Faible für schwarz hätte ich bei ihm auch noch nicht festgestellt“, relativiert Tesslar. „Filmen? Würde passen. Ledersprungzeremonie? Ja. Doch. Darauf ist der Typ ganz schön versessen. Ist ja selber Burschenschaftler.“

„Genauer bitte.“

„Max Paulik, Mitglied im Corps *Bergstadt*. Nicht, dass er da besonders auffallen würde, aber er ist mit dabei.“

„Und es gibt Gemeinsamkeiten mit der Akademischen Damenverbindung *Glut*, nicht wahr?“

„Schon. Man achtet einander. Ab und zu gibt es auch gemeinsame Feiern. Meist auf neutralem Boden, also in einem Gasthaus.“

„Max“, überlegt Franziska. „Ein schöner Mann. Bis auf sein Stottern. Das stört schon ganz wahnsinnig, und deshalb bekommt er auch kaum eine ab. Ich glaube nicht, dass der auch nur einer Fliege was zuleide tun könnte. Nein. Und sonst? Im Augenblick habe ich da niemanden vor Augen, aber wir denken weiter darüber nach. Könnte ja sein, dass uns noch etwas einfällt.“

„Nur der Vollständigkeit halber: Wo wohnt dieser Paulik?“, fragt Ulla.

In der Seegrabenstraße, irgendwo in der Nähe der Tennisplätze, erfährt sie von Laska. Max sei der Sohn des bekannten Innenarchitekten. Er studiere

Kunststofftechnik. Nicht besonders erfolgreich, aber dafür beharrlich.

Ulla bedankt sich, trinkt ihr Wasser aus und geht.

Als breite der Herrgott ein dunkelgraues Tuch über die Welt, bricht jetzt die Dämmerung herein.

Irgendetwas in Ullas Kopf beginnt zu schwingen. Mit dem hatte sie doch schon mal zu tun? Aber ja, der sollte doch zusammen mit seinem Vater die Möblierung der Polizeiinspektion machen! Mehr und mehr fällt ihr zu Paulik ein: Er studiert mit Frank, war ihr im Moonlight lästig gewesen, genau.

Mal sehen, was Joe zu diesem Namen sagt.

***

Halb zwei Uhr früh.

Neben dem Hauptbahnhof parken ein paar Autos. Menschen sind nicht zu sehen.

Es ist sehr finster und trocken, aber der Wind weht Koschinsky kräftig ins Gesicht.

In der Schalterhalle lungern zwei Penner herum, auf die ein Sicherheitsbeamter der ÖBB einredet. 30 Meter weiter zwei Frauen mit Koffer und eine Gruppe Jugendlicher mit Reisetaschen und Rucksäcken. Junge, gutgelaunte Sportler, die von zwei Trainern begleitet werden. Sie machen Witze über die beiden armen Schlucker, die der Typ in seiner gelben Warnweste zum Aufstehen zwingt und aus dem Gebäude weist. Gottergeben schlurft der Mann im langen grünen Lodenmantel zum Ausgang und trollt sich. Die alte Frau im abgetragenen braunen Wollmantel dagegen eilt in die andere Richtung.

Grinsend durchquert der Kriminalbeamte die Halle, folgt der Alten über die Treppe nach unten und sieht sich neugierig um. Geradeaus geht es zu den Bahnsteigen, rechts zum Klosett. Das riecht man. Die weißen Wandfliesen sind mit Stiften beschmiert und besprayt. Vor dem Eingang zum Damen-WC eine Schlafstelle. Ein blauer Schlafsack, ein Packen alter Kleider und ein Stuhl mit einem Teller voller Münzen. Koschinsky legt eine Fünfeuronote darauf. Das bewirkt, dass die Hausiererin zu seinen Füßen überrascht aufschaut.

„Ich bin Bernd", stellt sich der Chefinspektor vor und hockt sich nieder. Ein kurzer Händedruck.

„Ich heiße Martha", entgegnet die Frau. „Sie sind von der Polizei?"

„Ja. Stört Sie das?"

Ein verständnisvolles Lächeln. „Nein."

Ruhig stellt Koschinsky seine Fragen. „Wohnen Sie jede Nacht hier?"

„Am Bahnhof. Natürlich. Ich habe sonst keine Möglichkeiten."

„Was tut sich da nach Mitternacht?"

„Nicht viel. Zwischen eins und vier halten bloß zwei Personenzüge. Danach ist wieder alles friedlich."

„Und vor dem Bahnhof? Treibt sich da wer herum? Ich interessiere mich für einen Mann. Schwarz gekleidet."

„Der kommt meist an den Wochenenden. Ab und zu kommt ein zweiter."

Jetzt ist Koschinsky hellwach. „Zwei? Gehören die

zusammen?"

„Wo denken Sie hin", lacht die Bettlerin. „Ganz im Gegenteil."

„Wieso? Können Sie mir das erklären?"

„Scheint so, als ob der Jüngere den Älteren belauert", murmelt die Alte. „Wenn er da ist, folgt er ihm bis zur Montanuniversität. Und dabei will er unbemerkt bleiben."

„Können Sie den, der den anderen beschattet, vielleicht beschreiben?", fragt Koschinsky und zückt sein Notizbuch.

„Wenn Sie mir noch fünf Euro auf den Teller legen, fällt mir dazu sicher etwas ein", lächelt die alte Frau.

Geldgieriges Luder. Aber wenn Koschinsky den Mordfall vor seinen beiden Kollegen klären will, muss ihm eine gute Information auch etwas wert sein.

Missmutig gibt er ihr das Geld, nimmt sein Notizbuch zur Hand und hört zu, was die Pennerin ihm zu sagen hat.

Am nächsten Morgen stehen Nüssler und Koschinsky im Hof des Kommissariats und rauchen.

Von einem wolkenlosen Himmel lacht die Sonne, und Koschinsky blinzelt ihr zu, greift in seine Sakkotasche und setzt seine dunkle Sonnenbrille auf.

„Die Sache mit Maringer tut mir leid", versichert er. „Da sind wohl die Rösser mit mir durchgegangen. Ärgerlich. Inzwischen gibt es Hinweise darauf, dass ein junger Bursche dem Kollegen nachspioniert. Zum Glück existiert eine relativ gute Personenbeschreibung. Ich lasse gerade ein Phantombild anfertigen."

„Und?", fragt Nüssler. „Was weiter?"

„Wenn wir Maringer beschatten, könnten wir seinen Verfolger kriegen. Und dann die Reifen. Sie erinnern sich? Die Spur, die wir am Marekkai sicherstellten. Wir kennen Typ, Dimension und Baujahr des Reifens. Diesen Gummi verkauft man nicht alle Tage. Gut möglich, dass sich der Verkäufer an einen solchen Kunden erinnert."

„Hört sich nicht schlecht an", sagt Nüssler. „Und womit sollen sich die Kollegen Spärlich und Maringer inzwischen beschäftigen?"

„Die dürfen sich erst einmal abregen und gezielt die Zulassungsbesitzer aller schwarzen Jeeps überprüfen. Egal ob vorbestraft, oder nicht. Am Nachmittag rede ich dann mit ihnen und lege das weitere Programm fest."

Der Major nickt.

Als er in sein Büro kommt, klingelt das Telefon. Im Auftrag ihres Chefs erkundigt sich die Sekretärin des Oberbürgermeisters über den neuesten Ermittlungsstand in Sachen Mädchenmord.

Mein Gott. Als ob Nüsslers Job darin bestünde, die Neugierde von Politikern zu befriedigen. Fast hätte der Major den Hörer wortlos auf die Gabel geknallt. Der Fall stehe kurz vor der Klärung, knurrt er stattdessen und trägt der jungen Dame auf, dem besorgten Stadtoberhaupt seine besten Grüße zu überbringen. Sodann holt er den Journalbeamten ins Büro. Der solle sich schlau machen, ob irgendwo weitere Frauen in Elke Röhms Alter abgängig seien. Könnte ja durchaus sein, dass ihr Mörder auch anderswo schon seine Spuren hinterließ.

Indessen sitzen Ulla und Joe in Maringers Büro und studieren die Strafakte Max Paulik. Wenn auch schon Jahre vergangen sind: Der Drogenexperte erinnert sich. Erhebungen im Gymnasium. Eine ganze Drogengang wurde geschnappt. Wie immer ging neben den Drahtziehern auch genug Kleinzeug ins Netz. So auch der Sohn des Innenarchitekten. Kokainbesitz. In einer Menge, die den Verdacht des Drogenhandels nahelegte. Vor Gericht konnte dem Schüler dann das Dealen nicht vollständig nachgewiesen werden. Auch, weil er behauptete, das Zeug sei ihm von jemandem untergeschoben worden. Nebenbei gesagt, erinnert sich Joe, habe er sich schriftlich gerechtfertigt. Reden konnte er nicht. Dazu war er zu aufgeregt. Der sonst so auf Härte bedachte Oberbürgermeister machte sich damals übrigens sehr für diesen Jungen stark. Ergebnis: Drei Monate auf Bewährung.

„Paulik. Das könnte die Lösung sein", freut sich Ulla.

„Der Geländewagen fehlt", widerspricht Joe.

„Und wenn schon. Mit Paulik reden kann auf keinen Fall falsch sein", entscheidet Ulla. Die Adresse sei ihr bereits bekannt. Ein Haus in der Seegrabenstraße, zehn Minuten von ihrer Wohnung entfernt.

Die beiden machen sich sofort auf den Weg.

Selbstverständlich, ohne Koschinsky davon zu

informieren.

Eine halbe Stunde später.

Dort, wo der Asphalt der Seegrabenstraße endet und die sanft ansteigende Straße steiler bergan führt, schlug einmal das schwarze Herz der Stadt.

Schutzengelschacht, Richardschacht und Wartingbergschacht waren der Stolz eines Reviers, das Tausende von Menschen ernährte und sich von den Nordausläufern des Hochschwabs bis unter den Stadtkern vorschob. Hier war der Bergbau schon in den fünfziger Jahren des letzten Jahrhunderts zugrunde gegangen, ehe 20 Jahre später auch die Schächte am Münzenberg dicht machten. Ein Drama, das der Stadt beinahe das Genick brach.

Das Haus, nach dem sie suchen, steht in Sichtweite zu den Tennisplätzen und schmiegt sich rechter Hand an die Ausläufer eines Jungwalds. Es ist sehr groß, mit hellgelber Fassade, weißen Fenstern und einem Edelstahlzaun. Vor dem Anwesen ein silbergrauer Mercedes. Joe geht an den Zaun und läutet.

Nichts rührt sich.

Vorsichtig klettern die beiden Fahnder auf das Grundstück. Ulla umrundet das Gebäude, späht durch die Fenster und klopft. Nichts zu hören, nichts zu sehen. Inzwischen läutet Joe an der Haustür. Ohne Erfolg.

So ein Mist. Was tun? Die nächsten Bauten sind ungefähr 20 Meter entfernt. Sie werden dort einmal nachfragen.

Das wiederum gestaltet sich heikler als gedacht.

Die Leute sind misstrauisch. Die wollen in nichts hineingezogen werden, aber Ulla gelingt es doch noch, das eine oder andere aus ihnen herauszulocken.

„Wie ist er denn, Ihr Nachbar? Sagen Sie es mir. Bleibt unter uns. Versprochen."

„Max Paulik? Ein ruhiger, angenehmer Mensch. Der Bursche sieht gut aus, ist freundlich und nett. Behindert halt. Was das Sprechen anbelangt. Wahrscheinlich ist er deshalb so schüchtern. Dass der Mercedes vor dem Haus parkt, besagt nichts. Max darf ja auch die Firmenautos seines Vaters benützen. Verschiedenste Fabrikate. Ansonsten gibt es nicht allzu viel über ihn zu sagen."

„Seine Eltern?"

„Die gehören zur Guten Gesellschaft. Sie besuchen ihn nie."

Mehr ist nicht zu erfahren. Die Leute kennen den jungen Paulik ja kaum.

Unverrichteter Dinge steigen Ulla und Joe wieder in den Dienstwagen, fahren auf der abschüssigen Straße zur alten Bergbaudirektion, stellen sich mit ihrem blauen Ford in die verlassene Einfahrt und warten. Ist der Verdächtige zu Hause und markiert den Toten Mann, wird er mit seinem Mercedes hier vorbeidüsen. Früher oder später.

Mittlerweile verlässt Max Paulik den Fensterplatz im Obergeschoss, eilt in den Keller, holt zwei Reisetaschen aus einem Vorratskasten und packt. Im Schlafzimmer zieht er sich einen grauen Anzug, ein weißes Hemd und eine rot-weiß gestreifte Krawatte über. Danach öffnet er den Wandtresor und verstaut den Reisepass und ein paar Packen Banknoten in einer der Taschen. Schnell noch eine schwarze Jacke hineingestopft und den dunklen Mantel bereitgelegt. Mehr Gepäck würde ihn nur belasten. Zehn Minuten später kommt sein Taxi.

Zu diesem Zeitpunkt läutet 500 Meter weiter gerade Ullas Telefon. Koschinsky ist dran. „Der Jeep, von dem unsere Reifenspur stammt, gehört der Firma Raumdesign exklusiv, mit Sitz in Leoben, Brucker Straße 331“, berichtet er. „Besitzer ist ein gewisser Werner Paulik, der unter anderem für die Möblierung der Polizeiinspektion Innere Stadt verantwortlich zeichnet. Bei der Eröffnung der neuen Dienststelle waren neben dem Oberbürgermeister und dem üblichen Politikertross auch der Baumeister und der Innenarchitekt geladen. Paulik ist in Begleitung seines Sohns erschienen. Die Ehrengäste hatten zu allen Räumlichkeiten Zugang. Auch zum Waffenraum. Wobei sie zwar von Kollegen begleitet wurden, aber die hatten ihre Augen ja auch nicht überall.“

„Hinter Paulik sind wir schon seit einer Stunde her“, unterbricht ihn Ulla. „Er ist nicht zu Hause.“

„So? Ihr seid schon dort?“ Man hört Koschinskys Stimme deutlich an, wie sauer er ist. „Jedenfalls ist die Fahndung nach Paulik bereits eingeleitet, und der Staatsanwalt weiß Bescheid. Der Hausdurchsuchungsbefehl muss jeden Augenblick im Kommissariat eintreffen. Ihr beobachtet also das

Haus und wartet ab. Das Sondereinsatzkommando ist in einer Viertelstunde vor Ort."

„Verstanden", sagt die Chefinspektorin und legt auf.

„Unser Student hat die Handschellen bei der Dienststelleneröffnung gestohlen", murmelt Ulla kopfschüttelnd. „So einfach ist das. So erschreckend simpel. Die Lösung lag vor unseren Augen, und wir haben es nicht kapiert, verdammt noch einmal."

Derweil steigt Paulik in aller Ruhe in sein Taxi und lässt sich zum Bahnhof bringen. Ulla und Joe stehen gerade an der geöffneten Heckklappe ihres Autos und helfen einander beim Überziehen der Schutzwesten, als der weiße Mercedes an ihnen vorbeibraust.

Wie dumm doch die Bullen sind, freut sich der Student. An der nächsten Kreuzung setzt Paulik seine Sonnenbrille auf.

Auf einmal hat er richtig gute Laune.

***

Und schon wieder ändert sich das Wetter.

Anscheinend wird es doch bald Frühling, freut sich Ulla, legt den Kopf in den Nacken und blinzelt lächelnd in die Sonne, während vier vermummte Polizisten das Haus umstellen.

Zwei weitere brechen die Eingangstür auf.

Ein paar Herzschläge später stürmt das Sonderkommando den Bau. Wenig später dürfen auch Ulla, Joe und Koschinsky das Gebäude betreten. Sie finden gepflegte, geschmackvoll eingerichtete Zimmer vor. Alles sehr akkurat aufgeräumt. Weder herumliegende Kleidung, noch benütztes Geschirr. Nichts, das die klinisch saubere Ordnung stören würde. Im Keller ein Zimmer mit einem Aquarium und einem Bett. Davor ein Kamerastativ.

Paulik ist nirgendwo zu finden.

Der Vogel ist ausgeflogen.

***

Zum selben Zeitpunkt kauft fünf Kilometer weiter der Gesuchte ein Ticket erster Klasse und steigt in den Schnellzug nach Wien. Ein bequemes Abteil. Max hat es ganz für sich allein. Erst liest er die Zeitung, dann schaut er aus dem Fenster und genießt die ruhig an ihm vorüberziehende Landschaft. Wenn er vorgehabt hätte, nach Wien zu fahren, hätte er ein wenig geschlafen, aber er hat ja ganz andere Pläne.

Schon in Bruck an der Mur verlässt er den Zug, eilt über die Gleisunterführung ins Hauptgebäude, schlendert ins Klo und sperrt sich dort ein. In schwarzer Hose, hellblauem Hemd und sportlichem, blauem Sakko verlässt er ein paar Minuten später den Toilettentrakt und eilt zum Busbahnhof. Eine schwarze Jacke über eine der beiden Reisetaschen gelegt.

***

In Pauliks Haus legt sich die Aufregung. Die

Spurensicherung übernimmt das Kommando, während Koschinsky genervt an der Säule des Gartenzauns lehnt und Nüssler sowie dem Staatsanwalt berichtet.

Nach einer Weile stößt auch Ulla zur Gruppe und schlägt vor, Judith Amras vom aktuellen Stand der Dinge zu informieren und sie ab sofort rund um die Uhr zu bewachen. Der Major ist sofort einverstanden, greift nach dem Telefon und erteilt die notwendigen Anweisungen.

Eine Polizeistreife meldet sich per Funk. Pauliks Vater weile beruflich in Innsbruck. Seine Mutter sei zu Hause, wisse aber über den Aufenthaltsort ihres Sohns nicht Bescheid. In der Firma sei er jedenfalls nicht.

Kurz darauf rufen die beiden Kriminalbeamten an, die Nüssler in die Universität entsandte. Heute gäbe es keine abendlichen Lehrveranstaltungen, an denen der Gesuchte teilnehmen müsse, berichten sie. Allem Anschein nach halte er sich auch nicht auf dem Universitätsgelände auf.

Ulla telefoniert mit Tesslar. Dann mit Franziska Laska. Beide haben keine Ahnung, wohin sich Max Paulik verkrochen haben könnte. Eine Freundin? Welche Freundin? Männliche Bekannte? Ab und zu sei er im Corpshaus anzutreffen. In der Vordernberger Straße.

„Corpshaus", murmelt Koschinsky gedankenverloren, dreht sich um und macht sich auf die Socken. Allein. Erste Journalisten erscheinen. Der Staatsanwalt gibt ein Interview. Vorerst suche man Paulik als Zeugen, lügt er. Details könne er der Presse noch nicht verraten. Dazu sei es zu früh.

Währenddessen erfährt Ulla von einem der Nachbarn, dass Paulik mit einem Taxi flüchtete und zwei Reisetaschen dabei hatte. Sofort schlägt die Chefinspektorin Alarm. Minuten später riegeln Polizisten den Bahnhof ab, und Kriminalbeamte befragen den Mann am Kassenschalter. Innerhalb kürzester Zeit ist alles klar. Paulik ist auf dem Weg in die Bundeshauptstadt. Ulla schlägt vor, beim nächsten Halt des Zugs Kriminalbeamte in die Waggons zu schleusen. In Wiener Neustadt wäre das jetzt eventuell noch machbar. Nüssler telefoniert und organisiert das. Danach eilen sie ins Kommissariat, senden ein Fax nach Wien und ersuchen auch dort um Amtshilfe.

***

Eine halbe Stunde später.

In moderatem Tempo passiert der Linienbus Bruck an der Mur-Leoben die Ortschaft Niklasdorf. Ein paar Kilometer weiter steigt Max Paulik aus. In Sichtweite zur Haltestelle steht das Hotel Brücklwirt, und 100 Meter weiter ein eingezäuntes Grundstück mit einem einsamen Schuppen. Paulik Senior hat das Gelände irgendwann einmal günstig gekauft, vor 20 Jahren als Lagerhalle verwendet und anschließend wieder vergessen. Vor einem Jahr hat sich Max in diesem tristen Betonbau ein kleines Zimmer eingerichtet. Für Notfälle. Demnach ist er hier bestens aufgehoben. Und dank eines neuwertigen Opel

Astra, den er im Schuppen verborgen hält, ist er sogar mobil.

Der Platz ist ein idealer Ausgangspunkt für seine weiteren Aktivitäten.

Dessen ist sich Max ganz sicher.

***

Zwei Stunden später in Wien.

Polizei umstellt den Eurocity aus der Steiermark.

Aufruhr.

Lautsprecherdurchsagen.

„Bitte bleiben Sie in den Waggons", heißt es.

Beamte mit Fahndungsfotos steigen ein. Knapp nach 16 Uhr teilt man den Kollegen in der Steiermark mit, dass von Paulik jede Spur fehle.

Mittlerweile unterhält sich Maringer mit der Mutter des Gesuchten. Die erzählt von einem Bruder ihres Mannes in Wiener Neustadt. Max mag seinen Onkel sehr. Von Kindheit an. Sofort gibt Joe die Nachricht weiter.

18 Uhr. Ein Pub am Hauptplatz.

Allgemeine Lagebesprechung.

Nüssler, Koschinsky, Maringer und Spärlich stehen am Tresen. Der Major telefoniert mit der Spurensicherung und erfährt, dass in Pauliks Keller blondes Haar sichergestellt wurde. Frauenhaar.

Der Major bedankt sich und legt lustlos auf. Was nützen alle Indizien und Beweise, solange der Täter noch auf freiem Fuß ist. Die Kollegen in Wiener Neustadt konnten Pauliks Onkel noch nicht finden.

Auch die Versuche, ihn telefonisch zu erreichen, schlugen fehl.

Das klingt nicht gut.

Und die Ermittler sind sich uneins. Der Fall verlagere sich nach Niederösterreich und müsse vom BKA übernommen werden, meint Koschinsky. Nüssler will, dass seine Leute trotzdem weiter am Ball bleiben. Maringer sagt, Paulik könne überall aus dem Zug gestiegen sein, nicht nur in Wiener Neustadt.

Ulla hört zu und denkt nach. Sie traut Paulik sowieso zu, alle an der Nase herumzuführen und in Wirklichkeit immer noch hinter Judith Amras her zu sein.

Am Ende einigen sie sich auf einen Kompromiss. Die örtlichen Fahndungsmaßnahmen bleiben aufrecht. Unter Ullas Leitung. Unterdessen übernimmt Koschinsky die Fahndung in Wiener Neustadt. Die Detailabsprachen mit dem BKA übernimmt Nüssler.

Noch ein schnelles Bier. Ein flüchtiger Gruß. Er wünsche ihnen alles Gute, murmelt Koschinsky der Form halber, ehe er abhaut.

Keiner weint ihm eine Träne nach.

Am allerwenigsten Ulla.

Im Kommissariat herrscht immer noch Hektik.

Der Löwenanteil der Großfahndung liegt jetzt in der Hand der uniformierten Kollegen.

Im Trakt der Kripo ist es ruhiger.

Dort ist jetzt Ullas methodische Art gefragt. Handstreichartig besetzt sie mit Maringer den Journaldienstraum und erteilt ihre Anweisungen.

Pauliks Konterfei geht noch einmal an alle Bahnhöfe, Grenzstellen und Flughäfen im Bundesgebiet. Interpol wird eingeschaltet. Kripostreifen überprüfen Gasthöfe, Bars und Hotels und befragen Bus- und Taxilenker. Danach streifen sie auch noch durch Tanztempel und Studentenlokale. Ohne Erfolg.

Inzwischen sitzen Ulla und Joe in der Stadtleitstelle und verfolgen die Fahndung. Als Ulla nach Mitternacht noch rasch ins Büro huscht, den Computer startet und prüft, was sich im Internet Neues tut, streift ihr Blick die Zimmerlinde. Die gedeiht plötzlich prächtig. Ganz unverhofft. Ein gutes Omen?

Gegen halb eins fährt Joe Maringer seine Kollegin nach Hause. Die ist gedanklich noch immer weit weg. Derweil steckt ihre Hand in der Jackentasche und spielt mit ihrem Talisman.

„Bist du sehr müde?", fragt er sie.

„Nicht müder als du", antwortet Ulla neckisch, streicht ihr Haar zurück und wirft ihm einen herausfordernden Blick zu.

„Eine Tasse Kaffee wäre jetzt gut. Du hast nicht zufällig eine gute Kaffeemaschine zu Hause?"

„Und was für eine. Die musst du dir einfach anschauen", erwidert sie.

Ihrer Oberbekleidung entledigen sie sich bereits im Korridor. Der Rest an Textilien fällt auf dem Weg ins Schlafzimmer. Als Ulla gegen halb drei erschöpft einschläft, liegt Joe noch eine Weile wach und denkt an Lara. Heute hat er jedoch kein schlechtes Gewissen dabei und schläft auch ziemlich bald wieder ein.

Kurz nach vier. Ulla wird schlagartig munter. Wovon? Keine Ahnung. Joe jedenfalls schlummert neben ihr und murmelt im Schlaf. Mit einem unsicheren Lächeln streichelt sie sein Haar. Dann rollt sie sich aus dem Bett, schleicht in die Küche und trinkt ein Glas Wasser.

Es ist sehr still im Haus. Vor dem Fenster Nebelfetzen. Geisterhaft.

Schaudernd läuft sie zurück ins Schlafzimmer. Das Bett so weich und die Decke so warm. Aufatmend schmiegt sie sich an Joes nackten Rücken. Früher oder später wird Max Paulik gefasst werden. Das ist dann auch ihr Verdienst. Damit wäre ihr erster Mordfall geklärt und ihre Duftmarke gesetzt.

Ulla hätte allen Grund dazu, mit sich zufrieden zu sein.

Warum zum Teufel ist sie es nicht?

„Es ist noch nicht vorbei“, murmelt sie.

Irgendetwas in ihr warnt sie davor, sich jetzt schon allzu sicher zu fühlen.

***

Ein trüber, vorerst noch trockener Morgen.

Es riecht nach Joe. Immer noch.

Im Badezimmer so viel mehr Wärme als sonst. Ulla drehte die Heizung an, damit sich ihr Liebster nur ja nicht erkältet.

Und Maringer? Der hat die Morgentoilette schon hinter sich gebracht und macht jetzt Frühstück.

Wie wenig der Mensch eigentlich braucht, um glücklich zu sein, überlegt die Chefinspektorin, zieht den Bademantel aus, cremt ihre Haut ein, trägt neues Parfum auf und wirft dabei ab und zu einen Blick in den Spiegel. Und wie soll sie es anstellen, damit das flüchtige Glück nicht gleich wieder auf und davon fliegt?

Als sie vor dem Kleiderkasten steht, entscheidet sie sich für schweres Geschütz. Schwarze, knappe Spitzenunterwäsche, ein sehr kurzes grünes Wollkleid, schwarze Strümpfe und eher flaches, aber interessant geschnittenes italienisches Schuhwerk. Angriffslustig hebt Ulla das Kinn, spitzt die Lippen und sucht nach ihrem Lippenstift. Volle Kriegsbemalung. Mal sehen, wie ihr Kollege auf diesen Angriff reagiert.

Joe fallen fast die Augen aus dem Kopf, als sie sich ihm gegenüber zu Tisch setzt.

Das gilt auch für den Journalbeamten, bei dem Ulla eine Stunde später antanzt. Sie registriert es mit einem coolen Lächeln und studiert vorerst einmal die Berichte der Nachtstreifen, während ihr Mitarbeiter immer noch nach Atem ringt. Um halb neun erwartet Nüssler sie in seinem Büro. Joe sitzt auch schon dort.

Ein hilfloses Seufzen, verbunden mit ratlosem Stirnrunzeln und Hochziehen der Augenbrauen. Nüssler hat sich schnell im Griff, erhebt sich und spaziert erst einmal ans Fenster. Was man ihrer Meinung nach in Sachen Röhm jetzt noch tun könne, fragt er, zieht einen Glimmstängel aus seinem Zigarettenetui, registriert Ullas missbilligenden Blick und steckt die Marlboro wieder weg.

„Zunächst einmal Judith Amras weiter bewachen", schlägt Ulla selbstbewusst vor. „Danach die Studienkollegen und Professoren Pauliks befragen und mit seinen Eltern ein Protokoll aufnehmen. Womöglich bekommt man dabei einen Tipp zum Aufenthaltsort des Gesuchten. Mehr ist unter den gegebenen Umständen derzeit nicht drin."

Nüssler ist einverstanden. Zufrieden ist er nicht.

„Der Staatsanwalt wünscht einen ausführlichen Bericht", sagt er. „Kümmert euch darum. Seit Jahresbeginn verschwanden acht Frauen im Bundesgebiet. Prüft nach, ob es Indizien dafür gibt, dass Paulik mit einem dieser Vorfälle im Zusammenhang steht."

Ulla und Joe nicken.

Es folgt der Spruch des Tages.

Eine inzwischen gewohnte Prozedur.

***

Das Bett ist eine Spur zu hart, findet der Mann, nach dem jetzt alle suchen, und auch sonst ist sein Ausweichquartier ganz und gar nicht das Gelbe vom Ei.

Ein Provisorium eben.

Wenn er sein Ding hier gedreht hat, verzieht er sich nach Uruguay. Dort hat sein Vater ein feines Anwesen. Das Finanzamt weiß nichts davon. Sonst auch niemand.

Hunger. Das ausgezeichnete Frühstücksbuffet im nahen Restaurant Brücklwirt bringt seine Lebensgeister wieder in Schwung. Ein Flirt mit der jungen Kellnerin. Der ist das sichtlich angenehm. Er sollte sie ansprechen, überlegt er. Schließlich stottert er ja nicht ständig. Bloß dann, wenn er aufgeregt ist. Unglücklicherweise ist er das bei Frauen eigentlich immer.

Was bringen schon Klugheit, ein sportlicher Körper, oder ein attraktives Gesicht? Ohne Sprache bist du gar nichts. Da gibt es keine Gnade. In der Gnadenlosigkeit sind Frauen übrigens wesentlich konsequenter als Männer. Eine erschreckende Erfahrung. Seine Mutter ließ ihn schon als Kind spüren, dass er nicht ihren Erwartungen entsprach. Bei seinem Vater kam das erst viel später. Eine Zeit lang schlug ihn die Mutter sogar wegen seines Stotterns. Als das nichts nützte, schleppte sie ihn von Spezialisten zu Spezialisten. Zu Logopäden, Psychologen, Neurologen, Psychiatern. Kostete ganz schön viel Kohle, brachte aber so gut wie gar nichts. Alle akzeptierten das und ließen ihn in Frieden, bloß die Frau, die er statt mit ihrer Funktionsbezeichnung Mutter immer nur mit ihrem Vornamen anspricht, quälte ihn weiter. Akupunktur, Homöopathie, Reisen nach Lourdes, sogar ein Schamane wurde engagiert, vor dem er sich jahrelang fürchtete. Wie sich als Kind dagegen wehren? Unmöglich.

Seine Schulzeit war dagegen beinahe golden. Zumindest in der Grundschule. Da gab es verständnisvolle Lehrer und Schulkameraden, denen er gleichgültig war. Später wurde das anders. Da war es ab und zu nötig, sich den Schutz Stärkerer zu erkaufen. Das war kein Problem. Geld war genug da. Immer.

Und als Erwachsener?

Kein Mitarbeiter seines Vaters hätte es je gewagt, ihn wegen seines Sprachfehlers aufzuziehen. Das blieb seiner Mutter vorbehalten, zu der er den Kontakt völlig abbrach.

Mädels? Da blieb er auf Distanz. Die neckten ihn bloß.

Das Gymnasium fällt ihm ein. Seine Sitznachbarin Claire und die Kokainaffäre. Dass die Polizei auch das Zeug des Klassenstotterers durchsuchen würde, konnte sie nicht ahnen, als sie ihm das Zeug in den Schulrucksack steckte. Eine folgenschwere Tat, denn dieser Maringer hatte alles unternommen, um ihn ans Kreuz zu nageln. Wenn auf Bitten seines Vaters nicht der Oberbürgermeister eingegriffen hätte, wäre ihm das auch gelungen. Knast? Das hätte er ertragen. Das Schlimmste war das Zerwürfnis mit Papa. Wegen seines vermeintlichen Vertrauensbruchs. Damit fiel der einzige Mensch von ihm ab, der ihn liebte. Seither lebt er für den Hass. Auf die Frauen. Auf Maringer. Auf die ganze Welt.

Sich das gleiche Auto zu besorgen, das sein Feind fährt, war ein kluger Schachzug. Das Fahrzeug auf die Firma seines Vaters anzumelden, noch gescheiter. Er legte falsche Spuren. Nach und nach. Trotzdem muss etwas schief gelaufen sein, sonst wäre der Bulle nicht mehr auf freiem Fuß. Merkwürdig.

Gedankenverloren steckt Paulik der Kellnerin eine Banknote zu und gibt ihr mit einem Wink zu verstehen, dass sie den Rest des Gelds behalten kann. Sie bedankt sich mit einem freundlichen Lächeln, befeuchtet ihre Lippen, schiebt das Becken vor und schaut ihn herausfordernd an.

Und Max?

Der erwidert ihren Blick, sagt aber kein Wort, bis sie sich umdreht und geht.

Vergewaltigungsfantasien sind eine Sache. Sie auszuleben eine andere. Jahrelang hat er es Claire heimzahlen wollen, um eines Tages feststellen zu müssen, dass sie sich aus dem Staub gemacht hatte. Spurlos. Das deprimierte ihn. Es brachte ihn fast um. Bis zu jenem Zeitpunkt, als ihm diese wunderbaren Handschellen in die Hände fielen. Ein Geschenk des Himmels. Ein Zeichen.

Kurz danach war sein Vater in Innsbruck. Ohne Laptop. Die Produktpräsentation wäre ja so etwas von geschmissen gewesen. Und der wichtige Kunde? Weg. Da war dann doch wieder einmal der Max gefragt. Ob er seinem Erzeuger das Ding wohl nachbringen würde? Aber ja doch. Und bei der Rückfahrt diese Autostopperin. Er erinnert sich noch genau an sie. Ein Frauenzimmer, dem Männer so richtig nachhecheln. Kurz gesagt: Die Art Frau, von der er träumt.

Als er dann die Sache mit Elke plante, fiel ihm Maringer ein. Da witterte er die Chance, zwei Fliegen mit einer Klappe zu schlagen. Hervorragende Idee.

Und nun die Kommissarin. Womöglich ist diese

schwarzhaarige Tussi ja intelligenter als angenommen, aber das gibt der Sache erst den richtigen Reiz. Und hat er sie erst einmal im Bett, wird sie schon sehen, wer der Stärkere ist.

Die wird ihn nicht mehr zur Seite stoßen.

Die wird ihn nicht mehr ignorieren.

Zumindest nicht mehr in diesem Leben.

***

Koschinskys Ermittlungen in Wiener Neustadt laufen zäh.

Der Onkel des Gesuchten ist gefunden. Er wisse nichts von seinem Neffen, sagt er.

Kann man ihm trauen?

Scheint so.

„Hat Max Freunde in Wiener Neustadt?"

„Hat er nicht. Der Junge ist ja so etwas von introvertiert. Der geht auf niemanden zu. Der guckt nur."

Mürrisch beendet Koschinsky das substanzlose Gequassel. Ist ja reine Zeitverschwendung.

Was nun? Auf allen Polizeiinspektionen der Stadt hängen Fahndungsfotos. Kein Polizist vor Ort, der nicht nach Paulik sucht. Also was soll Koschinsky da noch?

Widerwillig fährt er nach Wien. Besprechung im Bundeskriminalamt. Die Leute dort sind nett, aber weltfremde Technokraten. Sie gehen ihm auf die Nerven. Also versucht er sein Glück in Sankt Pölten. Konferenz im dortigen Landeskriminalamt.

Koschinsky hat das Gefühl, als würden die Kollegen die außerordentliche Bedeutung dieser Fahndung gar nicht erfassen. Schließlich jagt er einen, der es zustande bringt, einen Menschen lebendig zu ersäufen. Das zeugt von einem derartigen Hass auf Frauen, dass eines sonnenklar ist: Der Mann macht weiter. Garantiert. Und was sagen die örtlichen Experten dazu?

„Mord? Oh ja. Gibt es bei uns auch. Hast du etwa konkrete Hinweise auf den Aufenthaltsort des Verdächtigen? Oder andere Anhaltspunkte, die eine zielgerichtete Suche ermöglichen? Nein? Na, was willst du dann hier? Irgendwann wird der Kerl schon einer Streife auffallen. Irgendwann braucht der Mann ja Geld. Dann taucht er aus der Versenkung auf und wir schnappen ihn. Bis dahin kann man allerdings bloß abwarten und Tee trinken. Das müsste einem alten Hasen wie dir ja eigentlich klar sein. Darum nur die Ruhe, Herr Kollege. Kaffee? Nein? Auch gut."

Bittsteller ist er hier.

Ein Störenfried.

Koschinsky hat Mühe, nicht aus der Rolle zu fallen. Kurz nach Mittag reicht es ihm. Er fährt wieder zurück nach Wien. Schuld daran ist ein Einfall. Eine vage Idee.

Eine Stunde später betritt er die ÖBB-Zentrale. Einen ungemütlichen Betonbau mit Flachdach und viel Glas.

Wo sich die Zugleitstelle befinde?

Zweite Etage, Zimmer 222.

Koschinsky will nicht auf den Aufzug warten. Ungeduldig läuft er über die Treppe. Als er die Zugleitstelle betritt, steht ihm ein Mann mit grauem Schnauzbart gegenüber. In seiner dunklen Hose, dem blauen Hemd und mit der hellen Krawatte sieht er in diesem großzügigen, modern eingerichteten Büro beinahe antiquarisch aus.

Er interessiere sich für den gestrigen Eurocity von Villach nach Wien, sagt Koschinsky. Zwischenstopp in Leoben, etwa um die Mittagszeit, und Ankunft in Wien um 14.30 Uhr. Mit finsterem Blick hält der Grazer Kriminalbeamte dem Mann seine Dienstmarke unter die Nase.

Ob er den OEC 630 meine?

„Könnte durchaus sein", grinst Koschinsky. „Ich möchte mit dem Zugpersonal reden. Nicht mit dem Zugführer, aber mit den Schaffnern und den Kellnern im Speisewaggon. Ich ermittle in einem Mordfall. Die Wahrnehmungen dieser Damen und Herren könnten von Bedeutung sein", sagt er knapp.

Koschinsky solle doch bitte Platz nehmen, meint der Bahnbeamte und deutet auf den bequemen Sessel gegenüber.

Das lässt sich der müde Mordermittler nicht zweimal sagen.

Er weiß zwar nicht warum, aber er hat so das Gefühl, als würde ihn der Besuch hier ganz entscheidend weiterbringen.

***

Zum selben Zeitpunkt in Leoben.

Ulla betritt die Staatsanwaltschaft und überbringt ihren Zwischenbericht.

Anschließend unterhält sie sich mit Max Pauliks Professoren. Gespräche, die sie keinen Millimeter weiter bringen. Enttäuscht erbittet sie im Sekretariat eine Liste jener Studierenden, die dieselben Lehrveranstaltungen besuchen wie Paulik. Inklusive Wohnanschrift. Bekommt sie auch. Damit kann sie die Universität vorerst einmal abhaken.

Jetzt hat sie bereits drei Stunden lang keinen Ton von Joe gehört, fällt ihr ein, als sie den Hauptplatz betritt. Kaum denkt sie an ihn, läutet auch schon ihr Telefon. Er sitze im Café Leitner, sagt er.

So ein Glück. Das ist nur ein paar Schritte entfernt. Als sie ins Kaffeehaus stürmt, glühen ihre Wangen vor Freude. Ein gemütliches Lokal. Bequeme Sessel, das Interieur in gedämpften Farben, angenehme Gäste. Der Kaffee ist auch nicht schlechter als bei der teureren Konkurrenz. Joe sitzt ganz hinten. Von seinem Platz aus hat er den optimalen Überblick über Gastzimmer und Eingang. Sie bestellt eine Melange, während er in seinem Mokka rührt und von den Unterredungen mit Pauliks Verwandtschaft berichtet. Allesamt ergebnislos.

„Und gibt es Zusammenhänge zwischen anderen vermissten Frauen und Paulik?“

„Drei Fälle habe ich bereits überprüft“, erzählt Joe. „Dabei sind mir keine Berührungspunkte aufgefallen.“

„Und die anderen fünf?“

„Um die kümmere ich mich am späten Nachmittag."

Die Kellnerin bringt Ullas Kaffee.

„Auf www.rosentod.com ist ein neues Video erschienen", erzählt Joe nachdenklich. „Hauptperson ist eine unbekannte Blondine auf dem Wiener Stefansplatz. Die letzte Sequenz zeigt ein Foto dieser Frau. Paulik hat es auf schwarze Damenunterwäsche gelegt und abgefilmt."

„Eine Nachricht", murmelt Ulla. „Er lässt uns wissen, dass er hinter neuer Beute her ist."

„Die Frage ist: Wieso?"

„Ja. Das ist eigenartig."

„Jedenfalls müssen wir die Kollegen in Wien verständigen."

„Ist schon passiert. Aber wenn er trotzdem noch einmal hier auftaucht?"

„Dann wäre er ganz schön bescheuert", grunzt Joe. „Andererseits: Am Ende ist er ja vielleicht wirklich nicht ganz dicht."

„Wie auch immer, wir können Judith nicht ewig bewachen", seufzt Ulla. „In Anbetracht dieses neuen Internetbeitrags ziehen wir den Kollegen dort erst einmal ab. Beginnend mit der Nachtschicht. Und die Großfahndung nach Paulik können wir auch abbrechen. Ich werde Nüssler informieren."

Joe nickt. Pauliks Foto liegt in allen Hotels und Beherbergungsbetrieben. Bundesweit. Wenn er irgendwo eincheckt, ist er geliefert.

Ulla hört es und ist trotzdem nicht froh. Was sollen sie inzwischen tun?

Den Firmensitz, die Villa der Eltern und Pauliks Haus in der Seegrabenstraße beschatten, schlägt Maringer vor. Gleichzeitig mit den Studentenbefragungen beginnen. Bis sie da durch sind, ist ihnen ein Bart gewachsen.

Ulla seufzt. Das fürchtet sie auch.

***

Es wird Abend.

Zufrieden steht Max Paulik am Fenster des alten Schuppens und blickt durch die verschmutzten Scheiben gelassen nach Nordwesten.

Dichter Dunst am Horizont. Wenn er die Augen zusammenkneift, erkennt er die höheren Gebäude der Stadt und die Türme von Sankt Xaver.

Die Stadtpfarrkirche. Als er noch klein war, glaubte er tatsächlich, dort wohne der liebe Gott. Da pilgerte er zu ihm. Flehte, der Herr möge ihn vom Stottern befreien und seine Seele retten. Auf Knien. Wie lächerlich.

Verbittert dreht sich Max wieder weg.

So eine beschissene Kindheit, überlegt er. Keiner redete mit ihm. Keiner wollte mit ihm reden. Hätte er seine Bücher nicht gehabt, wäre er vor die Hunde gegangen. Trotz Vaters Geld war er immer nur unglücklich.

Glück? Das verspürte er als Kind, wenn er selbst gefangenen Insekten Fühler und Beine ausriss.

Hochgefühle? Die hat er heute, wenn er das Gesetz des Handelns bestimmt, sich in eine Spinne verwandelt oder in einen Raubfisch. Wenn er lauert, jagt, die Beute reißt. In jenen Momenten, in denen er allmächtig ist. Herr über Leben und Tod.

So, wie das heute noch geschehen wird.

Hier, in seiner Stadt.

***

Stunden später in Joes Unterkunft.

Vor den Fenstern glüht schon die Abenddämmerung.

Die Kriminalbeamtin freut sich auf das, was kommt. Schließlich weiß sie ja, wozu Joe imstande ist.

„Überrascht dich diese Musik?“, fragt er sie sanft und dreht die Stereoanlage lauter. „Swing. Mag ich normalerweise nicht so sehr. Lege ich nur auf, wenn ich tanzen will.“

Aufgeregt zupft sie an ihrem Kleid.

„Woher weißt du, dass ich so gern tanze?“, erkundigt sie sich verdutzt.

„Das steht in deinem Dossier“, behauptet er, und sie reicht ihm graziös die Hand. Glucksend vor Begeisterung.

Maringer nimmt sie in die Arme.

Er riecht so gut. Mit geschlossenen Augen wiegt sich Ulla im Takt. Zugleich hält er sie an der Taille fest, drückt sie an sich, nimmt den Rhythmus auf und setzt die ersten Tanzschritte. Was die beiden dann treiben, ist weit mehr als Tanz. Es ist ein Drücken, Schieben, und schließlich ein Abheben und ein

Schweben. Alles dreht sich, und das Geräusch der Musik benebelt ihre Sinne. Zwei wunderbare Stücke lang. Dazu noch der feste Druck seiner Hand.

Schierer Jubel, als er sie schließlich hochhebt, als sei sie eine Feder und mit dem Fuß die Tür zum Schlafzimmer aufzwängt. Dann liegen sie endlich im Bett. Seine Hände zerren an ihr. Hoffentlich ist das schöne Kleid danach nicht hinüber. Hat sie schließlich fast ein halbes Monatsgehalt gekostet. Joe hat ganz andere Sorgen. Keuchend nestelt er an ihrer Unterwäsche. Sie vergeht schon fast vor Ungeduld. Rasch hebt sie ihr Becken. Dann sind sie beide nackt.

„Komm."

Mit festem Druck beantwortet er die Umklammerung ihrer Schenkel. Immer noch Musik. Ganz weit weg.

Jetzt wird sie zunehmend vom Ächzen und Quietschen des Betts überlagert. Selbstvergessen überlässt sich Ulla dem wunderbaren Rhythmus seiner Stöße. Schneller. Und rascher noch. Wieder. Und wieder.

Und dann, irgendwann einmal, ist da plötzlich nichts mehr.

Eine Stunde später in Maringers Wohnzimmer.

Unter einer Wolldecke kuscheln sich Ulla und Joe nackt aneinander, beobachten die Fische in Joes Aquarium und trinken ein Glas Wein. Immer noch sorgt die Stereoanlage für einen angenehmen Geräuschpegel. Zur Abwechslung einmal klassische Musik. Händel.

Sie solle ihm ihre Geschichte erzählen, bittet er sie ein wenig geistesabwesend. Das wäre ein ganz wunderbarer Vertrauensbeweis.

Was geht dich meine Geschichte an, geht es ihr durch den Sinn. Überhaupt nichts. Wie kannst du bloß auf so dämliche Art den Zauber dieses Abends brechen? Aber plötzlich hat sie dann gar nichts mehr dagegen, sich alles von der Seele zu reden. Zu entschlacken. Endlich.

Also schildert sie ihm diese Begebenheit von vor vier Jahren, die ihr Leben veränderte. Dunkelheit, Regen und sie auf dem Weg von einem fingierten Vergewaltigungsfall zurück in die Basis. Verstört, weil ein paar Stunden zuvor ihre Beziehung zu Bernd Koschinsky zerbrochen war. Als sie über Funk vom Einbruchsalarm erfuhr, war sie keine 100 Meter vom Einkaufszentrum entfernt. Die Wahrscheinlichkeit eines Fehlalarms war relativ hoch, also wartete sie auf den Geschäftsführer und ging mit ihm hinein. Ein Fehler.

„Ich weiß", unterbricht sie Joe. „Kriminalbeamtin schießt jugendlichen Einbrecher nieder. Die Story war in allen Zeitungen. Und im Fernsehen."

„Der Junge war vermummt, als er mich angriff", seufzt Ulla. „Ich hörte einen Knall, dachte, der schießt auf mich und griff nach der Waffe. Als ich wieder klar denken konnte, lag er am Boden, daneben eine Schreckschusspistole, und als ich mich bückte, war alles voller Blut."

„Vorbei ist vorbei", versucht Maringer sie zu trösten.

„So etwas ist nie vorbei", widerspricht sie. „Der Moment, als ich ihm die Strumpfmaske vom Kopf zog, bleibt mir ewig im Gedächtnis. Ein 14-jähriger Bub. Es bestand Lebensgefahr. Mehrere Woche lang. Und dann die Gerichtsverhandlung. Entwürdigend. Dass ich freigesprochen wurde, grenzt an ein Wunder. Dem Jungen geht es jetzt wieder gut. Mir nicht."

„Du warst in der Psychiatrie?"

Ulla nickt. „Drei Tage nach dem Waffengebrauch hatte ich einen Nervenzusammenbruch. Seither gelte ich als nicht belastbar."

„Und willst uns allen etwas beweisen", ergänzt der Chefinspektor. „Dabei bist du doch längst akzeptiert."

„Ja?", fällt sie ihm ins Wort. „Glaubst du das?"

Joe nickt. In diesem Moment klingelt sein Mobiltelefon. Koschinsky. Einen ungeeigneteren Moment hätte sich dieser Affe auch nicht ausdenken können.

Der Leiter des Ermittlungsteams hält sich nicht lange mit Vorreden auf. „Paulik ist in Leoben", sagt er. „Ein Schaffner sah, wie er in Bruck an der Mur ausstieg. Wird die Amras noch bewacht?"

„Negativ", zischt Maringer. „Haben wir heute bei Dienstende abgeblasen."

„Sofort wieder aufziehen", befiehlt Koschinsky. „Ich bin schon auf dem Weg zu euch."

„Wo soll ich denn um diese Zeit noch einen Leibwächter auftreiben?", entgegnet Maringer mürrisch.

„Na, dann mach das halt selbst", kanzelt ihn Koschinsky ab. „Ich denke, es ist zu riskant, bis morgen zu warten."

Fluchend legt Joe auf. „Du hast es gehört", sagt er resignierend und streichelt ihre Wange.

„Ich bin kein kleines Kind mehr", entgegnet sie achselzu-ckend. „Geh nur. Was sein muss, muss sein."

Schweigend kleiden sie sich an. Sie verlassen das Haus gemeinsam.

Wie schwer es ihr fällt, seine Hand loszulassen. Aufpassen, Ulla, sagt sie sich. Du bist kein Backfisch mehr. Verhalte dich nicht wie einer.

Zehn Minuten später lässt er sie in der Südbahnstraße aussteigen.

Als er wegfährt, ist sie trotzdem traurig. Wie kindisch von ihr. Er kommt ja wieder. Bald. Jetzt wird sie erst einmal duschen und sich dabei die tristen Gedanken aus dem müden Köpfchen schwemmen. Danach gibt es Schokolade und später ein gutes Buch.

Sie hatte einen so wunderschönen Tag.

Da wird sie sich die Nacht nicht vermiesen lassen.

So ein Haus kann einem schon ans Herz wachsen.

Und es vermittelt ein Gefühl der Sicherheit.

Hinter ihren schützenden Mauern stellt Ulla sich unter die Dusche, wäscht sich, greift nach dem Badetuch und trocknet sich ab. Das wäre eine richtig tolle Nacht geworden, überlegt sie. Schade, aber nicht zu ändern. Sie wird ein wenig in diesem neuen

Katalog blättern und sich ihr nächstes Buch aussuchen. Die Biografie von Kaiser Franz reizt sie. Das Leben jenes letzten römischen Kaisers deutscher Nation, der als erster Kaiser von Österreich in die Geschichte einging.

Nachdenklich streicht sie ihr nasses Haar zurück, kämmt sich, tupft ein wenig Feuchtigkeitscreme auf Stirn und Wangen, verstreicht sie, sprüht etwas Chanel Allure auf Hals und Brust und zieht sich den weißen Bademantel über. Ausnahmsweise wird sie sich die Spätnachrichten ansehen. Es interessiert sie, ob die Medien von der Fahndung nach Max Paulik berichten. Neugierig stellt sie den Fernseher an. Eine Sportsendung läuft. Es ist noch zu früh. Die Nachrichtensendung beginnt erst in einer halben Stunde.

Zerstreut holt sie eine Flasche Wein aus der Küche, entkorkt sie, schenkt sich ein Glas ein, trinkt und stellt es auf den Glastisch. Halbvoll. Den Fernseher lässt sie leise laufen. Was dieser Paulik jetzt wohl macht? Nachdenklich nimmt sie ihr Mobiltelefon, ruft den Journalbeamten an und fragt ihn, ob die örtliche Großfahndung bereits wieder eingeleitet worden sei.

„Eben jetzt. In diesem Augenblick“, bekommt sie zur Antwort.

„Gut so.“ Erleichtert legt sie auf, lässt ihren Bademantel fallen, dreht sich um und geht ins Schlafzimmer.

Falls Paulik tatsächlich in Leoben sein sollte, ist er fällig.

Diesmal entkommt er nicht.

***

Schwarze Kleidung und schwarze Maske.

Max Paulik hat sich fein gemacht.

Unauffällig parkt der Astra zwischen zwei anderen Autos, die Frontscheibe dem Haus zugewandt. Nervös betrachtet er den Gummiknüppel auf der Konsole neben seinem Oberschenkel und denkt angestrengt nach.

Keine Kontrollstellen auf den Straßen mehr. Kaum ein Streifenwagen ist zu sehen. Die Bullen gehen ihm auf den Leim. Die suchen ihn in Wien. Wahrscheinlich auch die Blondine, die er vor ein paar Monaten dort gefilmt und noch schnell ins Internet gestellt hatte, bevor er in Deckung ging. Alles bestens.

Er wartet noch einen Augenblick, dann schiebt er den Gummiknüppel ins Gürtelfutteral und steckt ein Messer in die Außentasche seines schwarzen Anoraks. Schließlich schlüpft er in die Einweghandschuhe, nimmt den Geißfuß vom Beifahrersitz, steigt aus und peilt die Lage.

Niemand zu sehen.

Rasch huscht er zur Haustür.

Entschlossen setzt Paulik sein Brecheisen an. Drei Mal hebelt er. Mit voller Kraft. Dann zersplittert das Türblatt auch schon an den richtigen Stellen.

Kein Wunder, dass Einbruch so in Mode ist. Minimaler Zeitaufwand, minimale Lärmentwicklung und minimales Risiko, bei maximalem Erfolg. Die nächsten Nachbarn sind so weit entfernt, dass hier garantiert keiner etwas mitbekommt. Und die Polizei? Die ist sowieso nie dort, wo sie sein soll.

Im Korridor ist alles dunkel. Gut so.

Vorsichtig tastet sich der Eindringling ins Wohnzimmer. Gedämpfte Beleuchtung. Der Fernseher dudelt. Ein am Boden liegender Bademantel und Ullas schwarze Jacke, die über einem Stuhl hängt. Auch eine Flasche Wein und ein halbvolles Glas auf dem quadratischen Glastisch fallen ihm auf.

Wohin hast du dich denn verkrochen, du verdammtes Miststück, ärgert sich Max. Wo bist du bloß? Vorsichtig stellt er den Ton am Fernseher leiser. Da vernimmt er ein Summen. Es kommt aus dem Schlafzimmer. Zufrieden greift er an seinen Gürtel und zieht den Gummiknüppel aus dem Futteral. Dann schleicht er zur angelehnten Schlafzimmertür und drückt sie ganz langsam auf. Drei Schritte nur, dann steht er richtig.

Ulla zieht sich gerade das Oberteil ihres Pyjamas über, als sie der Hieb von hinten trifft. Sekundenbruchteile später liegt sie auf dem Bett. Erstaunlicherweise verliert sie gar nicht das Bewusstsein, aber warmes Blut rinnt ihr über den Scheitel in den Nacken und ins Gesicht. Vor ihr steht ein Maskierter, einen Knüppel in der Hand. Entschlossen nimmt Ulla alle Kraft zusammen und richtet sich auf. Damit hat Paulik offensichtlich nicht gerechnet. Er brüllt wie ein Stier. Ein weiterer mächtiger Schlag auf den Kopf wirft Ulla aufs Bett zurück. Todesangst erfasst sie. Bruchstückhafte Szenen aus ihrem bisherigen Leben drängen sich in ihr Bewusstsein. Aus, sagt eine Stimme in ihr. Fertig. Das hier wirst du nicht überleben.

Sie sieht, wie Paulik seelenruhig seinen Anorak auszieht, den Sweater und das Unterhemd. Als er sein Messer zieht, versetzt ihm Ulla einen Tritt in den Unterleib, rollt sich vom Bett, stößt den sich krümmenden Vermummten zur Seite und taumelt ins Wohnzimmer. Paulik folgt ihr, stellt ihr ein Bein und sie fällt. Instinktiv rollt sie sich auf den Rücken und tritt ihm mit aller Kraft gegen das Knie. Stöhnend taumelt Paulik zurück. Das ist ihre Chance. Keuchend robbt Ulla zum Wohnzimmertisch und wirft mit der Weinflasche und dem Weinglas nach ihrem Verfolger, aber sie trifft nicht, und er lacht bloß. Also kriecht sie zum Sessel, über dem ihre Jacke hängt. Darunter verbirgt sich ihr Schulterholster.

Der Eindringling verharrt. Wütend streift er die Maske ab. Dann stürzt er sich mit tierischem Gebrüll und gezücktem Messer auf sein Opfer. Mit dem ersten Stich durchbohrt er ihren linken Oberarm, den sie schützend vor den Kopf hält. Dann holt er erneut aus.

Ullas Schuss zerfetzt seine rechte Hand, woraufhin er das Messer verliert, aber nun ist er über ihr, verpasst ihr einen Kopfstoß, packt mit seiner Linken ihren Hals, presst ihn gegen den Boden und drückt ganz fest zu. Rasend. Mordlust in den Augen.

Ullas Pistole liegt jetzt irgendwo neben ihr. Suchend tastet ihre Hand nach der Waffe, während Paulik immer fester zudrückt und ihr schon fast die Sinne schwinden. Dann endlich bekommt sie die Knarre doch zu fassen. Paulik sieht es, rammt ihr das Knie in die Seite und versucht, Ullas Kehlkopf einzudrücken. Er brüllt. Grimmig wie ein Löwe, der die Antilope reißt.

Luft. Sie kann jetzt nicht mehr atmen! In allerhöchster Not drückt Ulla ab. Ein dumpfer Schuss. Ihr Projektil trifft ihn in den Bauch. Ulla kann die Pistole nicht mehr halten. Sie entgleitet ihr. Jetzt erst lockert sich sein Griff, und endlich rollt er sich doch stöhnend zur Seite. Am ganzen Leib zitternd zieht Ulla ihr Handy zu sich heran und kriecht blutverschmiert bis an die aufgebrochene Haustür.

Dort erst wählt sie den Notruf.

***

Rasch jetzt. Schneller!

Mit Blaulicht und Folgetonhorn jagen die Einsatzwagen von Polizei und Rettung durch die Nacht. Mit derartiger Vehemenz, dass sich die übrigen Verkehrsteilnehmer ängstlich an die Ränder der Fahrbahn drücken und heilfroh sind, wenn die wilde Horde an ihnen vorbei ist.

Dann stehen sie vor Ullas Haus. Polizisten stürmen ins Gebäude. Sanitäter laufen hintendrein. Auf dem Parkplatz steht Nüssler und stammelt aufgeregt ins Funkgerät. Ein paar Meter hinter ihm werden

Ulla Spärlich und Max Paulik auf Bahren aus dem Gebäude getragen und in die beiden Ambulanzen verfrachtet.

Knallend fallen die Türen zu. Einsteigen! Los!

Mit heulenden Sirenen machen sich die Fahrzeuge auf den Weg. Zwei Streifenwagen begleiten sie.

Gleich darauf trifft Joe Maringer am Parkplatz ein.

Der Major umarmt ihn schweigend und geht mit ihm ins Haus.

***

Zwei Tage später scheint die Sonne.

Ihre Strahlen reichen bis ins Krankenbett.

Ullas Kopf ist verbunden. Linke Schulter und linker Oberarm sind bandagiert und eine dicke Infusionsflasche hängt über ihr, von der ein Schlauch zu ihrer Vene führt. Schmerzen verspürt sie eigentlich gar keine mehr, aber die Welt ist wie in Watte gepackt und alles scheint seltsam leicht.

Die Tür geht auf. Zwei weiße Gestalten kommen wie aus dem Nebel auf sie zu.

„Stichwunde im Oberarm und Schädelbruch“, hört sie die junge Stationsärztin flüstern. „Ernste Sache, aber das wird wieder. Frau Spärlich sollte nicht viel reden und sich vor allem nicht aufregen. Alles klar?“

„Selbstverständlich.“

Augenblicke später gerät Maringers Kopf in Ullas Blickfeld. Und jetzt der ganze Joe.

Ein zärtlicher Händedruck. Dann zieht er einen

Sessel heran und setzt sich zu ihr. Lange Zeit streichelt er bloß ihre Hand.

„Paulik wurde schon operiert", erzählt er schließlich. „Es besteht keine Lebensgefahr mehr. Inzwischen gehen wir davon aus, dass er mit dem Verschwinden der Innsbrucker Kellnerin Manuela Sorko in Zusammenhang steht. Die Frau wurde zuletzt an der Autobahnauffahrt gesehen. Als Autostopperin. Paulik muss damals direkt an ihr vorbeigekommen sein."

Sie seufzt. Bewegt die Lippen. Will etwas sagen. Er versteht sie nicht, aber ahnt schon, was sie ihn fragen will.

„Nein", brummt Joe. „Er hat nicht gestanden. Noch nicht."

Sie blinzelt.

„Du musst rasch gesund werden", flüstert Joe.

Sie lächelt.

Sonnenstrahlen tanzen auf Ullas Nase. Auf dem Nachtkästchen stehen Blumen von Mama und Paul. Daneben liegt Konfekt. Ein Geschenk der Personalvertretung. Und ein Buch mit Widmung. Von Nüssler. *Der kriminalstrategische Problemlösungsprozess von* Berthel/Pezold/Spang/Westphal/Zott, erschienen im Boorberg Verlag. Wenn Ulla nicht so schwach wäre, würde sie sich ausschütten vor Lachen.

Lukas hat nächste Woche Geburtstag, überlegt Ulla. Sie will für ihren Halbbruder noch rechtzeitig ein passendes Geschenk finden. Carola hat die Stationsschwester angerufen und ihr eine Einladung nach Hagen überbringen lassen. In die alte Heimat. Sie freut sich darauf, Joe die Stätten ihrer Kindheit zu zeigen.

Was für eine wunderbare Zufriedenheit plötzlich in ihr ist. Zwar liegt sie im Krankenhaus, aber sie ist nie mehr allein.

„Du sollst nicht reden", murmelt Joe, als er sieht, dass sie erneut die Lippen bewegt.

„Keine Sorge", raunt Ulla, erwidert den Druck seiner Hand und schließt erschöpft die Augen.

„Alles ist gut."

Juni. Ein sonniger Tag.

Die Stadt Hagen zeigt sich von ihrer Schokoladenseite.

Ulla, Joe und Lukas stehen vor der Kirche St. Bonifatius.

„Dein Talisman hat mir wirklich Glück gebracht", sagt Ulla lächelnd, hält ihn hoch und steckt ihn wieder ein. „War auch eine Heidenarbeit", brummt der Junge. „Krieg ich jetzt ein Eis?"

„Aber klar doch. Und ich auch!" Lächelnd nimmt Ulla ihren Halbbruder an der Hand und sie schlendern zum Eissalon. Der Kleine sucht sich eine Tüte aus. Ulla nimmt Schokoladen- und Pistazieneis. Sie fragt sich, wie sie jemals so blöd sein konnte, Appetitzügler zu schlucken.

Joe bezahlt.

„Hast du was gegen ein paar Rundungen?", fragt sie leise.

„Ein bisschen Hintern schadet nie", grinst er.